작가가 말한 시소

계속 함께 읽고 쓰자는 안부

우리는 함께 웃느라
흙는 일도 까맣게

...따뜻한 숨결
우리의 시대를 떠올리며..
이 써 수

소설이 더 멀리 닿을 수 있게...

겨울, 몸은 따뜻하게 마음은 시원하게

2021. 12

그 계절의 삶과 문학을
이야기할 수 있는, '놀이의 장소'
진심으로 사랑하는 날들아이를
우리를 응원하고 도닥이는 마음으로.
2021. 12. 24. 조혜은

처음 와본 쓸쓸한 놀이터에 내 자리가 있었다
그늘이 없었고 눈이 부셨다

신이인
이상한 사람 아니면 이상한 사람

'시소'란.. 어린 날의 소우주, 오늘날의 우행시
부디, 모두의 자유, 위 펴야음.
Free the whale......
2021년 겨울, 옥ㅅㅅ.

추운 날씨에 누군가
포근하고 따뜻하게 잡아준 손

그제, 지금 할 수 있는 것을
하면서 살아가요
2021. 겨울 안미옥

시소는 혼자 탈 수 없어요
항상 감사한 독자님들께,
사랑을 담아서 최은영

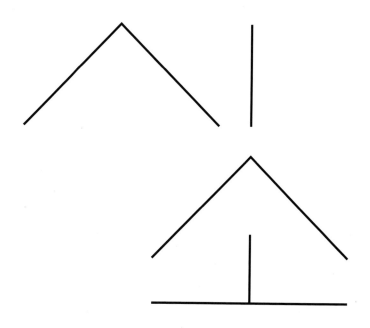

첫
번
째

차례

봄

봄

시

안미옥
2012년 동아일보 신춘문예를 통해 시를 발표하기 시작했다. 시집 『온』 『힌트 없음』 등을
냈다.

사운드북

노래는 후렴부터 시작합니다

후렴에는 가사가 없어요
사랑 노래입니다

노래를 듣는 사람들에게
하고 싶은 말이 많았는데

모르겠어요 잘하고 있는 건지
마지막에 했던 말을 자꾸 번복합니다

주소도 없이
손에서 손으로 전해지는 엽서도 있습니다

모든 일은 동시다발적으로 벌어지고
나는 궁금합니다

안미옥. 사운드북

꽃병에 담긴 물은
언제부터 썩을까

믿음을 강조하던 사람이
귀퉁이에 써놓은 작은 메모를 볼 때마다 알게 됩니다
그가 무엇을 염려하는지

꽃은 식탁 위에 뒀습니다
활짝 핀 꽃은 마르면서 작은 꽃으로 자랍니다

말린 꽃의 온도로
깨진 조각을 공들여 붙인 그릇의 모양으로
오늘도 웃게 됩니다

어느 날엔
웃음을 멈추지 못하는 사람을 보았습니다

긴 울음은 이해가 되는데 긴 웃음은
무서워서

이 꿈이 빨리 깨기를 간절히 바랐습니다

봄

왜 슬픔이 아니라 공포일까

이해는 젖은 신발을 신고
신발이 다시 마를 때까지 달리는 것이어서

웃음은 슬프고 따듯한 물 한 모금을
끝까지 머금고 있는 것이어서

깨어난 나는
웃는 얼굴을 잊을 수가 없었습니다

다음 페이지를 열고
버튼을 누르면 노래가 나와요

사랑 노래입니다

그냥 배울 수는 없고요
보고 배워야 가능합니다

저는 많이 보고 있어요

안미옥. 사운드북

사랑을 쓰고 나서
생각하게 된 것은

안미옥 × 김나영

김나영 안녕하세요. 만나서 반갑습니다. 2021년 봄부터 『자음과모음』에서 '시소'라는 새로운 코너를 만들게 됐어요. 한 계절에 발표된 시와 소설을 각각 한 편 선정해서 그 좋음을 더 널리 알리자는 취지에서 만들게 되었습니다. '2021년 봄의 시소'가 그 시작인데, 이렇게 첫걸음을 함께해주셔서 감사하고 또 축하드립니다.

안미옥 네, 안녕하세요. 반갑습니다. 시소 코너의 시작과 함께할 수 있어서 기쁜 마음이 큽니다. 좋은 시로 선정해주

서서 감사합니다.

김나영 '2021년 봄의 시소'에 「사운드북」이 선정되었다는 연
락을 받고 어떠셨어요?

안미옥 정말 너무 기뻤어요. 놀란 마음도 컸고요. 시를 발표하
고 바로 피드백을 받게 되는 경우가 흔치 않잖아요. 최
근에 발표했던 시가 선정되었다고 하니 제게는 남다
른 의미로 다가왔던 것 같아요. 힘들게 썼던 시이기도
해서요. 누군가 제게 등을 두드려주며, 잘하고 있다고
이야기해주는 기분이었어요.

김나영 이 시를 쓰고 발표하신 시점에 특히 힘든 일이 있었던
걸까요?

안미옥 우선은 제가 요즘 시간적, 체력적으로 여유가 없는 시
기를 보내고 있어요. 그래서 좀 허덕이며 쓰고 있었어
요. 1년 동안은 시를 많이 쓰지도 못했고. 시에 대한 생
각을 할 시간도 많지 않았어요. 내가 지금 제대로 가고
있는 거 맞나? 하는 생각을 많이 하는 자신 없음의 시
기였어요.

김나영 이전과 달리 작품을 발표하고 나서 만족도가 덜했다
     는 이야기로도 들을 수 있겠네요.

안미옥 만족도까지 가는 데 시간이 오래 걸리는 편인데요. 요
     즘은 심적으로나 시간적으로 두 배, 세 배는 걸리는 것
     같아요. 일단은 지금으로서는 내가 쓸 수 있는 최대치
     다, 하고서 보내긴 하는데. 감이 잘 안 와서 긴가민가
     하곤 해요. 그런 와중에 응원을 받게 된 것 같아요.

김나영 '봄의 시소'가 응원을 드릴 수 있게 되어 더욱 기쁘네
     요. 요즘은 어떻게 지내시나요. 시인님의 일상이 궁금
     해요.

안미옥 요즘 저의 일상에서 가장 많은 부분을 차지하는 건 육
     아예요. 제가 첫아이를 낳은 지 이제 11개월 되었어요.
     아기를 돌보는 일에 대부분의 시간과 고민, 체력과 에
     너지를 쓰고 있어요. 처음 하는 일이다 보니 당연한 것
     이겠지만, 엄청 우왕좌왕하며 지내고 있어요. (웃음)

김나영 11개월이라니. 다음 달에 첫돌이네요. '봄의 시소'와 함
     께 미리 축하드려요. 저는 막 30개월이 된 아이와 지내
     고 있어요. 엄마가 된 지도 2년이 넘은 건데 여전히 해

결이 안 되는 게 모드 전환이에요. 글을 쓰기 위해서 책상 앞에 앉아서 이것저것 읽고 들여다보고 하는, 첫 문장을 쓰기까지의 시간이 절대적으로 필요하잖아요. 그 시간 동안에 직접적으로 생산하는 건 없지만. 육아를 하다 보면 그 시간이 너무 부족하고 어떤 때는 아이를 재우고 곧장 뭘 써야 하는 상황이 오더라고요. 이제는 그럴 필요가 없다는 것을 알지만 초반에는 내 능력이 부족한가 보다 하고 자책을 많이 했던 것 같아요.

안미옥 요즘 제가 하는 생각이 바로 그것인데! (웃음) 저는 원래도 시 쓰는 데 예열이 오래 걸리는 편인데요. 지금은 더 오래 걸리는 것 같아요. 저도 마찬가지로, 아기에게 집중하던 모드를 끄고, 글 쓰는 모드로 바꾸는 것이 쉽지 않더라고요. 그리고 제가 써야 하는 글이 있으면, 가족이 아기를 돌봐주는데요. 그 시간 동안 바짝 집중해서 써야 하는데 그러지 못하고 멍 때리다 보내는 경우가 많아요. 그러면 또 죄책감이 생기고, 또 집중을 못 하고. 그래서 일주일이 지났는데 그대로인 경우도 많고요. 왜 나는 곧바로 집중을 못 할까? 이런 생각을 많이 하게 되는 것 같아요.

김나영 딱 네 시간만 있으면 시작할 수 있을 것 같은데, 세 시간이면 육아 모드로 전환해야 하니까. 내일 다시 세 시간, 모레 다시 세 시간. 그러다 영영 첫 문장을 못 쓰게 될 것 같은 공포와 맞닥뜨리죠. (웃음)

안미옥   맞아요. 다음 날 다시 리셋. 그러다가 정말 우는 심정이 되어 마감을 하게 되는 것 같아요.

김나영   육아러로서의 고충을 좀 길게 이야기했는데 (웃음) 사실 「사운드북」을 보며 육아하는 존재의 시선과 감정을 많이 느꼈어요. 개인적으로는 오랜만에 시가 내 마음을 어루만져준다는 느낌을 받아서 너무 좋았고요. 이 시에 대해 본격적으로 이야기 나누기 전에 드리고 싶은 질문이 있어요. 2012년에 등단하셨으니 올해가 딱 10년 차더라고요. 그동안 시인님의 작품을 찾아가며 읽었는데요, 이번 기회에 시인님이 시를 쓸 때 주력하는 부분이 뭔지 물어보고 싶었어요. 시를 쓰면서 가장 중요하게 생각하는 점이랄까요?

안미옥   제가 벌써 등단 10년 차가 되었다니, 너무 놀랍네요. 시를 쓸 때 주력하는 지점은 때마다, 또 시마다 다른 것 같아요. 첫 시집 내고 다르고, 두 번째 내고 다르고요. 요즘엔 자연스러운 흐름을 가진 시를 쓰고 싶다는

봄

생각을 하며 쓰는 것 같아요. 그 흐름을 만드는 데 주력하고 있어요. 자연스러운 것을 만들고 싶고, 어깨에 긴장을 풀고 싶고요. 힘이 빠진 시를 쓰자는 것은 아니고, 탄력은 충분히 가지고 있지만 자연스럽게 읽히는 어떤 흐름을 갖고 있는, 그런 시를 쓰고 싶다고 생각해요. 흐름이라는 것은 리듬하고는 조금 다른 것 같아요. 제가 요즘 꿈꾸는 시는 시 안에서 쓰는 사람의 일상과 시간, 읽는 사람의 일상과 시간이 맞물려 흘러가는 시인데요. 그런 시를 쓸 수 있으면 좋겠다고 생각하고 있어요.

김나영 「사운드북」이 딱 그런 시였던 것 같아요. 이 시를 읽을 때 분명 처음 읽는 건데도 어쩐지 내 호흡으로 술술 읽히더라고요. 어떤 의미나 문법을 찾으려 하지 않아도 저절로 무슨 말인지 알 것만 같은, 내가 쓴 문장들처럼 읽혔어요. 제가 보기에는 아이를 키우고 돌보며 생각하고 느낀 것들이 너무 자연스럽게 녹아 있는 시 같아요.

이다음에 드리고 싶었던 질문은 시인으로서, 엄마로서, 나로서 사는 것을 구분할 수 있을까 하는 것이었어요. 각각의 삶에 차이가 있다면, 혹은 없다면 그 이유가 뭘까요?

인터뷰 _ 안미옥 × 김나영

안미옥　시인과 엄마, 나는 분명 구분해서 생각하는 것이 가능
하지만, 그렇게 구분해서 생각하면 너무 힘든 것 같아
요. 모드 전환이 잘되지 않는 것처럼 저는 이 부분도
구분이 잘되지 않기도 해요. 맞물려서 돌아간다는 생
각이 들기도 하고요. 아기를 키울 때, 시인으로서의 제
사유 방식이나 정서가 작용할 수 있을 것 같고. 시가
사실 나의 삶, 일상과 무관하지 않기 때문에 서로 영향
을 주고받고 있는 것 같아요.

제가 지금은 아기와 있는 시간이 많다 보니 아기를 통
해서 세상을 보게 되기도 해요. 세상을 순수하게 본다
는 것은 아니고요. (웃음) 한 번도 경험해본 적 없는, 저
와는 완전히 다른 존재가 세상을 감각하고, 생각하는
것을 이해하고 함께 느끼려고 노력하고 있는데요. 그
럴 때 익숙했던 지점들을 새롭게 깨닫게 되는 경우가
많은 것 같아요.

근데 이건 컨디션이 좋을 때 이야기고요, 컨디션이 다
운되고 에너지가 별로 없을 땐 나는 누구? 여긴 어디?
하며, 불쑥불쑥 불안들이 튀어나오죠. (웃음)

김나영　제 경우는 이전에는 제가 평정심을 잘 유지하는 사람
이라고 생각했거든요. 저는 그걸 되게 자부하고 있었
는데 아이와 지내다 보니 '내가 이렇게 격정적이구나.

내 안에 이렇게 다양한 내가 들어 있구나' 하는 걸 알았어요. 아이도 굉장히 낯선 존재이지만, 그보다 육아는 나 자신이 낯설게 여겨지고, 그런 낯선 나와 화해하는 과정인 것 같아요. 아이를 낳고 키우며 나도 다시 태어나 엄마로 자라는 거라는 이야기를 주위에서 많이 들었는데, 이전엔 그 말이 무슨 말인지 제대로 이해하지 못했어요. 육아 이전의 나는 나로서 완성까지는 아니더라도 이렇게 딱 닫혀서 어느 정도의 형식이랄까 항상성이랄까 그런 걸 유지하는 존재라고 생각했는데, 육아 이후에 뚜껑이 열리고 여기저기 구멍이 생겨서 뭔가가 내 안에서 막 빠져나가고 바깥에서 내 안으로 막 들어오는 걸 극심하게 느끼고 반응하는 존재가 되더라고요. 안정적이던 일상이 제대로 감당하기 어려운 뭔가가 되어버린 것 같지만, 한편으로 글을 쓰는 입장에서는 견고하게 닫혀 있는 상태보다는 더 많은 것들을 받아들이고 표현할 수 있게 된 건 긍정적인 변화가 아닐까 싶기도 해요.

안미옥 이야기를 듣다 보니, 저도 생각나는 게 있어요. 제가 최근에 가장 많이 하게 된 생각인데요. 아기는 어린 존재이고, 모든 것에 많이 서툰 존재이지만, 그 서투름이 결코 능력 없음이 아닌데 자꾸 어른의 시선으로 보면서 불안해하더라고요. 그런데 이 불안이 아기가 야기시키는 불안이 아니라, 제가 원래 가지고 있던 불안이라는 생각이 들었어요. 아기가 어떤 행동 하나를 했을 때, 나중에 커서 이렇게 되는 거 아닐까? 하면서요. 너무 먼 미래의 불안까지 끌어와서 제가 아기를 바라보고 있더라고요. 그런 제 모습을 자꾸 깨닫게 되는 것 같아요. 육아는 '낯선 나와 화해하는 과정'이라는 말씀에 굉장히 동의하게 되네요.

김나영 정말 육아는 어쩔 수 없이 자신을 마주하게 되는 과정이기도 한 것 같아요. 다시 작품 이야기를 좀 해볼까요. 「사운드북」은 한마디로 말하자면 '사랑 시'라고 할 수 있을 것 같아요. 이 시에 형상화된 사랑이 뭔지를 말하자면 굉장히 길고 복잡한 이야기를 하게 되겠지만요. 앞에서 시인님께서 시인, 엄마, 나로서 사는 삶이 분리되지 않는다고 말씀하셨는데 그러면 그 각각의 입장에서 사랑을 생각할 때도 다르지 않을까요?

안미옥 각각의 입장에서 사랑을 생각할 땐 좀 다른 것 같아요. 아무것도 걸치지 않은 상태에서의 저는 사랑이 뾰족한 가시처럼 느껴져요. 찌르거나 찔릴 수 있는 것처럼요. 제가 이기적이라는 생각도 많이 들고요. 시인으로서는 시에 대한 사랑을 생각하면, 마음이 답답해져요. 저의 짝사랑 같아서요. (웃음) 엄마로서의 입장에선 깨지기 쉬운 유리그릇을 꽁꽁 언 손으로 들고 있는 것 같은 기분이에요. 어떻게 해야 할지 잘 모르겠어요. 이렇게 이야기하는 것도 참 추상적이라는 생각이 드네요. 사랑이 무엇이고, 어떻게 다른지 정확하게 명명하는 일은 참 어려운 것 같아요. 방금 이 시에 형상화된 사랑이 뭔지 말하려면 굉장히 복잡한 이야기가 될 것 같다고 하셨는데요. 저도 시에 그 복잡함을 담은 것 같단 생각이 들어요.

저는 제가 사랑에 대한 시를 쓰게 될 줄은 정말 몰랐어요. (웃음) 이 시는 음악 하는 친구로부터 가사를 써 달라는 의뢰를 받고, 고민하다가 쓰게 된 시인데요. 그 친구가 하는 말이, 자기는 사랑에 대한 이야기를 하고 싶은데, 막상 쓰려고 하니 사랑에 대해 전혀 모르는 존재인 것 같아서 못 쓰겠대요. 그러다가 제 생각이 났대요. 제가 사랑에 대해 쓸 말이 많을 것 같다고 생각했나 봐요. 근데 저도 막상 쓰려고 하니, 사랑을 전혀 모르겠더라고요. 평소에 막연하게 사랑을 간절히 바라 왔고, 사랑을 많이 받고, 또 주고 싶다고 생각했지만. 정작 사랑에 대해 쓰려고 하니 그게 뭔지 너무 모르겠더라고요. 아기를 키우는 입장에서도 마찬가지인 것 같아요. 전적으로 나를 필요로 하는 존재를 사랑하는 일을 명명하긴 어려워요. 그런 혼란 속에서 이 시를 썼어요. 시를 다 쓰고 나서 생각하게 된 것은, 이 시는 사랑이 무엇인지 말한다기보다 사랑이 무엇인지 궁금해하는 사람이 그걸 계속 찾아가는 과정을 담게 된 것이 아닐까, 하는 것이에요.

그리고 가장 이야기하고 싶었던 부분은 마지막 부분인데요. 사랑은 하고 싶다고 저절로 되는 것이 아니고, 보고 배워야 가능한 것이라는 생각이 들었어요. 어떻게 해야 하는지 모르니까, 더 많이 보고 배우고 싶다는 생각을 하면서 마지막 문장을 쓰게 된 것 같아요. 앞으로도 계속 사랑에 대해 알아가고 싶다는 생각을 하면서요. 말을 하다 보니 사랑은 배움 그 자체인 것 같기도 하네요.

제게 사랑은 굉장히 위대하고 놀랍고 경이로운 어떤 것으로 생각되지는 않고요. 시구절에 쓴 것처럼 활짝 폈던 꽃이 말라가면서 자라는 것과 같아요. 그것을 꽃이 마르고 시들고 있다고 생각할 수도 있겠지만, 그것도 다른 방식으로의 자람이라는 생각이 들더라고요. 지금은 그런 방식으로 사랑을 생각해나가고 있고, 앞으로는 또 다를 수도 있을 것 같아요.

봄

김나영 방금 말씀하신 그 부분 있잖아요. 이 시에서 "활짝 핀 꽃은 마르면서 작은 꽃으로 자랍니다"라는 구절이 되게 인상적이었어요. 싱싱하게 활짝 핀 꽃이 시들고 마르면 대부분 소멸이나 죽음 혹은 쇠퇴 같은 이미지를 떠올리잖아요, 선조적인 시간관념에 길들여져서. 그 시간에 따른 변화를 다른 식으로 보는 시선이 놀라웠고, 엄마로서의 감정이 거기에 이입되었어요. 아이는 정말 피어나는 과정에 있고 나는 그 반대편에 있는데, 그렇다고 내가 죽어가는 건 아닌 것 같고요. 앞에서 이야기했지만 다른 방식으로 다른 나를 마주하게 되는 건데, 그게 이런 식으로의 변화로 설명할 수 있는 게 아닐까 싶었어요. 나를 잃는 게 아니라 나를 다른 방식으로 키워가는 시간에 대한 경험이 이 한 구절로 표현되는 게 신기해요.

저는 이 시의 마지막 구절인 "그냥 배울 수는 없고요/보고 배워야 가능합니다//저는 많이 보고 있어요" 이 부분도 너무 좋았어요. 우리가 뭔가를 배울 때 대개 책이라는 매개를 일반적으로 활용하는데 '사운드북'은 활자 중심적인 책이 아니고, 활자를 그대로 읽어주는 오디오북과도 다르죠. 글자도 말도 아닌 소리와 형태와 색감 같은 감각에 집중하게 해서 세상을 보다 친숙하게 알려주기 위한 책이라고 할 수 있을 텐데요. 이게 사랑을 배우는 방식과 너무나 절묘하게 들어맞는 것 같아요. 어떻게 이런 제목을 붙이게 되었나요?

안미옥 사운드북은 아기를 키우는 양육자에게 없어서는 안 되는 육아템인 것 같아요. (웃음) 요즘 가장 많이 접하고 있는 물건인데요. 이게 정말 신기한 물건이더라고요. 제가 가지고 있는 사운드북은 동물농장 사운드북, 오케스트라 사운드북인데요. 책을 펼치고 거기에 있는 버튼을 누르면 해당 페이지의 그림을 표현해주는 소리가 짤막하게 나와요. 예를 들면, 소 울음소리, 오리 울음소리. 오케스트라 사운드북 같은 경우는 튜닝소리로 시작해서 마지막 페이지에는 오케스트라 전체 연주가 부분적으로 나와요.

사운드북을 아기와 같이 만지고 보다 보니까, 말씀하신 것처럼 이게 사랑의 형태, 사랑을 배우는 형태와 비슷하다는 생각이 들었어요. 사운드북 안에 소리가 담겨 있는데 그 소리가 그림을 전부 설명해주지는 않지만, 직관적으로 느낄 수 있게 해준다는 점에서요. 사랑을 주고받을 때, 전부를 주거나 전부를 받을 수는 없잖아요. 지금 가지고 있는 마음을 잠깐, 부분적으로 나눌 수 있는 것인데. 또 그것으로 충분히 전달이 되기도 하고. 그런 면에서 유사성이 있다 보니 자연스럽게 제목으로 떠올리게 된 것 같아요.

김나영 저희 집에는 동물 소리, 악기 소리, 자연 소리, 일상적
으로 접하게 되는 소리가 담긴 사운드북이 있어요. 제
가 처음에는 순서대로 하나씩 모두 누르면서 어떤 소
리인지 알려줬는데, 나중에는 저도 모르게 제가 듣기
싫어하는 소리는 덜 누르게 되더라고요. 변기 물 내리
는 소리, 자동차 경적 소리 같은 거요. 그러다 보니 아
이가 제가 누르지 않는 것을 더 먼저 누르더라고요. 그
걸 보고 어쩐지 제가 간파당한 것 같은 느낌이 들었는
데, 이 시를 읽으며 그때 기억이 났어요. 사랑이라는
게 내가 표현하고 내가 주려고 하는 것만을 상대가 받
아들이면서 그걸 우리의 사랑으로 같이 학습하고 이
해하는 게 아니라, 내가 주지 못하는 것과 나의 구멍
난 부분 같은 것을 보고 배우고 그걸 나에게 알려주는
관계가 아닌가 하는 생각이 들어서 약간 서늘한 느낌
도 들었어요. 어쨌든 만지고 버튼을 눌러야 어떤 소리
든 나는 게 사운드북이고 사랑이기도 하네요.

안미옥 저희 아기는 이제 막 버튼이 거기 있다는 것을 인식하
고, 그것을 누르면 소리가 나온다는 것을 알기 시작했
어요. 이제는 책을 펼치면 바로 버튼 부분을 누르더라

고요. 어디서 소리가 나고, 왜 나는 것인지 모를 땐 가만히 듣고 관찰하던 아기였는데. 이젠 그걸 알아차리고 직접 소리가 나게 한다는 게 신기해요. 알게 되면 행동하게 된다는 것도 사랑과 유사한 것 같아요.

또 조금 다른 이야기지만, 버튼을 누르기 전과 누른 후, 소리 이후에 어떤 여백이 있잖아요. 그 여백을 아기가 되게 주의 깊게 보고, 생각하더라고요. 아기가 무슨 생각을 하는 걸까? 싶은데. 저는 그 여백도 사랑의 중요한 속성 같단 생각을 했어요. 여백이 없으면 가짜 같아요. 여백이 없는 사랑은 가능하지 않은 형태 같아요. 빈틈 없이 꽉 들어차 있는 사랑은 어딘지 모르게 병들어 있다는 생각도 들고요. 이야기하다 보니 사운드북이 사랑을 사유하기에 정말 좋은 물건인 것 같네요. (웃음)

김나영 우리 집 아이는 연속으로 눌러요. 한 번만 눌러도 되는데, 좋은 거는 여러 번 눌러서 제가 '한 번만'이라는 말을 자주 해요. 이제 보니 제가 그렇게 말할수록 더 여러 번 누르는 게 이해가 될 것 같네요. (웃음)

'봄의 시소' 작품으로 이 시를 선정하면서 외부 선정위원들도 모셔서 오래 토론을 했어요. 그때 「사운드북」의 강점으로 꼽은 게 '이 시는 새로운 사전을 만들어내고 있는 것 같다'는 점이었어요. 이 시의 구절과 단어들은 대부분 일상적으로 자주 쓰는 것들이잖아요. 믿음, 온도, 웃음, 울음, 슬픔, 공포 같은. 그 의미를 우리가 잘 모르지 않는 것들인데 이 시를 읽고 나면 이 말들의 의미를 새로 배운 것 같은 각성이 들죠. 사랑을 이런 식으로 사유할 수 있구나, 또 좋은 시는 언제나 한국어 사전의 볼륨을 두껍게 하는 데 기여하는구나, 하고 생각했어요. 개인적으로 가장 좋았던 새로운 정의는 '이해'에 관한 것이었어요. "이해는 젖은 신발을 신고/신발이 다시 마를 때까지 달리는 것이어서"라는 구절이 있잖아요. 젖은 신발이 마를 때까지 그저 기다리는 게 아니라 그걸 신고 달리겠다는 말에는 당장 해결할 수 없는 곤혹스러움을 단순히 견디는 게 아니라 기다림이라는 수동성을 어떻게든 능동적인 움직임으로 바꿔보겠다는 결의 같은 게 들어 있잖아요. 나름대로 어떤 노력을 더하면서 기다리고 견디는 것이 이해라는 말이 깊이 와닿았어요.

안미옥 '이 시는 새로운 사전을 만들어내고 있는 것 같다'는 이야기를 들으니 오늘 집에 가서 잠이 오지 않을 것 같아요. (웃음) 감사합니다. 더 힘을 내서 열심히 써야겠다는 생각이 들어요.

이 시를 쓸 때, 사랑에 대해 쓴다면 이해에 대해 이야기하지 않을 수 없다고 생각했어요. 제가 요즘 생각하는 이해는 마음이 넓어서 가능한 것이 아니고, 일종의 수련을 해야 가능한 느낌이에요. 정말 뼈를 깎는 것처럼요. 이해되지 않는 무언가를 이해하려고 노력하는 과정 자체가 사실은 사랑이라고 이야기할 수도 있을 것 같아요. 정말 쉽지 않죠. 그런데 그걸 해야만 지속 가능해지는 삶의 지점들이 너무 많은 것 같다고 생각하며 썼어요. 그 생각을 어떻게 문장으로 담을까 생각했을 때 젖은 신발 이미지가 떠올랐어요. 완전히 마르는 일이 가능할까? 싶은 심정이 담겨 있기도 해요. 계속 달려도 마르지 않을 수 있잖아요, 마를 때까지니까요.

김나영   언제까지 달려야 하는지, 그 끝을 알 수 없는 것 같은?

안미옥   네, 그런 느낌. 그래도 해보겠다, 하는 다짐을 담은.

김나영   이해를 바라며 이해를 향하는 움직임, 그런 마음의 고투 같은 게 구절구절 들어 있는 시인 것 같아요. 자꾸만 아이에 대한 이야기로 돌아가는 것 같은데요, 아이를 낳기 전에는 사랑이라는 것에 대해서 보편적으로 이해하려고 했던 것 같아요. 굉장히 개별적인 경험과 감각마저도 어떤 상식적인 차원에서 해석하고 받아들이려고 했달까요. 흔히 말하듯 '너와 나는 다르고 그 다름 자체를 있는 그대로 받아들이는 것이 사랑의 기본적인 태도다' 같은 식이었죠. 좋아하는 사람이 이해가 안 되는 행동을 하면 그냥 스위치를 끄고 기다렸어요. 왜 다르지? 하는 질문은 사랑이 아니고 다른 건 어쩔 수 없는 거라고 받아들이는 게 사랑이라고 여기면서요. 그런데 아이를 낳고 보니 그게 아니더라고요. 이해라는 건 시시각각 내가 발명해내는 사랑의 방법인 것 같아요. 아이를 돌볼 때 내가 이해하지 못하는 부분에 대해 즉각 닦달하고 추궁하며 답을 내놓으라 요구하지 않고 혼자 계속 생각해보게 되잖아요. 왜 이럴까, 나는 어떻게 해야 할까. 그동안 뭔가가 내 안에서 나를 갉아먹는 것 같은 불안과 고통에 사로잡히게 되지만, 그 시간을 반드시 겪어야지 뭔가 이해하게 되고 다시 아이와 화해할 수 있게 되더라고요. 그런 시간이 육아를 하면서 계속 반복되었는데, 그게 이 시에서처럼 젖은 신발을 신고 달리는 것, 마를 때까지 달려보겠다고 마음먹는 것과 너무 비슷하게 느껴졌어요.

안미옥 맞아요. 정말 그래요. 이해가 '시시각각 내가 발명해내는 사랑의 방법'이라는 말씀이 참 와닿아요. 그리고 그렇게 발명해내는 사랑은 받는 사람뿐만 아니라, 주는 사람의 마음도 풍요롭게 만드는 것 같아요. 사랑을 향한 노력이 사랑의 대상에게도 좋은 일이지만, 나 자신에게도 정말 좋은 일이라는 것을 깨닫게 되었어요.

가끔, 아니 종종 얘가 왜 이러지? 싶어질 때가 정말 많아요. 아직 돌이 안 된 아기여서 더 그럴 수 있는데, 자기 의사를 표현할 수 있는 수단이 울음과 눈짓, 투정이나 몸부림이 전부인 시기니까요. 그럴 때 대체 왜 이러는 거지? 라고만 생각하면, 그 행동이 잘못된 행동처럼 보여요. 그러다 조언을 구해서 알게 되거나, 아기를 좀 더 자세히 관찰하는 시간을 갖다 보면 이유를 알게 돼요. 어른들도 마찬가지지만, 아기가 어떤 행동을 하는 데엔 분명한 이유가 있더라고요. 이유를 알게 되면, 이해의 폭이 생기고, 이해의 폭이 넓어지면 문제라고 여겼던 것들이 전혀 문제가 아니게 돼요. 엄청 울고 떼쓰는 모습을 봐도 지금 많이 힘들구나, 하고 감정을 읽게 되더라고요. 좀 더 관심을 가지고 노력을 해야만 가능해지는 이해의 영역이 있는 것 같아요. '발견'하고, '발명'해야 하는. 이게 아기한테도 물론 좋겠지만, 제 자신에게도 너무 도움이 되는 일이에요. 이해가 사랑의 지평을 넓히는 한 형태라는 것, 힘들지만 충분히 가능한 것이라는 건 아기를 키우면서, 또 이 시를 쓰면서 크게 깨닫게 되었어요.

봄

김나영 대화를 나누다 보니 「사운드북」이 '2021년 봄의 시소'
에 선정된 게 시기적으로도 적절하다는 생각이 들어
요. 지금 1년 넘게 코로나19로 다들 무척 힘들게 지내
고 있는데요, 이런 시기에 우리가 같이 생각해봐야 할
중요한 문제 중 하나가 '돌봄'인 것 같아요. 사회적인
거리두기를 강조하다 보니 강조된 표면 아래에 있는
것들은 외려 도외시하게 되었잖아요. 거리두기도 '우
리 모두가 연결되어 있다'는 전제로부터 실천되어야
하는 건데, 그런 사유 없이 그저 배척하고 경계하면서
사회적인 혐오나 방관에서 오는 폭력에 더 많은 사람
들이 노출된 것 같고요. 사랑이라는 특별한 이해의 방
법이 필요한 시기에 이런 시의적절한 사랑 노래를 독
자들에게 들려줄 수 있게 되어 더 기쁩니다.

그런 맥락에서 저는 이 시가 한국문학에서 그려내는
'엄마됨'의 방식과 의미의 범주를 더 확장한 것 같다는
생각을 해봤어요. 엄마를 낳고 기르는 여성이라는 기
존의 의미에서 벗어나 돌봄의 주체라는 역할에 대한
이름으로 본다면, 이제 누구나 '엄마됨'을 사회적 윤리
의 차원에서 자신의 역할과 의무로써 생각해볼 수 있
지 않을까요. 앞에서 말했듯이 타인을 어떻게 이해할
것인가 하는 문제와 연관해서요.

인터뷰 _ 안미옥 × 김나영

안미옥   불과 11개월 전까지만 해도 저는 '돌봄'에 대해 막연하게 생각하는 지점이 있었어요. 그런데 아기를 낳고, 키우는 입장이 되다 보니 '돌봄'이라는 영역을 매일 피부로 느끼고 실천하게 되었어요. 한 존재를 돌보는 과정을 알아가고, 배워가는 중인 것인데요. 시기가 맞물려 육아와 코로나19를 함께 겪으면서 자연스럽게 사회적인 돌봄에 대해서도 생각하게 되는 것 같아요.

사회적 돌봄이 필요하지만, 우리 사회가 외면하고 감추었던, 수면 아래 숨겨져 있던 존재들이 코로나19 이후에 전부 가시화되었잖아요. 돌보지 않거나, 미처 돌보지 못했던 존재들이 너무나 많다는 것을 이제야 우리가 목격하게 된 게 아닐까 해요. 그런데 이런 시기에 생각했을 때, '엄마됨'은 부모에게만 국한되는 것이 아니고, 사회적인 큰 틀에서 어떤 사랑의 행위를 하는, 사랑을 감당하는 존재가 되어감의 과정이라고 할 수도 있을 것 같아요. 지금껏 돌봄의 영역은 여성들의 몫이 크게 작동했고, 지금도 학교나 여타 기관들의 공백을 여성의 돌봄으로 메꾸고 있다는 생각이 드는데요. 지금 사회에선 누구나 '엄마됨'의 한 존재로서 살아갈 수 있고, 또 살아가야 하는 게 아닐까 해요. 그러기 위해선 우리가 앞서 이야기했던 이해의 측면에서, 선행되어야 하는 것들이 있죠. 우선은 외면하지 않는 것,

보려고 하는 것. 불편한 것을 대면하고 싶지 않아서 관심조차 두지 않으려고 하지만, 그런 태도가 이젠 지속 가능하지 않고, 그런 태도를 고수해서도 안 된다는 것을 위기의 시기를 통해 알게 되는 것 같아요. 코로나19 이후, 이 시대의 사랑은 지금까지와는 좀 다른 방식으로, 돌봄의 책임을 나누고 살아야 하지 않을까? 하는 고민도 자주 했는데요. 그런 고민이 시에 자연스럽게 담기게 되었나 봐요.

김나영 대화를 나누다 보니 「사운드북」에서 어떤 사랑을 배우고 이야기하는 주체가 자연스레 엄마로 읽혔다는 게 제 이해의 맹점 중에 하나였던 것도 같아요. 여기서 '엄마됨'의 역할을 하는 주체는 직접 아이를 낳고 기르는, 생물학적인 여성으로서의 엄마에 국한되지 않고 '엄마됨'이라는 태도와 의지를 가진 사람 전반으로 볼 수 있으니까요. 대화를 나눌수록 「사운드북」이 우리 시대의 돌봄에 대해 함께 생각해보게 만드는 시라는 점이 분명해지는 것 같아요. 말씀하셨듯 코로나19로 인해 우리 사회의 취약한 부분이 노골적으로 드러나고 있고, 그중의 하나가 돌봄에 관련한 부분인데요. 최근 아동학대 문제가 심각한 뉴스로 떠오르는 것도 이와 무관하지 않은 것 같아요. 우리 사회가 돌봄에 취약한 이유가 그걸 지극히 사적인 영역이나 개인의 역할로만 취급하는 데 있지 않나 싶고요. 학교에 못 가고 온종일 집에 있는 아이들을 돌보며 가사 주체의 노동이 몇 배로 늘어나게 되었고 그와 관련해 섀도 팬데믹(shadow pandemic)이라는 용어도 생겨났더라고요. 돌봄에 있어서 그 대상과 주체가 모두 어려워진 상황이고, 여기에서 사회적인 격차가 더 두드러지게 되잖아요. 사회적 시스템이 역할을 못 하는 데다가 가사 주체의 돌봄을 받는 게 불가능한 아이들은 그저 집에 고립되고 방치되고 있어요. 컴퓨터가 없어 화상수업을 들을 수 없고, 학교에서 먹던 급식마저도 못 먹고. 「사운드북」을 반복해서 읽을수록 이런 여러 환경에 처한 아이들이 떠올랐고, 이 아이들은 누가 어떻게 돌봐줄 수 있을까를 생각하지 않을 수 없었어요. 이 작품이 이번 계기를 통해 더 많은 독자들에게 의미 있는 고민거리를 던져줄 수 있으면 좋겠습니다. 마지막으로 「사운드북」을 읽게 될 독자분들에게 하고 싶은 말씀이 있으시다면요?

안미옥 저는 시가 핀셋 역할을 하는 게 아닌가 하는 생각을 종종 하곤 해요. 우리 모두 참 바쁘고 여유도 없고, 일상을 살아가는 것만으로도 힘겹잖아요. 자기 자신을 돌아보거나 주변에 대해 생각할 여유도 없고요. 저는 시가 그렇게 바쁜 사람을 잠깐 붙잡아두는 역할을 하면 좋겠다고 생각하거든요. 이 시를 읽는 동안은 잠깐, 자기 자신에게 오롯이 붙들려 읽고, 감상하셨으면 좋겠고요. 그저 구절구절에 몸을 싣는다는 느낌으로, 자연스러운 각자의 흐름과 호흡으로 읽으셨으면 좋겠어요. 어떤 구절엔 오래 머물고, 어떤 구절은 스치듯 지나가고. 그렇게 마음에 남는 구절을 품어서 또 다른 생각을 하고, 질문을 던져보는 일을 즐겁게 해보셨으면 해요.

김나영 오늘 아침에 눈이 내렸어요. 덕분에 이렇게 대화를 나누는 동안 분위기는 좋았는데, 혹시 오시는 길이 불편하지는 않으셨을지 뒤늦은 걱정이 듭니다. 흔쾌히 인터뷰에 응해주시고 좋은 이야기 많이 들려주셔서 감사합니다.

안미옥 오늘 눈이 많이 내려서 오는 길에 기분이 참 좋았어요. 함께 이야기 나눌 수 있어서 정말 좋았고요. 불러주셔서 감사합니다.

김나영
문학평론가

봄

소설

손보미
2009년『21세기문학』과 2011년 동아일보 신춘문예를 통해 소설을 발표하기 시작했다.
소설집『그들에게 린디합을』『우아한 밤과 고양이들』『맨해튼의 반딧불이』, 중편소설
『우연의 신』, 장편소설『디어 랄프 로렌』등을 냈다.

해변의 피크닉

열한 살 때부터 나와 어머니가 살게 된 건물의 이름은 정우맨션이었다. 당시에는 '맨션'이라는 단어가 무언가 고급스러운 주거 공간을 의미했었다. 지금은 다르다. 지금 사람들은 '맨션'보다는 '아파트'라고 **이름 붙인** 장소에 사는 걸 더 선호할 것이다. 지금은 아무도 정우맨션이 고급스러운 거주지라고 말하지는 않을 것이다. 우리가 이사한 계절은 가을이었다. 갑자기 학교를 옮기고 친한 친구들과 헤어졌다는 생각 때문에 한동안 나는 밤마다 이불 속에서 울었지만, 시간이 지나면서 그런 날은 점차로 줄어들었고, 1년 후 가을쯤에는 친구들 때문에 우는 것이 완전히 시들해져버렸다.

정우맨션은 15층짜리 복도식 건물—나는 지금 '아파트'라는 단어를 쓰지 않으려고 노력하고 있다—세 개가 서로 대각선 방향으로 이어져 있고, 세 동이 만나는 지점에는 층마다 커다란 공용 공간이 있었다. 그 전까지, 그러니까 주공 아파트에 살았을 때에는 이웃집에 누가 사는지, 그들이 무슨 일을 하는지 잘 몰랐다. 다만, 어머니가 일을 하러 거의 매일 외출을 하던 시절 나를 돌보

아주던 아주머니 남편의 직업만 알고 있을 뿐이었다(어머니나 아주머니는 사실 그것마저도 애매모호하게 표현했다. "시내에 있는 공장에 나가서").

정우맨션에 이사한 후로 어머니는 달라지기 시작했다. 눈에 띄는 변화 중 하나는 이웃과 잘 지내려고 노력하기 시작했다는 점이었다. 어머니는 가끔 사람들을 집에 (어머니의 표현에 따르면) 초대하거나, 다른 사람들 집으로 (역시 이번에도 어머니의 표현에 따르면) 초대되었다. 한번은, 우리가 이사하고 나서 반 년 정도가 지났을 때의 일인데, 장을 보러 나간 어머니가 식료품이 가득 든 장바구니 대신, 어떤 아주머니와 돋보기안경을 쓴 남자아이를 집으로 데리고 온 일이 있었다. 어머니와 함께 온 아주머니는 다른 층에 사는 주민이었고 옆에 서 있는 아이는 아주머니의 아들이었다. 아주머니는 그날 처음 본 것이었지만 남자아이는 이미 몇 번 본 적이 있었다. 대여섯 살처럼 보이는 그 애는 머리통이 컸고 머리카락이 굽슬굽슬했다. 돋보기안경 렌즈 너머의 눈동자는 언제나 저 너머를 바라보고 있는 것 같았다. 팔다리는 가느다랬지만, 배에는 살이 쪄 있었다. 항상 줄무늬가 들어간 폴로 티셔츠를 입고 있었는데, 배 부분이 너무 꽉 끼어 있어서 불편해 보인다고 느꼈고, 그 애의 부모가 왜 좀 더 큰 치수의 옷을 입히지 않는 건지 궁금해했던 기억이 난다. 말하는 걸 본 기억은 별로 없었다. 그 애가 괴상한 소리를 내며 공용 공간을 뛰어다니면 어디선가 할머니가 나타났고 그 애는 순순히 할머니의 손을 잡고 사라졌다. 그런 모습을 본 건 나뿐만이 아니어서 같은 맨션에 사는 또래 친구들 사이에는 그 애를 둘러싼 소문들이 돌았다. 그 애가 더 어렸을 적에 납치를 당한 적이 있고 그 충격 때문에 키가 자라지도, 유치원에 가지도, 말을 제대로 하지도 못한다는. 그 이야기는 언제나 두루뭉술하고 애매모호한 단어들로 이루어져 있었고, 미심쩍고 불미스러운 느낌을 남겼지만 우리는 우리 자신이 어떤 궁금증을 가져야 하는지조차 알지 못했다.

애매모호하고 두루뭉술하고 미심쩍고 불미스러운 그 느낌—그 당시에 나는 언제 어디서나 그런 낌새를 느낄 수 있었다. 그러니까 어떤 일이 벌어지고 있다는 느낌이 있었다. 하지만 그것이 무엇인지, 정확하게 무엇을 궁금해해야 하는지는 알지 못했다. 남자애들은 갑자기 키가 컸고, 골격이 자랐다. 여자애들 중 일부는 가슴이 나오고 엉덩이가 커졌다. 크고 작은 소동이 있었다. 여자애들은 남자애들과 실수로 팔꿈치라도 닿으면 오염이 된 것처럼 호들갑을 부렸고, 실제로 그런 말이 입에서 튀어나왔다. "악, 더러워!" 어제까지만 해도 아무렇지 않게 여자애들과 어울리던 남자애가 다음 날 갑자기 여자애들에게 알 수 없는 손짓을 하며 승리자처럼 굴거나 브래지어를 한 여자애의 뒤에 가서 끈을 잡아당기고 소리를 질렀다. 괴롭힘과 증오심. 교실 안에는 마치 그 두 감정만이 격렬하게 소용돌이치는 것처럼 느껴졌고 때때로는 알 수 없는 긴장감마저 돌았다. 남자와 여자는 서로를 미워하기 위해 태어난 존재들인 것처럼. 서로 영원히 섞이지 않을 거라고 맹

손보미. 해변의 피크닉

세라도 한 것처럼. 하지만, 놀랍게도 아침마다 교실 칠판에는 그런 문장들이 한두 개쯤은 꼭 적혀 있었다. 누가 누구를 좋아한대요! 누가 누구를 사랑한대요! 이름의 주인공들은 추문에 휩싸였다는 듯 펄쩍 뛰며 난리를 쳤다.

내가 그 이름의 주인공이 되는 경우는 없었다.

솔직히 고백하자면 나는 그 이름의 주인공이 되고 싶다는 열망을 품고 있었지만 그런 사실을 입 밖에 낸 적은 없었다. 그건 마치 용서받지 못할 생각인 것 같았고, 그런 열망을 품고 있는 건 나밖에 없는 것 같았다. 칠판에 적힌 이름을 이루는 직선과 곡선들은 칠판 지우개로 박박 지워진 후에도 하루 종일 내 머릿속에 잔상처럼 남아 있었고 쉽사리 사라지지 않았다.

어느 날, 나는 어머니에게 이렇게 말했다.

"아무래도 난 별로 예쁘진 않은가 봐요."

어머니는 진지한 표정으로 잠시 생각에 잠겨 있다가 입을 열었다.

"괜찮아, 네 나이 때는 다 그래."

어떤 이유로 그런 것들이 가능했는지 알 수 없지만, 그 당시 우리들 사이에서는 숙직실을 청소하는 건 하나의 특권으로 받아들여졌다. 그 여자애들, 청소 시간이 되면 숙직실로 사라져버리는 여자애들이 있었다. 그 애들은 숙직실 열쇠를 가지고 있다가 청소가 끝난 후에도 거기에 남아 있곤 했다. 허리까지 내려오는 머리카락에서 진한 샴푸 향을 풍기고, 연두색 바지나 보라색 스타

킹을 신고 다니던 애들. 연약하지만 다채롭고 위태롭지만 맹렬한 세계 속에 포함되어 있던 애들. 6학년짜리 오빠들이 숙직실의 문을 두드리면 여자애들은 그제야 숙직실에서 빠져나와서 그들과 어디론가로 사라져버렸다. 나는 그걸 알고 있었다.

내가 별 반응이 없자 어머니는 이렇게 덧붙였다.

"외모에 신경 쓰는 건 바보들이나 하는 짓이야. 꼭 예뻐질 필요도 없어."

나는 어머니가 내게 손쉬운 거짓말을 했다고, 어떤 것들을 숨기려고 애썼다고는 생각하지 않는다. 비약. 건너뛰는 것. 그것은 어머니의 신념이 작동하는 방식이었고, 단순한 눈가림이나 위장술과는 완전히 달랐다. 어머니의 세계에서 때때로 어떤 진실들이 힘을 발휘하기 위해서는 그런 식의 건너뜀이 필수불가결한 것이었다.

나와 어울리던 여자애들은 서로 최면을 거는 것에 몰두했다. 이런 식이었다. 한 명이 눈을 감고 벽에 가만히 붙어 있으면 최면을 거는 쪽이 이야기를 시작한다. 이야기 속 주인공은 우리 또래의 여자아이다. 그 애는 하얀색 원피스를 입고 맨발로 뒷산—어디에 존재하는 장소인지는 전혀 알 수 없는 장소—을 올라가고 있다. 그리고 누군가의 이름을 부르고 있다. 우리는 그 여자가 누구를 찾고 있는지도 전혀 알지 못한다. 거기에는 커다란 나무가 있고, 그 나무 위에는…… 이야기를 하는 역할을 맡은 아이는 계속 어떤 이름을 불렀다(이제는 그 이름이 잘 기억이 나지 않는

다). 그러면 어느새 벽에 기대어 서 있는 아이의 팔이 허공으로 스르르 올라가는 식이었다. 그런 일은 언제나 실제로 일어났고 벽에 붙어 서 있던 아이는 눈을 뜨고 나면 허공을 향해 올라간 자신의 손을 보며 소리 질렀다. "맹세코 내가 일부러 그런 게 아니야!" 우리는 아무도 그 말을 의심하지 않았다. 나를 포함해서 최면이 통하지 않는 아이는 단 한 명도 **없었다.**

그 당시 우리들 사이에 유행하는 이야기도 있었다. 그건 계속 괜찮다고 말하는 충청도 여자에 대한 것이었다. 나는 그 이야기를 익살스럽게 할 수 있어서 친구들은 배를 잡고 웃었다. 어머니에게 그 이야기를 해준 적도 있었다. 내 기억에 어머니가 화를 내거나 다시는 그런 이야기를 하지 말라고 경고하지는 않았던 것 같다. 나는 어머니가 쩔쩔매고 있다고 느꼈고, (이유를 설명할 수는 없지만) 어른들 앞에서는 이 이야기를 하지 않는 게 좋겠다고 생각했던 기억이 난다.

어쨌든, 그날, 어머니가 그 애와 그 애의 어머니를 데리고 왔을 때 나는 충격을 받았다. 그 애는 그날도 배 부분이 딱 달라붙은, 불편해 보이는 폴로 티셔츠를 입고 있었는데, 그 애의 어머니는 너무 잘 차려입고 있어서. 그 애는 이상한 소리를 내며 불미스러운 소문을 사방팔방 흘리고 다니는데, 그 애의 어머니는 혹독한 비밀의 세계와는 동떨어져서 살아가는 사람처럼 보여서. 그 애의 어머니는 그저 예사롭고 평범한 방식으로 지치고 피곤해 보일 뿐이었다. 내가 기대한 것은 그보다는 훨씬 더 비현실적이고 번잡

봄

스러운 방식으로 아주 잠깐만, 얼핏 그 모습을 드러내는 고통이었다. 그들에게 인사를 한 후 나는 곧바로 방으로 들어갔다. 그들 때문이 아니라, 어머니 때문에. 남들에게 무언가 베풀고 싶어서 안달을 내는 것 역시 이사 후 어머니에게 생긴 변화 중 하나였다. 어머니는 다른 사람들에게 자신이 가지고 있는 것을 무엇이든 내주고 싶다는 듯이, 그게 자신의 진정한 모습이라는 듯이 굴었고, 나는 그런 어머니를 보는 게 싫었다. 어머니에 대한 반감은 아니었을 거라고 생각한다. 그저 내가 잘 알고 있다고 느낀 한 인간이 스스로를 미워하는 것처럼 보일 때 느껴지는 낯뜨거움과 관련된 감정이었을 것이다. 하지만, 결국 그게 그거였는지도 모른다. 나는 곧이어 어머니가 찬장을 뒤져서 우리 집에서 가장 비싼 찻잔을 꺼내리라는 사실도 알고 있었다.

그들이 돌아가고 난 뒤 저녁을 먹을 때(어머니가 장을 보지 않았기 때문에 우리는 컵라면을 먹어야만 했다) 어머니는 내가 그런 식으로 방으로 들어가버린 것 때문에 잔소리를 늘어놓았다. 나는 졸려서 그랬다고, 버릇없게 군 것을 후회한다고 말했다. 후회한다—그 문장은 한동안 어머니의 마음을 쉽게 스르르 녹이곤 했다. 마치 마술처럼. 어머니는 젓가락을 내려놓은 후 한동안 얼굴을 찡그린 채로 어딘가를 응시했다. 그리고 낮은 목소리로 중요한 사실을 전달한다는 듯 말했다.

"걔네 가족은 오랫동안 외국 생활을 해서 그 애가 한국에 적응하는 게 어렵대."

그리고 슬쩍 나를 바라본 후 입을 열었다.

"그 애 엄마는 외국계 회사에 다닌다고 하더구나. 똑똑한 여자야. 남편은 회계사래. 오늘은 아이를 돌봐주는 아주머니—그 할머니는 그 애의 **핏줄**이 아니었다—가 오지 못해서 급작스럽게 휴가를 얻었다는 거야."

여기까지 말한 어머니는 딱하다는 듯이 한숨을 쉬었다.

"이럴 땐 언제나 엄마가 희생하기 마련이지. 둘 다 부모인데도 휴가를 얻어야 하는 건 엄마 쪽이잖아? 어쨌든 아들이랑 너무 오랜만에 단둘이 시간을 보내는 거여서 뭘 해야 할지 전혀 몰랐다는 거야. 심지어는 눈물이 날 뻔했다지 뭐니. 나보고 함께 시간을 보내줘서 고맙다고 하더라. 너도 앞으로 그 애를 보면 잘 대해줘야 해. 말을 걸어줘."

나는 어머니가 그 애를 둘러싼 소문을 알고 있는 건지 궁금했고, 그 애의 어머니와 그런 주제로 이야기를 나누었는지도 궁금했다. 질문을 하는 행위 자체가 어머니를 우쭐하게 만든다는 사실을 알고 있었던 나는 짐짓 태연한 척을 하며 앉아 있었지만, 결국엔 이렇게 물어볼 수밖에 없었다.

"왜 그 애는 말을 잘 못해요? 그 애가 나쁜 일을 겪은 게 사실이에요?"

어머니는 (내가 결국 그런 질문을 던질 걸 예상하고 있었으면서도) 놀라움을 금치 못하겠다는 듯, 두 눈을 동그랗게 뜨고 반문했다.

"나쁜 일이 뭔데?"

나는 말문이 막혔다. 그래, 그게 뭐란 말인가? 이상했다. 그 애가 납치를 당하고, 부모님으로부터 멀리 떠나 있어야 했다는 것, 바로 그것이 나쁜 일이었다. 하지만 어머니가 나쁜 일이 뭐냐고 질문했을 때, 나는 뭐라고 대답해야 할지 알 수 없다는 기분을 느꼈다.

"걔는 외국에서 태어나서 그래. 영어랑 한국어 사이에서 갈팡질팡하는 거야. 그래서 지금은 한국어도 영어도 잘 못하는 거란다. 두 가지 언어를 다 구사하는 걸 이중 언어라고 하거든. 걔는 이중 언어에 실패한 거야. 혼란스러운 거지. 뇌 말이야, 뇌."

그 애의 어머니에게 들은 이야기를 마치 예전부터 알고 있었던 사실인 양 어머니가 말하는 동안, 나는 딱 달라붙은 폴로 티셔츠 아래에서 숨을 쉴 때마다 오르락내리락하던 그 애의 배의 움직임을 떠올리고 있었다. 그 옷 아래 숨겨져 있을 배꼽의 모양 같은 것. 잠시 후에 식탁 의자에서 일어난 어머니는 남은 라면 국물을 싱크대에 따라 버리면서 이렇게 중얼거렸다.

"이 세상에 모든 걸 다 가진 사람은 없어."

그러고 나서는 나를 향해 이렇게 말했다.

"그러니까, 너는 엄마에게 고마워해야 해. 엄마가 이렇게 너를 위해 희생하는 것에 대해 말이야."

가끔 어머니는 그런 식으로 엉뚱한 소리를 했다. 아, 그래, 엉뚱하다는 표현보다는 느닷없다는 표현이 더 맞을지도 모른다. 내가 중학교에 다니던 시절, 친구들이 우리 집에 놀러 왔을 때, 어머니는 그 애들에게 꿈을 가지라고 말했다. 무슨 일이 있어도 포기하지 말라고. 꿈을 포기하는 건 세상이 종말한 후 혼자 살아남는 것보다도 최악이라고.

"뭐든지 할 수 있다고 생각하란 말이야."

나는 창피해서 죽을 지경이었다. 게다가 세상이 종말하긴 왜 종말한단 말인가(어떤 친구는 우리 어머니가 종말론자라고 말하고 다녔다). 하지만 그 자리에서 나는 하나도 창피하지 않다는 듯이 초연하게 굴었고, 심지어 완전히 동의한다는 듯이 고개를 끄덕이기까지 했다. 나는 나중에, 아무렇지 않은 척하는 것, 내 외부에서 벌어지는 그 어떤 일도 내게 아무런 영향을 미칠 수 없다는 듯이 행동하는 것의 핵심에는 언제나 허영심이 자리 잡고 있다는 것을 깨달았다.

어머니의 느닷없고 엉뚱한 소리는 할머니네 집으로 가는 날, 말 그대로 폭발했다. 일곱 살 이후로 나는 거의 10년 동안 여름방학이 되면 부산에 있는 할머니네 집으로 가서 한 달가량을 머물렀다(열 살 여름은 서울에서 보냈는데 그해에 대해서 어머니는 다시는 이야기하려고 하지 않았다). 일곱 살 이전에는 할머니—물론 할아버지도—를 본 적도 없었다. 나는 내가 태어나기 전, 그리고 그 이후 몇 년 동안 일어난 일에 대해서 잘 몰랐다. 내가 알고 있었던 것은 할머니와 할아버지가 아버지와 어머니의 결

봄

혼을 반대했다는 것, 어머니와 이혼한 아버지가 부산으로 내려간 후 갑작스러운 사고로 돌아가셨다는 게 전부였다.

할머니는 '맨션'도 '아파트'도 아닌 '건물'에 살았다. 그런 종류의 건물을 뭐라고 해야 하지? 단독주택? 사실 지금 나는 저택이라는 단어를 사용하고 싶지만, 너무 호들갑스럽게 보일까 봐 주저하는 중이다. 그야말로 모든 것이 거대한 집이었다. 대문, 정원, 창문, 그 집의 모든 방, 화장실의 세면대와 욕조 등등. 하다못해 정원에 있던 멋들어진 바위와 나무들까지도. 미적인 고려 같은 건 전혀 없다는 듯이 그냥 지나치게 크기만 했다. 나중에, 대학에서 프로이트에 관한 교양 수업을 들을 때 나는 그 집을 지은 사람이 어쩌면 성적으로 콤플렉스가 있는 게 아닐까 하는 생각을 했고, (마치 누군가 내 머릿속을 들여다보고 있기라도 한 것처럼) 얼굴이 붉어진 채로 고개를 숙인 후, 그 생각을 머릿속에서 재빨리 털어냈다. 그 집의 부지를 선정하고, 건물의 기본적인 구조를 짜고, 정원에 들일 나무와 돌들을 선택한 사람이 다름 아닌 내 할아버지였다는 사실이 곧바로 떠올랐기 때문이었다. 그 생각을 털어내는 건 어렵지 않았지만, 죄지은 기분을 털어내는 건 쉽지 않았다. 그리고 (놀랍게도) 그 후로 그건 내 내부에 존재하는 일종의 스위치가 되었다. 죄의식을 느낄 때마다 나도 모르게 그 집의 거대한 돌과 나무들을 떠올리게 되는 식으로.

미래에 내가 어떤 죄의식을 가지게 되는지, 그게 어떤 식으로 작동을 했는지를 지금 이야기하려는 건 아니다. 내가 하고 싶은 말은 어머니가 부산까지 항상 차를 운전해서 나를 데려다주었다는 것과 운전하는 동안 내게 여러 가지 주의 사항을 (느닷없고 엉뚱한 방식으로) 늘어놓았다는 점이다. 그중 하나는 그 집에서 일하는 아주머니에 대한 것이었다. 할머니네 집에는 아주 오랫동안 일을 도맡아 하는 아주머니 한 명이 거주했는데, 그녀는 독실한 천주교 신자였다. 가끔 둘만 남아 있을 때, 아주머니는 그런 이야기를 하는 걸 좋아했다. 하느님이 6일간에 거쳐서 이 세계를 만들었다든지, 선악과를 먹은 아담과 이브에 대한 이야기라든지, 최초의 인간은 자신의 아들을 신에게 제물로 바쳤다든지 하는.

여덟 살 때, 서울로 돌아가는 어머니의 자동차 안에서, 아무 생각도 없이 아주머니의 이야기—하느님이 어떻게 이 우주를 창조했는지에 대해—를 전달했을 때, 어머니는 심하게 화를 냈다. "세상은 그런 식으로 만들어지지 않았어. 그 아줌마는 진화론이 뭔지 전혀 모르는 모양이구나. 세상에, 어떻게 그렇게 무식할 수가 있니?" 나는 어머니가 아주머니를 '무식하다'라고 말한 것 때문에 속이 상했다(그 말은 그 후로 내가 아주머니를 대할 때마다 어쩔 수 없이 여러 가지 방식으로 작동했다. 나는 어머니의 말에 오염되었다는 사실을 알고 있었지만, 그것을 걷어낼 수도 없었다). 어쨌든 그 집에서 할머니 다음으로 내가 많은 시간을 함께 보내는 사람은 아주머니였다. 어머니는 진화론에 대해 일장연설을 늘어놓은 후에, 아주머니의 말을 믿어서는 안 된다고 경고했다. 운전에 열중하던 어머니가 다시 입을 열었다.

"아니다. 그런 생각조차 금지야. 생각도 하지 마. 네가 그런 생각을 계속하는지 안 하는지 엄마가 검사할 거야."

생각조차 하지 말라니. 게다가 그걸 어머니가 어떤 식으로 검사한단 말인가?

그해에, 우리가 정우맨션으로 이사를 하고 처음으로 할머니네 집으로 가던 그해에 어머니가 차 안에서 느닷없이 던진 말은 바로 이것이었다.

"너네 할머니가 이사 간 집이 어떻느냐고 물어보면 그냥 그렇다고 대답해."

나는 그 말의 의미를 알 수가 없어서 결국엔 이렇게 물어보고 말았다.

"왜요?"

어머니는 백미러를 흘긋거리다가 대답했다.

"그냥, 엘리베이터나, 네 방 이야기나, 새로 산 소파 이야기 같은 건 하지 마."

나는 의자에 몸을 기대고 창밖을 바라보며 말했다.

"할머니는 그런 거 안 물어볼 거 같아요."

"아니, 내가 장담하는데 너네 할머니는 분명히 물어볼 거다. 아마 너를 보자마자 물어볼걸? 진짜, 내가 확신한다."

부산에 도착한 후 약속된 장소에 할머니네 기사 아저씨가 나를 데리러 오기 직전에 어머니는 두 손으로 내 얼굴을 감싼 채 한숨을 쉬었다.

"할머니랑 할아버지를 사랑할 **필요까진 없지만,** 그분들 기분을 거스르지 마라. 할 수 있지?"

이렇게 말한 후 어머니는 내 몸을 돌려세우고는 뒤에 붙어 섰다. 그리고는 마치 내가 경기에 출전하는 운동선수이고 자신은 코치여서 선수에게 기합을 넣어준다는 듯이, 어깨를 주물럭거린 후 조그만 목소리로 말했다.

"자, 이제 가."

기사 아저씨를 따라가면 한복을 곱게 차려입고 짧은 머리를 잘 빗어 넘긴 할머니가 차 뒷좌석에서 나를 기다리고 있었다. 할머니는 사시사철 한복을 입고 생활했다. 할머니는 바다를 무척 좋아해서 적어도 일주일에 두세 번은 나를 데리고 해변으로 피크닉을 갔는데 그럴 때에도 항상 한복을 차려입고 있을 정도였다. 할머니네 집은 바다와는 아주 동떨어져 있었다. 바다에 동행하는 건 언제나 나와 기사 아저씨뿐이었고 그러므로 그게 아주 신나는 경험이라고 말할 수는 없었다. 그래도, 내가 기다리는 게 있었다. 바다에서 신을 새 샌들과 차 트렁크에 실려 있는 커다란 피크닉 박스 두 개. 할머니는 여름마다 내 샌들을 새로 사두었고, 커다란 피크닉 박스 안에는 복숭아나 먹기 좋게 자른 수박, 혹은 멜론 같은 과일과 단팥빵과 외국 쿠키, 얼음물과 각종 음료수들, 샌드위치, 아주머니가 만드느라고 불 앞에서 고생했을 닭튀김, 길게 자른 당근과 오이 같은 게 들어 있었다. 사실, 얼마나 많이 먹었던지 여름이 지날 때마다 나는 믿을 수 없을 정도로 살이 붙었고, 서울로 돌아오면 한동안 어머니는 나를 이렇게 불렀다.

"아이고, 사랑스러운 우리 돼지!"

기사 아저씨는 한적한 곳에 위치한 해변가에 우리를 데려다주었다. 어쨌든 계절은 여름이었고, 어디를 가나 (우리와는 다른 이유로 우리처럼 되도록이면 은밀한 장소를 찾는) 사람들이 몇 명쯤은 있었다. 수영복을 입고 손을 잡은 채 걸어다니는 연인들을 볼 때마다 할머니는 그게 기사 아저씨의 잘못이라도 된다는 듯이 그를 돌아보고 혀를 찼다. 쯧쯧쯧. 그러고는 수영복을 입은 남녀들에게로 고개를 돌려 노골적으로 한숨을 내쉬며 고개를 절레절레 흔들었다. 마치 그들이 초대받지 못한 손님이라도 되는 것처럼. 하지만 지금 돌이켜 생각해보면 그들에게는 바로 우리가 불청객이었으리라. 기사 아저씨가 모래사장 위에 돗자리를 깔고, 휴대용 파라솔을 설치하고 피크닉 바구니를 옮겨주면, 여름 한복을 입은 할머니는 돗자리로 다가가서 정자세로 그 위에 앉았다(할머니가 물에 들어가는 일은 절대 없었다). 뜨거운 여름 공기 때문에 할머니의 이마에서는 땀이 흘렀지만 바람이 그것을 씻어내기도 전에 할머니는 재빠르고도 우아하게(정말로 그랬다. 할머니는 그런 식의 행동이 가능했다) 손수건으로 이마를 눌렀다. 하지만 저고리에 손을 넣어 겨드랑이까지 닦을 수는 없었기에 나는 할머니의 겨드랑이가 땀범벅이 되었을까 봐 걱정이 되곤 했다.

서울에 있는 동안 나는 할머니와 가끔 통화를 했고 그때마다

손보미. 해변의 피크닉

할머니는 여러 가지 질문을 했었다. 그건 대체로 숫자와 관련된 것이었다. 키는 얼마나 컸는지? 몸무게는 얼마나 늘었는지? 발 치수는 어떻게 되는지? 산수 시험은 잘 봤는지? 100미터는 몇 초 동안 달렸는지? 할머니는 말을 천천히 했고, 모든 단어를 아주 또박또박 발음했는데(나는 나중에 노인이 그런 식의 말투를 구사하려면 얼마나 많은 힘을 들여야 하는 것인지 알게 된다), 높낮이가 느껴지지 않아서 엔간해서는 감정을 읽어내기가 어려웠다(이건 어머니와는 정반대인 특질이었다. 어머니는 말이 빨랐고 사용하는 단어 하나하나에 감정이 묻어났다). 나는 공부를 잘하는 편은 확실히 아니었다. 또래 애들보다 키가 많이 작았지만(그래서 때때로 사람들은 나를 나이보다 어리게 보았다), 몸무게는 더 나갔다. 할머니는 언젠가는 내가 '뛰어난 여성'이 될 거라고, 그 무엇도 걱정하지 말라고 했다. 나는 뭘 걱정해야 하는지, 뭘 걱정하지 말아야 하는지도 모르면서 고개를 끄덕이며 대답하곤 했다.

"네, 걱정하지 않을게요."

잠자코 고개를 끄덕이기—나중에, 할머니의 집에서 머물던 여름에 대해 누군가에게 이야기할 기회가 생길 때마다 나는 잠자코 고개를 끄덕이다, 라는 문장을 사용했다. 그 문장 속의 나는 어딘가 모르게 작고 흐릿하며 무언가를 망설이는 듯한 인상을 주는 것 같다. 그리고 나는 그런 모습이 마음에 든다. 어른들 등쌀에 못 이겨 어머니와 할머니 사이에서 갈팡질팡하는 소녀. 혼란스러움을 감추기 위해 조용히 고개를 숙인 채 침묵을 지키는 소녀. 하지만 실제로는 그렇지 않았다(나는 지금 내 모든 힘을 다해 진실되게 쓰려고 노력 중이다). 모든 행위는 씩씩하다 못해 사근사근하게 이루어졌다. 할머니는 (정우맨션에 살기 시작한 어머니가 노력하는 것처럼) 특별히 다른 사람에게 친절하게 군다거나, 자신이 가진 무언가를 내주고 싶어서 안달하지 않았다. 그래도 할머니는 내가 아는 그 누구보다 내게 훨씬 더 많은 것을 줄 수 있었다. 나는 어린아이에 불과했지만 그걸 알고 있었다. 할머니 집에서 머무는 동안 나는 방 안으로 숨지도 않았고 후회한다느니 어쩐다느니 그런 말을 하지도 않았다. 그러니까 어머니는 내게 할머니나 할아버지의 말을 거스르지 말라는 당부는 사실 할 필요도 없었다.

어머니의 예상과 달리 그날, 할머니는 정우맨션에 대해 물어보지 않았다. 새로 장만한 가구, 커다란 텔레비전, 내 방의 벽지나 침대보에 대해서도 물어보지 않았다. 평소와 달리 할머니는 심란해하는 것 같았고, 내 어깨에 손을 두른 채 무언가 다른 것에 정신이 팔려 있는 것처럼 보였다. 나는 최대한 할머니의 기분을 거스르지 않으려고 잠자코 앉아서 창밖을 바라보며, 밤에 통화를 할 때 어머니가 틀렸다는 사실을 알려주리라는 생각을 하고 있었다.

하지만 그날 밤 어머니께 전화를 걸 때, 나는 그런 생각 따위는 잊어버린 지 오래였다. 대신 나는 어머니에게 이렇게 물었다.

"엄마, 아빠에게 동생이 있었다는 사실을 알고 있었어요?"

할머니는 차 안에서 내게 미리 그 사실을 알려줬다. 집에 가

손보미. 해변의 피크닉

면 삼촌이 있을 거라고. 그 말을 하는 할머니의 표정에는 관대함이, 체념한 사람의 억지스러운 관대함이 어려 있었다. 어머니는 금시초문이라고 했다. 사실, 어머니는 할머니네 가족에 대해서는 금시초문인 게 많았다. 어머니는 할머니와 절대 대면하지 않았고 (부산에 도착하면 할머니의 기사 아저씨가 나를 할머니 차로 옮겨 가는 식이었다), 할아버지의 얼굴은 아예 몰랐다. 어머니는 할머니네 집에 방문해본 적도 없다고 했다. 그렇지만 어머니는 자신과 이혼한 후 죽은 남편에게 동생이 있었다는 사실을 알지 못한다는 건 좀 다르게 받아들이는 것 같았다. 어머니는 믿을 수 없다는 듯이 물었다.

"동생? 남동생? 여동생?"

"남동생이요!"

그래, 그날 나는 아버지의 남동생을 처음 보았다. 그는 집에서 나를 기다리고 있다. 기다리고 있었다? 모르겠다. 여하튼 집 안으로 들어가니까 그가 거실 소파에 앉아 있었다. 그는 스물다섯 살로 자신의 죽은 형—그러니까 내 아버지—과는 열댓 살 나이 차이가 났다. 4월에 제대를 했다고 했는데, 군대에 가기 전에는 외국에 있었다고 했다. 제대한 지 몇 달밖에 지나지 않았다지만 군인의 느낌은 전혀 없었다. 키가 크고 마른 데다가 눈꼬리가 처져 있어서 병약하면서도 꿍꿍이가 있다는 듯한 느낌을 주었다. 왼쪽 새끼손가락에는 은반지(아니다, 은이 아니라 백금이었을 것이다)가 끼워져 있었다. 그가 다가와 나를 내려다보며 말했다.

"아, 너가 그 애구나."

그의 말투에서는 나를 반긴다거나, 나를 향한 호의 같은 건 찾아볼 수 없었다. 그렇다고 쌀쌀맞거나 꺼리는 듯한 기색도 아니었다.

"내가 누군지 알아요?"

내가 그에게 말을 걸었을 때, 할머니가 낮고 조용한 목소리로 말했다.

"그만해라."

곧바로 나는 입을 다물었다. 하지만 그는 아니었다. 그는 할머니의 말을 가볍게 무시해버렸다.

"너는 아빠를 별로 닮지 않았나 보다. 너네 아빠는 마르고 키가 컸는데…… 엄마를 닮은 건가……?"

"입 다물어라!"

"뭐 어쨌든 너희 엄마는 정말 대단해. 너희 엄마가 여름마다 너를 여기에 보내는 대가로……"

갑자기 무언가 와장창 쏟아지는 소리가 나서 그쪽을 돌아보니 할머니가 주먹을 쥔 채로 서 있었고, 화병이 옆으로 쏟아져 있었다.

"여기가 어디라고 함부로 입을 놀려! 네 아버지가 이런 걸 가만 두고 보실 거 같으냐?"

나는 할머니가 그렇게까지 소리를 지르는 걸 처음 봐서 그 자리에서 얼어버렸다. 그는 말을 멈추고 나를 바라보며 미소를 지

55

었다. 그건 민망해하거나 겸연쩍어하는 미소가 아니었다. 그는 완전히 자신만만했다. 자신을 제외한 이 세상의 모든 이를 아둔하고 미욱한 존재로 만들어버릴 수 있다는 듯한, 말을 멈추는 건 자신이 선택하는 것이고, 자신이 원할 때마다 누구든지 상처를 입힐 수 있으리라는 자신만만한 미소. 나는 그때 그의 얼굴을 보며 무슨 생각을 했던가?

그해 여름 그 집에 머무는 동안 삼촌을 볼 기회는 그리 많지 않았다. 더 솔직하게 말하면 손에 꼽을 정도였다.

그를 다시 본 건 며칠 후였다. 할머니네 집에서는 정해진 식사 시간이 되면 누구나 단장을 끝낸 후, 자신의 자리를 지키고 있어야 했다. 8인용 식탁의 좁은 두 면 중 한쪽 면에는 할아버지가 앉았고, 할아버지의 오른쪽 면 중앙에는 할머니가, 그리고 왼쪽 면 중앙에는 내가 앉았다. 아주머니의 자리도 정해져 있었다. 혹시라도 생길지 모르는 요구 사항에 대비해서 아주머니는 우리의 식사가 끝날 때까지 부엌에서 기다렸다. 언젠가 내가 서울로 올라가는 차 안에서 이런 상황에 대해 이야기했을 때, 어머니는 고개를 절레절레 흔들며 비인간적이라고 했다. "누군가 밥을 다 먹을 때까지 그 자리에서 쳐다보며 기다리고 있으라니 그게 얼마나 끔찍한 일이니?" 하지만 그런 건 아니었다. 식당과 부엌은 분리되어 있었고 아주머니는 우리가 식사를 하는 장면을 바라보고 있을 필요가 없었다.

그날 아침 식사를 하러 식당에 갔을 때, 삼촌이 내 자리에 앉아 있었다. 그걸 보자, 갑자기 심장이 빨리 뛰기 시작했다. 그리고 그의 목소리가 떠올랐다. **너희 엄마는 정말 대단해.** 너희 엄마가 여름마다 너를 여기로 보내는 대가로…… 나는 그가 우리 어머니에 대해 또 어떤 다른 표현을 사용할 수 있는지, 혹은 그가 할아버지나 할머니에 대해 어떤 식으로 이야기할 수 있는지 궁금했다.

나를 발견한 그가 자신의 옆자리를 손으로 두드렸다.

"거기는 내 자리가 아닌데요."

"괜찮아, 아무 데나 앉으면 돼."

나는 머뭇거리다가 그의 옆자리에 앉았다.

"휴식을 취한다는 말 알아?"

나는 조심스럽게 고개를 끄덕였다. 그는 장난스러운 미소를 띠고 내게 또 한 번 질문했다.

"영원히 휴식을 취한다, 는 말은 무슨 의미인 줄 알아?"

나는 이번에도 고개를 끄덕였다. 그는 눈을 가느다랗게 뜨고 마치 이런 식의 주제로 넘어오는 게 정해진 수순이라는 듯이, 할아버지에 대해 어떻게 생각하느냐고 물었다. 나는 그의 얼굴을 올려다보았는데, 어쩐지 그렇게 하기 위해서는 굉장한 용기를 필요로 했다. 구겨진 셔츠, 헝클어진 머리카락, 번들거리는 이마, 그리고 턱 아래에 남아 있는 희미한 수염 자국. 그에게서는 희미한 열기가 느껴졌다. 술냄새와 땀냄새, 그리고 내가 알지 못하는 체취 같은 것. 나는 금방 그에게서 시선을 떼고 대답했다.

"할아버지는 적막한 걸 좋아하세요. 무척 과묵하시거든요."

손보미, 해변의 피크닉

정말로, 할아버지는 놀라울 정도로 말을 안 했다. 나는 원하는 게 있으면 입 밖으로 드러내야 했지만, 할아버지는 그럴 필요가 없었다. 할아버지에게 언어는 불필요한 것, 소리는 낭비에 불과한 것 같았다. 때때로 할아버지는 그저 헛기침만으로 할머니의 말문이 막히게 할 수도 있었다. 이를테면 삼촌이 없는 자리에서 할머니가 삼촌에 대한 말들을 할 때(걔를 다시 외국으로 보내야 해요, 걔가 집안 망신을 시키고 있다구요, 걔는 정신을 차릴 기미도 안 보여요…… 기타 등등) 할아버지는 헛기침을 몇 번 했고 그러면 할머니는 입을 다물어버렸다.

삼촌은 내가 '과묵하다'라는 표현을 사용한 것 때문에 약간 놀란 것 같았다.

"그런 말도 할 줄 알아?"

"뭐가요?"

"과묵하다? 적막하다?"

그 정도는 식은 죽 먹기였다. 이상했다. 그 전까지는 어른들이 나 때문에 깜짝 놀랄 때마다 언제나 뿌듯함을 느꼈지만 삼촌이 그런 식으로 말을 했을 때는 도리어 기분이 언짢아졌던 것이다. 그가 무언가를 더 말하려고 했을 때, 할머니와 할아버지가 식당으로 들어왔다. 할아버지는 삼촌을 보고 못마땅하다는 듯한 헛기침을 했고, 할머니는 잠깐 멈칫하는 것 같았지만, 아주 금방 평정심을 되찾았다. 할머니는 내게 간밤에 잠은 잘 잤는지, 어떤 꿈을 꿨는지 물어보았고, 그날 일정을 일러주었지만, 삼촌이 있는 쪽으로는 눈길도 주지 않았다.

자리에 앉은 할아버지가 숟가락을 들었을 때(우리는 할아버지가 숟가락을 들어야 식사를 시작할 수 있었다), 삼촌이 갑자기 부엌을 향해 큰 소리로 아주머니를 불렀다. 아주머니는 바로 식당으로 건너왔다. 당연했다. 그게 아주머니의 임무였으니까. 뭐가 필요하느냐는 아주머니의 질문에, 삼촌은 빈 의자를 가리키며 아주 정중한 투로 말했다.

"아주머니, 저희와 함께 식사하시죠."

그래, 함께 식사를 하자는 말. 그것뿐이었다. 어디에나 널려 있는 일상적인 그 말, 혹은 호의를 담은 그 말은 그 순간, 거기에 모여 있는 사람들을 가차 없이 흔든 다음에 순식간에 기진맥진하게 만드는 혹독한 주문처럼 느껴졌다. 하지만 어째서 그래야 하는가? 그가 욕설을 내뱉은 것도, 아주머니를 모욕한 것도 아닌데? 그의 말투에는 이루 말할 수 없는 격식이 깃들어 있었는데? 영문을 알지 못한 채로 나는 속절없이 삼촌의 주문에 걸려든 것 같았고, 멍하니 할아버지와 할머니, 삼촌, 그리고 아주머니의 얼굴을 번갈아 쳐다볼 수밖에 없었다. 아주머니는 어색하게 웃으면서 삼촌을 바라보며 말했다.

"아니…… 나는……"

삼촌은 아주머니를 똑바로 보며 아까보다 더 예의 바르게 말했다.

"여기 앉아서 같이 식사하시죠. 그런 식으로 저희가 밥을 다 먹을 때까지 혼자 기다릴 필요가 없으시잖아요."

아주머니는 곤란한 표정을 짓고 있었지만 시선은 빈 의자와 식탁 위의 음식들에 가 있었다.

"그래, 가서 밥 한 그릇 가지고 와. 같이 먹어보자고."

할머니가 그렇게, 차분하고도 엄숙하게 말했을 때, 그제야 아주머니는 퍼뜩 정신이 돌아온 사람인 양 고개를 들었다. 아주머니는 코를 한 번 훌쩍이고는 꼿꼿이 서서 앞치마에 손을 닦은 후, 우리들을 향해 위엄 있는 말투로 이야기했다.

"필요한 게 있으면 부르세요. 저는 부엌에 가 있을 테니."

아주머니가 나가자마자, 할아버지가 분노 서린 목소리로 말했다.

"이 새끼, 한마디만 더 하면 혀를 잘라 집에서 쫓아낼 줄 알아라! 내 말 알아듣겠나?"

나는 잔뜩 주눅이 들어서 고개를 숙이고 있었지만, 삼촌의 표정이 너무 궁금해서, 참지 못하고 슬그머니 그의 얼굴을 바라보고야 말았다. 삼촌은 이번에는 웃지 않았다. 그는 자리에서 일어나 고개를 빳빳하게 들고 누구에게 하는지 모를 인사를 했다.

"식사 맛있게들 하세요."

식당을 나가기 전에 그는 나를 보고 이렇게 말했다.

"너도."

너도—이 뒤에 생략된 말은 명확했다. 너도 식사 맛있게 해라, 그러니까 그 식당에 앉아 있던 사람들에 나 자신을 포함시키는 말. 내 자리가 어디인지 분명하게 인식시키는 말. 하지만 그 후로 나는 그가 그 뒤에 붙이고 싶었던 말이 다른 종류의 것이었을지도 모른다고, 그랬으면 좋겠다고 간절하게 바랐다.

그날 우리가 식사를 마칠 때까지 부엌을 지키고 있던 아주머니는 거기에서 어떤 생각을 하고 있었을까? 내가 확실하게 알았던 것 한 가지는 아주머니는 단 한 순간도 삼촌을 좋아한 적이 없다는 점이었다. 그날 오후에 나와 단둘이 남게 되었을 때(나는 아주머니가 빨래를 개거나 하는 일을 도와주었다), 아주머니는 코웃음을 치며 이렇게 말했다. "만날천날 밤이 되면 기어 나가기나 하는 게 뭘 안다고 지껄이는지 알 수가 없다. 뭐가 뭔지 천지 구분도 못 한다 아이가……" 그리고 분통이 터져서 살 수가 없다는 듯이 덧붙였다. "자동차를 뺏어버리든가 해야지. 어째 저래 무르게 구는지 알다가도 모르겠네." 그리고 마침내 이렇게 말을 했다. "저러다가 저 난봉꾼 자식이 지 새끼라고 사내아를 데리고 오면 어쩔라고 저러노." 잠시 후 아주머니는 나를 돌아보며 물었다.

"니 난봉꾼이 뭔지 아나?"

나는 고개를 끄덕였다.

언젠가 아주머니는 이런 말을 하기도 했다. "아이고 참말로 우리 사모님이 불쌍해서 어쩌면 좋노…… 나라면 정말 못 산다, 못 살아……" 아주머니는 할머니와 할아버지 둘 다에게 깍듯하게 굴었지만, 내가 느끼기에 아주머니는 언제나 할머니의 심기를 거스르지 않으려고 특별히 더 노력하는 것처럼 보였고, 어떤 사안

손보미. 해변의 피크닉

에 대해서든 언제나 할머니의 입장에서 생각하는 것 같았다. 나는 아주머니가, 할아버지가 아닌 할머니를 자신의 '진짜' 주인이라고 받아들였기 때문에 그러는 것이라고 여겼지만, 훗날 시간이 많이 흐른 후에는 내 생각이 완전히 잘못되었다는 것을 깨닫게 되었다. 아주머니에게는 할아버지야말로 그 집의 진정한 주인이라는 사실이 뼛속까지 각인되어 있어서, 할아버지의 편을 들 수조차 **없었던** 것이다.

난봉꾼, 이 단어를 아냐고 아주머니가 물었을 때 고개를 끄덕였지만, 그건 거짓말이었다. 사실 나는 이 단어의 의미를 몰랐다. 다음 날 오후에 혼자 있어야 하는 시간이 되었을 때, 나는 할아버지 서재로 향했다. 책장에 꽂혀 있는 여러 권의 국어사전 중 가장 두꺼운 것을 꺼내서 '난봉꾼'이라는 단어를 찾아 소리 내어 읽기 시작했다.

"허랑방탕한 일을 일삼는 사람."

그다음으로는 '허랑방탕하다'를 찾아서 역시 이번에도 소리 나게 읽어보았다.

"언행이 허황하고 착실하지 못하여 주색에 빠져 행실이 추저분하다."

이런 식으로는 끝이 없을 것 같았지만 나는 참을성을 가지고 '주색'을 찾아보기로 했다.

"술과 여자를 아울러 이르는 말."

봄

나는 삼촌이 술을 마시는 모습을 상상해보았다. 그리고 여자들도. 하지만 술과 여자에 빠진다는 그 말의 의미가 아주 선명하게 다가오지는 않았다. 나는 이번이 진짜 마지막이라는 심정으로 'ㅊ'으로 시작되는 단어 부분을 펼쳐 손가락으로 훑었다.

"추저분하다: 더럽고 지저분하다."

나는 노트를 가지고 와서 이렇게 적었다. '난봉꾼: 언행이 허황되고 착실하지 못하여 술과 여자에 빠져 행실이 더럽고 지저분하다.' 하지만 이번에는 소리 내어 읽지는 않았다.

그런 식으로 '난봉꾼'은 몇 번의 단계를 거쳐 결국은 '더럽고 지저분하다'에 도달했다. 집 바깥에서 밤을 보내고 돌아온 삼촌의 머리카락에는 기름이 끼어 있었고, 이마는 번들번들거렸다. 그의 특질들이 있었다. 은근하고 뻔뻔한 태도, 슬쩍 흘리는 듯한 눈길, 고개를 숙이지 않고 일부러 무시하며 주위 사람들을 아연실색하게 하는 하찮은 권위. 난봉꾼의 권위. 문득, 반의 남자애들과 손이 닿은 여자애들이 "더러워!"라고 소리 지르던 모습이 떠올랐다. 브래지어를 착용한 여자애를 향한 남자애들의 끈질긴 장난질, 무시와 괴롭힘, 칠판 위의 이름, 호들갑, 숙직실, 노크, 여자애들의 기다란 머리카락, 샴푸 냄새, 기합 소리들, 저절로 올라가는 팔과 충청도 사투리를 하는 여자…… 그해 여름 나는 그런 식으로 시간이 날 때마다 거대한 서재의 거대한 책상을 앞에 두고 거대한 의자에 앉아서 국어사전을 찾아보다가 멍하니 생각에 빠져들곤 했다.

손보미. 해변의 피크닉

내가 할아버지의 서재에서 국어사전만 주야장천 들여다본 것
은 아니었다. 국어사전, 외국의 고전소설들, 곤충 사진집, 때 지난
신문들. 유명 화가들의 화집, 의미를 알 수 없는 잡지들…… 나중
에 나는 이 시기의 나에 대해 이렇게 설명하곤 했다. "나는 서재
에 있는 책들을 탐닉했어."

잠자코 고개를 끄덕이던 그 유약하고 무구한 여자애가 책에
탐닉하다.

나는 이렇게 쓰고 마침표를 찍고 싶은 유혹을 느낀다. 이 문장
속에서 그 시절 내가 존재하는 방식이 마음에 들기 때문이다. 하
지만 앞에서도 썼지만 나는 지금 이 글을 진실되게 쓰려고 노력
중이므로 이런 식으로는 쓰지 않을 것이다. 사실 내가 탐닉했던
건 책 그 자체가 아니라, 특정한 단어들이었을 것이다. 때 지난
신문들에서 발견한 '고르바초프'와 '공화국' '통제불능' '해빙' '방
화' 기타 등등. 이런 문장들을 실제로 사용해보기도 했다. "할머
니, 고르바초프가 소련을 해체시킬 거예요." 이런 유의 말을 하면
할머니는 감동받았다. "넌 정말이지 네 아빠를 꼭 빼닮았다. 넌
너네 아빠가 얼마나 훌륭한 사람이었는지 알아야 해." 할머니는
내게 뛰어난 '여성'이라는 단어를 썼지만 아빠를 지칭할 때는 훌
륭한 '사람'이라는 단어를 썼다.

처음 보는 단어들은 노트에 적어두었는데, 그중에는 입 밖에
내서도 안 되고 그 의미를 애써 찾아봐서도 안 되며, 떠올리거나
어른들에게 물어봐서도 안 되는 단어들이 있었다. 놀랍게도 나는

거의 본능적으로 그것들을 가려낼 수 있었다. 나는 그런 단어들은 노트의 가장 뒷장에 아주 작은 글씨로 적어두었다.

나는 삼촌과 마주치면 어려운 단어들을 구사할 생각이었다. '과묵하다'나 '적막하다' 따위 내게는 아무것도 아니라는 사실을 알려주고 싶었다. 매일 밤, 잠들기 전 어둠 속에 누운 나는 삼촌을 떠올리며(내 머릿속의 그는 처음 만난 날 내게 보여주었던 미소를 짓고 있었다) 어려운 단어들로 만든 문장들을 속삭였다. 할아버지는 과묵해요. 할머니는 바다를 사모해요. 엄마는 모임을 주관해요. 친구들과 헤어진 것 때문에 나는 비통함을 느꼈어요. 납치당한 아이의 능력은 쇠퇴해요. 바닷가의 갈매기들은 하늘로 비상해요……

하지만 삼촌의 얼굴을 마주하고 그런 단어를 쓸 수 있는 기회는 쉽사리 찾아오지 않았다. 할머니와 삼촌은 되도록이면 집 안에서 마주치려고 하지를 않았고 마주치더라도 마치 서로를 투명인간 보듯 대했다. 아니다, 그건 투명인간을 보듯 한 게 아니다. 그들은 서로의 모습이 보이지 않는 듯 굴었으면서도 서로에 대한 미움을 사방으로 뿜어댔다. 나는 거의 대부분의 시간을 할머니(그리고 때때로 아주머니)와 보내고 있었다. 그와 마주치더라도 쉽사리 인사를 한다거나, 말을 걸 수 없었다. 이상한 것은 내가 그들의 관계를 자연스럽게 받아들였다는 점이다. 아들을 증오하는 어머니와 어머니를 경멸하는 아들. 나는 그저 삼촌과 이야기할 기회를 얻지 못한 것 때문에 애가 닳을 뿐이었다. 한밤중에

손보미. 해변의 피크닉

어둠 속에서 이러저러한 단어들로 문장을 만들다가도, 문득 걱정이 엄습했다. 이러다가 삼촌과 말 한마디 하지 못하고 서울로 올라가게 되면 어떡하지? 그의 기억 속에 영원히 내가 그저 그런 여자아이로 남게 된다면 어떡하지(사실 이런 걱정은 이치에 맞지도 않았다. 나는 어쨌든 매년 할머니네 집으로 내려가야 했기 때문이었다).

그리고 며칠 후, 드디어 나는 삼촌과 대면할 기회를 얻을 수 있었다. 할머니가 할아버지와 단둘이 외출을 해야 했던 날이었다. 삼촌이 밤새 바깥에 있다가 아침부터 자신의 방에 머물고 있다는 사실을 알고 있었기 때문에 내 마음은 할머니와 할아버지가 외출 준비를 할 때부터 이미 삼촌의 방이 있는 건물의 3층으로 옮겨가 있었다. 점심 식사를 마친 후, 아주머니가 같이 장을 보러 가자고 했을 때 나는 집을 지키고 있겠다고 말했다.

"집을 지키고 있겠다고?"

"네, 개처럼요. 충직한 개처럼요."

어째서 그런 단어가 튀어나왔는지 알 수가 없었다.

"개? 충직한 개?"

"아아, 멍멍이 말이에요, 멍멍이."

아주머니는 신통하다는 듯이 내 머리를 쓰다듬었다. 그러고는 (마치 내가 집에 혼자 머물기라도 하는 것처럼) 누가 와도 문을 열어줘서는 안 된다고 신신당부를 한 후 장바구니를 들고 나갔다.

아주머니가 나간 걸 확인한 나는 위층으로 향하는 계단 앞에 섰다. 털털털 요란하게 소리 나는 에어컨 주위를 제외하고는 모든 것이 열기 속에서 입을 다문 것 같았다. 커다란 창문 밖으로는 지상의 모든 것을 부술 듯이 태양빛이 내리쬐고 있었다. 내 등을 타고 땀방울이 굴러가는 게 느껴졌다. 내 방은 2층에 있었다. 1층에서 2층으로 올라가는 건 아무것도 아니었는데, 2층에서 3층으로 올라가는 건, 고작 한 층을 더 올라가는 것일 뿐인데도 그 차이가 너무 맹렬하게 다가와서 약간 어지러울 지경이었다. 나는 난간을 꽉 붙잡았다. 어떤 이유에서든 내가 할머니를 속이고 삼촌을 만나려고 시도하는 것 자체만으로도 명백한 배신이었다. 그분들 기분을 거스르지 마라, 나는 어머니의 말을 떠올렸다. 그분들을 사랑할 필요는 없지만……

삼촌은 난봉꾼이었고, 악당이었고, 무뢰한이었다. 적어도 이 집안에서 삼촌을 사랑하는 사람은 아무도 없었다(물론 이건 사실이 아니었다. 그가 그 누구에게도 사랑을 받지 못했다면 어떻게 그 집에 그런 식으로 머무르고 있는 게 가능했겠는가?). 그럼에도 불구하고—아니다, 다름 아닌, 바로 그 이유 때문이었을 것이다—그 순간, 내가 가장 필요하다고 느낀 것, 갈급하게 열망한 것은 내 자신이 어리고 어리숙한 여자아이가 아니라는 그의 승인이었다. 그가 나를 보고 감탄하고 나에게 사과하게 만드는 것이었다. 그는 사과를 하고 나는 용서를 한다. 하지만 그가 도대체 내게 어떤 잘못을 저질렀단 말인가?

삼촌의 방은 3층 복도의 가장 끝 쪽에 있었다. 복도를 얼쩡거

손보미. 해변의 피크닉

리다가 나는 결국 그의 방문을 두드렸다. 딱 세 번이었다. 똑똑똑, 이렇게. 그 두드림 속에는 어떤 성급함이나 조급함, 망설임이 포함되지 않았다. 어쨌든 지금의 나는 그랬다고 믿고 있다. 문이 열릴 기색이 보이지 않았지만 나는 거기에 서서, 가만히 기다렸다. 품위를 지키려고 노력하면서. 하지만 결국 굴복하는 마음으로 한 번 더 문을 두드릴 수밖에 없었다. 이번에도 세 번만. 똑똑똑. 잠시 후, 방문이 열렸다. 그는 무언가 의심적다는 듯이 반쯤 열린 문 뒤에 서 있었다. 하지만 그는 놀라지도 않았고, 미소를 짓지도 않았고, 화가 난 것 같지도 않았다. 이 상황이 별로 대수롭지도 않다는 듯, 그는 뚱한 말투로 나를 내려다보며 물었다.

"왜? 무슨 일이 있니? 꼬마야?"

그의 목소리—나를 '꼬마'라고 부르는—를 듣자, 갑자기 초조해졌고, 조급해졌다. 나는 그가 나를 보고 펄쩍 뛰고, 놀라고, 소리 지를 줄 알았는데…… 밤중에 어둠 속에서 그를 떠올리며 외웠던 문장들을 마음속으로 되뇌려고 애썼지만 하나도 떠올릴 수가 없었다. 어째서? 그 대신 그 순간, 깨달은 것은 내가 100개 넘는 단어로 문장을 만들어 외운다 한들, 애초부터 그런 건 아무 소용도 없었으리라는 사실이었다. 그런 단어를 줄줄 늘어놓더라도 그가 감탄하거나 나에게 용서를 구하는 일은 절대 생기지 않으리라는 사실이었다. 그것은 그에게는 아무런 의미도 없는 일이었다. 실수, 잘못된 판단을 내리는 무분별한 어린아이, 소녀—그게 바로 나였다. 초대받지 못한 곳의 문을 뻔뻔하게 두드리고 꿀 먹

봄

은 벙어리처럼 서 있는 어리숙한 소녀, 그게 나였다. 나는 그것을 통감했고, 기가 꺾인 채로 고개를 숙였다. 그의 발이 내 눈에 들어왔다. 맨발, 이제 막 깎을 시기가 된 것 같이 자란 발톱, 발가락에 난 기다란 털 몇 가닥. 나는 절박한 심정으로 쥐어짜듯이 그에게 말했다.

"그때 삼촌이 우리 엄마가 나를 여기로 보낸 대가로 받는 게 있다고 했죠?"

그가 픽, 하고 웃음을 터뜨렸다.

"아, 아니야, 난 네 삼촌이 아니야."

나는 그가 거짓말을 하고 있다고 생각했고, 그 사실 때문에 안도감을 좀 느꼈던 것 같다. 그리고, 안도감을 느꼈다는 사실 때문에 어리둥절해지기도 했을 것이다. 상대의 입에서 거짓이 튀어나오게 하는 것 역시 하나의 권위라는 사실을 내가 깨달은 건, 아주 나중의 일이다. 우스꽝스럽고 참담하지만, 그래서 누군가는 거부하겠지만 그래도 권위는 권위였다.

"거짓말! 삼촌은 우리 아빠의 동생이잖아요! 할머니가 그랬어요!"

그는 하나도 당황하지 않았다. 마치 이 순간을 기다려왔다는 듯이 차분하게 대답했다.

"아, 동생. 넌 어려서 무슨 말인지 모르겠지만, 난 네 아빠의 반쪽짜리 동생이야. 알겠어?"

나는 그게 무슨 의미인지 알 수 없었지만, 알지 못한다는 사실을 그에게 드러낼 수는 없었다. 그건 죽기보다 싫었다. 그래서 나는 알고 있다고 대답했다.

"와, 너는 모르는 게 없구나."

반쪽짜리 동생이라는 말의 의미는 몰랐지만, 그 순간 그가 나를 비꼬고 있다는 사실은 확실하게 알 것 같았다.

"그럼 말해봐. 반쪽짜리 동생이라는 게 무슨 의미인데?"

그 순간, 나를 가장 두렵게 한 건, 내가 할머니 몰래 삼촌의 방문을 두드렸다는 사실, 그러니까 내가 할머니를 배신한 정황을 들키게 되는 것이 아니었다. 내가 가장 두려웠던 건, 그 순간 그가 방문을 닫고 그냥 내 시야에서 사라지는 것이었다. 할머니를 배신했음에도 불구하고 내가 아무런 이득도 얻을 수 없게 되리라는 사실이었다. 실패한 악덕. 그것이야말로 가장 비천한 행위였다.

"너희 엄마가 받은 게 뭔지 궁금해? 잘 생각해봐. 스스로 말이야."

이상했다. 그가 그런 말을 던진 순간, 나는 그의 얼굴을 거의 처음으로 똑바로 올려다볼 수 있었다. 그리고 내 입에서 이런 말이 튀어나왔다.

"할머니와 내가 해변으로 소풍을 가는 거 알아요?"

그는 도통 영문을 모르겠다는 표정으로 나를 내려다보았다.

"거기에 삼촌, 반쪽짜리 삼촌을 초대하고 싶어요."

"뭐라고?"

이제 그는 방에서 완전히 빠져나와 방문을 닫고 서서 나를 내려다보았다.

　그 순간 나는 그에게 감사하는 마음이 들었는데, 만약 그때 그가 나를 위해 무릎을 굽히거나, 허리를 숙였다면 나는 아마도 수치심을 느꼈을 것이기 때문이었다. 분명히 그랬으리라.

　할머니와 함께 가는 바닷가의 위치를 시시콜콜 알려줬지만, 나는 삼촌이 절대로 그렇게― 할머니와 바닷가에 함께 가는 것― 할 수 없으리라고 확신하고 있었다. 그런 수고로움과 불쾌함을 감수할 리가 없다고, 그가 그런 식으로 자기 자신을 조롱거리로 만드는 위험을 감수하지는 않을 거라고 막연하게나마 생각하고 있었기 때문이었다. 내가 그에게 그런 요청을 한 것은 (지금 생각해도 놀라울 정도로) 깜찍한 속임수에 불과할 뿐이었다.

　그 일이 있고 난 후에도 나는 밤마다 삼촌을 떠올리며 단어를 입으로 되뇌는 걸 계속했다. 그걸 도저히 멈출 수가 없었다. 내 상상 속에서 그는 살짝 열린 방문 틈으로 몸을 반쯤만 내민 채로 나를 내려다보고 있었다. 언제라도 문을 닫을 수 있다는 사실을 내게 알려주고 싶어 하는 것처럼, 자신의 힘(이것 역시 남들이 나에게 거짓말을 하게 만드는 그런 종류의 치졸하고 졸렬한 권위에 불과하지만 그래도 권위는 권위였으므로)을 과시하겠다는 듯이. 한편으로 그런 식으로 삼촌을 떠올린 것 때문에 할머니에게 죄책감을 느끼기도 했다. 죄책감은 생각보다 강렬해서, 할머니와 단둘이 있을 때마다 언제나 나는 약간은 괴로운 마음이 들었다.

일주일 후, 그날은 그해 여름 들어 가장 기온이 높았던 날이었다. 할머니와 나는 여느 날처럼 바다로 떠날 준비를 하고 있었다. 맛있는 음식이 잔뜩 들어 있는 피크닉 박스가 트렁크 안에 들어 있었고, 나는 지퍼가 달려 있지 않은 헐렁한 거즈 원피스 안에 수영복을 입고 있었으며 내 발에는 그해 여름의 샌들이 신겨 있었다. 기사 아저씨는 더운 여름에도 언제나 긴 양복을 챙겨 입고 있었다. 차에 올라타기 전, 나는 3층의 끝 쪽, 삼촌의 방을 올려다보았다. 그토록 더운 날이었는데도 그의 방 창문은 꼭 닫혀 있었고 커튼까지 쳐져 있었다.

그날 해변가에는 우리밖에 없었다. 이상하리만치 그랬다. 하지만, 그리 멀지 않은 곳에서 사람들이 소란스럽게 떠드는 소리, 파도가 몰아칠 때마다 내지르는 유쾌하고도 과장된 비명 소리들이 들려왔다. 나는 어쩌면 그 소리들에 속하고 싶었을까? 나는 멀리서 들리는 유쾌한 소리에 귀를 기울이며 피크닉 박스에서 복숭아를 꺼내 먹은 후, 원피스를 벗어 던지고 수영복 차림으로 바다로 걸어갔다. 사실 나는 헤엄을 칠 줄 몰랐다. 모래사장 한쪽에 샌들을 벗어둔 나는 파도에 서서히 발을 담갔다가 천천히 바닷속으로 걸어 들어가곤 했다. 그러고는 두 손을 움직여(헤엄치는 척을 하는 것이 아니라, 그저 앞으로 잘 걸어가고 싶어서) 물속 바닥에 발바닥을 댄 채로 걸어다녔다. **물속을 걷는다.** 그게 전부였다. 하지만 그날, 바닷물에 발을 담갔을 때, 나는 이상한 기분을 느꼈다. 나는 머뭇거렸고 가만히 서서 하얀 포말을 실은 파도가 넘실거리

봄

며 지상의 모래를 흠뻑 적셨다가 아무 일도 없었다는 듯이 뒤로 물러나는 광경을 내려다보기만 했다. 지상의 구조를 헝클어뜨리고 뒤로 물러나는 것. 그리고 다시 돌아오는 것. 파도가 물러 나간 후 드러나는 지상의 새로운 모양은 언제나 방금 전보다 손상된 것이었다. 나는 고개를 돌려 할머니를 한번 보았다. 할머니는 바다에 들어가라는 시늉으로 손을 휘적휘적했고 그제야 나는 물속으로 들어갔다.

그날, 내가 뜨거운 여름 해를 맞으며 물속을 이리저리 걸어 다니고 있을 때, 삼촌이 나타났다. 나의 예상을 완전히 깨고 그가 나타난 것이다. 반팔 셔츠—그가 셔츠를 입은 건 처음 보았다—와 청바지를 입고서. 그의 얼굴과 셔츠는 땀으로 흠뻑 젖어 있었다. 아마도 우리가 있는 곳을 찾느라 이 근방을 헤매고 다닌 것 같았다. 삼촌은 혼자가 아니었다. 그의 옆에는 여자가 있었다. 쇼트 진과 크롭 티를 입은 여자. 격식 따위 상관없다는 듯한 모습으로, 긴 머리카락은 하나로 모아서 위로 올려 묶었고, 굽이 높은 하이힐을 신고 있어서 걸을 때마다 발가락에 힘을 주어야만 했을 것이다. 하지만 여자는 힘들어한다거나, 지친 것처럼 보이지는 않았다. 오히려 민첩하고 활력이 넘치는 것처럼 보였다. 그녀는 삼촌의 옆에 붙어 서서 걷는 게 자신에게는 식은 죽 먹기라도 된다는 듯이, 자주 입을 벌리고 허리를 꺾으며 웃었다. 물속에 서서 나는 그들을 멍하니 바라보았다. 삼촌과 내가 눈이 마주쳤던가? 마주쳤다. 그는 무표정하게 나를 바라보다가 옆에 서 있는 여자에게 뭐라고 말을 했다. 그러자 그 여자가 내게 손을 흔들었다. 이번에도 깔깔 웃으면서. 이리저리 살펴보다가 할머니를 찾은 삼촌은 그쪽으로 돌진하듯 서슴없이 걸어갔고 여자도 나에게 손을 흔들던 걸 멈추고 삼촌을 따라 걸었다. 나는 물속에서 빠르게 걷기 시작했다. 물속을 걷는 건 나의 장기였지만, 이번에는 발이 자꾸 꼬여서 헛딛는 바람에 몇 번이나 바닷물을 마셔야만 했다. 바다에서 빠져나왔을 때 완전히 젖은 내 머리카락에서 물방울이 뚝뚝 떨어졌다. 물방울은 모래사장에 흔적을 남겼다. 속은 울렁거렸고 숨이 찼다. 나는 잠시 거기에 서서 숨을 몰아쉬며 할머니가 있는 쪽을 바라보았다. 열기, 살갗을 파고드는 열기 때문에 물방울은 금방 증발되었고 피부에는 까끌한 소금기가 남아서 입 속에 짠맛이 느껴졌다. 할머니는 앉은 채로 고개만 들어 손차양을 만들고(사실 이런 행동을 할 필요는 없었다. 왜냐하면 할머니는 커다란 파라솔 아래에 있었으니까) 삼촌을 올려다보고 있었다. 삼촌은 할머니를 향해 고개를 숙인 채, 무언가를 말하고 있었다.

할머니와 할아버지를 사랑할 필요는 없지만 그분들 기분을 거스르지는 마. 어머니는 내가 그분들 기분을 거스르면 무언가 나쁜 결과가 도출(어머니는 정말로 이 단어를 사용했다)될 거라고 말했었다.

앞으로 무슨 일이 펼쳐질지는 뻔했다. 할머니는 화를 낼 것이었다. 할머니에게 삼촌은, 그곳에서 수영복을 입고 서로 몸을 딱 붙인 채로 돌아다니는 낯모르는 젊은 연인들과는 비교도 안 될

만큼의 어마어마한 불청객이었으므로. 삼촌이 할머니에게 소리를 지를 수도 있었다. 서로에게 소리를 지르고 화를 내고 눈물이 터진다. 손찌검이 있을 수도 있을까? 하지만 할머니가 삼촌을 때리지는 않을 것이다. 무언가를 삼촌의 얼굴을 향해 던질 수는 있을 것이다. 결국 할머니는 내가 자신을 배신했다는 사실을 알게 되고, 어머니의 말대로 나쁜 결과—그게 대체 뭐란 말인가?—가 '도출'될 것이다. 그때 나는 두려움을 느꼈는가? 그랬다. 나는 두려움을 느꼈다. 하지만 그것만이 전부는 아니었다. 정말로 그랬다. 그때 나는 흡족함 또한 느꼈다. 수고로움과 불편함을 감수하고 자기 자신을 스스로 조롱하게 될지언정, 거기에 나타남으로써, 삼촌이 난봉꾼, 악인, 무뢰한의 권위를 지킨 것에 대해. 나는 그들이 주고받는 말, 서로를 완벽하게 상처낼 수 있는 단어 하나하나, 서로를 향한 표정의 세밀한 내역까지 내 마음에 모두 새겨둘 작정이었다. 그것들을 모두 내 마음에 각인한 후에 죽을 때까지 잊지 않을 계획이었다.

그들에게 가까이 다가갔을 때, 제일 먼저 감지한 것은 할머니와 삼촌 사이를 떠도는 어떤 긴장감이랄지, 위선적이고 허위적인 분위기였다. 그것뿐이었다. 내가 기대한 감정의 폭발도, 폭발의 기미도 없었다. 아니, 이 정도 표현으로는 부족하다. 내가 그쪽으로 가까이 갔을 때, 할머니는 자리에서 일어나려고 하는 참이었다. 삼촌은 할머니가 편하게 일어날 수 있도록 할머니의 팔을 살짝 잡아주었고, 할머니는 삼촌에게 이렇게 말했다.

손보미. 해변의 피크닉

"고맙구나."

삼촌이 할머니를 도와주고, 할머니가 삼촌에게 고마움을 표시한다—나는 이 상황 때문에 당황했고, 심지어는 속이 쓰릴 지경이었다.

"아니, 왜 더 놀지 않구 벌써 나온 게냐?"

나를 발견한 할머니가 의아하다는 듯이 말했고, 내 앞에서 등을 보이고 서 있던 삼촌과 여자도 뒤를 돌았다. 여자는 선글라스를 벗어서 헤어밴드처럼 머리 위에 얹었는데, 삐져나온 잔머리가 바람에 흔들렸다. 나는 그 여자의 길쭉하고 가느다란 팔과 다리를, 그리고 홀쭉한 배를 보았다. 솔직히 말하자면, 그 여자는 그때까지 내가 만나본 성인 여자 중 가장 아름다웠다. 문득, 수영복이 내 몸을 너무 많이 압박하고 있는 게 아닌가 하는 불안감이 들기 시작했다. 나는 할머니가 건네준 커다란 타월로 얼른 몸을 **가렸다.**

"애, 신발을 어떻게 했어?"

할머니의 물음에 나는 그제야 샌들을 모래사장에 그대로 두고 왔다는 것을 깨달았다. 나는 몸을 돌려 모래사장 쪽을 바라보았다. 이리저리 살펴봐도 샌들이 보이지 않았다. 그쪽으로 다시 가보려고 했을 때, 삼촌이 말했다.

"넌 여기 있어. 삼촌이 갔다 올게."

삼촌, 그는 자신을 그렇게 지칭했다. 그러고는 나를 바라보고 미소를 지었다. 단순하고 무미건조한 미소. 나는 그의 진위를 파악할 수 없어서 순간적으로 얼떨떨해졌다. 삼촌이 뛰어가자 여자가 자연스럽게 하이힐을 벗어 손에 들고는 삼촌의 뒤를 따라 뛰었다. 저 멀리, 그들이 고개를 숙이고 모래사장을 걸으며 내 신발을 찾고 있는 게 보였다. 하지만 그들은 잃어버린 물건을 찾는 사람들 같지 않았고 재미 삼아 어슬렁거리는 것처럼 보였다. 해의 열기는 점점 더 강렬해지고 있었다. 끊임없이 밀려왔다가 밀려가는 파도와 수평선, 그리고 허공을 비상하는 갈매기. 나는 할머니에게로 고개를 돌렸다. 그 둘을 멍하니 바라보는 할머니의 이마는 땀범벅이었지만, 손수건으로 닦을 생각 같은 건 하지도 않았다. 이윽고 할머니가 중얼거리듯 말했다.

"네 삼촌의 여자라는구나."

믿을 수 없을 정도로 마르고 예쁜 저 여자. 그날 내가 깨달은 것 중 하나는 어떤 여자를 '예쁘다'고 표현하기까지 아주 복잡한 과정들이 수반된다는 점이었다. 그건 단순히 얼굴의 어떤 한 부분—눈이나 코, 입—이 보기 좋다거나, 배열이 잘되었다거나, 그런 것과는 다른 차원의 일이었다. 예쁘다는 것은 매 순간마다 자신의 어떤 요소들을 초월하는 행위나 마찬가지였다. 네 삼촌의 여자, 나는 이 말을 속으로 되뇌었다. 이 말을 속으로 되뇌자, 나는 마음 깊숙한 곳을 작은 바늘로 콕콕 찌르는 것 같은 기분을 느꼈다. 내가 밤에 외운 단어 중 하나가 떠올랐다. 비통하다. 그 순간, 내가 느낀 감정이 정말로 비통함이었을까? 나는 옆에 서 있는 할머니를 바라보았다. 할머니의 치맛자락이, 간이 파라솔의 깃발이, 깔아놓은 돗자리의 가장자리가 뜨거운 여름의 바람에 흔들렸

손보미, 해변의 피크닉

다. 할머니는 언제나 눈부신 태양 아래 이런 식으로 바람을 맞으며 정자세로 나와 바다를 바라보았었다. 나는 그럴 때마다 할머니가 그 시간을 충분히 즐기고 있다는 사실과 동시에 그 아름다운 풍경과 바다의 냄새, 대기의 열기와 사방에서 들려오는 파도 소리가 끊임없이 할머니 자신을 상처 내고 있으리라는 것을 알아차릴 수 있었다. 아니다. 이건 사실이 아니다. 내가 그 당시 할머니를 보며 그런 생각을 했을 리는 없다. (다시 한번 반복하지만) 나는 최대한 이 글을 정직하게 적으려고 노력하는 중이므로, 이 점은 분명히 해야겠다. 할머니가 계속해서 상처받고 있었으리라고, 그렇게 함으로써 자신을 달콤쌉싸래한 고통과 모순적인 자기만족 속으로 계속해서 밀어 넣고 있었으리라는 생각을 하게 된 것은 최근의 일이다. 그 당시 나에게 세계는 심란할지언정 단순했고, 어수선할지언정 노골적인 것으로 존재했었으니까. 분명히 그 시절, 내가 할머니를 보며 그런 생각까지는 하지 않았을 것이다.

갑자기 할머니가 중얼거리듯이 이렇게 말했다.

"네가 남자아이였다면 좋았을 텐데."

나는 너무 깜짝 놀라서 할머니를 올려다보았다. 할머니에게서는 그런 말을 내뱉은 것을 당황해한다거나, 후회한다거나 그런 기색은 전혀 찾아볼 수가 없었다.

"없네요."

우리 쪽으로 다가온 여자가 어깨를 한번 으쓱거렸다. 그리고

봄

내 얼굴을 보며 어린아이를 달래듯이 말했다.

"하지만 괜찮을 거야. 신발은 또 사면 되니까."

그러고 삼촌을 보며 말했다.

"이봐요, 삼촌, 여기 이 꼬마 아가씨 신발 하나 사줄 거죠?"

삼촌이 씩 웃으면서 고개를 끄덕였다.

"아, 그럼요. 그렇고 말고요."

나는 진심으로 그 여자기 미웠고, 삼촌에게 지독한 실망감을 느꼈다. 그가 너무 평범해 보여서. 난봉꾼의 자질은 찾아볼 수가 없어서. 완전히 무방비하고 속수무책인 것처럼 보여서.

잠시 후, 기사 아저씨가 어디서 구해 왔는지, 여러 개의 일회용 접시와 종이컵, 그리고 포크를 가져다주었다. 그것뿐만 아니라 스낵과 견과류, 그리고 나를 위한 케이크와 차가운 우유도 가져다주었다. 할머니는 한복 소매를 조심스럽게 접은 후, 각자 앞에 개인 접시와 포크를 놓아주었고, 그다음에는 피크닉 바구니에서 꺼낸 과일과 쿠키, 그리고 샌드위치와 초콜릿을 먹기 좋게 놓아두었다. 여자가 도우려고 하자, 할머니는 고개를 흔들며 말했다.

"아가씨는 손님이잖아요. 그냥 가만히 대접을 받다가 돌아가면 돼요."

나는 이번에도 여자가 웃을 줄 알았는데, 그런 일은 일어나지 않았다. 여자는 웃지 않았다.

할머니는 우리가 음식을 잘 먹고 있는지, 부족한 것은 없는지 주의 깊게 살피고 필요한 게 있으면 기사 아저씨를 불렀다. 아,

그래, 할머니는 마치 삼촌과 여자가 이곳을 방문하리라는 사실을 이미 알고 있었다는 듯이 굴고 있었다. 주인처럼 행동하는 것. 할머니의 세세한 보살핌 속에는 주인의 위엄이 서려 있었다. 그것은 할머니가 가지고 있던 자연스러운 생활양식이었다. 그러므로 그것을 꾸며진 것이라고는 결코 말할 수 없었을 것이다. 할머니는 이 해변가 피크닉의 주인이었고, 주최자였고, 책임자였다. 그렇다면 삼촌과 그 여자는? 그들은 뭐란 말인가? 초대장을 발부받은 사람들이란 말인가? 아니었다. 할머니는 초대장을 발부한 적이 없었으니까. 초대장을 발부한다 한들, 삼촌이나 그와 관련된 사람들이 그 대상이 될 리는 없었으니까. 하지만, 분명히 그들은 서로를 바라보며 이야기를 나누고 사려 깊게 듣고 가볍게 웃고 있었다. 영락없이 초대장을 발부하고 그 초대를 승낙한 사람들처럼 굴고 있었다. 불청객은 나밖에 없는 것 같았다. 그래, 불청객, 박탈당하는 것, 어디론가 한순간에 떠밀려 나가는 것.

"아까 보니까 헤엄을 못 치는 것 같던데? 너 수영할 줄 모르니?"

그녀가 말을 걸면, 무시하리라고 마음먹고 있었지만 정작 그런 상황이 오자, 그렇게 하는 건 불가능하게 느껴졌다. 그녀의 목소리가 너무나 달콤했기 때문에. 입술을 움직일 때마다 사용되는 얼굴의 근육이 너무 아름다웠기 때문에. 나를 바라보는 눈동자가 너무 반짝반짝 빛났기 때문에. 그래도 나는 그녀를 미워한다는 사실을 알리고 싶어서, 시선은 접시 위 케이크에 둔 채로 퉁명스럽게 대답했다.

"네, 하지만 물속을 걸어다닐 수 있어요."

여기까지 말하고 재빨리 덧붙였다.

"예수님처럼요."

"예수님?"

할머니가 그게 무슨 말이냐는 듯이 되물었다.

"얘, 예수님은 물속을 걸어다니는 게 아니라, 물 위를 걷는 거야."

여자가 웃으며 내 말을 바로잡아주었다.

"바다 수영은 하나도 어렵지 않아. 부력 때문에 물 위로 몸이 잘 뜨거든."

나는 뭐라고 해야 할지 몰라서 가만히 있었는데, 그녀가 한마디를 덧붙였다.

"헤엄을 칠 줄 알면 훨씬 더 재미있을 텐데."

그 순간, 그녀에 대한 미움은 표현할 수 없을 만큼 커다란 증오심으로 바뀌었다. 그래, 나는 그녀를 증오했다. 그녀의 길게 뻗은 목과 쇄골, 꼿꼿한 등을, 바람에 흩날리는 윤기 나는 머리카락을, 새까만 눈동자를, 가지런한 치열을, 적당히 가볍고 경쾌한 웃음소리를, 기다란 손가락을, 드러난 배의 근육을, 귀걸이가 걸려 있는 작은 귓불을 증오했다. 내 목숨을 바칠 수 있을 정도로. 정말로 내 목숨을 다 바칠 수 있을 정도로. 그런 생각을 하자 갑자기 몸이 떨리는 것 같다. 살갗으로 올라오는 무수한 작은 돌기, 마른 침을 꿀떡 삼키는 것, 순전히 신체적인 영역에 속하는 반응들.

그때, 문득 이런 생각이 들었다. 명징하고도 정확한 깨달음 —

손보미. 해변의 피크닉

나는 이 모임의 불청객이 아니었다. 불청객이 아닌 정도가 아니라, 여기에 삼촌을 초대한 것은 바로 나 자신이었다. 내가 이 바다 피크닉의 주관자였고 주인이었다. 그러므로 주인의 위엄은 내 것이었다. 진정한 불청객은 바로 그 여자였다.

"재는 되게 똑똑해."

삼촌이 말했다. 나는 삼촌이 비꼬는 것인지 아닌지 헛갈렸고 미심쩍은 마음이 들었다. 그는 쐐기를 박듯이 한 번 더 말했다.

"모르는 게 없거든."

나는 몸을 덮고 있던 타월을 꽉 여미며 삼촌을 바라보았다. 그는 여전히 멀끔하고 단순한 표정을 하고 있었다. 그런 그의 표정을 보자, 그 순간 내가 해야 할 일이 떠올랐다. 대놓고 배신자가 되겠다고 선언하는 것. 나는 어린아이에 불과했지만 뻔뻔하고 경박하게 타락할 수 있었다. 모두를 깜짝 놀라게 만들 수 있었다. 그렇게 함으로써 내가 있을 자리를 내가 결정할 수 있었다.

"나는 바보 천치예요. 삼촌도 알고 있잖아요?"

내가 말하자, 할머니가 있을 수 없는 일이 일어났다는 듯이 나를 보았다.

"세상에, 얘야, 누가 그런 말을 너에게 알려줬니? 엄마가 알려줬니?"

나는 망설이지 않고, 여전히 삼촌의 얼굴에서 눈을 떼지 않은 채 입을 열었다.

"엄마는 나를 팔아넘겼어요."

이 말을 내뱉는 그 짧은 시간 동안, 나는 너무 짜릿해서 약간 흥분이 될 지경이었다. 이번에야말로 할머니는 삼촌을 비난할 것이고, 삼촌은 할머니에게 소리를 지를 것이었다. 나는 그들이 서로에게 화를 내는 장면을 기꺼이 맞이할 준비가 되어 있었다. 하지만 삼촌의 여자―내가 증오해 마지않은 그 여자―는 나와 달랐다. 그런 일이 일어난다면 그녀는 이곳으로부터, 우리로부터 달아날 것이었다. 나는 너무 흡족해서 승전보를 울리고 춤이라도 추고 싶은 심정이 되었다.

하지만 이상했다.

아무리 기다려도 내 승리를 뒷받침해줄 그 어떤 나팔 소리도, 화려한 색종이들의 흩날림 같은 것도 나타나지 않았다. 그 어떤 감정도 들끓지 않았고 그런 기미조차 보이지 않았다. 침묵. 할머니와 삼촌은 그저 두리번두리번하며 이해할 수 없다는 듯한 표정을 짓고 있을 뿐이었다. 내가 내뱉은 말에 대한 판단조차―불경하다느니, 경박하다느니, 경솔하다느니 기타 등등―내리지 못하겠다는 듯이. 도저히, 이해를 하려고 애써도 이해할 수 없는 말을 들은 것처럼, 내가 무슨 괴상한 소리라도 입 밖에 낸 것처럼.

잠시 후, 삼촌이 이제야 겨우 모든 것을 어렵사리 파악했다는 투로 고개를 흔들며 천연덕스럽게 말했다.

"꼬마 아가씨가 꿈을 꿨나 보네. 엄마가 보고 싶어서 말이야."

"아, 악몽을 꿨구나."

여자가 진심으로 내가 안되었다는 듯이 말했다.

"나도 네 나이 때에는 가끔 꿈이랑 현실을 구분하지 못하곤 했었어."

모욕당한 기분을 느낀 나는 도움을 청하듯이 할머니를 바라보았다.

"그럴 때도 있는 거지."

할머니가 어이없는 일도 다 있다는 투로 웃으며 그렇게 말했을 때, 마침내 나는 낙담했고 패배를 인정했다. 순도 백 퍼센트의 패배였다. 빠져나갈 구멍이라고는 없었다. 방금 전까지 나를 고양시켰던 감정들은 순식간에 증발해버린 것 같았다. 자잘하고 성가신 소금기만을 남긴 채. 나는 알 것 같았다. 주인의 권위는 그런 식으로 간단하게 부여되는 것이 아니라는 것을. 나는 여전히 가짜 배신자, 작은 협잡꾼에 불과하다는 것을. 그들의 그러한 표정, 말투, 그들이 구사하는 문장은 그저 그런 속임수가 아니었다. 그래, 그건 진짜 마술이었다.

그들—할머니와 삼촌—은 서로를 사랑하게 된 것이었다.

누가 왜 그런 마술을 부렸는지 알 수 없었지만, 누가 왜 그런 마술을 필요로 하는지 알 수 없었지만 그들이 서로에게 다정하게 말을 걸고, 미소를 짓고, 고개를 끄덕이는 건 내 눈앞에 실재하는 일이었고, 다른 그 어떤 것으로도 대체될 수 없는 현실, 진실된 세계의 모습이었다.

삼촌이 여자에게 말했다.

"재한테 너 어릴 적 사진을 보여줘."

그 말을 들은 그녀는, 좋은 생각이라는 듯이 고개를 끄덕이고 자신의 지갑에서 사진 두 장을 꺼냈다. 그녀의 어릴 적 사진이었다.

"이 시절의 나를 좋아해서 이걸 들고 다니거든. 너 나이 때의 나야."

나는 마지막 자존심은 지키고 싶었으므로 그녀가 건네주는 사진을 모른 척하고 고개를 숙인 채, 케이크를 크게 떠서 입 안에 넣고 우물우물 씹었다. 나 대신 사진을 받아 든 사람은 할머니였다. 나는 몰래 사진을 힐긋거렸다. 사진 속 여자아이는 나보다 두세 살은 어려 보였다. 양 갈래로 머리를 딴 어린 그녀는, 분홍색 니트와 반바지를 입고 모델처럼 초록색 봉을 잡고 서 있었다. 할머니는 오랫동안 그 사진을 유심히 들여다보았다.

"아주 귀여운 아이군요."

이윽고 할머니가 여자에게 사진을 돌려주며 말했다.

"아휴, 내 정신 좀 봐, 아가씨에게 케이크 한 조각을 안 줬네."

그녀는 괜찮다고, 자신은 원래 케이크를 먹지 않는다고 했다. 체중 관리를 해야 한다고, 그건 여자의 숙명이라고 말했다.

"어릴 적에는 정말 예뻤거든요. 어릴 적에 알고 지냈던 어른들을 지금 다시 만나면 저에게 그런 말을 해요. 세상에, 애 너에게 무슨 일이 생긴 거니? 옛날의 그 얼굴은 어디로 간 거야? 이렇게 말이에요."

할머니는 기어코 여자의 접시에 케이크를 담아주며 말했다.

"그렇게 무례한 사람들은 만날 필요가 없어요. 정말 그럴 필요가 없어요. 우리가 만나는 사람이 우리 자신이 어떤 사람인지 일깨워주곤 하죠."

할머니가 미소를 짓자 순간적으로 여자는 고개를 살짝 저었다. 그러고는 사진을 옆에 놓아두고 할머니가 건네주는 케이크 접시를 받아 들었다.

"정말 대단하세요."

할머니는 음식을 정리하는 것에 정신이 팔려서 여자의 말을 뒤늦게 알아들었다는 듯이 되물었다.

"뭐가 말이요?"

"이 모든 게요. 이렇게…… (그녀는 잠시 망설였다) 아들을 훌륭하게 키우신 것 하며, 손녀를 돌봐주시는 것 하며…… 같은 여자로서 정말 대단하다고 생각해요."

갑자기 삼촌이 픽, 소리 내어 웃었다. 할머니는 손을 멈추고 삼촌을 바라보았지만 그 어떤 말도 하지 않았고, 곧이어 시선을 저멀리 바다로 옮겼다. 그러고는 무언가를 기다리는 사람처럼 입술의 끝을 올려 미소를 지었다. 마치 밀랍 인형 같은, 미끈하고 밋밋하지만 절대 무너지거나 굴복하지 않을 그런 미소였다. 그 순간, 나는 내가 더 이상 할머니에게 미안함이나 죄책감을 느끼지 않아도 되리라는 생각을 하고 있었다. 그리고 내가 할머니를 사랑하게 되었음을 깨달았다.

어째서였을까? 그 순간 내 머릿속에 충청도 사투리를 하는 여자에 대한 이야기가 그토록 선명하게 떠오른 것은? 아이들의 배를 잡게 만들고, 어머니를 쩔쩔매게 만들었던 그 이야기.

"충청도에 사는 노처녀가 있었어. 뚱뚱하고 못생긴 여자여서 남자를 사귀어본 적도 없었어. 어느 날 그 동네에 사는 지혜로운 할머니가 그 여자에게 남자에게 사랑을 받고 싶으면 언제나 괜찮아유, 라고 대답하라고 시켰어. 그렇게만 하면 사랑을 받을 수 있을 거라고. 어느 날 선을 보게 된 그 여자는 마음 깊이 다짐했어. 남자가 뭐라고 하든 괜찮아유, 라고 대답하기로. 여자가 선을 보는 장소로 나가는데 비가 오기 시작한 거야. 우산이 없었던 여자는 비에 홀딱 젖어버렸지. 너무 젖어서 속옷이 다 비칠 정도였어. 여자는 물방울을 뚝뚝 떨어뜨리면서 호텔 커피숍으로 갔어. 거기에는 남자가 기다리고 있었어. 남자는 그 여자를 보고 말했어.

옷도 말릴 겸 방으로 가는 게 어떻겠어요? 괜찮아요?

괜찮아유.

방에 들어간 여자는 옷을 벗고 샤워를 한 후 샤워 가운을 입고 나왔어. 남자가 여자에게 한번 안아봐도 되겠느냐고 물었고 여자는 대답했어.

괜찮아유.

그 남자는 여자를 껴안았어. 그리고 숨이 막히지 않느냐고 물었어. 그 여자는 대답했어.

괜찮아유.

남자는 더 힘껏 그 여자를 껴안았어. 그리고 침대에 눕혔어. 그러면서 숨이 막히지 않느냐고 물었어. 그 여자는 대답했어.

손보미. 해변의 피크닉

괜찮아유.

남자는 더 힘껏 껴안았어. 여자는 계속 말했어.

괜찮아유, 괜찮아유, 괜찮아유.

여자는 너무 행복했어. 그래서 남자를 꽉 껴안았단 말이야. 정말로 꽉 말이야. 어느 순간에 여자는 남자가 아무 말도 하지 않는다는 사실을 깨달았어. 그제야 알게 된 거야, 여자의 품에서 숨이 막힌 남자가 죽어버린 걸. 알겠어? 그 여자는 그 남자를 죽여버린 거야! 자신을 사랑해준 최초의 남자를 말이야!"

나는 언제 어디서고 이 이야기를 할 수 있었고, 몇 번이나 반복할 수 있었다. 학교에서 쉬는 시간에 교실 안에서, 체육 시간에 선생님의 눈을 피해 친구들과 옹기종기 모인 운동장 구석에서, 집으로 돌아가는 길거리에서…… 충청도 사투리를 쓰는 여자는 몇 번이고 반복해서 남자를 죽일 수 있었다. 자신을 최초로 사랑해준 그 남자를. 자신을 최초로 포옹해준 그 남자를. 그것은 만천하에 공개된 씻을 수 없는 죄였다. 그럼에도 불구하고 그 이야기 속의 어떤 요소는 끊임없이 우리를 웃기게 만들었고 절대 사그라들지 않았다. 사그라들기는커녕 점점 더 커지고 부풀어서 우리를 들쑤시고 부추겼고 더 크게 웃게 만들었다. 이 이야기를 할 때 핵심은 "괜찮아유"라는 그 문장에 있었다. 그러니까, 바로 그 억양.

'괜'은 강조하고 '찮아'를 높은 어조로 재빠르게 발음한 후 '유'를 낮고 길게 뺀다.

우스꽝스럽고 천연덕스럽게. 무언가를 두려워한다거나 느즈

러지는 느낌을 주어서는 절대 안 되었다.

　그날, 그 기묘한 마술에 걸린 사람들 사이에서, 조근거리는 목
소리와 웃음소리, 파도 소리와 저 멀리서 들려오는 희미하고도 유
쾌한 비명 소리를 들으면서, 다디단 과자와 과일을 입에 욱여넣으
면서, 여자가 결코 입에 대지 않아서 말라버린 케이크의 크림을
보면서, 나는 문득 이런 생각을 했다. 우리를 그토록 크게 웃도록
맹렬히 격려한 것은, 우리 스스로를 그 이야기 속에 포함시키지
않으리라는 열망이 포함된 본능적인 행위였다는 것을. 그 더럽고
지저분한 세계를 나와는 상관없는 것으로 만들고 싶다는, 나 자신
은 그 세계의 바깥에 포함되고 싶다는 열망이 반영된 행위였다는
것을. 하지만 그 열망 역시 더럽고 지저분한 것이었다. 그것이 전
부였다. 안과 밖이 모두 지저분한 세계. 그러므로 우리 자신을 지
키기 위해 필요한 건 얼마간의 마술이었다. 진짜 사랑과 가짜 사
랑, 진짜 증오와 가짜 증오. 그건 너무나 갑작스럽고도 선명한 깨
달음이었다. 물론 내가 그 당시에 이 모든 것을 논리적인 언어로
(내 자신에게) 설명할 수는 없었을 것이다. 어쩌면, 지금 이 문장
을 쓰고 있는 내가 그 당시를 회상하는 하나의 방식인지도 모른
다. 하지만 확실하게 말할 수 있는 것은, 그러한 깨달음이 비록 뭉
뚱그려지고 너무나 흐릿한 모습이어서 어떤 판단이나 추정이 불
가능했을지언정, 아주 오랜 시간이 흐른 후에야 겨우 해석하게 되
었다 할지라도, 분명히 그날의 내게 도달했다는 점이다. 단어들의
경로는 질서정연하고 계획적이었지만, 그런 깨달음은 아무런 인

과적 관계도, 어떠한 조짐이나 머뭇거림도 없이, 그러므로 거부할
기회도 주어지지 않은 채 내게 도달했다는 점이다.

물론, 그날 내가 완전하게 깨닫게 된 사실도 있었다. 다시는 내
가 그 이야기를 친구들 앞에서 입 밖에 내지 않게 되리라는 사실을.

집으로 돌아가는 차 안에서 할머니는 내내 입을 다물고 있었
고, 나는 차창에 이마를 기댄 채, 창밖을 바라보고 있었다. 나는
맨발이었다. 어둠 속에서 모든 것이 밀려나가는 창밖 풍경을 바
라보고 있으니까, 여전히 해변가에 남아 있을 내 샌들이 떠올랐
다. 이상하게도 그 모습―샌들 두 개가 어둑해진 모래사장 위에
덩그러니 놓여 있는―을 떠올리자 나는 기가 죽었고, 슬픈 마음
이 들었으며, 갑자기 눈물이 터졌다. 내가 울자, 할머니가 깜짝 놀
라서 나를 바라보았다.

"왜 그러는 거냐?"

나는 고개를 숙이고 옆으로 흔들었다. 할머니가 내 손등에 자
신의 손을 얹고 나서 망설이다가 조심스럽게 입을 열었다.

"네 삼촌이 뭐라고 했는지 모르겠지만, 네 엄마는 너를 팔아넘
긴 게 아니다."

나는 이번에는 격렬하게, 아주 격렬하게 고개를 흔들었다. 그
바람에 원피스가 말려 올라가 드러난 허벅지 부분으로 눈물방울
들이 툭툭 떨어졌다.

"그런 게, 아니에요."

나는 거의 악을 쓰듯이 말했다. 할머니에게 악을 쓴다는 건 이전에는 상상도 못 한 일이었다. 할머니는 내 손을 꽉 잡고 나를 달래듯이 말했다.

"너희 엄마는 너를 팔아넘긴 게 아니다. 말도 안 되는 소리니까……"

"그런 게 아니라구요."

나는 훌쩍거리며 이번에도 소리 지르듯이 말했다.

"뭐가 아니란 말이냐?"

"엄마가 나를 팔아넘겨서 슬픈 게 아니라구요. 그런 게 아니라구요…… 나는…… 나는……"

"할미가 말하잖니, 네 엄마는……"

"그런 게 아니에요. 내가 우는 건…… 내가 슬픈 건…… 내가 마음이 아픈 건…… 내가…… 못생기고 뚱뚱하기 때문이에요."

한동안, 차 안에는 내가 훌쩍거리는 소리만 가득했다. 할머니는 가볍게 한숨을 쉰 후, 내 손을 놓았다. 잠시 후, 할머니가 내 어깨에 자신의 두 손을 올리고, 얼굴을 가까이 들이밀었다.

"할미 얼굴을 좀 봐라."

나는 여전히 훌쩍거리면서 할머니의 얼굴을 바라보았다. 차 안으로 스며 들어온 거리의 빛이 할머니의 얼굴과 몸에 잠시 머물렀다가 사라졌다가 머무르는 것을 반복했다. 할머니는 아주 낮은 목소리로, 마치 우리가 전화 통화를 할 때 그러는 것처럼 감정이 거의 담기지 않은, 정확하고 명확한 말투로 엄숙하게 말했다.

손보미, 해변의 피크닉

"너는 그런 생각을 할 필요가 없다. 이걸 명심해라. 너는 그런 여자들이랑은 달라. 너 같은 여자가 가진 건 그것보다 훨씬 더 대단한 거다. 너희 아빠가 얼마나 훌륭한 사람이었는지를 생각해봐라. 너는 뭐든지 할 수 있어. 내 말 알아듣겠니? 원한다면 너는 성형수술을 받을 수도 있어. 살을 빼기 위해 한의원을 갈 수도 있다. 키가 크기 위해서라면 무엇이든 먹을 수도 있다. 너는 뭐든 선택할 수 있다. 내 말 알아듣겠니? 네가 원하는 건 뭐든지 할 수 있다."

나는 무작정 고개를 끄덕였다. 할머니가 티슈를 건네주며 말했다.

"내 말 알아들었으면 눈물 닦고, 집에 도착할 때까지 좀 자두렴."

나는 할머니가 시키는 대로 티슈로 눈물을 닦고, 눈을 감았다. 할머니가 속삭이듯이 말했다.

"넌 그저 그런 남자들보다 훨씬 더 굉장한 삶을 살게 될 거야. 너희 삼촌? 난 그 애가 아무것도 가지지 못하도록 뭐든지 할 거다."

잠이 오지는 않았지만, 나는 그래도 계속 눈을 감고 있었다. 눈을 감은 채, 나는 할머니의 세계에 존재하는 사람들의 종류에 대해 생각했다.

그저 그런 남자들, 그런 여자들, 뛰어난 여성, 훌륭한 사람.

그날 밤, 나는 단어들을 적어놓은 노트를 찾아서 한 장 한 장씩 찢어서 쓰레기통에 버렸다. 마지막 페이지에 다다랐을 때, 내가

적어놓은 그 깨알 같은 글자들—음란하고 추잡한 단어들을 마주
했을 때, 나는 그 단어들을 소리 내어서 읽기 시작했다. 쾌락, 젖
가슴, 신음 소리…… 나는 그 마지막 페이지를 죽 찢어서 여러 번
접은 후, 내가 가지고 온 책가방의 바닥에 숨겨두었다. 불을 끄고
침대에 누운 나는 벌떡 일어나서 선풍기를 끄고 창문을 닫은 후,
커튼을 쳤다. 방 안이 열기로 가득 찰 수 있도록, 내가 땀범벅이
될 수 있도록. 나는 이불을 목까지 끌어 올리고 눈을 감았다. 이
번에도 내 눈앞에는 삼촌의 모습이 떠올랐다. 그건 단지 자동 반
응 같은 것이었을까? 그렇다고 말하고 싶지만, 그건 사실이 아니
다. (이렇게 말을 한다는 것이 굴욕스럽긴 하지만, 사랑은 원래
굴욕적인 것이 아닌가?) 삼촌에 대한 내 사랑은 그날 이후로도
조금 더 지속되었고 완전히 끝난 것은 더 훗날의 일이다.

    8월 중순에, 언제나 그랬던 것처럼 어머니는 나를 데리러 몇
시간이나 운전을 해서 부산으로 내려왔다. 헤어지기 전에 할머니
는 나를 꽉 안아주었다. 차를 옮겨 타자 이번에는 어머니가 나를
껴안았다.
    "잘 지냈니? 우리 사랑스러운 돼지!"
    이제 나를 돼지라고 부르지 말아달라고 하자, 어머니는 나를
더 꽉 껴안으며 이렇게 말했다.
    "싫은데? 돼지를 돼지라고 부르지, 그럼 뭐라고 부르니?"
    서울로 돌아가는 차 안에서 어머니는 이것저것 잡다하고 쓸데

손보미. 해변의 피크닉

없는 질문을 늘어놓다가 결국 이렇게 물었다.

"그래서, 너네 할머니는 결국 이사 간 집에 대해서 아무것도 묻지 않은 거야?"

나는 그 말에는 대답을 하지 않고 대신 이렇게 말했다.

"엄마, 나 삼촌을 사랑하는 것 같아요."

어머니는 나를 한번 쳐다보았지만, 아무런 대꾸를 하지 않았고 한동안 우리는 침묵 속에 머물러 있었다.

휴게소에 들러 밥을 먹은 후, 어머니와 나는 벤치에 나란히 앉아서 아이스크림콘을 핥아 먹었다. 혀를 감도는 끈덕지고 달콤한 감각을 느끼며 나는 어머니의 어깨에 기대었다. 중요한 소식이 갑자기 생각났다는 말투로, 어머니는 내게 폴로 티셔츠를 입고 괴상한 소리를 내며 뛰어다니던 그 아이의 소식을 전해주었다. 그 애의 가족이 다른 곳(어머니는 "더 좋은 곳"이라는 표현을 사용했다)으로 이사를 갔다고, 그 애의 어머니는 회사를 그만두고 아이를 돌보는 데에 열중하리라는 것이었다. 어머니는 그들 모자를 한 번밖에 초대하지 못한 것을, 그 애의 어머니와 진정한 우정을 쌓지 못한 것을 안타까워하는 것 같았다. 나는 그들의 소식에는 별로 관심이 없었다. 그들 모자가 우리 집에 오고 난 후에도, 가끔 공용 공간에서 그 아이를 마주친 일이 있었지만, 말을 걸어본 적도 없었다. 그러므로 그 아이가 이사를 갔든 말든, 그 애의 어머니가 회사를 그만두든 말든 (적어도 그때의) 나와는 아무런 상관도 없는 일이었다. 하지만 시간이 흐른 후, 나는 가끔 그 애를 떠올리게 되었고 그때마다 이런 생각을 했다. (어머니의 말마따나) 누구도 모든 걸 다 가질 수는 없지만, 그게 곧 모든 사람의 삶이 공평하다는 것을 의미하는 것은 아닐 거라고.

어쨌든 이건 아주 나중에서야 할 생각이었고, 그날 그 소식을 전해 듣고 난 후, 나는 어머니에게 이렇게 물었다.

"엄마, 내가 커서 뭐가 되고 싶은 줄 아세요?"

"뭐가 되고 싶은데?"

"나는 커서 배신자가 될 거예요. 진짜 배신자."

어머니는 나를 힐긋 바라보더니 정말이지 아무런 흥미도 느끼지 못하겠다는 듯이 말했다.

"꼭 그렇게 되어라. 제발 꼭."

다시 서울로 향하는 차 안에서 나는 까무룩 잠에 들었다. 문득 눈을 떴을 때는 어머니의 차가 서울 시내로 진입한 후였다. 나는 우뚝 서 있을 내 집, 정우맨션이 곧 눈앞에 드러나리라는 것을 알고 있었다. 그때, 문득 한 가지 사실이 떠올랐다. 그건 그 애—한때 정우맨션에 살았고, 나쁜 소문의 주인공이었으며, 이중 언어 때문에 고생을 하고 있던—에 관한 것이었다. 더 정확하게는 그 애가 입고 있던 옷에 대한 것이었다. 그 애의 몸에 지나치게 꽉 맞던 그 옷. 정우맨션으로 달려가는 차 안에서 나는 그 애가 왜 그렇게 꽉 맞는 옷을 입을 수밖에 없었는지를 깨달을 수 있었다. 그건 그 아이 부모의 어쩔 수 없는 (동시에 합리적인 근거가 있는) 선택이었다. 그 애의 키에 옷을 맞추면 몸통이 끼고, 몸통에

손보미. 해변의 피크닉

맞추면 옷이 너무 길어질 터였으므로. 그 애의 부모는 그 애의 키
에 옷을 맞추기로 한 것이었고, 그건 그 옷을 사주는 그 애의 부
모만이 내릴 수 있는 고유의 결정이었다.

알지 못하는 길을 걸어가는
여자아이에 대해

손보미 × 노태훈

노태훈 안녕하세요. 계간 『자음과모음』에서 올해 시작한 '시소' 프로젝트 첫 번째 소설로 뽑힌 손보미 작가님을 모시고 「해변의 피크닉」이라는 작품에 대해서 이야기를 나눠보는 시간을 가지려고 합니다. 일단 작가님 와주셔서 감사하고 간단하게 인사해주시면 좋을 것 같습니다.

손보미 안녕하세요. 저는 소설 쓰는 손보미라고 합니다. 반갑습니다.

노태훈   지난겨울에 발표하신 「해변의 피크닉」이 저희가 독자들에게 가장 소개하고 싶은 작품으로 선정되었습니다. 우선 축하의 말씀을 전합니다! (웃음) 무겁고 딱딱한 이야기를 나누기보다 작품에 대해서 궁금했던 것들 그리고 독자들이 더 흥미롭게 읽을 수 있는 부분들 위주로 말씀을 나눠보면 좋을 것 같아요. 제가 줄거리를 요약해봤어요. 작가님도 한번 들어봐주시고 부족하거나 지나친 부분은 가감 없이 말씀해주시기를 바랍니다.

열한 살의 '나'는 엄마와 함께 정우맨션으로 이사를 와서 살게 됩니다. 이차성징이 나타나면서 매우 혼란스럽고 모든 것이 미심쩍은 그 시기에 '나'는 불미스러운 소문이라든지 비릿한 욕망 같은 것에 매혹되곤 하는데요. 이를테면 이웃에 사는 한 대여섯 살쯤 되어 보이는 남자아이가 배가 꽉 끼는 폴로 티셔츠를 입는 것에 대해서 나쁜 상상이랄까 그런 걸 하곤 하죠. '나'는 일곱 살 이후로 매년 여름방학에 부산에 있는 할머니 집으로 가서 한 달 정도를 보내곤 했는데요. 열한 살인 그해 역시도 방학 때 부산으로 향하게 됩니다. 어머니와 이혼하고 부산으로 내려갔던 아버지가 있었는데 갑작스러운 사고로 세상을 떠나게 되고 졸지에 이제 '나'가 조부모의 유일한 혈육이 되었기 때문입니다. 부산의 할머니 집은 말 그대로 저택이었고 운전기사와 가사도우미가 있는 부잣집이었습니다. 할머니는 한복을 곱게 입고 해변으로 종종 피크닉을 갈 수 있는, 그런 삶을 사시는 분이었죠. 손녀딸을 무척 아끼고 또 예뻐하는 분이긴 한데 '나'가 여자아이라는 사실을 종종 티 나게 상기시키고 또 '남자였으면 좋았을 텐데' 같은 말도 숨기지 않는, 가부장적인 할머니라고도 할 수 있을 것 같습니다.

그런데 부산에 갔을 때 삼촌이라는 존재를 발견하게 되면서 일련의 일들이 벌어집니다. 어머니가 삼촌이라는 존재, 그러니까 아버지의 동생에 대해서 몰랐다는 것이라든지 또 그 삼촌을 대하는 할머니의 태도 같은 것을 보면 독자들은 짐작 가는 바가 있지만 당시의 '나'는 그것을 정확하게 인지하지는 못했던 것 같습니다. 그 삼촌이 '나'를 보자마자 "너희 엄마가 여름마다 너를 여기에 보내는 대가로……"라는 말을 갑자기 내뱉는데 그때 할머니가 굉장히 분노하는 장면이 나오죠. 그런 태도를 보이는 삼촌을 보면서 '나'는 묘한 감정을 갖게 됩니다. 삼촌이 난봉꾼, 악당, 무뢰한이라고 생각하면서도 어떤 종류의 열망 같은 걸 갖게 되는 과정이 있습니다. 그러면서도 결국 '나'는 여러 차례 꼬마 취급을 당하고 또 삼촌의 젊고 아름다운 연인을 마

인터뷰 _ 손보미 × 노태훈

주하면서 모종의 열패감 같은 걸 갖기도 합니다. '나'
는 그 과정에서 무조건 '괜찮아유'라고 말하는 충청도
여자의 이야기를 떠올리고 내가 지금 느끼는 감정에
굉장히 혼란스러워하는 모습을 보이는데요. 어머니
와 함께 서울로 돌아오는 소설의 말미에서 '나'는 커서
"진짜 배신자"가 될 거라는 결심을 이야기합니다. 그
리고 다시 폴로 티셔츠 남자아이를 떠올리는 장면으
로 끝이 납니다.
제가 구체적으로 소개하면서도 너무 자세하게 이야기
하지 않으려고 나름대로 노력을 했는데요. (웃음) 괜찮
나요?

손보미 네, 너무 정리를 잘하신 것 같아요. 워낙 인물이나 이
야기의 가지가 많다고 해야 하나? 그래서 정리하기가
힘드셨을 텐데.

노태훈 작가님이 소설을 좀 길게 쓰시잖아요. 평론가들은 문
예지에 손보미 작가님 소설이 실렸다고 하면 약간 마
음의 준비를 하곤 합니다. (웃음) 조금 자세하게 이야
기를 나눠보죠. 이 소설은 사실 작가님이 최근 해오시
는 연작 작업의 일환입니다. 「해변의 피크닉」을 중심
으로 보자면 대체로 열 살 전후의 여자아이가 당시 세

계를 바라보는 감각 같은 것들을 생생하게 그리는 작품 정도로 얘기할 수 있을 것 같아요. 어떻게 구상하게 되셨는지 여쭙고 싶습니다.

손보미 어린 여자아이가 나오는 1인칭 소설을 처음 쓴 건, 작년에 출간되었던 『작은 동네』(문학과지성사)라는 장편을 연재할 때의 일이에요. 음, 그러니까 2018년도의 일이죠. 사실 그 전에는 1인칭 소설을 쓴 경험이 거의 없어요. 1인칭이 되더라도 남자 화자였고, 여자가 주인공인 경우에는 늘 3인칭으로 썼던 것 같아요. 다른 이유가 있었던 건 아니고, 저는 저랑 멀리 있는 것에 대해 쓰는 게 훨씬 더 편하고 재미있거든요. 뭔가 저랑 조금이라도 가까운 설정이 있으면 쓰는 게 좀 힘들다고 해야 하나? 그런데, 한번은 이런 일이 있었어요. 『디어 랄프 로렌』(문학동네, 2017)이 출간된 직후의 일인데, 저의 중학교 시절에 대한 에세이를 쓰게 된 거예요. 자전 에세이? 이런 제목이었던 것 같아요. 처음으로 저에 대한 이야기를 쓰게 된 거죠. 그때 여러 가지 배운 게 많아요. 특히, 저는 제가 겪은 일을 그대로 썼다고 생각했는데, 원고를 보내고 우연히 제가 그 당시에 쓴 일기를 읽게 된 거예요. 자전 에세이에 쓴 거랑 같은 경험이 적혀 있었거든요. 그런데, 그 내용이 전혀

인터뷰 _ 손보미 × 노태훈

다르더라고요. 저는 그 일을 완전히 잘못 기억하고 있었던 거예요. 그때 그런 생각이 들더라고요. 아, 자전에세이가 사실은 일종의 소설이 될 수도 있겠구나, 하고요. 그런 식으로 내가 직접 겪은 일이 아니더라도, 자전 에세이를 썼던 감각으로 1인칭 소설을 쓰면 재미있지 않을까? 하는 생각을 하게 되었어요.

그래도 바로 시도는 못 하고, 마음에만 품고 있다가 『작은 동네』를 연재할 때 처음 시도해보게 되었죠. 그리고, 그다음에 바로 쓴 단편이 「밤이 지나면」이라는 작품인데, 그때는 오히려 좀 알쏭달쏭했던 것 같아요. 그러니까 이런 식으로 여자아이가 나오는 소설을 또 써도 되나? 이런 생각이 들었어요. 『작은 동네』의 외전 같아 보이지 않을까? 하는 걱정이요. 그런데 한번 쓰고 나니까, 계속 여자아이의 어떤 모습들이 머릿속에 떠올랐어요. 그리고 그걸 쓰는 게 너무 재미있었고요. 뭐라고 하지, 앞을 알 수 없는 길을 기대에 차서 계속 걷는 기분이랄까. 그래서 그때 생각했죠. 부부 이야기를 계속 썼던 것처럼 이것도 질릴 때까지 주야장천 써보자, 하고.

노태훈   아, 그 말씀을 들으니까 제가 약간은 이해가 되는 게, 소설을 읽으면서 아주 흥미로웠던 것이 좀 특이한 거리 감각이었거든요. 보통은 지금 현재 이 시점에서 과거의 나를 회상한다고 해도 그걸 회상하고 있다는 걸 감추려고 하잖아요. '지금 생각하면 이런 것인데, 그때의 나는 몰랐다' 같은 서술을 굳이 안 하려고 하죠. 왜냐하면 그때의 나를 더 보여주려고 밀착하게 되기 때문인데요. 이 소설은 현재의 '나'가 온갖 방식으로 정말 자주 끼어들어요. (웃음) 그게 지금 말씀하신 경험들에 바탕을 두고 있겠네요. 또 「사랑의 꿈」에서 엄마가 딸의 이야기를 소설처럼 써보고 찢어버리는 장면이 있는데 그런 것도 생각이 나고요.

여성 서사의 관점에서도 질문을 드려보고 싶어요. 이 소설도 아주 단순하게 읽으면 모녀 서사라고 할 수 있겠지만 의외로 아주 많은 여자들이 나오더라고요. 당연히 할머니의 비중이 굉장히 크고, 가사도우미 아주머니, 나를 돌봐주는 이웃집 아주머니, 또 이웃집 엄마 그리고 삼촌의 연인 등 다양합니다. 동시에 남성 캐릭터는 좀 삭제되어 있죠. 아버지는 일찍 돌아가셨고, 할아버지도 '실제'와는 다르게 존재감이 미미합니다. 소설에서 부산의 집은 늘 할머니 집이라고 계속 지칭이 되고 할아버지는 한 번씩 소리 지르고 들어가는 정도의 역할을 하죠. (웃음) 이런 부분들이 여성 서사를 의식한 배치와 구성의 결과인지 궁금합니다.

손보미 음, 「해변의 피크닉」의 시작은 예전에 쓴 「크리스마스의 추억」이라는 소설이었어요. 나중에 『맨해튼의 반딧불이』(마음산책, 2019)라는 책에 실을 때는 「크리스마스이브」라는 제목으로 바뀌었지만요. 50매짜리 짧은 소설인데, 그걸 쓸 때 처음으로 아버지가 죽은 후, 할머니 집에 가는 어린 여자아이에 대해 쓰고 싶다고 생각했어요. 그리고 이 모티프가 그 후로 제 소설에서 여러 가지로 변형이 되었고요. 가장 직접적으로는 「사랑의 꿈」으로 이어지기도 하고요. 「해변의 피크닉」에서 소설 속 여자아이와 직접적으로 관계를 맺는 사람들은 그 집에 사는 다양한 여성들이겠지만, 할아버지에게도 끊임없이 영향을 받고 있다고 생각했어요. 할아버지는 언제나 뒤에 물러나 있죠. 그는 자신이 저지른 잘못으로 인해 벌어지는 일에 대해서도 한마디 사과를 하거나 그걸 해결하려는 시도도 하지 않을 거예요. 그리고 아무것도 하지 않는 식으로 집 안에서 벌어지는 그 모든 일에 영향을 주는 거죠. 그런 생각을 하면서 썼어요.

노태훈 소설에서 가사도우미 아주머니가 할머니를 굉장히 존경하고 영향을 받는 것처럼 보이지만 사실은 할아버지에 대해서는 감히 언급도 할 수 없을 만큼 거대한 존

봄

재라고 생각한다는 서술처럼요.

손보미 네, 저에게는 할아버지의 모습은 그 정도로 드러나면 충분하다고 생각했어요. 드러나지 않지만, 드러나지 않음을 통해서, 다른 사람들을 억압하고 영향을 끼치는…… 이를테면 할머니가 누리는 부유함은 할아버지의 아내이기 때문에 가능한 것이잖아요? 반대로 '나'의 엄마는 자립 능력이 없는 여성이고요. 그런데 '나'는 할머니로부터 어떤 것들을 물려받은 가능성이 있는 아이예요. 어떻게 말하면 자기가 어떻게 하느냐에 따라 엄마처럼 살 것이냐, 할머니처럼 살 것이냐, 를 선택할 수 있는 위치인 거죠. 저는 그 위치가 재미있었어요. 할머니가 삼촌을 미워하고 '나'에게 많은 것을 물려주려고 노력하는 것은 어쩌면 드러나지 않는 할아버지와의 싸움일 수도 있고요.

노태훈 약간 그런 쪽으로도 연결되는 것 같아요. 제가 소설을 읽으면서 느꼈던 것이 열한 살의 '나'가 가지고 있는 욕망의 양가성이었어요. 소설 속에서는 여성이기 때문에 굉장히 한계가 있다는 듯이 묘사가 많이 되잖아요. 할머니가 '나'에게 훌륭한 여성이 돼야 한다고 말하면서 아버지에 대해서는 남성이 아니라 '사람'이라는 말을 쓴다든지 '그런 여자' 같은 표현들요. 그런데 동시에 '나'가 어떤 종류의 '여성'이 되고 싶어 한다는 걸 느꼈어요. 그러니까 여성으로서 한계를 느끼고 그것을 뛰어넘으려고도 하겠지만 동시에 나는 여성이고 여성으로서 가진 욕망을 부정하지는 않겠다는 다짐 같은 것을 읽었거든요. 그게 계급적인 측면에서도 비슷하지 않을까 싶긴 해요. 그러니까 이렇게 억척스럽게 어린 여자아이를 키우는 어머니의 모습과 어마어마한 부자인 할머니를 동시에 겪으면서 그 여성들 사이에 서 있는 '나' 같은 인물이 탄생한 게 아닌가 하는 생각이 듭니다.

손보미   맞아요. 그럴 거예요. 이 아이의 위치가 굉장히 복잡하고 단순하지 않으니까요. 계급적인 것뿐만 아니라요. 이를테면 이 아이는 이제 사춘기에 막 진입해서 이성에게 매혹되기도 하지만 동시에, 매혹에 저항해야 한다는 감정도 가지고 있는 것 같아요. 말씀하신 것처럼 양가적이죠. 그런데 이 소설을 쓸 때, 사실 어떤 계획을 가지고 썼던 건 아니에요. 원래 소설이라는 게 아무리 계획을 해도 쓰면서 달라지는 부분이 워낙 많긴 하지만, 이런 식으로 쓴 건 저에게는 거의 처음 있는 일이었어요. 이 소설은 줄거리랄 게 없었어요. 처음에 이 소설을 쓸 때 아, 이게 제일 중요한 장면이겠다, 싶은 건 아예 나오지도 못했어요. 3분의 2까지 쓸 때는 계속 우왕좌왕했어요. 심지어는 50매를 썼을 때까지 저는 삼촌이 '반쪽짜리' 삼촌일 거라고는 생각도 안 했고요. 그 삼촌이 해변에 여자친구를 데리고 올지도 몰랐어요. 되는대로 쓰다가, 순간순간 떠오르는 아이디어나 장면으로 소설을 이어간 거예요. 이게 소설이 될까? 싶은 순간이 여러 번 있었고요. 뭔가 일관성이 없고 소설이 너무 흐트러지지 않았나? 이음새가 너무 거칠지 않은가? 이런 걱정도 했어요.

노태훈 좀 의외의 말씀인 게, 왜냐하면 저희가 소설 얘기하면서 공유했던 것 중의 하나가 이 소설은 정말로 떡밥 회수가 완벽하다, 놓치고 그냥 허투루 지나가는 장면이 없다, 하나하나가 결국에는 의미를 갖고 이게 다 얘기가 되더라, 같은 감상들이었는데요. 심지어는 그래서 다소 구상이 기계적이라는 말도 있었던 걸로 기억하는데, 작가님께서는 막상 다른 소설들에 비해서 제대로 정리가 안 된 상태로 썼다는 느낌이라고 하시니까. (웃음)

손보미 네, 정말 정리가 안 됐다고 생각했어요. (웃음)

인터뷰 _ 손보미 × 노태훈

노태훈 또 이 소설을 읽으면서 특이했던 것은 아마도 작가님
       께서도 많이 들으셨겠지만 한국소설 같지 않다는 손
       보미 작가님 특유의 문체나 분위기가 이 소설에서는
       조금 다르다는 생각도 들더라고요. 굳이 어떤 한국의
       시공간을 드러내려고 하지 않으시는 편인데 이번 소
       설은 의외로 지명이 좀 나와요. 제가 아는 작가님이라
       면 할머니 집을 아마 '해변의 남쪽 도시' 정도로 쓸 거
       같거든요. (웃음) 거기에 충청도 여자 이야기가 나오고
       '괜찮아유'라는 사투리까지 등장해서 혹시 염두에 두
       신 게 있으신지 궁금했습니다.

손보미 일단 이 이야기를 처음 쓰고 싶다고 생각했을 때, 떠올
       렸던 몇몇 장면 중 하나가 그 충청도 여자가 나오는 이
       야기였어요. 사투리가 무조건 나와야만 했어요. 그래
       서 지명이 등장한 거죠. 근데 사실 저에게는 데뷔 초부
       터 그런 지명을 쓰는 걸 특별히 피해야 한다는 철칙 같
       은 게 있었던 건 아니었어요. 음…… 그런 것 같아요.
       데뷔하기 전부터, 이거는 좀 웃긴 생각인데, 도리스 레
       싱의 『런던 스케치』(서숙 옮김, 민음사, 2003)처럼 서울을
       배경으로 한 연작소설 같은 걸 쓰고 싶다는 생각을 많
       이 했거든요. 그런데, 그런 식의 특정 지역을 배경으로
       소설을 쓰는 게…… 어렵더라고요. 어떤 특정한 공간

을 서사적으로 장악할 자신도 없었고요. 그리고 그런 특정 지명을 쓰지 않을 때 생겨나는 장점들도 있었어요. 공간이 특정되지 않기 때문에 매력적으로 드러나는 의미들이요. 이제 그런 지명을 쓰는 것에 자신이 생겼느냐? 그건 음, 잘 모르겠어요. 저는 그냥 그때그때 충동적인 판단으로 소설을 쓰는 사람에 가까운 것 같고. 앞으로 이런 식으로 지명이 드러나는 소설을 쓸 거냐? 라고 묻는다면 정말 모르겠어요. 여하튼 이 소설에서는 충청도 여자 이야기가 나와야 했던 것뿐이에요. 제가 초등학교 때 정말로 유행했던 이야기거든요.

노태훈 비슷한 얘기들이 저 어릴 때도 있었던 것 같아요.

손보미 그 이야기의 결말이나 세세한 장면들은 기억이 잘 안 나요. 그런데 제가 엄마에게 그 이야기를 했던 기억이 나요. 엄마, 너무 웃긴 얘기가 있어, 그게 뭐냐면……하고 이야기를 시작했는데 엄마가 굉장히 당황해하셨어요. 저를 혼내거나 뭐라고 하진 않으셨는데, 그 느낌만으로도 뭐지? 내가 해서는 안 되는 이야기를 한 건가? 라는 생각을 했던 기억이요.

노태훈 충청도 여자 이야기가 나왔으니까 말씀드리지만 아마 그 시기, 그러니까 초등학교 고학년 정도 됐을 때? 꼭 그런 이야기들이 있었던 것 같아요. 비밀스러운 소문이나 추악한 이야기 말이에요. 엄청나게 흥미를 자극하는 이야기들이니까 너무 재미있고 웃겨서 어른들한테도 하게 된 최초의 경험이 있는데, 어느 순간 깨닫게 되죠. '아, 얘기하면 안 되는구나.' (웃음) 이 소설을 읽는 독자들도 각자 그런 이야기들을 하나씩 떠올릴 것 같다는 생각도 했는데요. 관련해서 보자면 소설에서 마술이나 최면 이야기도 나와요. 소문이나 비밀은 당연하고요. 그런 것들이 아무래도 지금 현실의 어떤 이면 같은 것을 생각하게 하는 계기가 됐는데, 저는 혹시 작가님께서 이 소설이 다소 환상적으로 받아들여지길 기대하신 측면도 있나 싶더라고요. 이렇게 얘기하면 또 무슨 마술적 리얼리즘 같은 소리냐고 하실 분들이 많겠지만. (웃음)

손보미   음…… 환상적으로 받아들이리라고는 생각하지 못했고, 음…… 아마 그런 거를 원하지는 않았지만 그렇게 읽어줘도 재미있을 거 같고. (웃음) 다만 그 최면을 거는 장면 있잖아요. 한 명이 눈을 감고 있으면 어떤 이야기를 해서 손을 들어 올리는 장면이요. 저는 그 장면을 좋아해요. 그걸 쓸 때도 좋았고, 너무 재밌었어요.

그 분위기가 있잖아요. 약간 기묘하면서도 우스꽝스러우면서도 그런 분위기가 소설 전체를 장악할 수 있다면 좋겠다고 생각하기는 했을 거예요. 그리고 중간에, 그런 장면이 나와요. 일하는 아줌마가 '같이 장 보러 갈래?' 하고 물었을 때 '나'가 이렇게 대답하거든요. '충직한 개처럼 집을 지키겠다.' 저는 그 대사가 좀 이상하다고 생각했어요. 그러니까, 좋은 쪽의 이상함이요. 아까 제가 이 소설을 쓰면서 계속 우왕좌왕했다고 했잖아요. 그런데 그 대사를 쓰는 순간 아, 나 이 소설을 끝까지 쓸 수 있겠다, 라는 확신이 생겼어요.

노태훈   사실 삼촌이라는 존재 자체가 현실에서 맞닥뜨리기는 어려운 존재이기도 하고, 부산의 저택 풍경이라든가 한복을 입고 해변에 피크닉을 가는 할머니의 모습 같은 게 굉장히 낯설면서도 흥미롭게 느껴졌어요. 아마 그런 부분들이 소설의 최면이나 소문과 결합되어 독특한 느낌을 주는 것 같아요.

손보미   아마 그럴 것 같아요. 해변의 느낌. 제가 떠올린 이미지도 현실에서 흔히 마주칠 법한 그런 분위기는 아니었던 것 같아요. 소설을 쓰면서 떠올린 건 해가 엄청 내리쬐고, 파도가 광포한데 천을 깔고 모래사장에 양

인터뷰 _ 손보미 × 노태훈

산을 쓴 채로 꼿꼿이 앉아 있는 나이 든 여성의 모습이었어요. 그런 게 좀 비현실적으로 느껴지기도 할 것 같아요.

노태훈   작가님의 「밤이 지나면」을 읽었을 때도 그랬지만, 이번에도 제가 여성이 아니라서 '더' 읽어내지 못하는 부분이 있다는 생각이 많이 들었어요. 이 작품을 여성 독자가 읽었을 때 느낄 수 있는 폭넓고 세밀한 감상들이 꽤 풍부하리라는 생각이 듭니다. 특히 유년기의 어떤 경험담, 비릿한 느낌이 나는 그런 종류의 경험들 있잖아요. 소설에도 나오지만 사전에서 비속어 같은 말을 찾아보고 이상한 쾌감을 느끼는 경험 같은 거요. 그렇게 보자면 결국 이 소설은 어떤 여자아이가 자라게 되는 이야기, 즉 일종의 성장소설이라고 정의할 수 있을 것 같아요. 여기에 동의하시는지, 아니면 성장소설이라는 것과는 좀 다른 감각을 가지고 쓰신 것인지 여쭤보고 싶습니다.

손보미   당연히 성장소설일 수밖에 없는 것 같아요. 왜냐하면 그 나이대의 아이들은 언제나 극적으로 그리고 계속 성장 중이잖아요. 제가 열 살이나 열한 살의 여자아이를 자주 쓰는 이유는 그때 제 자신이 굉장히 충격적인 경험을 했기 때문인데, 그 충격적인 경험이 뭐냐 하면 이사였어요. 그 전에도 이사를 했고, 그 후에도 이사를 했지만, 그때의 이사가 처음으로 상실의 경험을 하게 한 것 같아요. 내가 만든 관계들이 다 무너져 내리는 기분? 어른들의 결정으로 내 삶의 관계들이 결정된다는 것, 외부로부터 조종당할 수밖에 없다는 것, 나는 무력한 아이라는 것을 그때 처음 느낀 것 같아요. 그러니까 그런 여자아이가 나오는 소설은 당연히 성장소설일 수밖에 없겠죠. 하지만 다른 한편으로는 이런 생각도 들어요. 그러니까 제가 여태까지 썼던 다른 소설들, 어른이 나오는, 여자 어른, 남자 어른이 나오는 다른 소설들 말이에요. 어쨌든 그들은 어떤 사건을 통해 자신이 믿어왔던 세계가 깨지는 경험을 하는 사람들이잖아요. 뭐 제 소설뿐만 아니라, 다른 작가들의 소설에서도 그렇겠죠. 그렇게 친다면 거의 모든 소설은 어떤 의미에서는 성장의 순간을 담고 있는 게 아닐까, 하고요. 긍정적인 방향은 아니더라도. 내 안에서 무언가가 달라지는 순간을 느낀다는 것, 무언가가 훼손되는 것, 그것이 인생이라는 것을 받아들인다는 의미에서는 모두 다 성장의 측면을 담고 있는 게 아닐까, 하는 생각을 했어요.

인터뷰 _ 손보미 × 노태훈

노태훈 넓게 보면 소설이 성장의 의미를 담고 있지만 그 성장의 과정이나 감각은 매우 다양하고 다르다는 말씀으로 들리네요. 특히 이 소설을 보자면 여자아이의 성장이라는 게, 즉 말씀하신 세계의 깨짐이 남자아이와 확실히 다르다는 생각이 들어요. 이 소설에서도 할머니의 발화를 통해서 가부장제에 대한 일종의 비판 의식 같은 게 군데군데 반영되어 있는데요. 염두에 두신 것들이 있을지요.

손보미 굉장히 의식적으로 그런 걸 써야지, 하는 건 아니었겠지만, 당연히 그런 부분들이 들어가 있을 것 같아요. 아까도 말했지만 할머니는 나름대로 할아버지와의 싸움을 하고 있는 거니까요. 그런데 이 소설을 쓸 때, 이 소설뿐만 아니라 여자아이가 나오는 소설을 쓸 때 계속적으로 저를 사로잡은 이미지 중 하나는 어린 여자아이가 노출된 어떤 폭력에 대한 것이었어요. 소설에는 그게 직접적으로 나오지는 않지만, 그래도 소설을 쓰는 내내 제 마음속에 있었어요. 이를테면 제가 초등학교에 다닐 때, 6학년이 되니까 남자아이들이 정말 이상한 행동을 많이 했어요. 이상한 손짓과 몸짓. 지금도 그게 뭘 의미한 건지 잘 모르겠는데, 어떤 제스처를 하는 거예요. 성적인 제스처. 그때 저는 그게 공포스럽다기보다는 굉장히 나 자신을 창피하게 만드는, 그러니까 내가 그것의 대상이 됐다는 게 불쾌하고 무섭기도 하지만 무엇보다 너무 창피하다, 이런 느낌을 가졌던 것 같아요. 내가 아니었으면 좋았을 것 같다, 이런 느낌요. 진짜 이상하죠. 나는 위험에 처한 건데, 그걸 창피하게 여기다니. 자라나면서 그런 위험들이 도처에 도사리고 있다는 걸 알았고요. 그리고 좀 더 나이가 들었을 때에는 그런 것들에 나조차 무감각해져 있다는 사실도 깨닫게 되었죠. 그런 감정들이 소설 속에 어떤 식으로든 드러나지 않았을까 싶어요.

노태훈 여자아이 연작이라고 부를 만한 일련의 소설들을 보면 다소 이상한 표현이지만 적합한 어휘를 찾지 못하겠는, '이상한 여자'가 자주 나옵니다. 작가님의 다른 작품에서는 '정신없는 여자'라고 표현되기도 하는, 아무튼 좀 특이한 여자들이 꼭 나오거든요. 그런 캐릭터의 삽입과 배치에 대해서도 한번 여쭙고 싶어요. 왠지 이 역시 의도적이지 않다고 하실 듯하지만. (웃음) 이를테면 「사랑의 꿈」의 '공주연', 「크리스마스의 추억」의 '아주머니', 「밤이 지나면」에서 납치 비슷한 일을 벌이는 '여자' 등이 그렇죠. '엄마'는 말할 것도 없고요. 얼마 전 「이사」의 '언니'도 다소 독특한 면이 있습니다.

손보미 예를 들면 「밤이 지나면」의 인물 같은 경우는 진짜 특이한 여자라고 생각하면서 썼었어요. 우리가 흔히 만나기 어려운, 어린 '나'한테 되게 강렬한 경험을 하게 해주는 사람. 하지만 「사랑의 꿈」의 공주연이라든지, 「이사」의 언니 혹은 「크리스마스의 추억」의 아줌마, 그런 사람들은 그렇게까지 독특한 인물이라고 생각하지는 않았던 것 같아요. 그냥 흔히 우리가 만나는 사람들 혹은 나 자신의 어떤 모습들이 투영되어 있는 인물이라고 생각했어요. 모른 척하고 싶은 모습, 외면하고 싶은 모습, 숨기고 싶은 어떤 모습. 누구나 지니고 있지만 그 누구도 보고 싶어 하지 않은 모습 같은 거? 음…… 사실 잘 모르겠어요. 어쨌든 저에게는 그 여자들이 마냥 특이하게, 흔히 만날 수 없는 인물이라고 느껴지지는 않았어요. 이를테면 이 소설에 나오는 엄마 말이에요. 저는 그 엄마 캐릭터를 어떤 식으로 썼냐면, 내가 만약에 엄마가 되면 이런 엄마가 될 것 같아, 라는 생각을 했어요. 아이가 '엄마, 나는 커서 배신자가 될 거야'라고 말하면 '그래, 꼭 그렇게 돼라'라고 대답하는. 이게 엄마로서 특이한 대답인가? 라고 생각하면 꼭 그렇지도 않은 것 같거든요.

노태훈 간단한 질문 하나 더 드리자면, 이 역시 작가님께서 그간 많이 받으신 질문일 것 같습니다. 소설 쓰실 때 괄호라든지, 하이픈, 또 볼드체 같은 것을 자주 활용하시는데, 초창기에 저는 작가님께서 왜 보충하고 강조하셨는지 알겠다는 느낌을 대체로 받았거든요. 그런데 「해변의 피크닉」에서는 잘 모르겠다는 생각을 했어요. 제가 약간 일차원적인 이해만 생각하는 것인지. (웃음) 아무튼 어떤 감각으로 활용하고 계신지 여쭙고 싶습니다.

손보미   아닐 때도 있지만, 대체로는 강조하고 싶은 부분이 생기면 볼드체를 써요. 줄거리상 중요하다고 느껴지거나 혹은 뉘앙스 같은 것을 강조하고 싶을. 혹은 독자님들이 잠시 거기에 멈춰 서주기를 바랄 때.

노태훈   그러면 볼드체가 등장할 때 '아, 작가님은 이걸 강조하고 싶으셨구나' 하면 큰 무리는 없겠네요?

손보미   그런데 그건 저의 생각이니까. 소설이라는 게 제가 쓰는 거긴 하지만, 독자들에게 전달되면 또 전혀 다른 물질이 되어버리더라고요. 작가의 뜻을 헤아리고 싶으신 독자분들이라면 그렇게 읽으셔도 좋을 것 같아요. 아, 이 작가는 이 부분에서 이런 단어, 분위기, 뉘앙스를 전달하고 싶었구나, 하고.

노태훈　독자에게 수수께끼나 일종의 의도된 혼란을 주기 위한 건 아닌 거네요. (웃음)

손보미　아, 전혀 아닙니다.

노태훈　그렇군요. 저만 '게임이 시작됐다'라는 느낌으로 받아들였군요. (웃음) 그러면 이쯤에서 작가님께서 「해변의 피크닉」에서 소개하고 싶으신 대목을 한번 청해보려고 합니다.

손보미　아, 네. 저는 마지막 부분.

노태훈　앗, 안 그래도 제가 마지막 질문으로 그 장면을 준비했는데! 폴로 티셔츠를 입은 남자아이가 소설의 초반부에 등장하고 다시 마지막 장면에서 언급되면서 소설이 마무리되는데요. 이 아이에 대해서 저희가 같이 이야기를 나눌 때 막연하다는 의견이 많았어요. 처음과 끝에 등장하는 이 중요한 인물을 어떻게 해석해야 할지 의견이 분분했습니다. 저는 이렇게 생각했어요. 처음 '나'의 눈에 비친 그 애의 모습은 어떤 나쁜 소문을 생각하게 하잖아요. 그런데 이제 여름 한철을 할머니 집에서 보내고 온 '나'는 이제 그것이 '부모의 선택'임을 깨닫게 되는 거죠. 그러니까 보통의 시선? 혹은 어른의 시선을 조금 체득하게 됐다고 할까요. 자연스럽게 알게 되잖아요. 그 시기의 아이가 저렇게 옷을 입을 수밖에 없는 이유를요. 그런데 우리는 그걸 언제부터 알게 되었는지 생각하면 아득하면서도 이 장면이 주는 절묘함이 느껴지는 것 같아요. 이제 '나'는 부모의 결정권, 힘과 권력, 어른의 승인 같은 것에 대해 알게 되었구나, 싶은 거죠. 말씀하셨던 세계의 깨짐이 감각되는 순간이라고 느껴졌습니다. 이를테면 해변에서 '나'가 샌들을 잃어버리는 장면이 있잖아요. 자기는 그걸 잃어버려서 나름대로 전전긍긍하고 있는데 찾으러 갔던 삼촌이랑 삼촌의 연인이 다음에 다시 사주겠다며 심드렁하게 넘어가는 모습 같은 거죠. 내가 할 수 있는 게 없다는 그 무력감이 사실은 성장이었겠구나 싶었습니다.

손보미 그런데 아까 말씀드렸다시피 이 소설이 특별하고 거창한 계획을 가지고 쓴 건 아니어서. 다만 한 가지 바람은 이 소설에 많은 장면이 나오는데 그 장면 하나하나가 다 재미있었으면 좋겠다는 것이었어요. 유기적으로 연결되지 않아도 좋으니까, 그저 한 장면이 재미있게 읽혔으면 좋겠다. 이건 요즘 제가 소설을 쓸 때마다 생각하는 것이기도 해요. 사실 앞에 그 남자아이가 나왔을 때, 그 남자아이 어머니와 이 아이가 이 집을 방문하는 장면을 쓰면 재미있을 것 같았어요. 하지만 뒤에 다시 나오게 될지는 몰랐어요. 피크닉에서 할머니네 집으로 돌아갈 때까지만 해도, 그냥 '나'가 자신의 어머니와 집으로 돌아가는 차 안에서 정우맨션을 보면서 소설이 끝나지 않을까, 하고 막연하게 생각하고 있었어요. 그런데 갑자기 저도 그 남자아이가 왜 그렇게 딱 붙는 옷을 입고 있는지 궁금하더라고요. 아마 갑자기가 아니라, 소설을 쓰는 내내 제 마음속에 있는 궁금증이었겠죠. 그래서 저의 궁금증을 해결하는 방식으로 소설이 끝난 것 같아요. 무슨 엄청난 계획이나 의도가 있었던 건 아니에요. 그리고 저는 그렇게 소설이 끝나면 뭔가 되게 생뚱맞지 않을까 하는 기대를 했어요. 저는 요즘 그런 식으로 결말을 맺는 게 좋더라고요. 가끔 제 소설의 결말이 너무 모호하다는 감상을 들을 때가 있는데, 요즘은 아예 생뚱맞은 결말을 쓰고 싶다는 생각을 더 많이 하거든요.

노태훈   아, 저는 이번에는 좀 단호하고 명확하게 하고 싶다는

건 줄 알았는데. (웃음)

손보미 아니에요. 근데 별로 그렇게 생뚱맞진 않았나 봐요.

노태훈 사실 저희 대부분은 생뚱맞게 읽었는데 저는 인터뷰를 해야 하니까…… (웃음) 또 이게 폴로 티셔츠니까, 『디어 랄프 로렌』도 떠오르고 막 연결하게 되는 면도 있는 것 같아요.

그러면 마지막으로 이 소설을 비롯해 일종의 연작 형태로 작업하고 계시니까 앞으로의 계획을 여쭤봐야 될 것 같아요. 제가 읽은 바로는 「사랑의 꿈」이 엄마 이야기가 중심이 되는 소설이었고, 「크리스마스의 추억」은 열 살 때 이야기인데 할머니 집에 안 갔을 때의 이야기죠? 그리고 「밤이 지나면」에서는 외삼촌네로 가고요. 최근에 발표한 「이사」는 열두 살 때 이사를 경험하고 동네 언니와의 만남과 헤어짐을 쓰셨습니다. 이 여자아이 이야기가 어디까지 갈 것인지, 또 어떤 구성 같은 걸 염두에 두고 계신지 궁금합니다.

손보미 음…… 아직 그런 구체적인 구성은 없어요.

노태훈 무계획으로 가시는 거군요. (웃음) 그럼 지금 쓰고 계

인터뷰 _ 손보미 × 노태훈

시는 작품은 있으신지.

손보미 지금 단편 작업은 안 하고 있고, 장편 작업을 하고 있어요. 일단은 장편 작업을 끝내는 게 급선무예요. 하지만 그건 있어요. 이 소설에서 처음으로 정우맨션이라는 건물의 이름이 나오거든요, 「이사」라는 작품에서도 정우맨션이 잠깐 나와요. 정우맨션은 제가 중학교 때까지 살았던 마산에 있는 건물 이름이거든요. 소설에서는 서울로 나오지만, 아무튼 정우맨션의 이미지를 계속 가지고 소설을 쓸 것 같기는 해요.

노태훈 그러면 만약에 단편을 쓰게 된다면 자연스럽게 정우맨션의 이야기를 쓰게 될 가능성이 크다고 보면 되겠네요.

손보미 네, 제가 여름에 단편 마감이 있거든요. 아마 그때쯤에는 아마 그런 이야기를 쓰고 있을 것 같아요. 음…… 잘 모르겠어요. 제가 「해변의 피크닉」을 쓸 때 너무 쓰고 싶었는데 쓰지 못한 장면이 있어요. 「이사」에서 써볼까 했는데 거기서도 못 썼고.

노태훈 아, 아까 말씀하신 '그 장면'.

손보미 네. 그래서 그 장면을 꼭 소설로 쓰고 싶은데…… 아직
그런 이야기를 내가 쓸 능력이 안 되는 건가, 하는 생
각이 들기도 해요. 어쨌든 그 이야기를 쓰기 위해서 노
력할 것 같아요.

노태훈 그러면 현 시점에서는 이 소설들이 하나의 작업물로
묶이게 될 구체적인 계획은 없으신 거네요.

손보미 그렇게 됐으면 좋겠다고 생각해요. 지금까지 썼던 여
자아이 연작소설들이 있으니까. 그런 여자아이에 대
한 이야기를 좀 더 잘 쓸 수 있는 능력이 돼서 오래 쓸
수 있다면…… 내년쯤에는 작품을 모아서 여자아이
연작소설집 내기를 막연하게 바라고는 있어요.

노태훈 그렇게 되면 진짜 좋을 것 같아요. 개인적으로 「밤이
지나면」을 비롯해 이 연작들을 무척 좋아합니다. 잘
모인 작품들이 얼른 독자분들의 손에 닿을 수 있기를
바라겠습니다. 그러려면 우선 쓰지 못했던 그 장면들
이 잘 풀려 나와야겠네요. 마지막으로 오늘 참여하신
소감과 간단한 인사 말씀 부탁드리겠습니다.

손보미 「해변의 피크닉」이 책으로 묶여진 작품이 아니잖아

요. 그런 작품에 대해서 이렇게 얘기할 수 있는 기회가 있다는 게 굉장히 행운인 것 같아요. 그래서 너무 좋은 시간이었고, 재미있게 읽으셔서 제 소설을 선정해주신 거니까 그것도 행복하고요. 여러모로 좋은 시간이었습니다.

노태훈　네, 감사합니다. 이것으로 '봄의 시소' 손보미 작가님의 인터뷰 마치도록 하겠습니다.

손보미　네, 감사합니다.

노태훈
문학평론가

여름

여름

시

신이인
2021년 한국일보 신춘문예를 통해 시를 발표하기 시작했다.

불시착

운석이 떨어지고

거실 바닥이 패였다
원한 적 없는 모양으로

별이네
선물이야
집 바깥에 선 외계인들이 웅성거렸다

옮길 수 없는 돌이었다
가만히 보고 있으면 두려워진다
손바닥을 댔다가도 몇 발짝 떨어져서 의심해보았다
별이라고

소원을 빌었던 적을 셀 수 없었다
누구에게로 어디로 갔는지도 알 수 없는

길 잃은 기도들은 별을 희망했는데
이젠 뭐
우주의 미아로

잘 살아갈 테지
여기면서 내심 묘지를 만들었다
바라는 것을 묻고 십자가를 세우고 그 위에 밥을 눌러 삼켰다
노력했다
빛이 없더라도 괜찮지
크리스마스가 되면 가짜 별 같은 것을 사서 달 수도 있고
신께서 보시기에 좋을 수도 있지
밥알을 씹고 또 씹었다

설거지를 하면 큰 소리가 난다
때로 초인종 누르는 소리가 더 컸다
택배입니다
아무도 안 계세요
무시하고 더 세차게 그릇을 씻었다

등기요
방송국에서 왔는데요
물 한잔 마실 수 있을까요

여름

관리실인데요

모두 이 집구석을 구경하러 온 게 맞다

성탄절이다
가장 낮은 곳에 도착한 선물이 깜짝 놀란다
세상에
아무것도 안 했는데 벌써 내 몸이 부서져 있어요

구멍난 지붕으로 보는 야경이 원래 이렇게 예쁜 거였나요
악의라고는 한 톨도 없이

나도 멀리서 보면 별 비슷할까요
그럼 뭐해요
평생 난 나를 멀리서 볼 수 없을 거 아닌가요

멀리서 온 소원 하나가 초인종을 누르고 눈치를 봤다
너무 춥습니다 배고픕니다 밥을 주세요

회색 먼지 뭉치를 굳힌 것 같은 운석이 거실에 드러누웠다
울었다
원한 적 없었다고 했다

불시착한 별과
차분한 난동꾼 이야기

신이인 × 조대한

조대한 안녕하세요. 계간 『자음과모음』에서는 계절별로 시와
소설을 소개하는 '시소'라는 이름의 프로젝트를 올해
부터 진행하고 있는데요. 이번 여름에도 네 명의 편집
위원이 각각 시와 소설을 추천하고, 외부 선정위원 두
분을 모셔 대담을 가졌습니다. 교보문고 마케터이신
박수진 님, 〈채널예스〉 객원기자이자 작가이신 신연
선 님과 함께 저희가 생각하는 올여름의 시와 소설을
꼽아보았는데요. 이번 계절에는 신이인 시인님의 「불
시착」이 선정되어서 이렇게 인터뷰 자리에 모시게 되

었습니다. 함께해주셔서 정말 감사합니다. 간단한 소감을 부탁드려도 될까요?

신이인 안녕하세요, 반갑습니다. 제가 올해 데뷔한 신인이어서 처음 연락을 받았을 때는 조금 낯설었어요. '시소'라는 프로젝트가 있는 줄 몰랐거든요. 그래서 연락을 받고 나서 말씀해주신 유튜브 영상을 찾아봤어요.

조대한 아, 보셨어요? 어떠셨나요? (웃음)

신이인 '봄의 시'로 선정된 안미옥 시인의 시가 너무 좋은 거예요. 이렇게 좋은 시를 알아봐주시는 선생님들이 제 작품도 좋게 봐주셨다고 생각을 하니 정말 기뻤어요. 감사하면서도 동시에 나 잘하고 있나 보다, 하고 약간의 자신감도 얻었던 것 같아요.

조대한 계절 단위로 발표되는 작품들을 보다 많은 독자분들에게 소개해드리는 것이 기획의 주목적이긴 하지만, 지금 현장에서 시와 소설을 써나가시는 분들께 조금이라도 응원이 되었으면 좋겠다, 하는 마음도 컸어요. 저도 그렇고 주변에 글을 쓰시는 분들이 많지만, 무언가 허공에 이야기를 건네는 듯한 느낌이 없지 않잖아

요. 당신의 글을 누군가 읽고 있다는 작은 응답이 되었
으면 하는 바람으로 시작하게 된 것 같아요.

신이인　정말로 응원이 되었어요.

조대한　아이구, 그러셨다니 기쁘네요. 아직 확정된 것은 아닙
니다만 계절마다 대담과 영상으로 작품을 소개하는
일에 더해, 차후 계절별로 뽑았던 시와 소설과 인터뷰
를 모아 연말쯤 모음집을 출간해볼 계획도 가지고 있
어요. 물론 작가분들의 동의와 편집부와의 논의를 거
쳐야 하는 일이겠지만요. 처음의 취지가 작품을 널리
알리자는 것이었으니, 도서 보급이 소외된 지역들에
기부를 하면 좋겠다는 생각도 가지고 있습니다.
아, 저희가 '여름의 시'를 선정하기 앞서 편집위원들이
각자 한 편씩 작품을 추천했다고 말씀을 드렸잖아요.
서로 검토 범위가 조금씩 달랐는데, 이번에 신이인 시
인님의 작품을 추천하신 분은 노태훈 평론가였어요.
발표된 작품들이 너무 좋다고, 꼭 그 팬심을 전달해달
라고 말씀하셨어요. (웃음)

신이인　팬심이라니. 신인이다 보니 그런 단어가 정말로 낯설
게 느껴져요. 제가 글 쓰는 친구들과 교류하고 작품을

공유하면서 습작을 했던 것이 아니다 보니까 더 그렇
게 느껴지는 것 같아요. 혼자 쓰는 경우가 많았거든요.
말씀하신 것처럼 허공에 쓰고 있다는 기분에 가까웠
는데, 누군가에게 읽히고 있었다는 것이 좋기도 하고
무척 부끄럽기도 합니다. 정말로 힘이 되는 것 같아요.

조대한 아마도 많은 분들께서 따라 읽고 계시지 않을까 싶어
요. 네, 그럼 이제부터 본격적으로 시에 대해서 이야기
를 나눠볼까요. 우선 가장 먼저 눈에 들어오는 건 아무
래도 주어진 시적 상황인 것 같아요. 제목처럼 운석이
갑작스레 거실 바닥에 불시착해 있고, 나는 이게 무얼
까 감정을 더듬고 있는데 밖에서 찾아온 사람들은 자
꾸만 벨을 누르고, 이런 상황 자체가 굉장히 흥미롭다
는 의견이 많았어요. 이 설정이 너무 재미있으니까 각
자 어떤 스토리를 덧붙여서 다채롭게 해석해주시더라
고요. 누군가는 꿈에 대한 이야기로, 누군가는 나에 대
한 이야기로, 누군가는 소유물이나 타인에 관한 이야
기로 읽어주셨어요. 의견이 분분했답니다. (웃음) 당연
히 시에 정답이 있는 것은 아니고, 저희가 창작자의 의
도를 맞히기 위해서 대담과 인터뷰를 진행하는 것은
물론 아닙니다만, 그래도 시인님께선 어떤 것들을 염
두에 두고서 쓰셨는지 여쭤보고 싶어요.

인터뷰 _ 신이인 × 조대한

신이인　일단 그렇게 다양하게 읽어주셨다는 게 기뻐요. 저는 이렇게 써야지, 라고 의도했던 대로 읽히는 시를 쓰는 것보다, 각자 자신의 관점으로 읽힐 가능성이 많은 시를 더 좋아해요. 제가 그런 시를 쓰려고 더 노력하는 것도 있고요.

　　　　그래도 시를 쓴 입장에서 제가 고려한 것은 이런 게 아니었나 싶어요. 음…… 저는 무슨 일이 닥치면 그에 대해 어떤 판단을 내리기까지 조금 시간이 걸리거든요. 이게 좋은 일인지 나쁜 일인지도 잘 모르겠고, 여기서 내가 어떻게 행동해야 하는지도 잘 모르겠는 그런 상황들이 닥치면, 주변에서는 이거 좋은 일이라며 저를 부추길 때가 종종 있어요. 저는 그리 막 좋지 않은데, 남들은 좋다고 하는 그런 상황. 시에 나오는 별과 관련지어 생각해보면, 별이라고 하는 건 보통 밝게 빛나잖아요. 멀리서 보면 빛나지만, 그 별이 나에게 와서 딱 안겼을 때는 그저 굉장히 무거운 돌덩어리일 수밖에 없거든요. 그런 별을 안고 살아가는 사람들의 마음은 어떨까, 그런 생각을 조금 하게 됐어요. 어찌 보면 그것은 저의 이십대거나, 근거리에 있던 젊음일 수도 있겠네요. 남들은 다 좋다고 하지만 저한테는 너무 힘들고 무거운 그런 것들이요. 새로 생긴 가족이나 나의 달라진 생활일 수도 있겠고요. 혹은 관계 속에서 반짝

반짝 빛나는 위치에 놓인 사람들을 떠올려볼 수도 있을 것 같아요. 스스로 빛을 내서 다른 사람들에게 위로를 전하고, 힘이 되어주는 사람들이요. 그 사람들이 자기 자신을 볼 때 빛나는 본인의 모습이 과연 눈에 비칠까? 그런 여러 가지 생각을 했어요.

조대한 이렇게 다양한 가능성을 시인님께 직접 들으니 더 좋네요. 나의 상황은 복잡한데 옆에서는 호들갑을 떨고 있고, 멀리서 빛나는 저 별이 나한테는 무거운 돌덩어리이고, 나도 멀리서는 별처럼 빛날까 싶지만 정작 나는 그 모습은 볼 수도 없고, 그런 여러 가지 이야기들을 저희도 나눴던 것 같아요. 그리고 이십대라고 하니까 확 와닿는 부분이 있는걸요. 물론 저는 한참 전에 지나갔지만요. (웃음)

신이인 아, 그리고 시의 제목이 「불시착」인 것은 당시에 제가 〈불시착(STAY YOUNG)〉이라는 노래를 굉장히 열심히 듣고 있었기 때문이기도 해요.

조대한 정말요? 누구 노래인가요?

신이인 제가 좋아하는 아이돌 중에 AB6IX(에이비식스)라는 그

135

룹이 있는데 그들의 노래예요. 제가 케이팝을 좋아하다 보니 아이돌 그룹의 노래를 자주 들어요. 이 작품을 쓸 당시에는 그 노래를 정말 많이 들었어요. 아이돌이라는 존재도 남들이 볼 때는 반짝반짝 저 멀리서 빛나는 사람들이잖아요. 이 시를 쓸 때는 그런 사람들의 마음을 이해하거나 위로하는 자세를 가져보고 싶다는 생각도 있었던 것 같아요.

조대한　AB6IX의 이름은 당연히 들어봤는데, 그 곡은 제가 안 들어봤네요. 꼭 찾아보겠습니다. 아예 틀어놓고 인터뷰를 해야 할까요? (웃음) 지금 이 시와 함께 그 노래를 들으면 무언가 새로운 경험을 할 수도 있을 것 같아요. 스타나 아이돌이라는 존재가 별이라는 상징과 그런 식으로도 직접 연결이 되는군요. 별, 운석과 관련하여 대담에서 나눴던 이야기를 좀 더 자세히 말씀드려볼까요. 어떤 분은 이 세계에 잘못 태어나 불시착한 것만 같은 이질감을 느끼는 '나'의 이야기로 읽어주셨고요. 또 어떤 분께서는 내가 가지고 있는 것이지만 정작 나는 원한 적 없었던 '소유물'의 일종으로 읽어주셨어요. 인상 깊었던 해석 중 하나는 신연선 작가님께서 언급해주신 '꿈'의 이야기인데요. 꿈이라고 하는 것은 늘 빛나고 환영받는 무언가일 텐데, 그 시기가 조금 어긋

　　　　　　　여름

나게 찾아오면 이방인처럼 느껴질 때도 있다는 거예요. 그런 관점에서 보면 이 시편 속의 나에게도 젊은 시절 간직했던 어떤 꿈이 있었고 나는 그걸 어딘가에 오랫동안 묵히고 방치해둔 거죠. 한데 내가 원한 적도 없던 꿈이 갑작스럽게 존재감을 드러낸 거예요. 포기한 채 현실의 삶을 살아가고 있는 나에게로 다가와 뜬금없이 일상을 뒤흔드는, 그렇게 어긋난 시차를 두고 찾아온 꿈에 대한 이야기로 읽어주셨는데 저는 그 해석이 참 좋더라고요.

신이인   맞아요, 저도 쓰면서 비슷한 생각을 했던 것 같아요. 이런 얘기를 할 거야, 하면서 시를 썼다기보다는 쓰면서 제 안에 있는 것들을 자연스럽게 꺼내게 되었던 것 같아요. 올해 데뷔를 하게 되면서 제가 처한 상황이 갑작스럽게 변화를 맞이하게 되었는데, 그것이 사실 제가 오래 묵혀둔 꿈들 중 하나거든요. 글을 쓰면서 활동하는 일이요. 잠깐 가족 얘기를 덧붙이자면 제 언니가 오랫동안 꾸고 있는 꿈이 있거든요. 그 꿈을 가족 모두 지지하고 있어요. 오래 무언가를 갈망하는 사람의 마음을 이제는 언니 본인뿐만 아니라 가족 모두가 잘 알아요. 그 번져버린 마음이 시를 쓰면서도 조금 드러났던 것 같아요. 너무나도 간절한 꿈이라 늘 기도하지만,

인터뷰_ 신이인 × 조대한

한편으로는 안 될 수도 있다는 체념의 마음으로 플랜 B를 생각하며 일상을 살아가는 그런 복잡한 심정이 간접적으로 담겨 있는 듯해요.

조대한 함부로 여쭤볼 순 없지만 언니분의 꿈이 꼭 이뤄지셨으면 좋겠습니다. 참 여러 가지로 품이 넓은 시라는 생각이 들어요. 읽는 사람에 따라 각자에게 다가오는 방식이 사뭇 다르니까요. 음…… 저 개인적으로 가장 좋았던 부분은 '묘지'가 언급되는 대목인데요. 빛이 사라져 돌멩이가 되어버린 운석을 위해 묘지를 세우고, 그 위에서 밥을 먹는 장면이 무척 인상 깊었어요. 불시착이나 운석은 당연히 여러 의미로 읽히겠지만 저에게는 타인에 관한 알레고리처럼 느껴지기도 했거든요. 타인이 그렇잖아요. 멀리서 보면 반짝반짝 빛나고 있고 멋있어 보이는데, 가까이 다가오는 순간 부담스럽고 낯설게 느껴져 두렵기도 하고, 때로는 실로 재난처럼 내 평온한 일상을 파괴하기도 하는 존재니까. 그런데 나는 이미 거실 한복판을 부수고 들어온 그이의 흔적을 폐허처럼 내버려두고, 기념하듯 십자가를 세우고 묘지를 만들어 그 위에서 밥을 먹고 있잖아요. 회색 먼지처럼 뭉쳐진 오래된 운석을 앞에 두고 밥을 꾹꾹 눌러 삼키는 장면이, 어떤 슬픔과 회한을 아무렇지 않게 누르면서 살아가는 모습처럼 느껴졌어요. 저는 그 장면이 가장 마음에 와닿았던 것 같습니다.

신이인 말씀해주신 대로 어쩔 수 없이 내가 안고 살아가야 하는 타인의 의미도 담겨 있는 것 같아요. 그렇게 읽히는 것을 저도 느꼈어요. 나의 영역을 침범한 타인들이 있어도 어쩔 수 없이 그 존재들을 안고 살아가야 하는 이들, 동시에 내 영역에 들어왔지만 그곳에 계속 머무르길 원하지 않는 이들, 그렇게 서로 원한 적 없다며 울음을 터뜨리는 이들의 관계성에 대해서도 생각했던 것 같아요. 맞아, 내가 이런 얘기도 하고 있구나 하고.

조대한 그렇군요. 운석의 의미에 관한 이야기도 많이 나눴지만, 또 그에 못지않게 흥미로웠던 것이 바깥에서 나를 찾아오는 이들이었는데요. 찾아오는 방식들이 굉장히 다양하잖아요. 운석이 떨어진 것을 알고 그걸 구경하러 온 것 같기도 하고, 한편으로는 그냥 일상의 요구들을 처리하기 위해 찾아온 것 같기도 해요. 물론 느낌으론 전자인 듯싶긴 하지만요. 나는 운석 옆에서 밥을 먹고 설거지도 하면서 어떻게든 삶을 살아가고 있는데, 문밖의 사람들은 눈치도 없이 나를 찾아와 마구 벨을 눌러요. 안과 밖의 온도 차, 실제 운석을 피부로 접하고 있는 나와 문 너머 그렇지 못한 이들 사이의 감정적 거리감이 무척이나 흥미로웠어요.

신이인 저도 이 시에서 가장 마음에 드는 부분이에요. 말씀대로 그저 일상의 행정적 요구들을 처리하기 위해 관리실에서 찾아오고, 택배가 오고, 방송국에서 방문한 것일 수도 있는데, 내 옆에 있는 운석이 너무나도 크니까 모든 이들이 이 집구석을 구경하러 왔다고 생각하게 되는 거죠. 음…… 저는 힘들 땐 사실 생일 축하한다는 연락이 오는 것도 싫었거든요. 저 사람들이 내 근황을 물어보려고 전화했나, 하는 이상한 피해의식도 생겨나고요. 심정적으로 힘든 상황에 처해 있는 이가 외부에 예민해지는 그런 이야기를 하고 싶었어요. 다들 조금씩 비슷한 경험들을 해보지 않았을까요? 너무 힘들면 잠수 타고, 오는 연락 다 안 받고, SNS 없애고 하는 그런 경험과 마음을 살짝 담았던 것 같아요. 정말로 주변 사람들은 아무 의미 없이 연락을 건넨 것일 수도 있고, 혹은 선의로 저를 걱정해주는 것일 수도 있는데 내가 지쳐 있을 땐 그냥 숨어버리고 싶은 마음.

조대한 내 마음이 그 사람들을 부정적인 존재로 만드는 거군요.

신이인 맞아요, 내 마음이 그 사람들을 불청객으로 만드는 거예요.

조대한 읽으면서 저 눈치 없는 사람들의 악의 없는 천진함이랄까, 그런 게 너무 재미있으면서도 한편으로는 오히려 내가 꾹꾹 누르며 살아가는 감정이나 슬픔이 배가되는 느낌도 받았던 것 같아요.

또 이 시에서 빼놓을 수 없는 것이 크리스마스라는 시간 설정이잖아요. 소원을 빌던 하늘 위의 빛나던 별, 가장 낮은 곳에 도착한 선물과도 같은 돌, 크리스마스 트리에 달게 될 가짜 별 등이 복합적으로 얽혀 있고, 그 와중에 문 바깥에서는 다른 소원 하나가 눈치를 보며 "배고픕니다 밥을 주세요"라며 벨을 누르고 있어요. 공간적으로도 거실 한가운데 잘못 떨어져 있는 운석이지만, 크리스마스이기 때문인지 더 정신이 없고 시기적으로 불시착해 있다는 느낌이 강하게 들어요.

신이인 크리스마스는 많은 이들이 행복해하는 날이잖아요. 그리고 제가 모태신앙이다 보니, 소원이나 꿈같은 것들은 자연스레 기도와 연결되기도 했고요. 성탄절은 절대자를 기념하는 축제와도 같은 날인데 하필이면 그런 날 나에게 운석이 떨어지고, 주변 사람들은 그건 별

이야 혹은 선물이야, 라면서 웅성거리고, 정말로 내가 빌었던 기도와 소원이 다가온 것일까 난감하기도 하고. 그런 모호한 경계에 놓인 이미지이자 생각할 여지를 열어놓는 장치 중 하나로 크리스마스를 가져왔던 것 같아요.

조대한　그래서 "신께서 보시기에 좋을 수도 있지" "가장 낮은 곳에 도착한 선물" 등의 표현이 나왔던 거군요.

신이인　처음부터 염두에 두고 쓴 것은 아닌데, 쓰다 보니 그런 표현이 나오고 생각이 연쇄적으로 이어지고 또 이어져 나왔던 구절인 것 같아요.

조대한　저 역시 어렸을 때는 성경학교도 다니고 불교학교도 다니고 성당도 다녀보고 그랬습니다만, 확실히 특정한 종교의 경험이 누적되어 있는 분들은 무의식중에 해당 종교의 고유한 언어를 사용하시더라고요.

신이인　맞아요. 어떤 시인의 시를 읽다가 불교의 색채가 많이 느껴진다 하는 분들은 실제로 그 종교를 갖고 계셔서 신기했던 적이 있어요. 또 수녀님 중에도 시를 쓰시는 분들이 많이 있는데, 그런 분들의 시를 보면 마치 복

여름

음처럼 따뜻하고 힐링되는 느낌이 있는 것 같아요.

조대한 그렇죠. 말씀해주신 주제적인 측면의 따스함에 더해, 소재와 시어의 측면에서도 그 종교에서만 사용하는 고유한 단어가 자연스레 녹아 있더라고요.

신이인 다비, 꽃살문…….

조대한 맞습니다. 직간접적으로 그런 영향이 있구나 하는 생각이 들었어요. 어쨌든 이 시의 매력은 앞서 언급된 여러 서사적 상황과 설정 등에 있기도 하지만, 무엇보다 그 속에 배어 있는 나의 슬픔들 혹은 어떤 감정의 중층들이 작품을 여러 번 곱씹게 만드는 것 같아요. 시 속의 나는 처음엔 운석이 너무 가까이 있어 두려워도 하고, 이게 뭐지 의심하기도 해요. 그러다 나중에는 그냥 묻어두고 지내야 한다는 다소간 체념에 가까운 정서를 보이는 듯도 하고요. 한데 선물로 도착한 별이 그런 말을 하잖아요. 구멍 난 지붕으로 보는 하늘과 별이 이렇게 예쁜 거냐고. 본인이 부숴놓고는. (웃음) 악의 없는 그 천진난만함이 참 재밌으면서도, 저는 살짝 밉기도 했거든요. 그런 모습을 보며 나도 멀리서는 누군가의 별이겠지, 싶다가 그럼에도 평생 나는 멀리서 나 자신을 바라볼 수 없을 거라고 말할 때는 묘한 슬픔 같은 것이 배어 나오더라고요. 그리고 마지막에 "울었다" "원한 적 없었다고 했다"는 구절이 나오면서, 층층이 쌓아 오던 작품 전체의 감정선을 완성시키는 것 같아요.

신이인   슬픈 시를 써야겠다, 라는 의도는 아니었는데 쓰다 보니 발화하는 것들에 제 감정이 스며들기도 하는 것 같더라고요. 아까 말씀드렸던 것처럼 원한 적도 없는데 남들은 좋은 일이라고 말하는 것들, 오래 묻혀 있다 다시 드러난 꿈같은 것들이 내 일상을 파괴하고 침범했을 때 느껴지는 그런 감정이요. 애증이라고 해야 할까요? 마냥 미워하는 것도 아니고, 마냥 슬퍼하는 것도 아닌 그런 복잡한 마음. 이 시 속의 나는 어쨌든 별을 갖다 버리지는 않잖아요, 내가 기도했던 무언가일 수도 있기 때문에요. 어쩔 수 없이 사람마다 지고 살아가야 하는 삶의 무게라고 생각했던 것 같아요. 사실 인생도 그렇잖아요. 멀리서 보면 희극이고 가까이서 보면 비극이라고 말하는 것처럼요. 그렇게 여러 감정과 마음들이 겹쳐지다 보니 결과적으로 슬픈 뉘앙스의 시가 되지 않았나, 하는 생각이 듭니다.

조대한   마냥 사랑할 수도 없고 함부로 내버릴 수도 없는 존재

혹은 어떤 시간에 관한 이야기일까요. 말씀하셨던 애증이라는 단어 외에 딱히 이 감정을 설명할 단어가 떠오르질 않네요. 이런 표현이 어떨지 모르겠습니다만, 거실 한복판이 뚫려 있고 바깥에선 정신없이 벨을 누르고 그 사이에 낀 나의 마음은 이리저리 흔들리는, 이 난장판의 모습이 묘하게 담담하고 차분한 슬픔의 난장판 같다는 생각이 들기도 했어요. 그게 이 시의 기이한 매력이 아닐까 싶고요.

신이인 제 성격이 그런가 봐요. (웃음) 제 시를 읽어본 분들이 그런 말씀들을 하세요. 분명 차분한 상황이 아닌데 차분하게 느껴진다고. 이건 여담인데, 제가 어제도 바퀴벌레를 한 마리 봤거든요. 주위 사람들은 비명을 지르고 막 난리가 났어요. 그런데 제가 그냥 아, 하면서 그 모습을 지켜보다가 벌레를 잡으니까 주변에선 어떻게 그렇게 차분할 수 있냐고 물어보시더라고요.

조대한 벌레를 안 무서워하세요?

신이인 그렇지도 않아요. 다만 저한테 닥쳐오는 사건들에 대해 제가 취하는 태도가 늘 그런 것 같아요. 어떡하지, 이렇게 가만히 지켜보다가 정작 나중에는 누구보다

인터뷰 _ 신이인 × 조대한

더 당황해 있고 상처받고 그래요.

조대한 말씀을 들어보니 당시에는 어찌할 줄 몰라 옆에 묵혀 뒀던 상처의 흔적을 나중에서야 곱씹으시는 듯싶기도 하네요.

신이인 네, 아마 이 시도 비슷한 느낌인 것 같아요. 난장판 속에서 처음에는 어떻게 해야 할지 몰라 그걸 가만히 지켜보다가, 마지막에 이르러서야 드러누워 울면서 내가 하고 싶은 말을 하게 되는 그런 감정의 시차가 녹아 있는 듯해요.

조대한 말씀을 들으니까 시의 제목이 어긋난 시차를 두고 도착한 어떤 마음으로도 읽히는 것 같아서 더 좋네요. 시의 세목들에 대해 더 이야기하고 싶은 부분이 많아요. '소리' 또한 이 작품의 매력 중 하나였는데요. 운석이 떨어지자 외계인들이 웅성거리는 소리가 들리고, 밖에서는 초인종 누르는 소리가 들리고, 나는 지지 않으려는 듯이 설거지 소리를 내고, 그런데 내 설거지 소리보다 더 큰 벨소리와 사람들의 목소리가 들리고. 저는 이렇게 겹쳐지는 여러 소리가 전반적인 시적 상황이나 감정의 등락과도 잘 조응되고 있다는 인상을 받았거든요. 이에 대해서 어떤 생각이셨는지 궁금합니다.

신이인 소리는 제가 크게 고민한 요소는 아니었어요. 그렇지만 제 작품에 감각 언어들이 무의식중에 많이 들어가는 것 같기는 해요. 별다른 의도 없이 쓴 부분인데 다들 재미있게 봐주시는 대목들이 많았거든요. 제 입장에서는 그런 섬세한 포착도 너무 감사한 일이에요.

조대한 겉으로는 담담했지만 크게 흔들리며 울리고 있었을 마음이 그 순간을 다시 곱씹을 때마다 자연스레 소리의 이미지로 들어오게 된다고 생각해볼 수도 있겠네요.

신이인 맞아요. 그리고 설거지 소리 같은 경우는 항상 느끼는 거지만, 생각보다 그 소리가 너무나도 큰 거예요. 물소리뿐만 아니라 그릇이 서로 부딪치는 소리도 나고요. 제가 특별히 귀가 예민한 건 아닌데도 설거지를 하다 보면 남들이 말하는 걸 못 들을 때가 많았어요. 그래서 언뜻 평범해 보이지만 외부에서 기웃거려도 크게 신경 쓰지 않을 만큼 나의 일상이 커다란 것은 아닐까, 하는 생각도 해보았어요. 얘기하다가 방금. (웃음)

조대한 말씀은 즉흥적이라고 하셨으나, 저는 신이인 시인님

　　　　　　　　　　　인터뷰 _ 신이인 × 조대한

의 몇몇 작품을 보면서 그런 것들이 이미 다 짜여 있는 것은 아닌가 하는 생각을 하기도 했어요. 데뷔하신 지 얼마 지나지 않아 많은 작품을 읽지는 못했습니다만, 『현대문학』(2021년 4월호)에 실린 「구미」나 『웹진 아는 사람』(2021년 1월호)에 발표된 「Honest Love」라는 작품을 재미있게 봤는데요. 오리너구리가 등장하는 데뷔작도 너무 흥미로웠고요. (웃음) 「불시착」도 그렇고 시마다 반짝이는 아이디어가 담겨 있는데, 그것을 풀어나가는 방식이 저 개인적으로는 되게 치밀하다, 라는 느낌을 받았어요. 데뷔작과 함께 실린 신춘문예 심사평이 기억나요. 제가 말씀드린 맥락과 비슷한 표현이 있었어요. 특별한 난동꾼과 완벽한 관리자 어느 하나만 있어도 좋으리라 여겼는데, 그 둘 모두를 갖춘 희귀한 시를 이번에 찾게 되었다고. 정말 잘 어울리는 심사평이라고 생각했어요. 이 두 가지의 미덕에 대해서는 어떻게 생각하시나요.

신이인   심사평을 봤을 때 너무 큰 칭찬이라고 생각돼서 이런 평을 받아도 되나, 하는 걱정이 들기도 했어요. 하지만 저는 굳이 둘 중에 하나를 고르자면…….

조대한   맞혀볼까요? 난동꾼. (웃음)

신이인 난동꾼으로 불리는 사람들 중에서는 제가 제일 스탠
더드해요. (웃음) 그래도 저는 정도를 알고 선을 지키는
것 같아요.

조대한 그게 시에서는 정말 중요한 매력으로 다가오는 것 같
습니다. 차분하고 담백한 난동.

신이인 그런데 또 차분한 사람들 사이에 있으면 제가 제일 이
상한 사람이 되거든요. 제 개인적인 성향과 깊게 닿아
있는 심사평인 것 같아요. 이제 너 마음대로 글을 써도
된다, 라는 작가로서의 라이선스를 허용해주신 느낌
이라 조금 더 제멋대로 해보고 싶은 마음도 있어요. 관
리자라고 표현해주신 것처럼 나름대로 정리와 배열을
잘한 작품들도 있지만, 아직은 조금 더 개성 있는 모습
을 보여드리고 싶어요.

조대한 조금 더 자유로운 난동을 부리시는…….

신이인 하지만 그런 별난 사람들 중에서는 제가 제일 차분할
것 같아요. (웃음)

조대한 그런 균형과 적성선이 좋은 것 같아요. 시를 읽다 보면

인터뷰 _ 신이인 × 조대한

다소 과잉된 파토스가 느껴지는 작품들이 있고, 때론 너무 기술적으로 잘 짜여 안정적으로만 느껴지는 작품들도 있는데 이 작품은 그 둘 사이의 묘한 긴장감을 아우르고 있다는 생각이 듭니다. 음…… MBTI로 따지면 INFP에 가까울까요? (웃음)

신이인 이건 여담인데 제 MBTI가 홍준표 의원이랑 같아요. (웃음) 그분이랑 트럼프랑 저랑 같아요, ESTP라고. 제일 글을 안 쓸 것 같은 성향이죠. 제가 관리자와 난동꾼의 경계에 있는 느낌이라고 하셨는데, MBTI도 검사를 하면 다 절반씩 나와요. 요즘은 레드준표 님 쪽이긴 합니다만. (웃음)

조대한 사례를 들어 말씀을 하시니까 난동꾼이라는 표현이 확실히 와닿네요. (웃음)
독자분들께서는 시도 그렇지만 시인에 대한 궁금함도 많이 가지고 계실 것 같아요. 이런 인터뷰 기회가 아니면 쉽게 이야기를 들어보지 못하니까요. 조금 외적인 방향으로 뻗어나간 질문일 수도 있는데, 시를 쓰시게 된 계기나 방식 등에 대해서도 자유롭게 질문을 드려보고 싶어요.

신이인   음, 시는 고등학교 2학년 때부터 썼어요. 그 전까지는 연기를 배우고 싶어 했거든요.

조대한   연기요?

신이인   네, 뭔가 표현하는 직업을 갖고 싶었던 것 같아요. 진로 설정을 할 때 처음에는 연기 쪽으로 생각을 하다가 나중에 글을 쓰고 싶어져서 시를 쓰기 시작했어요. 백일장에서 상을 받은 걸 계기로 본격적으로 시를 썼던 것 같아요. 그게 10년 전이거든요. 그때는 굉장히 착하게 정리되어 있는 시를 많이 썼어요. 그러다가 어느 순간 늦은 사춘기, '대2병'이 와서 (웃음) 그때부터는 조금 자유롭게 시에서도 일탈하기 시작하면서 지금의 제가 만들어진 것 같아요.

요즘은 시를 어떻게 쓰고 있나 생각해보면, 자기 직전이나 아침에 일어나서 비몽사몽일 때 가장 많이 써요. 저는 아침잠이 많아서 아침에 잘 못 일어나거든요. 아침 9시쯤에 눈을 뜨면 항상 잠이 덜 깨어 있어요. 그때 꿈처럼 몽롱한 생각들을 놓치지 않고 메모장에 기록해두고, 다시 잠이 들었다가 12시쯤 깨어나서 보면 괜찮다, 라는 느낌이 들곤 해요. 시를 쓸 때는 오랫동안 잡아두지 않고, 짧게 훅 쓰고 퇴고도 사소한 표현 같은

인터뷰 _ 신이인 × 조대한

것들만 해요. 큰 줄기는 그렇게 몽롱한 오전 시간에 많이 나오는 것 같아요.

조대한 와, 저희가 시인에 대해 가지고 있는 낭만적인 환상이 약간 술 취해서 일필휘지로 시를 쓰거나 꿈속에서 영감을 받아서 쓰거나 하는 이미지들인데, 실제로는 다들 오랜 시간을 붙들고 한자 한자 공을 들여 조탁을 해나가잖아요. 그런데 시인님께서는 정말로 뭔가 초현실적으로 시를 쓰시는 듯합니다. (웃음) 천재적인 거 아닌가요?

신이인 아니에요. (웃음) 따로 정리하는 시간이 꼭 필요해요. 시를 쓰는 방식도 잘 관리해서 성실하게 쓰는 방식과 비몽사몽간에 쓰는 난동의 방식이 공존하면 좋은 것 같아요.

조대한 균형의 시인이시네요! 시에 대한 이야기는 제법 많이 했는데요. 첫 인터뷰라고 말씀해주셔서 시인님이 좋아하시는 것들이랄지 최근에 즐기시는 취미가 무엇인지도 여쭤보고 싶었어요.

신이인 우선 저는 케이팝 너무 좋아하고요.

여름

조대한   맞네요. 이번 시 제목도 〈불시착(STAY YOUNG)〉이라는
         곡에서 시작됐으니까요.

신이인   그리고 호러 콘텐츠를 좋아해요. 공포영화를 정말 좋
         아해요.

조대한   오, 그럼 이제 곧 여름이기도 하니까 인생 공포작을 하
         나 추천해주실 수 있으세요? 많이들 추천하시는 〈캐
         빈 인 더 우즈〉(2012) 같은 걸까요?

신이인   주위에서 〈캐빈 인 더 우즈〉를 추천해줘서 봤는데 큰
         기대를 해서 그런지 맞네, 내가 좋아하는 느낌이네, 이
         정도로 넘어갔거든요. 저는 아리 에스터 감독을 좋아
         해요. 말이 많은 작품이기도 하고, 마니아가 많은 작품
         이기도 합니다만 에스터 감독의 〈미드소마〉(2019)라
         는 작품을 굉장히 좋아해요. 고전 중에서는 〈서스페리
         아〉(1977)라는 작품을 꼽아보고 싶어요. 미장센이 아
         름다운 공포영화인데, 몇 년 전에 리메이크가 되기도
         했어요. 틸다 스윈턴이 연기한 그 리메이크작도 괜찮
         았어요.
         음…… 제가 〈미드소마〉를 좋아하는 이유는 그 작품
         이 공포의 다양한 층위를 다루고 있기 때문인데요. 공

153

동체주의에서 오는 공포, 종교적인 의식에서 느껴지
는 공포 그리고 가족과 친구, 연인 같은 가까운 관계
속에서 다가오는 공포를 담아낸 영화라 좋았어요.

조대한   단순한 호러가 아니라 생각할 거리가 남는 공포를 좋
아하시나 봐요. 관계성에서 비롯되는 심리적인 공포
랄지.

신이인   맞아요. 그 영화를 만든 감독이 두 사람이 이별하는 이
야기를 공포로 썼다, 라는 말을 했는데 그게 너무 좋았
어요.

조대한   이렇게 한담을 나눠도 되는지 모르겠는데, 이야기를
하다 보니 떠오른 공포영화 중에 〈팔로우〉(2014)라는
영화가 있거든요. 제목처럼 저 멀리서 누군가가 나를
계속 따라오는 설정의 공포영화인데요. 잡히면 죽임
을 당하기 때문에 최대한 멀리 도망가야 해요. 한참을
멀리 도망쳐서 안심하고 살아가다가 문득 저편에서
천천히 다가오는 누군가를 자각했을 때 밀려오는 묘
한 공포감이 있어요. 조금 투박한 느낌의 영화이긴 합
니다만, 관계의 거리감과 낯선 심리적인 공포 이야기
를 하니 갑자기 생각나서 말씀을 드렸어요.

이게 중요한 것은 아니고, (웃음) 인터뷰를 마무리해가는 차원에서 앞으로의 계획에 대해 질문을 드려도 될까요? 쓰고 싶으신 시라든가 혹은 이런 활동을 염두에 두시고 있다든가 하는. 아, 시집에 대한 계획도 좋습니다.

신이인 시집은 계약을 하긴 했는데, 제가 독자분들에게 보여드리고 싶은 편수의 시가 충분히 쌓여야 시집이 나올 수 있다고 생각하거든요. 언제 나오게 될지는 모르겠지만 천천히 준비하고 있고, 저 역시 빨리 만나 뵙고 싶으니 기대하며 기다려주시면 감사하겠습니다. 그리고 저는 시를 쓸 때 개인적인 얘기를 많이 하는 편이거든요. 앞으로도 아마 그런 시를 계속 쓰게 될 것 같아요. 소재들로 이야기해보자면, 제 시에서 주인공 자리를 얻는 존재들은 동물들인 경우가 많은데요.

조대한 앗, 저도 여러 편 본 것 같아요. 토끼, 까마귀, 고라파덕이 생각나는 그 친구도요.

신이인 맞아요. 동물이랄지, 요괴랄지, 사람 바깥에 있는 존재들, 그러나 사람들이 잘 신경 쓰지 않는 존재들의 몸을 빌려 와서 말을 많이 하는 편이라서 그런 우화적인 시를 많이 쓰게 되지 않을까, 하는 생각이 들어요.

조대한   너무 매력적인 시일 것 같아요, 기대됩니다.

신이인   개인적인 목표는 아동문학의 벽을 넘는 겁니다. 이건 아주 먼 미래예요. 동시가 될 수 있겠지만, 동화에도 관심이 많아요. 저는 어린이들에게 무척 관심이 많은데, 그 아이들에게는 아동문학이 생에 처음 읽는 문학이 될 수도 있는 거잖아요. 그 자리가 탐이 난달까, (웃음) 즐거우면서도 아이들의 마음에 깊이 남는 그런 글을 써보는 게 작가로서 제 장기적인 목표입니다.

조대한   말씀하신 것처럼 아이들의 목소리는 어른-사람들에게는 낯선 감각을 담고 있기도 하고, 무엇보다 미래 독자들의 마음을 선점할 블루오션이라는 점이 참으로 매력적입니다. (웃음) 다소 이야기가 바깥으로 뻗어나간 듯싶은데, 이제 마무리할 때가 되었으니 다시 처음으로 돌아가보겠습니다. 이번 인터뷰에서는 「불시착」이란 시를 통해 독자분들과 만나 뵙고 있는 거니까, 이 시를 읽어주신 분들 또 앞으로 이 시를 읽어주실 분들에게 한마디 부탁드립니다.

신이인   정말 부끄럽지만 제 시를 읽어주신 것만으로도 너무 감사드립니다. 즐겁게 읽어주셨다면 더 이상 바랄 게 없어요. 제가 생각하기에 시라는 것은 개인적인 영역의 문학이 아닐까 싶어요. 저는 제가 위로받고 싶어서 저의 목소리로 시를 출발시켰어요. 제가 쓴 시가 다른 사람들에게 위로가 되고, 누군가의 마음을 감화하는 데 일조하고 있다면 제가 조금이라도 쓸모 있는 존재가 된 기분이 들기 때문에 앞으로도 그저 읽어만 주셔도 너무 기쁠 것 같아요. 감히 응원까지는 바라지 않고, 잘 지켜봐주시면 감사하겠습니다.

조대한   겸손하게 말씀해주셨지만 아마도 이 작품을 보시고, 또 이 영상을 보시면 다들 응원을 시작하지 않을까 싶어요. 시인님의 그 지극히 개인적인 발화가 낯설지만 따뜻한 울림이 되어 많은 분들에게 가닿았으면 좋겠습니다. 그리될 거라고 믿고요. 오늘 함께해주셔서 너무나도 감사합니다.

조대한
문학평론가

여름

소설

이서수
2014년 동아일보 신춘문예를 통해 소설을 발표하기 시작했다. 장편소설 『당신의 4분
33초』를 냈다.

미조의 시대

나에게 그 회사를 추천해준 사람은 수영 언니였다. 언니는 구로공단역이 구로디지털단지역으로 바뀌기 전부터 구로에 살았고, 직장도 그곳에서만 구했다. 대학 시절 매일 산책하던 천변을 지금까지도 매일 걸었다. 언니의 꿈은 웹툰 작가였지만 회사에서 요구하는 그림을 그리는 어시스턴트가 될 수밖에 없었는데, 다소 수위가 높은 성인 웹툰을 그려야 했다. 언니는 그 일을 시작한 지 반년 만에 탈모 약을 먹기 시작했다.

내가 경리직으로 지원한 회사 역시 웹툰과 웹소설을 제작하는 회사였다. 구로디지털단지역에서 도보로 10분 거리였고, 언니 말로는 동종 업계에서 다섯 손가락 안에 드는 회사라고 했다. 역에서 회사로 걸어가는 길에 테크노타워, 포스트, 밸리 등의 이름이 붙은 거대한 건물들이 잇따라 보였다. 그리 삭막한 풍경은 아니어서 짧게 안도했다.

관리팀 차장은 사십대 후반의 남자였다. 그는 내 이력서를 들여다보며 고심하더니 이직과 퇴사가 잦은 이유를 상세히 설명해보라고 했다. 그것부터 묻는 것을 보니 이번에도 떨어질 게 분명하다고 직감했다.

첫 번째 직장에 다닐 때 엄마가 수술을 하셨는데 제가 간호할 수밖에 없는 상황이었습니다.

차장은 곧바로 다른 가족은 없는지 물었다. 없다고 답하려다가 흠칫 놀랐다. 실은 없는 게 아니지 않은가. 이력서에도 적혀 있듯 충조는 분명히 존재하는 인물이었다. 가족으로 볼 수 있는지가 의심스럽긴 하지만.

오빠가 있는데 멀리 살아요.

차장은 그러면 간병인을 쓰지 그랬느냐고 집요하게 물었다. 첫 질문부터 파고드는 것을 보니 여간 깐깐한 사람이 아닌 것 같았고, 벌써부터 그와 함께 일하기가 싫어졌다. 차장은 두 번째 직장에선 왜 이런 거냐고 물었다.

6개월 근무하고 경영 악화로 퇴사를 권고받았는데, 그 뒤에 아르바이트생으로 다시 일해줄 수 있겠느냐는 부탁을 받아서 반년 동안 아르바이트생으로 일했습니다.

잘라놓고 알바로 썼다고요?

차장은 나를 멍청한 여자애로 보는 듯한 눈길을 던지더니, 세 번째 직장에선 왜 이런 거냐고 물었다.

통근 시간만 네 시간 가까이 걸려서 어쩔 수 없이 퇴사했습니다.

차장은 이렇게 먼 회사를 생각 없이 들어간 것부터가 잘못이라고 했다. 합격한 곳이 그곳밖에 없어서였다고 말하고 싶었지만 참았다. 그러자 차장은 네 번째 직장에선 또 왜 이런 거냐고 물었다. 이력서에 쓰여 있는 그대로였다. 더 설명할 것도 없었다.

경영 악화로 퇴사를 권고받았습니다. 대답을 마치고 곧바로 짤막한 손톱만 내려다보았다. 그러고 있는 동안 내가 누군지, 이곳은 어디인지 순간적으로 현재를 상실했다. 이게 말로만 듣던 압박 면접인 걸까? 그건 시대의 유물로 사라졌다고 들었는데 눈앞의 저 남자는 그런 소식을 혼자서만 듣지 못한 것 같았다.

세 달 만에 그랬다고요? 마지막 직장도 경영 악화로 퇴사했다고 되어 있는데?

나는 그렇다고 답했다. 회사가 망한 것이 내 잘못은 아니지 않은가. 요즘엔 그런 회사가 많다고 덧붙이려다가 말았다. 차장은 침통한 표정으로 고개를 숙이고 있다가 희망 연봉을 물었다. 그러나 내가 입을 열기도 전에 먼저 말했다. 우리가 원하는 사람은 같은 업무를 오랫동안 해줄 사람인데, 알고 오셨죠?

물론 알고 왔다. 이제껏 모든 걸 직설적으로 물어놓곤 자기에게 불리한 상황이 오니 예의를 차리며 우회적으로 묻고 있었다. 나는 잘 알고 왔노라고 답했다. 이젠 놀라지도 않는다. 업무의 난도가 높지 않고, 10년이 지나도 똑같은 업무를 해야 한다. 그러므로 많은 돈을 줄 수 없다. 연차가 쌓이면 승진은 가능하지만 그걸 바라면 위험해지게 될 것이다. 너를 자르고 신입을 뽑아도 급여 정산 정도는 충분히 맡길 수 있다. 너는 그걸 알고 있어야 한다. 거의 모든 회사에서 들어온 말이었다.

차장은 다시 압박 면접으로 돌아가, 더존 프로그램은 당연히 쓸 줄 알죠, 라고 물었다. 예상하지 못한 말은 아니었으나 예상하지 못한 자신감 하락이 찾아왔다. 나는 떳떳하지 못한 목소리로 말했다. 예전에 다녔던 회사들은 세무사 사무소에 자료를 넘기는 방식이었습니다.

차장은 긴 한숨을 내쉬었다. 그의 얼굴은 여긴 왜 왔느냐고 묻고 있었고, 나의 얼굴은 나를 왜 불렀느냐고 묻고 있었다. 우리는 서로가 원하는 답을 듣지 못한 채 헤어졌다. 두 번 다시 만날 일이 없을 거라는 강렬하고도 반가운 예감이 들었다.

텅 빈 복도를 걸어 엘리베이터로 향하는데 엄마에게서 전화가 걸려왔다. 엄마의 전화는 시간대를 가리지 않고 석양처럼 슬픈 기운을 몰고 왔다.

―미조야, 조금 전에 집주인이 찾아왔어.

나는 알겠다고 답한 뒤 전화를 끊었다. 엘리베이터 벽면 거울에 비친 얼굴을 보니 유적지에 돋아난 누런 잡초 같은 안색이었다. 이런 몰골로 잘도 면접을 봤다. 아니면 면접을 봐서 이런 몰골이 되었나. 어쨌든 지금은 집 문제가 우선이므로 그것에 대해 생각해야 한다. 작년부터 골목에 현수막이 걸리기 시작하면서 각오는 했다. 재건축이 시작되면 주인에게서 무슨 말이 있을 거라고 미리 귀띔을 해두었는데도 엄마는 몹시 당황한 목소리였다. 이곳을 떠나면 반지하로 가야 한다는 걸 엄마도 알고 있는 것이다.

5천만 원으로 서울에서 전셋집을 구하겠다고? 수영 언니는 내

잔에 소주를 따라주다가 놀란 어조로 물었다. 오늘도 성인 웹툰을 그리다가 온 언니는 지난번 보았을 때보다 낯빛이 더욱 어두웠다. 새로 시작한 작업이 이전에 맡았던 것보다 더 심각한 내용이라고 했다. 변태적이고 가학적인 성행위를 즐기는 남성이 주인공으로 등장하는 웹툰이었고, 그걸 그리며 언니는 매일 힘들어했다. 사장은 대박이 확실한 작품이라고 어시들을 독려했지만 거의 모든 어시가 여성이었기에 분위기는 언제나 좋지 않았다. 다들 힘들어했다. 작업을 하다가 엎드려 우는 동료도 있었고, 우울증 약을 먹는 동료도 있었다.

받아들여. 어딜 가든 마찬가지야. 어머니께도 그렇게 말씀드리고. 언니는 언니다운 해결책을 내놓았고, 나는 대답 없이 고개만 저었다. 그게 가능하면 고민도 안 했겠지. 엄마가 어떤 사람인지는 언니도 알았다. 춘조의 잘못도 있었고, 엄마의 잘못도 있었지만 결론적으론 내가 잘해야 되는 문제로 귀결되었던 지난날을 언니도 다 알았다.

언니는 좋겠다. 언니 엄마는 어딜 가든 혼자서도 잘 사시잖아.

언니는 손을 내저었다. 우리 엄마는 너희 엄마보다 나이가 훨씬 많잖아. 혼자 사는 노인한텐 집주인들이 집을 잘 안 주려고 해.

왜?

언니는 잠깐 머뭇거리다가 말했다. 고독사할까 봐.

나는 언니가 있는데 왜 고독사를 하겠느냐고 묻지 못했다. 언니 역시 어묵 국물을 휘저으며 생각에 잠겼다. 우리는 우리의 엄마들이 고독사할 가능성을 점쳐보고 있었다. 언젠가 우리는 K-장녀로서의 의무를 저버리고 캐리어를 끌고서 훌쩍 떠나버릴지도 모른다. 취하면 가끔 그런 얘기를 했다. 내가 아는 섬이 있는데, 거기 가서 같이 살자. 물고기나 잡아먹으면서. 언니가 그렇게 말하면 나는 우리가 그 비린 것들을 매일 먹을 수 있을 리가 없다고 반박했다. 언니는 지금도 밤 9시만 되면 KFC 1+1 치킨을 먹기 위해 집을 나서지 않느냐고 덧붙이면서. 그런 말을 하며 우리는 함께 웃었다. 편의점 맥주와 스낵 봉지를 부려놓고. 우리의 낙이 네 개의 맥주를 기막히게 잘 조합해 골라 오는 것뿐일지라도 함께 있는 자리에선 자주 웃었다. 마주 보고 웃다 보면 더 많이 웃게 되었다. 그런 밤이면 언니는 취한 목소리로 말했다. 너만 있으면 괜찮을 거 같아. 외딴섬이어도, 와이파이가 없어도.

어묵탕은 점점 식어갔고, 부탄가스도 다 소진되었는지 불을 붙여도 다시 붙지 않았다. 우리는 탕이 차가워질 때까지 말없이 앉아만 있었다.

술자리는 맥없이 끝났다. 가게 안에 가득 들어찬 사람들을 보며 별세계구나, 자꾸 그런 생각이 들었고 언니 역시 같은 생각이 든다고 했다. 자리에 앉자마자 QR코드 인증부터 마쳐야 했는데, 이렇게 많은 사람들이 붙어 앉아 술을 마시고 있으니 과연 안전할까 싶었다. 마스크를 쓰고 밖으로 나와 미니스톱으로 걸어갔다. 언니와 깔깔거리에서 술을 마실 때마다 습관처럼 레종프렌치 블랙을 사곤 했다. 언니는 3년 전에 담배를 끊었는데 탈모 약을

여름

복용하면서 다시 흡연자가 되었고, 나는 술집-레종 루틴을 몇 번 반복하다가 결국 흡연자가 되어버렸다.

나란히 서서 담배 연기를 피워 올리고 있는 동안 눈앞으로 마스크를 쓴 회사원들이 무리 지어 지나갔다. 다들 술집으로 들어가는 중이거나, 나오는 중이거나 했다. 바닥엔 '오피돌 2만 원'이라고 크게 적힌 전단지가 수십 장 깔려 있었다. 셔츠만 입은 리얼돌의 얼굴을 사람들이 밟고 지나갔다. 그걸 보고 있으려니 언니가 옆구리를 쿡 찔렀다. 야, 저기 좀 봐.

언니가 가리킨 여자는 복장부터 기묘했다. 캉캉치마처럼 겹겹이 단을 댄 짧은 치마에 머리를 양 갈래로 높게 묶고 리본 장식이 달린 무릎 양말을 신고 있었는데, 그런 차림새로 돌아서는 여자의 얼굴은 사십대 후반에 가까웠다. 여자는 회사원 무리를 기웃거리며 끊임없이 말을 걸었다. 야, 마약이라도 파는 거 같다. 수상해. 언니가 그쪽으로 걸어가더니 핸드폰을 들여다보는 척하며 여자의 등 뒤에 섰다. 나는 언니가 그러고 있는 게 웃겨서 혼자 계속 웃었다. 다시 곁으로 돌아온 언니가 말했다. 계속 같은 말만 하네. 언니는 내가 무슨 말이냐고 물어도 대답을 않더니 지하철역으로 걸어가는 길에 알려주었다. 전단지를 찔러주면서, 다 됩니다, 다 돼요, 계속 이 말만 했어. 언니는 짧고 날카롭게 웃었다.

그게 무슨 뜻인데? 뒤미처 무슨 뜻인지 깨닫고 인상을 찡그렸다. 언니는 뭘 그런 걸로 심각해지냐고 말했다. 난 이제 아무렇지도 않아. 넌 내가 온종일 어떤 걸 그리는지 알면 기절할걸.

이서수. 미조의 시대

나는 오래전부터 입 속에 굴러다니던 말을 결국 꺼내놓았다. 언니는 그런 일을 왜 계속해?

미조야, 너도 오늘 면접 본 회사에 들어가면 알게 될 텐데, 성인 웹툰은 오너의 최후의 방패 같은 거야. 매출 100억 정도 올리는 건 쉽거든. 그러므로 어느 회사를 가든지 간에 어시는 마음의 준비를 하고 있어야 돼. 어딜 가나 똑같다는 거야. 다 마찬가지야.

또 저 말버릇. 다 마찬가지라는 말. 그러니 마음의 준비나 단단히 해야 한다는 말. 언니는 그 말을 하면 자기가 되게 어른스러워 보이는 줄 아는 모양인데 사춘기 소녀처럼 보일 때가 더 많았다. 언니의 말을 곧이곧대로 믿기도 힘들었다. 오너의 최후의 방패라기보다 언니의 최후의 방패 같았다.

정말로 다 똑같다고?

언니는 선뜻 대답하지 못하고 내 눈길을 피했다.

난 그런 회사 다니기 싫은데.

넌 장부 정리만 하면 되는데 무슨 상관이니?

나는 언니를 그만 보내고 싶었다. 그리고 구로엔 두 번 다시 오고 싶지 않다는 생각도 했다. 어차피 면접 본 회사에서 연락 올 가능성은 없었고, 원래 다니던 회사들이 좀 영세하고 사양산업인 제조업이 많긴 해도 그런 회사가 더 나을 것 같았다. 언니는 내 말에 눈을 동그랗게 떴다.

너 취했니? 우리 회사 영업 이익률이 얼마나 높은데. 매출도 앞으로 올라갈 일만 남았어. 이런 회사는 앞으로 10년은 탄탄하지. IT회사잖아. 안 그래?

나는 그게 왜 IT회사냐고 물으려다가 말았다. 언니를 두 번 다시 안 볼 것도 아니고, 엄마와 집 얘기도 해야 했다. 아직도 하루가 끝나지 않았고 어쩌면 지금부터 시작인지도 몰랐다. 언니는 내 표정을 살피더니 어깨를 어루만졌다.

잘 들어가. 집도 잘 구해보고. 언니는 어림도 없을 거라는 어투로 말했다. 만일 서울에서 구할 수 없으면 부천이나 인천에도 가봐. 이부망천이라는 말도 있잖아.

그런 말은 처음 들어봤다. 삼도천과 비슷한 뜻인가? 집 못 구하고 죽기 전에 어딜 건너가라는 뜻인가? 언니는 그런 뜻이 아니라고 했다.

근데 그것도 다 옛말이야. 이젠 아파트도 많이 올라가고 달라졌어. 청약통장은 있니?

없어.

우리는 그런 것도 안 하고 여태 뭐 했을까?

언니는 깔깔거리며 웃었다. 뒤늦게 술기운이 올랐는지 자꾸만 웃더니 역사에서 담배를 빼어 물고 손을 흔들며 다급히 돌아섰다. 천변을 걸으며 담배를 피우려는 거겠지. 언니는 밤마다 물가를 걷고, 그런 지가 벌써 10년째다.

엄마는 침대 끝에 걸터앉아 노트북을 들여다보고 있었다. 저걸 언제 주었더라. 수영 언니가 쓰던 것을 받아서 준 거였다. 화

이서수. 미조의 시대

면이 크다는 것을 제외하면 배터리 상태도 그렇고 쓸 만한 물건이 아니었는데도 엄마는 그 노트북을 사랑했다. 거의 유일한 친구였다. 포털 사이트에서 온갖 가십거리를 읽고 기억해두었다가 귀가한 나를 따라다니며 말해주는 낙도 있었지만 더 중요한 건, 그 노트북으로 시를 쓰고 있다는 거였다.

중증 우울증 판정을 받았을 때 엄마에게 노트북을 가져다주며 뭐든 써보라고 했다. 일기를 쓰면서 마음을 다독이는 습관이 있었기에 엄마도 그렇게 해보길 바라서였다. 그러나 엄마는 긴 글은 쓰기 싫어했고, 단상 같은 것을 기록하기 시작하다가 나중엔 시를 썼다. 그게 시라고 생각하는 사람은 나밖에 없을 거라고 엄마는 말했다.

정말 너밖에 없을 거다. 너는 이게 시로 보이니?

응, 아무리 봐도 시로 보여.

그때부터 엄마는 거의 매일 한 편씩 시를 썼다.

주인이 빨리 나가라는데 우리 이제 어쩌니. 그렇게 말하는 엄마의 얼굴은 다행히도 그리 어두워 보이지 않았다. 눈길이 모니터에 고정되어 있는 걸 보니 오늘 쓴 시를 읽어주고 싶은 눈치였다. 나는 재킷을 벗어 옷장 안에 걸면서 물었다. 오늘도 시 썼어?

주인 여자가 왔다 가고 마음이 뒤숭숭해서 동네를 걷는데 시가 막 떠오르는 거야. 이젠 걸을 때도 떠올라. 왜 이런지 모르겠어.

읽어줘봐.

나는 잘 닫히지 않는 옷장 문을 손바닥으로 꾹꾹 누르며 말했

여름

다. 내 방은 작아서 옷장이며 책장이 모두 조금 더 큰 엄마 방에 있었다. 대학 시절 읽은 책들을 한 권도 버리지 못하고 모아놓은 책장도 있었는데 나보다 엄마가 더 아꼈다.

들어볼래? 엄마는 목소리를 가다듬었다. 자작시를 낭송할 때마다 엄마의 어조는 비극적인 대서사시를 읽는 것처럼 웅장해졌다. 그런 목소리로 엄마는 오늘 저녁에 쓴 시를 읽었다. 부대찌개를 앞에 둔 시무룩한 체코인 종이컵에 꼬인 백 마리의 개미 버려진 네 짝의 장롱 중 두 짝은 돌아서 있는 것과 열차 안에 나와 갇힌 사람들 수족관 속 겹겹이 쌓여 있는 게와 같다면 집게발로 너를 쿡 찌를까. 거기까지 읽더니 엄마는 말이 없었다.

끝이야?

떡집에서 못 팔고 버린 떡 같은 하루.

나는 엄마를 돌아보았다. 엄마의 눈길은 여전히 모니터에 고정되어 있었다. 떡집에서 못 팔고 버린 떡 같은 하루라…… 나는 나의 하루와 엄마의 하루가 얇은 유리창을 사이에 두고 겹쳐지는 광경을 떠올렸다.

너는 이게 시 같니?

응. 시 같은데.

그러니. 너는 시를 잘 아는구나.

아니야. 잘 몰라.

아니야. 너는 시를 잘 알아. 엄마는 강조하듯 그렇게 말하더니 노트북을 덮으며 어서 씻으라고 했다. 엄마의 가장 중요한 일과

이서수. 미조의 시대

가 끝난 것이다.

　세수를 하며 엄마의 시를 떠올렸다. 체코인과 돌아선 장롱과 버려진 떡 그리고 또 뭐였더라. 나머지는 생각나지 않았다. 엄마는 왜 그런 시를 쓰는 걸까. 목격한 것들을 나열하는 것뿐인지도 모르지만 엄마가 부대찌갯집에서 체코인을 봤을 리 없고, 그 전에 이 동네에 체코인이 왔을 리도 없다. 왔다고 하더라도 체코인이라는 걸 어떻게 단박에 알아볼 수가 있나. 버스를 탔을 리도 없다. 마스크를 꼭 써야 하는 세상이 된 뒤로 엄마는 동네를 벗어난 적이 없었다. 마을버스 종점까지였던 엄마의 생활 반경은 이제 집 근처를 거의 벗어나지 않았다. 종점에 가본 것도 용기를 내서 한 일이었다. 아무런 목적 없이 종점에서 내려 조금 걷다가 다시 버스를 타고 돌아왔지만, 엄마는 바다를 보러 가는 것처럼 들뜬 마음이었다고 했다. 종점이 바다 같았어. 나는 엄마를 도무지 이해할 수 없었지만 그걸 시로 써보라고 대꾸했다.

　어쩌면 나는 엄마에 대한 몰이해의 장벽에 시를 세우고 있는 건지도 모른다. 첫째 딸은 나이지만 둘째 딸은 시인 것이고, 그렇게 존재하지도 않는 둘째 딸에게 내 역할의 일부를 떠넘기고 있는 건지도. 엄마가 입버릇처럼 말하는, 이럴 줄 알았으면 딸 하나 더 낳을 걸 그랬다는 후회를 시로 해결해보라고 등 떠미는 건지도.

　세수를 마치고 나서야 충조를 까맣게 잊고 있었다는 걸 깨달았다. 정신머리 없는 놈. 아빠는 충조를 볼 때마다 그렇게 말했다.

아빠의 가게에 가서도 일을 돕기는커녕 생생정보통을 넋 놓고 보는 충조를 가리키며 아빠는 이렇게 말하곤 했다. 저놈 지금 또 정신이 나갔다. 나갔어. 충조는 그런 말을 들어도 아무런 반응을 보이지 않았다.

방으로 들어오자마자 언니에게 잘 들어갔느냐고 톡을 보냈다. 답장은 오지 않았다. 읽었음에도 답장이 없는 걸 보니 아직 도림천을 걷고 있는 중인 듯했다. 자려고 누우니 뒤늦게 답장이 왔다. 언니의 답장을 읽다가 문득 엄마와 언니를 만나게 해줘야 하나, 그런 생각이 들었다.

미조야, 나는 글도 잘 쓰고 그림도 잘 그려서 뭐라도 될 줄 알았는데 지금 이렇게 레종과 도림천에 버려져 있다. 미조야, 나는 예쁘지도 않고 날씬하지도 않은데 그게 한 번도 걱정된 적은 없는데 지금 담배가 다 떨어져가고 있는 게 너무 걱정된다. 이게 돛대야. 잘 자라.

나는 피식 웃다가 모로 누웠다. 언니는 뜬금없는 말을 종종 했고, 엄마가 시를 쓰고 있다고 말할 때마다 "멋지다, 정말 멋진 분이시다"라고 말해주었다. 엄마와 언니가 모녀였다면 어땠을까. 아주 재미난 풍경이었겠다고 생각하며 눈을 감았다가 흠칫 놀라며 다시 떴다. 충조에게 전화하기로 했지. 그런데 충조에게 전화하는 건 너무나 싫은 일이었다. 그래도 나는 이불을 걷고 일어나 앉았다. 충조에게 전화를 하자. 집이 이렇게 되어버렸다고 알리자. 장남인데 설마 또 정신머리 없이 굴지는 않겠지.

결국 충조에게 전화를 걸었다. 신호음이 울렸고, 계속 울렸다. 끊고 다시 걸었다. 신호음이 울렸고, 계속 울렸다. 끊고 다시 걸려다가, 말았다. 오늘은 포기다. 어쩌면 충조는 나의 전화에서 일몰처럼 불길하고 슬픈 기운을 느끼는지도 모른다. 우리 가족은 이런 기운으로 서로를 그늘지게 하는 건지도. 그래, 충조야. 전화받지 마. 받으면 너도 뭔가를 해야 될 테니까.

걱정과 달리 놀랄 정도로 푹 잤다.

*

낙성대역 인근 전셋집이 눈에 들어왔다. 가격이 얼추 맞았고, 위치도 좋았다. 물론 반지하였지만. 언니 말대로 5천만 원으론 지상의 집을 구할 수 없었다. 곁에서 함께 부동산 사이트를 들여다보고 있던 엄마는 바닥에 누워버렸다. 이제 빨래를 어떻게 말린다니. 엄마는 빨래 때문에 걱정이 태산이었다. 고작 빨래 문제만 걱정하는 게 이상하게도 안심이 됐다.

빨래방 가서 건조기로 말리면 되니까 걱정 마. 어딜 가든 살아. 다 마찬가지야. 나는 수영 언니나 할 법한 말을 엄마에게 해주었다. 엄마에게 맡겨놓으면 또 집에 와서 버려진 떡 같다는 시나 쓸지도 모르니 내가 적극적으로 움직여야 했다.

사이트에 올라온 낙성대 집은 꽤 널찍하고 깨끗해 보였다. 사진으로 보니 싱크대며 창호가 새것처럼 깨끗했다. 반지하여도 밝아 보인다. 새집 같네. 엄마도 연신 그렇게 말했다. 곧바로 부동산에 전화를 걸었다. 전화를 받은 남자는 일단 사무실로 나오셔야 한다고 정중하게 말했다. 지나치게 정중해서 사기를 치려는 게 아닐까 의심스럽기까지 했다. 하긴, 사기도 돈이 있는 사람이나 당하는 거지.

부동산은 역에서 멀지 않았다. 비좁은 공간에 여덟 명의 남자들이 책상을 마주 붙여놓고 이열 횡대로 앉아 있었다. 이렇게 직원이 많은 부동산은 처음이었다. 엄마도 놀란 눈치였다. 좌방석이 푹 꺼진 소파도 없었고, 동네 사랑방처럼 차나 한잔하고 가라는 분위기도 아니었다. 누가 사장인지 알 수 없을 정도로 죄다 젊었다. 낙성대 집 물건을 보러 왔다고 말하자마자 젊은 남자가 의자에서 일어나더니 옆에 놓인 두 개의 맹꽁이의자를 가리켰다. 문득 교무실로 불려 가 성적 때문에 꾸지람을 들었던 순간이 떠올랐다. 그때도 이렇게 불편한 자세로 앉아 담임이 가리키는 모니터를 들여다봤는데. 엄마는 이런 상황이 신기한 듯 통화 중인 다른 남자들을 대놓고 쳐다보았다. 콜센터라고 해도 믿을 수 있는 풍경이었다.

남자는 모니터에 부동산 사이트를 중복해서 띄우더니 매물을 급하게 보여주었다. 뒤에서 누가 쫓아오기라도 할 것처럼 설명이 무척 빨랐다. 젊어서 그런가. 나도 젊으면서 그런 생각을 했다. 금

이서수. 미조의 시대

액이 맞는 곳은 한 군데밖에 찾을 수 없었다. 낙성대 집, 오로지 그 매물밖에 없었다. 남자가 말했다. 이거 하나만 보시겠어요, 아니면 금액을 좀 더 올려볼까요.

엄마는 마스크를 눈 아래까지 끌어 올리고 대답 없이 허공만 쳐다보았다. 절반 가까이 되는 남자들이 마스크를 내리고 통화에 열중하고 있었다. 엄마가 걱정되어 먼저 나가 있으라고 했더니, 기다렸다는 듯 얼른 밖으로 나갔다.

나는 다른 물건도 더 보겠다고 말했다. 남자는 5천만 원에서 7천만 원 사이의 전셋집을 일일이 클릭하더니 볼 것인지, 패스할 것인지 빠르게 물었다. 스피드 퀴즈처럼 휙휙 지나가는 사진을 보며 결정 내리는 건 여간 힘든 게 아니었다. 조금만 뜸 들여도 남자는 마우스를 톡톡 두드렸다. 사진만 봐선 죄다 멀쩡해 보였다. 뭐가 뭔지 구별할 수 없을 정도로 많은 집을 본 뒤에야 겨우 네 군데를 골랐다. 남자와 함께 밖으로 나오니 엄마는 모퉁이에 서서 두 손을 맞잡은 채 고개를 숙이고 있었다. 남자는 SUV를 가리키며 말했다. 걸어서 보긴 힘드실 거예요.

남자는 거칠게 운전했다. 차에 오른 지 3분 만에 첫 번째 원룸에 도착했다. 우리가 마음에 들어 했던 집이었다. 남자를 따라 계단을 내려가는데 센서등이 켜지지 않아 어둡고 긴 동굴 속으로 들어가는 것 같았다. 매일 이 복도를 오가야 한다고 생각하니 모든 게 꿈만 같았다. 내가 살 집을 구하는 게 아니라, 꿈속의 내가 집을 구하고 있는 광경을 훔쳐보는 기분이었다.

여름

남자가 문을 열자마자, 벽이 보였다. 사진으로 본 것과 달랐다. 둘러볼 것도 없이 문가에 서서 한눈에 확인할 수 있는 집을 두고 나는 자세히 둘러보는 척했다. 광각으로 찍은 사진이었구나. 당했다.

곁에 서 있는 엄마가 떠올랐다. 엄마는 그림자처럼 아무런 소리 없이 신발장 앞에 가만히 서 있었다. 엄마도 이 모든 게 꿈같다고 생각하려나. 아니면, 버려진 떡 같다고.

방은 비어 있었고, 몇 걸음 가지 않아 벽이었고 창이었는데, 창문을 여니 행인들의 발이 눈높이에서 보였다. 밖으로 고개를 내밀었다간 그들의 발길에 차일 것 같았다. 신기하게도 내가 걱정했던 건 차이는 내가 아니라 나를 차는 그들이었다. 걷다가 다른 사람의 머리를 차면 얼마나 당황스러울까.

남자는 내 눈치를 살피다가 물었다. 어떠세요?

어떨 거 같으냐? 나는 입을 열 기분이 아니었지만 뭐라도 말해야 할 것 같아서 관리비가 얼마인지 물었다. 지성 있는 여성처럼 행동하자.

남자는 관리비가 있는데 조금 저렴한 편이라고 했다.

얼만데요.

아, 지성 없는 목소리잖아. 나는 재빨리 미소를 덧붙였다.

8만 원이요.

나는 미소를 지웠다. 우리가 내고 있는 관리비는 수도세 1만 5천 원이 전부였다. 갑자기 아무것도 하기 싫어졌다. 눕고 싶었다. 바

175

닥에 그냥 눕고 싶었다.

　엄마는 참지 못하고 관리비가 왜 그렇게 비싸냐고 물었다.

　근방에선 저렴한 편이에요. 10만 원 넘는 곳도 많아요.

　이게 무슨 냄새지? 엄마는 남자의 말은 듣지도 않더니 갑자기
감자조림 냄새가 난다고 말했다. 그 말을 기쁜 듯이 해서 나뿐만
아니라 남자도 어리둥절한 표정이 되었다. 엄마의 말대로 감자조
림 냄새가 나긴 했다. 처음엔 미미했지만 점차 진해졌다. 확실히
감자조림 냄새였다. 때마침 옆방에서 달그락거리는 소리가 들려
왔다. 환기 장치를 타고 음식 냄새가 고스란히 넘어오는 것 같았
다. 나는 밖으로 먼저 나갔다. 냄새의 침입이 공간의 섞임으로 연
결되는 상황이 더럽고 치사한 종류의 범죄처럼 느껴졌다.

　침해하지 말라고. 이게 어렵나?

　각자 그 자리에서 독립적으로. 이게 어렵나?

　머리 차일 일 없이. 네가 먹는 반찬 내가 알 일도 없이. 이게 어
렵나?

　고작 한 군데를 보았을 뿐인데 피로감이 엄습했다.

　남자의 차를 타고 두 번째 집으로 향했다. 남자는 룸미러로 내
표정을 살피며 말했다. 여긴 반지하는 아니에요.

　그는 나에게 집을 소개해주며 점차 자신을 장물아비로 느끼는
것 같았다. 떳떳하지 못한 물건을 보여주며 사라고 권유하는.

　두 번째 집은 오늘 보기로 한 집들 가운데 가장 비싼 집이었다.
어차피 계약할 수도 없는 집이었지만 궁금한 마음이 들었다. 엄

마도 보지 말자는 말이 없었다. 감자조림 냄새를 맡은 뒤론 약간 들떠 보이기까지 했다. 오늘은 어떤 시를 쓸지 벌써부터 궁금했다. 옆집에서 못 먹고 버린 쉰 감자 같은 하루였다고, 그렇게 쓰려나.

남자를 따라 계단을 올랐다. 계단을 오르는 것만으로도 마음이 점차 안정되는 신기한 체험을 했다. 이 집을 설계한 사람에 대한 인간적인 면모마저 떠올리게 되었다. 이타주의자. 휴머니스트. 누군가 나를 쉬게 해주기 위해 만든 집인지, 금전적 가치로 환산한 만큼의 공간에 욱여넣기 위해 만든 집인지 명확하게 느껴졌다.

기다란 복도 양쪽에 각각 네 개의 문이 있었다. 남자가 문을 열자 이번에도 벽이며 창이 곧바로 보였다. 그래도 여긴 책상이 있었고, 변기 위쪽에 샤워기가 있는 구조도 아니었다. 그러나 이번에도 엄마와 함께 살 수 있는 크기는 도무지 아니었다. 남자가 내 눈치를 살피더니 말했다. 책상은 빼셔도 돼요. 그럼 좀 넓어져요. 곧바로 엄마가 제지하듯이 말했다. 내가 써요.

남자는 깜짝 놀라며, 어머님과 같이 사실 집이냐고 뒤늦게 물었다. 나는 그런 걸 먼저 설명할 필요는 없다고 생각했는데 어쩌면 창피해서 그랬던 건지도 몰라서 대답 없이 고개를 돌려버렸다. 남자는 방이 좀 작을 수도 있지만 그래도 볕이 드는 방이어서 괜찮을 거라고 말했다. 태도가 눈에 띄게 조심스러워졌다.

지성 있는 여성인 척도 더 이상 못 하게 됐다. 지금은 지성이

아니라 생활력을 보여줘야 할 때였다. 관리비를 좀 깎는다거나,
보증금을 조정한다거나.

　그때 엄마가 갑자기 스위치를 내렸다. 이내 방은 어둠 속에 잠
겼다. 엄마가 당황하며 말했다. 이상하네. 왜 어둡지?

　나는 볕이 드는 방이어서 괜찮을 거라고 말했던 남자를 돌아
보는 대신 곧바로 창문을 열어보았다. 높다란 회색 벽이 눈앞에
우뚝 서 있었다. 오르막길에 있어 앞쪽에선 1층으로 보이지만, 뒤
쪽에선 반지층인 집이었다. 남자는 헛기침을 했다.

　거짓말까지 하는 장물아비가 되다니. 나는 남자를 짧게 노려
보았다.

　집으로 돌아오는 내내 우리는 말이 없었다. 엄마는 지친 듯 눈
을 내리깔았고 나는 그제야 엄마의 속눈썹에 맺힌 감정을 보았
다. 우리는 가난해도 너무 가난했다. 하지만 둘 다 그걸 인정할
수 없었는데 자존심 때문만은 아니었다. 서울에서 우리가 함께
살 집을 구하기에 턱없이 부족한 5천만 원은 아버지가 평생 동안
모은 재산이었다. 우리는 그걸 너무나 잘 알았기에 절대로 기죽
지 않겠다고 다짐했는지도 모른다. 하지만 서울의 집값은 아버지
의 유산을 하찮은 것으로 만들어버렸다. 어느새 아버지는 6평 남
짓한 반지하방의 전세금만 남겨준 사람이 되어 있었다.

　자려고 누웠는데 엄마 방에서 음악 소리가 흘러나왔다. 안 자

고 뭐 하나 싶어 살며시 문을 열어보았더니, 코끝에 안경을 걸치고 노트북 앞에 앉아 있는 엄마가 보였다. 〈사랑 그 쓸쓸함에 대하여〉가 나직하게 흘러나오고 있었다.

노랫소리 때문에 깼니?

아직 안 잤어.

시 썼어. 들어볼래?

아니, 피곤해.

엄마는 그럼 어서 자라고 말했지만 나는 문설주에 기대어 서서 미적거렸다. 마지막 문장만 읽어줘봐.

엄마는 마우스 스크롤을 한참 동안 내리다가 다시 올리길 반복하더니, 잠깐의 틈을 두었다가 낭송을 시작했다. 예의 그리스 비극을 읊는 듯한 어조로.

도시의 주인이 나의 발끝에 불을 놓았다.

나는 아무런 감상평도 덧붙이지 않았다. 엄마도 매번 그랬듯 시 같으냐고 묻지 않았다. 물었다면 나는 뭐라고 답했을까. 시 같다고 하면 우리의 하루가 시적으로 변하는지, 시 같지 않다고 하면 우리의 하루는 어떻게 되는지. 그러나 엄마는 묻지 않았고, 그러므로 이건 시가 아니라 일기인지도 몰랐다.

미조야, 5천만 원은 참 큰돈이야.

대꾸 없이 문을 닫으려다가 엄마가 수경재배로 키우고 있는 고구마 줄기가 눈에 들어왔다. 그것은 거의 내 키만큼 자랐고 줄기 끝에 끈을 매달아 천장에 연결해놓은 상태였다. 평소엔 인지

이서수. 미조의 시대

조차 못했던 그것이 오늘따라 너무 커 보였다. 몹시 거추장스러워 보였다. 1평은 족히 차지할 것처럼 보였다. 맙소사, 1평이라니! 고구마에게 선의를 베풀 재력이 우리에게 있던가.

이사 갈 때 저거 가져갈 거야?

엄마는 그제야 고구마 줄기를 돌아보았고 표정이 흐려졌다.

너무 커. 자르든지 해.

나는 차마 죽여버리라고 말하진 못하고 자르라고만 했다.

자르라고? 엄마는 뜻밖이라는 듯, 어떻게 그런 말을 할 수 있냐는 듯 나를 길게 쳐다보다가 다시 노트북 모니터를 보더니, 갑자기 타자를 빠르게 치기 시작했다. 내 욕을 쓰는 건가? 물론 엄마는 시를 쓰고 있을 것이다. 그렇게 믿기로 했다.

내 방으로 돌아와 곧바로 불을 껐다. 안 그래도 짐이 많은데, 원룸에 이 짐을 다 넣을 수는 없을 텐데 고구마 줄기는 지나치게 잘 자라 천장에 닿을 듯했다. 쑥쑥 자라며 내게 자기 방을 달라고 외치는 듯했다. 나는 옆방의 고구마 줄기가 미웠다. 있는 줄도 몰랐던 조용한 식물까지 미워하는 나의 마음은 도대체 얼마나 작아진 걸까. 6평짜리 반지하방만큼?

이불을 덮고 누웠다가 벌떡 일어나 불을 켜고 일기장을 꺼내왔다. 어떤 말이든 써야지. 이게 시인지 일기인지 잡념의 배설인지 그런 건 중요하지 않다. 마음속에 소용돌이치는 단어들을 꺼내놓지 않으면 영원히 속에 박혀버릴 것 같았다. 그게 내가 되어버릴 것 같았다. 그러나 막상 일기장을 펼치자, 볼펜을 쥐고 있는

여름

손은 도무지 움직이려 들지 않았고 단어들은 제자리를 찾지 못했다. 우리가 우리의 집을 찾지 못하는 것처럼.

심호흡을 하고 단어를 적어 내려가기 시작했다.

고구마 줄기.

써놓고 보니, 무해한 단어였다. 차분하게 나를 올려다보고 있는 느낌이었다.

종이에 앉는 단어도 이렇듯 제자리가 있는데 우리는 왜 아무 곳에도 앉지 못할까. 어쩌면 엄마는 민들레 꽃씨처럼 날아다니다 어딘가 안착할 거라고, 반세기 넘게 살아오면서 늘 그랬듯 지금도 그럴 거라고 생각하는지도 모른다. 그러지 않고서야 5천만 원이 큰돈이라고 말할 수는 없다. 나 역시 그게 아주 큰돈이라고 생각했었다. 7년 전, 아버지가 그것을 우리에게 남겼을 땐.

하지만 엄마, 우리는 민들레 꽃씨가 아니고 우리에겐 집이 필요해.

*

대륭포스트타워 앞에서 수영 언니를 만났다. 반차를 쓰고 일찍 퇴근한 언니는 근처 편의점으로 나를 데리고 가더니 유자맛 꿀물을 사서 건넸다. 따뜻했다. 이걸 왜 마시라고 하는지 도무지 몰랐지만 묻지 않고 끝까지 마셨다. 그리고 언니를 따라 다시 대륭포스트타워 앞으로 걸어갔다.

이서수. 미조의 시대

미조야, 너 이게 뭔지 알아? 언니는 건물 앞쪽에 등신대 높이로 세워놓은 타일 벽을 가리키며 물었다. 그 벽에 구로의 역사가 흑백 사진으로 커다랗게 프린트되어 있었다. 산업단지가 조성되기 전 구로동 일대의 한적한 풍경과 60년대 가발공장의 여공들, 70년대 공업단지공장, 80년대 한국수출산업공단, 2000년대 G 밸리의 밤 풍경이 그곳에 있었다. 나는 언니가 뜬금없이 이걸 왜 보라고 하는 건지 알 수 없었지만 꿀물을 먹고 나선 좀 느긋해졌기에 잠자코 있었다.

미조야, 여기 이 여자 좀 봐.

언니가 가리킨 사진 속 인물은 가발을 만들고 있는 단발머리의 젊은 여성이었다.

언니랑 닮았어.

우리는 함께 웃었고, 손을 잡고 걸었다. 어쩜 머리 모양까지 똑같을까. 우리는 한참 동안 그 여성에 대해 얘기했다. 반세기 전 언니와 머리 모양이 똑같고, 얼굴도 닮은 여성이 이곳에서 가발을 만들고 있었다는 것에 대해. 짓궂은 운명의 수레바퀴 운운하는 촌스러운 말은 주로 언니가 했고, 나는 그 시절의 헤어스타일이 지금 봐도 어색하지 않은 것을 놀라워했다. 그 시절의 힙스터였을까? 주로 어디에서 놀았을까? 언니는, 모르지, 모르는 일이야, 계속 그렇게만 말하더니 횡단보도 앞에 멈추어 섰을 때 떨리는 음성으로 말했다. 미조야, 난 저 사진을 보고 더 이상 내 탓을 안 하게 됐다.

무슨 탓?

넌 내가 나쁜 일을 한다고 생각하지?

나는 대답하지 않았다. 언니가 하는 일은 세상을 조금 더 나쁘게 만드는 일인지도 모른다고, 그렇게 생각한 적은 있다고 말하려다가 하지 않았다.

네가 무슨 생각 하는지 알아. 하지만 나는 저 여자처럼 시대가 요구하는 걸 만들고 있는 거야. 시대가 가발을 만들어야 돈을 주겠다고 하면 가발을 만드는 거고, 시대가 성인 웹툰을 만들어야 돈을 주겠다고 하면 그걸 만드는 거야. 그렇게 단순한 거야. 마찬가지인 거야.

나는 별다른 대꾸를 하지 않았다. 꿀물을 마셔서 그런지 입을 열 때마다 단내가 났다. 언니도 별다른 말이 없었다. 어느새 우리는 손을 놓고 걸었다. 나는 언니의 말을 생각했다. 언니는 결국 그런 사람이구나. 몰랐던 게 아니다. 그러나 처음엔 언니가 그런 사람인 줄 몰랐다. 언니에게 그렇게 말했더니 그럼 어떤 사람인 줄 안 거냐고 따지듯 물었다.

언니가 우리 집에 처음 놀러 왔을 때 계속 방바닥에 누워 있었잖아. 왜 그러냐고 물었더니 언니가 뭐라고 했는지 알아?

언니는 안다고 고개를 끄덕였다. 기억하고 있다고. 그때 언니는 이렇게 말했다. 나는 친해지고 싶은 사람이 있으면 그 사람 집에 가서 가만히 누워 있어봐. 그러는 동안에도 마음이 계속 편하면 그 사람과 마음 놓고 친해질 준비를 해.

그러나 언니에게 하지 않은 말이 있었는데, 나는 그때 별로 친하지도 않은 사이인데 자꾸 방바닥에 눕는 언니가 마음에 들지 않았다고. 많이 불편했다고. 이제 와 그런 말을 하니, 언니는 가려던 술집으로 가지 말고 만원의행복 실내포차로 가자고 말했다. 우리가 가장 우울할 때 가는 술집이었다.

언니는 소주를 연거푸 두 잔 마시더니 잔을 내려놓으며 말했다. 미조야, 너 그거 아니? 인간을 육체적으로 학살하는 것은 시간이지만, 정신적으로 학살하는 것은 시대야.

뭐라고? 나는 내가 무슨 말을 들은 건가 되짚어보았다.

나의 정신을 죽이고 있는 건 시대라고. 이 시대. 사람들이 좋은 웹툰보다 나쁜 웹툰에 더 많은 돈을 쓰는 이 시대가 내 머리카락을 빠지게 하고 있어.

저절로 언니의 정수리로 시선이 갔다. 원형탈모증이 진행 중인 그곳의 공백은 더욱 커져 있었다.

그만두고 다른 일 하면 안 돼?

아직 1년도 못 버텼는데 퇴직금은 타야지.

그러다 대머리 돼.

언니는 한참 대답이 없다가 말했다. 말이 좀 심하다. 네 걱정이나 해.

나는 잠자코 소주를 따라 마셨다. 말이 너무 심했나. 별로 심했던 것 같지는 않은데. 어쩌면 언니는 정말로 대머리가 될까 봐 내내 두려워하고 있었던 건지도 모른다. 내가 그 두려움을 모르고

여름

함부로 말한 건지도. 언니는 입을 꾹 다문 채 오이 스틱만 바라보았다. 초장에 초파리가 빠져 있었다. 나는 젓가락으로 작은 생명체를 건져내고 다시 언니의 눈치를 살폈다. 그러나 언니는 끝까지 나를 보지 않았고, 그런 방식으로 내게 계속 항의했다. 대머리가 될지도 모른다고 말했던 게 너무나 큰 상처였나 보다. 나는 언니에게 사과했다. 언니는 고개를 푹 숙이고 있다가 대뜸 자기 집으로 들어오라고 말했다. 엄마랑 원룸에 사는 것보다 나랑 원룸에 사는 게 덜 비참하지 않을까? 언니는 그 말을 하면서 조금도 웃지 않았다. 농담인 줄 알고 웃던 나도 점점 심각해졌다.

다른 사람이랑 같이 못 잔다며.

맞다. 나 그래.

그냥 한번 해본 말이라는 걸 알았기에 더 이상 묻지 않았다. 언니는 그냥 한번 해보는 말이 많았고, 어쩌면 거의 모든 말이 그냥 한번 해보는 말에 가까웠다.

면접 본 데서 연락 없니?

없다고 말하며 자리에서 일어나 소주를 가져왔다. 뒤늦게 사무실 풍경이 세세하게 떠올랐다. 십수 명의 여자들이 책상 앞에 앉아 태블릿으로 그림을 그리고 있었다. 그리고 사무실 구석에 누워 있는 여자들이 있었다. 층간소음 방지용 매트 같은 곳에 누워서 두 손을 배 위에 포개고 조용히 눈을 감고 있던 여자들. 언니에게 물었더니 아 그거, 하더니 자세히 말해주었다. 아파서 누워 있는 거야. 목이랑 손, 허리. 다들 환자야. 그렇게 안 쉬면 일을 할 수가 없어. 우리 회사도 휴게실 있어. 누워 있는 휴게실.

그렇구나. 회사이자 병원이구나. 나는 고개를 끄덕이다가 물었다. 언니는 나중에 늙으면 요양원 갈 거야?

언니는 머나먼 곳으로 날아가는 비행기를 바라보는 눈빛으로 나를 보다가 말했다. 미조야, 나는 내가 몇 살까지 살 수 있을지 그것도 자신할 수 없어. 나는 아마 그림을 그리다가 디스크로 요절할걸. 허리 디스크, 목 디스크, 손목 디스크로.

나는 언니에게 분명하게 말했다. 언니, 디스크로 죽는 사람은 없어.

언니는 내 말에 크게 공감하는 얼굴로 바로 그게 문제라고 했다. 평생 고통받을 게 확실하다는 표정이었다. 웹툰 작가들은 다 이래. 근데 미조야, 여긴 여전히 뭔가를 만들어내는 젊은 여성들로 가득한 거 같다. 미싱도 가발도 실은 그대로인 거야. 내가 아무런 대꾸도 안 하자 언니는 소주 두 잔을 연거푸 비우고 말했다. 아무리 생각해도 나는 그림을 잘 그려서 망한 거 같다.

언니의 눈가가 점점 붉어졌다. 걱정되어 무슨 일인지 물었더니, 갑자기 오늘 회사에서 그린 웹툰이 얼마나 말도 안 되는 내용이었는지 말해주기 시작했다. 반지하방에 여자를 가둬놓고는…… 나는 분개했다. 다른 곳에 가둬도 분개했을 테지만, 반지하방이라서 더욱 분개했다. 그러자 언니는 더더욱 상세히 말해주었는데, 나는 귀를 막으며 그만 좀 하라고 외쳤지만 언니는 더더욱 열렬히 설명해주었고…… 나는 결국 언니를 그곳에 내버려두

여름

고 밖으로 뛰쳐나왔다.

한자 간판이 걸려 있는 인력사무소 거리를 하염없이 걷다가 계단 난간에 붙어 있는 구인 공고를 발견했다. 그 옆으로 수십 장의 구인 공고가 나붙어 있었다. 양돈장 남 구함, 월급 180~200만, 비자 무, 불법 됩니다, 연락 주세요. 배추작업, 남녀 부부 구함, 일당 10만 원, 전라도 해남, 비자 C-38, C-39. 모텔 남녀 부부 환영. 고물상 남녀 부부 환영. 굴 까기 작업 공장, 연령 제한 없음, 1개월 후 300만 원 인상됩니다. 꽃게 배 타실 5명 구함, 건강한 남자, 비자 F-4.

구인 공고를 전부 다 사진으로 찍어두었다. 나 같은 사람을 구하는 일이 아니라는 걸 알았지만 그냥 찍어두었다. 인력사무소에서 나오던 남자가 담뱃불을 붙이며 쳐다보았지만 말을 걸어오지는 않았다. 나는 핸드폰을 주머니에 넣고 대림역 방향으로 걸었다.

집으로 돌아가는 열차를 타고 나서야 언니에게 미안한 마음이 들었다. 그러나 전화를 걸어도 받지 않았고, 톡을 남겨도 확인하지 않았다. 미안한데 언니, 그 얘긴 진짜 듣기 싫었어. 마지막으로 그런 톡을 남기고 핸드폰을 주머니에 넣었다. 빈손으로 멍하니 앉아 있으면서, 핸드폰을 보지 않으면 열차 안에선 할 게 아무것도 없다는 걸 깨달았다. 하도 심심해 핸드폰을 들여다보고 있는 다른 사람들의 정수리를 보며 언니처럼 원형탈모증에 걸린 사람이 있나 찾아보았지만 그런 사람은 없었고, 그렇다면 저들은 무슨 일을 해서 돈을 벌고 있는지 새삼 궁금했다. 저토록 풍성한 머

　　　　　이서수. 미조의 시대

리슐을 유지하고도 돈을 벌 수 있는 일은 무엇인지 어깨를 흔들며 묻고 싶을 정도로 궁금했다. 핸드폰이 진동했고 당연히 언니인 줄 알고 메시지를 확인했지만, 언니가 아니었다.

충조, 나의 오빠, 정신머리 없는 놈이 나를 향해 걸어오고 있었다. 내 앞에 털썩 앉더니 키오스크를 가리키며 쉰 목소리로 말했다. 주문 안 해?

나는 대답 없이 팔짱을 낀 채로 충조를 노려보았고, 충조는 결국 들고 온 쇼핑백을 발치에 내려두고 키오스크로 걸어갔다. 잠시 후 충조는 콜라를 들고 자리로 돌아왔다. 그러더니 말없이 콜라만 마셨다.

나는 최대한 간결하게 상황을 설명해주었다. 5천만 원이 전부다. 집 같지도 않은 집들을 보러 다니느라 얼마나 힘든지 모른다. 충조는 내내 콜라만 마셨다. 나는 그런 충조의 얼굴을 물끄러미 보다가 아버지가 했던 말을 떠올렸다. 저놈 지금 또 정신이 나갔다. 나갔어.

괜찮다. 충조에게서 반응이 돌아올 거라는 기대는 하지 않았다. 충조는 그런 사람이니까. 나는 마음을 가라앉히고, 요즘 어떻게 살고 있느냐고 물었다. 그러자 충조는 금세 활기를 되찾았다. 눈에도 초점이 돌아왔다. 사실 나는 충조가 어떻게 살고 있는지 알았지만 설마 지금도 그렇게 살고 있을까 싶어서 물은 거였다. 아니나 다를까 충조는 요즘에도 지방 맛집을 찾아다니느라 바쁘

여름

다고 했다. 지난주엔 나주에 가서 곰탕을 먹었고, 매끼마다 먹느라 고역이었는데 그래도 맛이 좋아 남기지는 않았고, '생생정보'도 여전히 열심히 보고 있다고.

'생생정보통'이겠지.

아니야. 2015년부터 '생생정보'로 바뀌었는데 몰랐구나.

충조는 그 말을 아주 즐거운 듯이 했다. 충조는 10년째 공시생으로 살고 있었는데, 7년 전 아버지가 돌아가시자 갑자기 고시원으로 들어가버렸다. 도망치듯 사라져서 엄마와 나는 정말로 황당했고, 두들겨 패야 정신을 차릴 거라고 말하면서도 그렇게 하진 않고 진득하게 기다렸는데, 7일이 지나면 돌아올 줄 알았던 충조는 7년이 지난 지금까지도 돌아오지 않고 있었다. 충조는 그사이 '생생정보'에 나온 전국의 맛집을 열심히 방문했고 별점을 매겼으며, 자신의 블로그에 방문일지를 올렸다. 나는 블로그에 올라온 국제시장 분식집 사진을 보다가 충조를 고문하고 싶은 충동을 느꼈다. 그러나 그것도 이젠 다 지나간 일이었고, 엄마와 나는 충조가 정상이 아니라는 것을 받아들였다.

충조는 단기 아르바이트생으로 살았고, 맛집을 찾아다니는 것 외에 다른 일은 하지 않았다. 전혀. 아무것도. 그런 충조의 쇼핑백에서 나온 물건은 아주 뜻밖이었다.

이게 뭔지 알아?

나는 모른다고, 이게 대체 뭐냐고 물었다. 크고 두꺼운 사진집으로 보였다. 『조춘만의 중공업』. 충조는 제목을 가리키며 말했

이서수. 미조의 시대

다. 여기 쓰여 있잖아.

나는 다시 사진집의 제목을 보았고, 여전히 아무것도 이해하지 못했다. 충조가 말했다. 눈빛에 열기를 피워 올리며. 나 요즘 공단 보러 다녀. 맛집도 여전히 다니는데, 이젠 그 지역의 가장 큰 공단도 꼭 찾아가. 단양에 가면 성신양회가 있어. 본 적 있어? 없을 거야. 그 건물 정말 멋져. 〈매드맥스〉에 나오는 포스트 아포칼립스 시대의 건물처럼 생겼어. 여수에 가면 말이야, 밤에 차를 타고 들어가면 번쩍거리는 공단을 볼 수 있어. 연기가 펑펑 피어오르고, 크롬처럼 번쩍번쩍하다니까. 스팀펑크라는 단어 알아? 그런 장르가 있어. 딱 그 느낌이야. 울산에 가면 현대중공업이 있어. 울산대교 전망대에 올라가면 아주 잘 보여. 밤에 보면 얼마나 멋있는지 몰라. 엄청나게 크고 거대해. 이 사진집은 현대중공업 공단 내부를 찍은 거야. 〈트랜스포머〉보다 멋있어. 안 그래? 충조는 페이지를 휘릭 넘기다가 손가락으로 어딘가를 가리켜 보였다. 나는 충조가 무슨 말을 하는 건지 조금도 이해하지 못했다. 충조는 내 반응을 신경 쓰지 않았다. 나는 뒤늦게 정신이 들어 충조에게 물었다. 안에 들어가본 적 있어?

없는데?

그냥 구경만 하려고 간다는 거야?

충조는 고개를 끄덕였다.

도대체 왜?

왜라니. 멋지니까.

충조는 완전히 돌았다. 낙성대 반지하방 창문에 머리통을 내밀게 한 뒤 지나가는 행인의 발길에 차이게 하면 정신을 좀 차릴까. 나는 충조에게 말했다. 이런 공단이 어떤 의미인지 알고나 좋아하라고. 그런 곳에서 일하는 노동자들은 힘들 거 아니야. 오빠보다 훨씬 힘들게 일할 거 아니야. 멋지다니. 그냥 멋져서 구경만 하고 온다니. 그게 말이나 되는 소리야? 오빠는 그런 말도 못 들어봤어? 그 쇳물 쓰지 마라.

충조는 두 눈을 크게 떴다. 처음 들어본다는 표정이었다. 정말이지 지성을 찾아보려야 찾을 수 없는 남성이다, 충조는.

헤어지기 전 충조는 한참 동안 머뭇거리더니 내게 돈을 빌려달라고 말했고, 나는 충조의 정강이를 걷어찼다. 이제부터 내 전화 받지 마. 씩씩거리며 횡단보도를 건너고 난 뒤에야 그 말이 이상하다는 걸 깨달았다. 이제부터 연락 안 해, 라고 말해야 할 것을 내 전화 받지 말라고 하다니. 그건 다시 전화를 걸겠다는 의미인데.

머리가 아팠다. 터질 듯이 아파서 횡단보도를 다 건너면 나오는 타코야키 트럭 앞에 멈추어 섰다. 타코야키를 굽고 있던 아저씨가 무심히 나를 쳐다보았다. 타코야키를 사려는 건가. 아저씨의 눈빛에 떠오른 질문이 훤히 보였다. 나는 일부러 타코야키 트럭 옆 호두과자 리어카로 걸어가서 호두과자를 샀다. 그렇게 엉뚱한 사람을 실망시켰다.

　　　　　　　　　　　　이서수. 미조의 시대

방문을 여니 엄마가 나를 돌아보았다. 손에 가위를 들고 있었다.

뭐 하는 거야?

엄마는 대답 없이 고구마 줄기를 싹둑 잘랐다. 들어갈 자리가 없잖아. 가지고 가려면 잘라야지.

이발을 마친 고구마 줄기는 30센티미터 정도로 아주 작아져 있었다. 조금 심하다 싶을 정도로 많이 잘라냈다. 엄마는 자른 줄기를 선뜻 버리지 못하고 바닥에 수북이 쌓아놓은 채 한동안 바라보았다. 저걸 언니의 정수리에 옮겨 심을 수 있다면 좋을 텐데. 문득 그런 생각이 들었다. 아주 잘 자랄 것 같았다. 나는 엄마의 얼굴을 돌아보며 물었다. 오늘도 시 썼어?

이제 안 쓰려고.

왜?

나가서 폐지를 줍는 게 낫지.

계속 써.

왜 쓰라는 건데?

잘 쓰잖아.

내가 잘 쓰니?

엄마는 참아보려 했으나 결국 웃고 말았다. 그런 엄마의 얼굴을 보며 그림을 잘 그려서 망했다던 언니의 얼굴이 떠올랐다. 엄마는 시를 잘 써서 망한 건가. 잘 쓰지 않았으면 폐지라도 주웠으려나. 그러나 그렇게 해서 장만한 집은 지상의 집일지 아니면 한 뼘 정도 더 커진 반지하 원룸일지. 문 열고 엎어지면 벽인 그런 집.

여름

주인이 언제까지 빼달래?

엄마는 잘라낸 고구마 줄기를 주물럭거리며 말했다. 코로나 때문에 자기도 걱정이라고, 천천히 빼도 된다는데 그 말을 들으니까 빨리 빼주고 싶더라.

엄마가 착해서 그래.

나 안 착해. 착하면 내가 이렇게 됐겠니?

방으로 돌아와 인력사무소 거리에서 찍은 구인 공고를 들여다보았다. 비자 무. 불법 됩니다. 두 문장이 유독 눈에 들어왔다. 충조에게 이걸 좀 보여줄걸 그랬다. 비자가 없어도 되고 불법체류자여도 된다고 하니 오빠도 될 거라고. 괜찮을 거라고. 어딜 가든 마찬가지라고. 다 하게 되어 있다고. 그렇게 중얼거리다가 습관처럼 구직 사이트에 접속했다. 언제쯤 나도 퇴근 열차에 타볼 수 있을까. 집게발로 서로를 쿡 찔러가며 회사에 다녀볼 수 있을까.

핸드폰이 진동했다. 수영 언니였다.

미조야, 내가 가발 공장을 다녔더라면 내 정수리가 이러지 않았을 거라는 생각이 든다. 만약 정수리가 이랬어도 가발을 직원 할인가에 살 수 있었겠지. 그런데 미조야, 내가 지금 레종이랑 도림천에 버려져 있는데, 여기 온통 중국말만 들린다. 미조야, 나는 내가 예쁘지 않고 날씬하지도 않은 건 한 번도 걱정한 적이 없는데 그림을 잘 그리는 게 너무 걱정이다.

193

아직도 나는 너무 잘 그리거든. 네가 이 얘기 싫어하는 거 알지만 마지막으로 딱 한 번만 할게. 내가 그린 웹툰 진짜 잘 팔려. 오늘은 팀장한테 불려 가서 칭찬도 들었다. 잘 자라. 이게 돛대다.

나는 답장을 보내지 않았다. 대신 일기장을 펴 들었다. 벽 너머에서 키보드 두드리는 소리가 들려왔다. 우리는 동시에 문장을 쓰고, 언니는 아마도 걷고 있을 것이다. 내일은 멀고, 우리의 집은 더 멀고, 민들레 꽃씨가 날아와 우리 머리 위에 내려앉는 꿈은 가까운 그런 밤이었다.

여름

꿈, 노동, 가족, 여성
그리고 글쓰기

이서수 × 안서현

안서현   안녕하세요. 여름의 소설은 이서수 작가의 「미조의 시대」로 결정되었습니다. 그래서 오늘 작가님을 모시고 이 작품에 대해서 같이 이야기를 나눠보려고 합니다. 작가님, 반갑습니다.

이서수   네, 반갑습니다.

안서현   저희 선정위원 모두가 「미조의 시대」를 읽고 많이 공감했어요. 현실이 많이 투영된, 그래서 실감 나는 작품으로 읽었습니다.

제가 조금 소개를 하자면, 이 소설의 제목은 「미조의 시대」지만, 줄거리를 요약한다면 저는 '미조의 자리'라고 말하고 싶어요. 미조의 자리 찾기에 관한 이야기이기 때문입니다. 소설 앞부분에는 미조가 일할 자리를 찾는 이야기가 있고, 뒷부분에는 미조가 집 재개발로 이사를 하게 되어 새집을 찾는 이야기가 또 있습니다. 둘 다 참 쉽지 않지요.

또 이 소설을 읽고 나서 마음에 많이 남는 인물은 미조와 친한 언니, 수영이거든요. 수영이라는 인물이 겪는 이 시대 청년 여성 창작자의 현실이 생생하게 그려져 있어서 많은 분들이 이 소설을 '수영의 시대'로도 읽을 수도 있을 것 같아요.

이 작품을 읽고서 작가님을 너무나 만나 뵙고 싶었어요. 독자들에게도 인사해주시겠어요?

이서수 저는 2014년에 동아일보 신춘문예로 등단했고, 작년에 황산벌청년문학상을 수상하고 장편소설 『당신의 4분 33초』를 출간한 소설가 이서수입니다.

안서현 수상하신 게 작년이었는데요, 늦었지만 작년 하반기 장편소설 출간도 같이 축하드립니다.

이서수　감사합니다.

안서현　「미조의 시대」를 읽고 창작자의 자리에 관해서, 특히 청년 창작자의 자리에 관해서 많이 생각해보게 됐는데요.「미조의 시대」를 쓰실 때 이런 이야기를 담아야겠다, 혹시 생각하셨을까요?

이서수　저는 습작 시기를 포함해 거의 10년 가까이 소설을 썼는데, 청년기를 소설을 쓰면서 관통한 거나 다름없어요. 그러다 보니 하고 싶은 일과 해야만 하는 일 사이에서 늘 고민이 있었고, 현실과의 괴리감도 컸어요. 안정적인 수입이 필요한 상황인데 소설을 쓰고 싶고, 좀 더 잘 쓰고 싶으니까 읽고 쓰는 일에 매진하게 되면서 생계를 생각하는 시간은 줄어들더라고요. 그렇게 현실에서 점점 멀어지며 불안감을 많이 느꼈어요. 삼십대 전체를 그렇게 보냈던 것 같아요. 창작자로 살아야 하는가, 생계를 우선시하는 직업을 가져야 하는가, 고민하면서요. 사실 지금도 이런 고민에서 자유롭지 않아요. 그리고 창작이라는 게 전업일 경우, 산업의 일부로 편입되지 않으면 기본적인 생계조차 어려워지잖아요. 그래서 언제나 타협의 문제를 고민하게 되는 것 같아요.

197

안서현   그러면 작가님께서 그동안 창작해오면서 생각했던 것
들이 자연스럽게 녹아들어 있겠네요.

이서수   네, 맞아요.

안서현   그렇군요. 소설 속 수영은 산업의 일부로 편입된 이후
에, 자신이 그림을 그리는 사람이면서도 스스로 그림
을 잘 그릴수록 곤혹을 느낄 수밖에 없는 자기 소외의
상황에 놓이게 되었지요. 이 대목에서도 산업과 창작
자의 관계에 대한 고민이 엿보이는 것 같습니다.
또 하나 인상적인 것은 일상과 창작자의 관계인데요,
일상 속에서 시 창작을 하는 엄마 캐릭터가 나와요. 이
런 인물도 그동안 흔히 봐왔던 창작자의 캐릭터와는
달라서 신선하게 느껴졌거든요. 미조의 엄마처럼 일
상과 창작을 삶 속에서 자연스럽게 병행하는 존재들,
이 인물들 안에도 작가님의 평소 창작에 대한 경험이
나 생각이 녹아 있을까요?

이서수   사실 「미조의 시대」 속 미조의 엄마는 저희 어머니를
모델로 해서 만든 인물이에요. 어머니가 취미로 시를
쓰시는데, 제가 외출하고 돌아오면 그날 쓴 시를 읽어
주셨거든요. 저는 "시인으로 등단하지 않더라도 엄마

는 시인이야"라는 말을 많이 했는데, 그때마다 어머니가 "내가 시를 잘 쓰니?"라고 물으시더라고요. 저는 시를 잘 몰라서 "나 시 잘 몰라"라고 대답했는데, 그때마다 어머니가 "아니야, 너는 시를 잘 아는 것 같아. 그러니까 잘 쓴다고 하겠지"라고 말씀하셔서서 함께 웃곤 했거든요. 그런 어머니와 저의 대화가 소설에 그대로 반영됐어요. 창작은 유난스럽거나 특별한 활동이 아니라 일상 속에서 누구나 할 수 있는 거라고 생각해요. 저희 어머니가 일기 쓰듯 시를 쓰시는 것처럼요.

안서현 지금 들려주신 이 말들이 다 소설에 나오는 대사들이거든요. 아, 이렇게 진솔한 이야기를 들려주셔서 벌써부터 인터뷰한 보람을 느끼네요, 작가님. 어머니께서 정말 멋진 분이세요.

이서수 이 소설을 읽고 어머니가 정말 좋아하셨어요.

안서현 네, 그러셨겠어요. 그렇다면 소설 속 미조의 엄마가 쓴 시에 대해서도 여쭙지 않을 수 없네요. 엄마가 쓴 시 중에서 가장 인상적인 구절이 "부대찌개를 앞에 둔 시무룩한 체코인"이거든요, 이 구절은 어디에서 왔을까요?

이서수 제가 산책을 자주 하는데, 인상적인 광경을 보면 구글
킵에 기록해놓는 습관이 있어요. 소설 속 그 대목들은
그런 기록을 가져온 거예요. 시인지, 그날의 일상을 기
록한 글인지 경계가 불분명한 글이 필요해서 제가 기
록해놨던 문장을 그대로 썼고, 저희 어머니가 실제로
쓰신 시는 아닙니다. 부대찌갯집 체코인은 제가 산책
을 다니는 길에 부대찌갯집이 있었거든요. 한번은 그
앞을 지나는데, 유럽인처럼 보이는 분이 부대찌개 앞
에 시무룩한 표정으로 앉아 계시더라고요. 그 장면이
꽤 인상적이어서 기록해놓았다가 소설에 쓰게 되었습
니다.

안서현 이 소설을 읽고 나서도 계속해서 이 조금은 엉뚱한 시
구절이 생각났거든요. 사실 소설에 그런 말도 나오거든
요. "엄마는 왜 그런 시를 쓰는 걸까. 목격한 것들을 나
열하는 것뿐인지도 모르지만 엄마가 부대찌갯집에서
체코인을 봤을 리 없고, (……)" 이 구절은 바로 작가님
이 목격한 것, 작가님 일상의 기록이었군요. 이런 숨겨
진 얘기를 들을 수 있다니, 독자로서 정말 행복합니다.
사실 작품 속 엄마와 미조의 관계는 어쩌면 조금 특
별한 모녀 관계인 것 같아요. 어떤 면에서는 전형적인
K-장녀와 엄마의 관계이지만, 어떤 면에서는 엄마의

시 쓰기를 통해서 '딸 노릇'의 짐을 조금이나마 덜어낸다는 점에서는 새로운 해결 방식을 보여주고 있거든요. 그래서 그 대목에 눈이 많이 갔던 것 같아요. 엄마와 딸의 이야기, 앞으로도 다른 이야기로 다루실 계획이 있으세요?

이서수 엄마와 딸의 이야기는 앞으로도 계속 쓸 수밖에 없을 것 같아요. 제가 실제로 장녀이고, 어머니가 저에게 의지를 많이 하세요. 저는 좀 더 잘해드려야 하는데 그러지 못하고 있다는 죄책감이 들 때가 많고요. 소설 속 미조와 미조 엄마의 관계가 특별한 건 글쓰기로 매개되어 있기 때문이라고 생각해요. 실제로 제가 소설을 쓰기 시작하면서 어머니에게 시 쓰기를 권했었어요. 어머니의 고민과 갈등을 저에게만 얘기하는 것보다 스스로 글을 쓰면서 해답을 찾아가는 게 좋을 것 같다는 얘기를 오랫동안 했었고, 실제로 제가 그렇게 하고 있기 때문에 어머니도 많은 도움을 받을 수 있을 거라고 생각했어요. 그리고 저는 친구들에게도 글쓰기를 많이 권해요. 그래서인지 소설에도 그런 태도가 반영되는 것 같아요. 저는 여성에게 꼭 필요한 것 중 하나가 글쓰기라고 생각하는데, 생각을 정리하기 위해 글로 써보는 과정을 거치는 게 정말 좋은 것 같더라고요.

201

안서현 이 소설도 사실은 미조가 글을 쓰게 되는 이야기라고 읽을 수도 있거든요. 미조는 할 말이 있어도 대놓고 하지 못하는 성격인데, 집을 보고 온 날 도저히 견딜 수 없어 일기장을 펴고 한참 만에 '고구마 줄기'라고 쓰지요. 소설의 마지막에도 다시 일기를 쓰기 시작하고요. 특별히 여성들에게 글쓰기를 권하시는 이유가 있을까요?

이서수 제가 느끼기에 여성들의 내면은 풍부하고 복잡하면서도 미묘한 차이들이 있는 것 같아요. 그래서 타인인 제가 함부로 조언해줄 수 없는 부분이 있다고 생각해요. 저는 그런 감정을 여성들에게서 더 많이 느꼈는데, 제가 해주는 조언이 그들에게 백 퍼센트 가닿을 것 같지 않다는 생각을 자주 했어요. 그래서 본인들이 글을 써보는 과정을 통해 스스로 길을 찾아보길 권했던 것 같아요.

안서현 그렇군요. 그러고 보니 미조도 수영의 문자를 읽고, 그것에 대한 답장으로 일기를 쓰기 시작했고, 수영의 첫 번째 문자는 미조에 대한 답장이었잖아요. 서로 글쓰기를 권하거나 서로의 글을 읽거나 하면서 생겨나고 강력해지는, 글을 매개로 한 여성 연대의 가능성에 대해서 생각해보게 되네요. 이 세 사람 모두 말씀하신 것처럼 일상 속에서 자신의 감정과 내면을 드러내고 때로는 자신의 문제를 해결하는 그런 글쓰기를 지향하는데요, 작가님의 창작관과도 만나고 있는 지점이겠지요?

이서수 네, 저는 글쓰기가 일상의 일부라고 생각해요. 예술적인 행위이기보다 일상을 재해석하고, 풍요롭게 만드는 행위에 더 가까운 것 같아요. 그래서 주변 사람들에게도 많이 권하고, 소설 속에도 자주 등장하는 것 같아요.

안서현 네, 글쓰기가 일상의 일부라고 말씀하시니, 작가님의 『당신의 4분 33초』도 생각나는데요. 이 소설에 보면 주인공인 이기동이 낙선작을 모아 전시하는 독립서점을 운영하거든요. 창작은 유별난 활동, 특별한 사람들만이 할 수 있는 활동이 아니라는 것, 많은 사람들이 자신의 일상 속에서 창작을 하고 있다는 것을 새삼 생각하게 되는데요. 한편 독자는 그 독립서점이 계속해서 그 자리를 지킬 수 있을까 하는 생각도 해보지 않을 수 없어서, 일상 속 창작의 자리뿐 아니라 일상 속 창작을 계속하는 창작자의 자리에 대한 이야기와도 다시 만나게 되고요. 『당신의 4분 33초』에서의 이러한 창작자의 자리에 관한 이야기들이 「미조의 시대」에서

인터뷰 _ 이서수 × 안서현

또 다른 방식으로 계속되고 있는 것 같아요.

자, 그러면 글을 '쓰는' 창작자의 자리에 관해서 이야기를 많이 나눈 것 같은데, 혹시 글을 '읽는' 이들의 자리에 관해서도 이야기해볼 수 있을까요? 그러니까 이 소설에 나오는 『조춘만의 중공업』이라는 사진집의 열혈 독자, 충조라는 인물에 관해서 더 이야기해보면 어떨까 싶어요. 우리가 미조의 시선으로 충조를 바라본다면 철없고 대책 없는 인물인데요, 한편으로는 확고한 자기 세계를 지닌 인물이거든요. 사진집을 꺼내서 미조에게 자기 세계를 펼쳐 보여주죠. 이 충조라는 인물의 이야기를 조금 더 듣고 싶었어요.

이서수　충조가 어떤 인물인지에 대해서요?

안서현　네, 그리고 충조가 사진집을 보는 일에는 어떤 의미가 있는지도요.

이서수　충조처럼 저 역시 공단을 구경하는 걸 좋아해요. 충조가 공단을 보러 가서 경외감이 깃든 두근거림을 느끼는데, 실제로 제가 느꼈던 감정을 그대로 그렸어요. 그리고 충조를 철없는 오빠로 바라보는 미조의 시선이 외부에서 저를 바라보는 시선과 비슷하지 않을까, 그런 생각도 했었고요. 어찌 보면 충조라는 인물을 통해 실용적이지 못했던 저의 삶을 회고해본 것 같기도 해요. 그리고 충조가 사진집을 보는 것은 공단에 대한 자신의 감정을 좀 더 명확하게 해석하기 위해서인 것 같아요. 쓸모없는 행위에 몰두하고 있는 것처럼 보이지만, 본인은 그 안에서 살아가야 하는 이유를 찾은 거죠. 소설을 쓰면서 충조에게 감정이입을 많이 했어요.

안서현 미조에게도 작가님이 투영되어 있다고 말씀하셨는데요…….

이서수 네. 조금씩 나뉘어 있어요, 인물마다.

안서현 충조라는 인물은, 마치 소설 속 다른 인물들이 글 쓰는 행위를 통해 그러는 것처럼, 책을 보는 행위를 통해 자신의 감정을 해석해내고 또 일상을 풍요롭게 만들어가는 인물이라고 할 수 있을 것 같아요. 『당신의 4분 33초』에서도 저는 이기동의 엄마에게 주목했었는데요. 아들이 등단하면서부터 서점의 한국소설 코너에 가보는 습관이 생겨서, 그 이후로 7년 이상 일상 속에서 한국소설을 계속 읽어오다 보니 어느새 비평적 안목까지 갖추게 되거든요. 사실 소설에 한국문학을 읽

는 독자가 나오는 일도 그리 흔하지는 않아서 그 장면
이 기억에 많이 남아요. 충조가 그렇듯이 이기동의 엄
마도 한국소설을 읽으면서 그 안에서 자기만의 즐거
움을 발견했다고 할 수 있을까요?

이서수　네. 이것은 저도 미처 생각하지 못한 것이었는데, 이기
동의 엄마 역시 충조가 사진집을 보는 것처럼 한국소
설을 읽는 것에서 자기만의 즐거움을 찾았을 수도 있
겠네요. 이기동의 엄마는 아들이 등단을 하면서부터
한국소설을 읽기 시작한 인물이거든요. 처음엔 아들이
성공하길 바라는 마음에서 분석적으로 소설을 읽다가,
어느 순간부터는 즐거움을 느꼈을 것 같아요. 나중엔
확실히 아들보다 비평적 안목이 뛰어난 사람이 되거
든요.

안서현　아까 자신의 일상을 재해석하는 글쓰기 행위에 관해
서 이야기하셨는데, 그러면 혹시 독자의 자리도 그렇
다고 할 수 있을까요?

이서수　저는 독자에게 일상과 동떨어진 작품이나 독서법은
권하기 어렵다고 생각해요. 그래서 일상과 연결된 글
쓰기, 일상과 밀착된 소설에 관심이 많아요. 독자의 입

장에서도 그렇게 만난 글쓰기가 더 오래 지속될 수 있을 것 같고, 그렇게 만난 소설이 더 오래 기억에 남을 거라고 생각해요.

안서현   그렇습니다. 저는 소설 속 인물들의 일상적 글쓰기가 이 소설의 문장에도 영향을 주고 있다고 생각해요. 예를 들어 이 소설의 마지막 문장인 "(……) 민들레 꽃씨가 날아와 우리 머리 위에 내려앉는 꿈은 가까운 그런 밤이었다"와 같은 문장은 사실 최근 소설에서 흔히 볼 수 없는 감성적인 문장이지요. 요즘은 워낙 건조한 문체로 많이 쓰니까요. 그런데 이 문장은 사실 엄마의 언어로 쓰인 것이잖아요. 미조가 생각하는, 엄마의 언어죠. 그래서 독자는 이 문장을 읽으면서 현실에서는 자리 찾기가 아직 먼 일로 느껴지지만, 엄마의 꿈에서는 가까운 일이라는 뜻으로 읽게 되거든요. 그러니까 감성적인 문장도 자연스럽게 소설 속에 녹아들 수 있는 거지요. 그리고 중간에 이런 문장도 나오거든요. "인간을 육체적으로 학살하는 것은 시간이지만, 정신적으로 학살하는 것은 시대야." 사실 두 사람이 만나서 실내포차에서 한잔하는 장면에서 나오기에는 조금 무거운 문장인데 그걸 "뭐라고?" "내가 무슨 말을 들은 건가?" 가볍게 받아치면서 서술을 이어나가요. 그리

인터뷰 _ 이서수 × 안서현

고 수영이 보내는 문자를 보면, 시니컬한 문장을 매력적으로 구사하는 사람이거든요. 이렇게 인물들의 말투만이 아니라 '글투'가 자연스럽게 소설 속에 섞여요. 가벼운 문장도 무거운 문장도 섞이면서 문장의 밸런스가 지켜지는 것 같아요. 평소 문장이나 문체에 관해서는 어떤 생각을 갖고 계시는지요.

이서수 예전엔 제 문장이 좀 건조하다는 생각을 했었어요. 그리고 제가 느끼기에 미문은 아닌 것 같았어요. 그래서 아름다운 문장을 쓰고 싶다는 생각을 많이 했었는데, 결국 중요한 건 아름다운 문장을 쓰는 게 아니라 진솔한 마음이 담긴 문장을 쓰는 것이더라고요. 그런 생각을 하기 시작하면서 문장에 대한 부담감이 좀 사라졌어요. 그리고 무거운 것과 가벼운 것이 뒤섞여 있는 대사와 인물은 제가 좋아하는 밸런스예요. 실제로 대화를 나누는 사람들을 보면 가벼운 얘기만 하지 않고, 무거운 얘기만 하지 않잖아요. 가볍고 무거운 게 섞이면서 도출되는 결론이나 농담이 참 재미있더라고요. 그래서 소설 속에서 그걸 구현해보고 싶었어요. 말씀해주신 그 대목도 너무 무겁게 받아들여질 것 같다는 생각을 먼저 했어요. 그래서 미조는 어떤 반응을 보일까, 의외로 가벼운 반응이 아닐까, 그런 생각을 하면서 밸런스를 맞춰갔어요.

안서현   실제로 이 인물이 어떻게 반응할까를 생각하면서 쓰셔서인지, 모든 대화와 장면이 정말 정말 실감이 납니다. 선정위원들과도 이야기를 나누었는데, 회사 면접 장면이나 부동산 중개인과 같이 집 보는 장면도 현실감이 굉장해요.
인물이 어떻게 반응할지를 상상하신다는 말은, 인물부터 구상하신다는 뜻도 되겠네요. 인물을 구상할 때는 보통 어떻게 하세요?

이서수   저는 인물을 만들기 전에 가장 먼저 이것부터 생각해요. '내가 좋아할 수 있는 인물인가?' 좋아할 수 없으면, 그 소설은 완성하기 힘들더라고요. 그래서 제가 매력을 느끼는 인물을 만들려고 노력하는 편이에요. 수영 언니도 제가 만든 인물이지만 어딘가에 살아 있을 것 같고, 만나면 재미있을 것 같다는 생각을 했었어요. 그 외에 잠깐 등장하는 인물들도 전형적인 모습이 아니라 실제로 존재하는 사람처럼 그리되, 어느 한 부분이 독특한 개성으로 느껴지게끔 표현하려고 노력했던 것 같아요. 실제로 평면적인 인물은 존재하지 않고, 모든 사람은 다면적이라고 생각하거든요.

209

안서현 네, 작가님께서도 그렇게 생각하실 정도네요. 독자들도, 아니 적어도 저와 '여름의 시소' 선정위원들은 모두 수영 캐릭터를 사랑합니다.

그러면 다른 이야기를 한번 해볼게요. 수영은 성인 웹툰 그리는 일을 하고 있는데요. 수영이 일하는 구로공단 근처를 묘사하면서 '오피돌' 광고지가 널려 있는 거리 풍경을 그리기도 하셨어요. 그리고 구로공단의 지금 모습을 1970년대의 모습과 겹쳐서 연출하면서, 그때나 지금이나 이곳에서 여성들은 계속해서 시대가 필요로 하는 무언가를 만들어내고 있다는 이야기를 작품을 통해 하고 계시고요. 이런 문제의식에 대해 조금 더 말씀해주시면 좋을 것 같아요.

이서수 제가 십대 시절에 구로에 갔을 땐 풍경이 지금과 달랐어요. 그땐 역명도 구로공단역이었고 언뜻 보아도 공단의 이미지가 강했는데, 작년에 다시 가본 구로는 대형 빌딩이 올라간 거리가 되어 있더라고요. 하지만 내부를 들여다보니 아파트형 공장이 많았고, 그 안에선 여전히 생산 지향적인 산업이 계속되고 있었어요. 소설 속에 나오는 구로의 역사가 프린트되어 있는 타일 벽도 구로에 가면 실제로 볼 수 있는데, 그 벽에 60년대 가발공장 여공들의 모습이 있거든요. 그런데 그녀들의 얼굴이 지금의 우리와 별반 다르지 않은 거예요. 정말 변한 게 없구나, 우리는 여전히 여기서 계속 노동을 하고 있구나, 단지 우리가 소비하는 상품만 바뀌었을 뿐이구나, 그런 생각이 들었어요.

안서현 이제는 콘텐츠를 만들고 소비하는 거죠, 구로디지털단지에서. 그리고 또 하나 바뀐 건 과거에는 가발을 만들었다면 지금은 노동자들의 머리가 빠지는 거죠.

이서수 네, 힘들어서.

안서현 그런 시대적 변화를, 구로를 배경으로 해서 정말 잘 포착해내신 것 같아요. 그리고 그 사진을 통해서 두 시대의 상을 겹쳐지는 이미지로 연출한 것, 그 이미지에 대해 인물들의 목소리를 빌려 의미심장한 코멘터리를 달아주고 있는 것, 단편소설에서 이 모든 게 구현이 됐다는 게 '이 계절의 소설일 수밖에 없다!' 그렇게 생각하게 합니다.
앞으로도 창작하는 사람들, 노동하는 사람들 그리고 자리를 찾는 사람들의 이야기를 계속 쓰실 예정이신지, 또 단편집 출간이라든지 작품 활동 관련한 계획이 있으시면 말씀해주시면 좋겠습니다.

이서수 꿈, 노동, 가족, 여성과 관련해 자리를 찾는 사람들의 이야기를 좀 더 쓰게 될 것 같아요. 지금 마무리하고 있는 장편은 가족과 노동을 키워드로 한 것인데, 시대적 특징이 강하게 드러나는 노동에 관심이 많아서 그런 이야기를 쓰고 있어요. 그리고 「미조의 시대」에서 세 명의 여성이 느슨하게 연대하는 모습을 보여주고 싶었는데, 서로가 소중하게 생각하는 가치를 침범하지 않는 범위 안에서의 쾌적한 연대를 그리고 싶었던 것 같아요. 앞으로도 여성들이 일상에서 지속할 수 있는 연대에 관해 현실에 가까운 모습으로 그려보고 싶은 생각이 있습니다.

안서현 미조와 수영의 관계도 독자들이 '조금 특별한 관계일까? 아닐까?' 상상해볼 수 있도록 그려주신 것 같았거든요.

이서수 예리하시네요. 특별합니다, 둘의 관계는.

안서현 그런 관계를 명시적으로 드러내지 않고 독자들이 상상할 수 있게 맡겨놓으신 것, 말씀하신 것처럼 느슨한 연대의 차원에서도 생각할 수 있고 특별한 애정 관계로도 생각할 수 있게 맡겨두신 것이 참 좋았거든요.

이서수   그런데 제가 특별하다고 말을 해버려서, 안 하는 게 나았을까요?

안서현   아니에요. 확실하게 특별한 것은 더 좋습니다.
오늘 함께해주셔서 감사합니다. 소설의 의미를 다시 찬찬히 짚어볼 수 있는 시간이었습니다.

이서수   네, 저도 오늘 보람 있는 시간을 보내서 즐거웠고요. 앞으로 또 다른 소설로 찾아뵙게 되었으면 좋겠습니다. 감사합니다.

안서현   감사합니다.

안서현
문학평론가

가을

가을

시

김리윤
2019년『문학과사회』를 통해 시를 발표하기 시작했다.

영원에서 나가기

우리도 다 늙었나 봐
꽃 사진을 찍으며 함께 웃던 친구들아
우리는 열심히 웃느라 늙는 일도 깜빡한 것 같았네

그런데 다 늙는다는 건 뭐지?
우리가 자라온 시간
늙어갈 시간보다 오래된 꽃나무 밑에서
우리는 여전히 질문으로만 답할 수 있는 질문을 잔뜩 가진 사
람들

친구의 품에 안긴 작은 사람의 이마에서 꽃잎은 얼마나 거대
해지는지
손바닥에 떨어진 꽃잎은 얼마나 작고
얼마나 쉽게
두 손가락 사이에서 형태를 잃어버리게 되는지

나는 발이 없는 것만이 계속 자란다는 사실을 떠올린다

우리와 세계가 서로 단단하게 묶인 레이어라면
같은 비율로 커지다 먼저 멈출 수밖에 없다면
우리의 작은 손으로는 나뭇잎 하나 망가뜨리기 어려울 텐데
우리는 참 쉽게 깨질 텐데

매일 2만 마리의 새들이 유리 벽을 통과하려다 죽는대
자그마한 발을 가진 작은 새들
다 큰 새들은
다 자란 다음에도 새롭게 거대해지는 풍경이 의아해

이 세계는 형태가 결정하는 물질로 이루어진 레이어다*

도시의 유리 벽들은
끝없이 자라는 나무에게도
두 발로 나뭇가지를 움켜쥔 새들에게도 당혹스러운 속도로 자
란다

기다리는 시간 앞에서 숫자는 얼마나 길게 늘어지는지
동전을 세는 손안에서 숫자는 얼마나 작아지는지
살아 있었던 것들을 세는 마음 앞에서 숫자는 얼마나 거대해

가을

지는지

유리문은 가볍게 회전하고 우리는 문 안으로 미끄러진다
우리는 너무 많은 영화를 너무 많은 스크린을 봤다
프레임 안으로 쉽게 미끄러진 다음
화면 바깥을 잊지 않기 위해 노력해야 했다

강화 유리는 안전하게 깨지는 유리이기도 하지
설탕 결정처럼 우수수 쏟아지는 유리 파편 아래의 새를 본다
가느다란 뼈와 연약한 살 부드러운 깃털
굳어가는 새는 새의 형태를 잃어버리지 않는다

우리는 창문 안쪽에 서서 열매가 주렁주렁 열린 커다란 나무
를 보고 있다
과일과 설탕을 2:1의 비율로 끓여 걸쭉한 상태의 액체로 만드
는 것은 과일을 보존하는 가장 오래된 방법이다

집이 불에 타오를 때만 비로소 건축 구조를 목격할 수 있다는
말이 사실이라면……**

열매들이 나무에 매달린 채로 썩어갈 때
우리는 꽃의 모양을 본다

김리윤. 영원에서 나가기

* "물질이 형태를 결정하고 동시에 거의 무의미하게 만들어버리는 물체들이(예를 들면 돌덩어리, 물 한 방울, 그리고 일반적으로 모든 자연적인 것들) 있는 반면 다른 것들은(항아리, 곡괭이, 인간에 의해 만들어진 모든 것들) 형태가 물질을 결정하는 듯이 보인다." 조르조 아감벤, 『내용 없는 인간』, 윤병언 옮김, 자음과모음, 2017.

** 조르조 아감벤, 같은 책.

자라나는 풍경과
미래라는 시간

김리윤 × 노태훈

노태훈 『자음과모음』 '시소' 프로젝트, '가을의 시소'로 선정된
김리윤 시인님을 모시고 오늘 인터뷰를 진행해보도록
하겠습니다.

김리윤 네, 안녕하세요. 시 쓰는 김리윤입니다.

노태훈 반갑습니다. 저희가 지난 5월부터 발표된 시 작품들을
두루두루 검토하고, 각자의 추천작을 토대로 외부 선
정위원분들과 함께 논의하여 김리윤 시인님의 시 「영

원에서 나가기」를 '가을의 시소'로 선정하게 되었습니다. 당시에는 '김지연'으로 발표하셨는데 이후 활동명을 바꾸신 것으로 알고 있습니다. 이 시에 대해 본격적으로 말씀을 나누기 전에 우선은 선정되었다는 연락을 받았을 때 어떤 생각이 드셨는지 간단하게 듣고 싶습니다.

김리윤   전화받고 놀라기도 했고, 정말 기뻤어요. 많은 분이 비슷하게 느끼실 것 같기도 한데, 시를 발표한 후에는 허공을 향해 쓰고 있는 듯한 막막함과 불안감이 들곤 해요. 그런 불안을 조금 덜어줄 수 있는, 응원이 되는 소식이었습니다. 평소 발표작에 관한 이야기를 나눌 일이 거의 없다 보니, 오늘 인터뷰도 제 시를 읽어주신 분과 이야기를 주고받을 드문 자리라 무척 기대하며 왔어요. 긴장되기도 했지만요.

노태훈   특히 시인분들은 시집이 출간돼서야 시와 관련된 여러 가지 이야기를 나눌 수 있는 기회가 있는 편이니까요. 문예지에 개별 시편들을 발표했을 때 주변 동료분들로부터 이번 시 잘 읽었다, 좋았다 같은 반응이 있었겠지만, 독자분들의 피드백은 사실 접하기가 어려우니까요. 그런 지점에서 반가웠다는 말씀이신 것 같아요.

이 시에 대해서 이야기를 좀 더 자세히 나눠보면 좋겠습니다. 꽃 사진을 찍는 친구들의 풍경으로 시작됩니다. 사진을 찍으면서 우리도 이제 다 늙었나 보다, 이야기를 나누는데요. 꽃 사진을 찍는다는 것이 '늙음'의 표지 중에 하나라고도 할 수 있을 것 같아요. 어릴 때는 굳이 꽃을 사진으로 담아야 할 필요성을 못 느끼는데, 대체로 나이가 들어갈수록 새삼스럽게 꽃이 예쁘다는 생각도 하게 되고 중년, 노년으로 접어들면서 식물 애호가가 되는 분들도 꽤 많잖아요. 아무래도 이 시를 쓰게 된 계기나 나름의 동기 같은 게 있으실 듯해요.

김리윤 지난 몇 년 사이 제게 가장 큰 영향을 준 것 중 하나가 친구들에게 아이가 생기고, 그 아이가 자라는 것을 가까이에서 본 경험이었어요. 보이지 않던, 친구의 몸에 나타나는 변화를 통해서만 간접적으로 느낄 수 있던 존재가 세상에 태어나고, 혼자서는 목도 못 가누는 상태에서 출발해 앉고, 서고, 일어나서 제 손을 잡고 함께 계단을 오르는 과정을 경험하면서 시간을 조금 다르게 바라보게 된 것 같아요. 시간을 물질로 감각하게 됐다고 해야 할까요. 시간이 정말 무게가 있고, 부피가 있고, 만질 수 있는 물질처럼 느껴졌어요. 아직도 변화의 가능성을 간직한, 만들어져가는 과정임이 느껴지는 부드럽고 연약한 손을 잡고 있으면 이 작은 인간이 겪은 몇 년의 시간이 손안에 있는 것 같죠. 시간이 직선으로 흐르는 것이 아니라 곡선으로 뭉쳐져 있고, 그것을 물질로 만든 것처럼요. 아주 어렸을 때는 발바닥도 손바닥과 다름없이 부드러운데, 걷게 되면서부터 발바닥은 점점 단단하게 자리 잡잖아요. 걷겠다는 아이의 의지, 더 많은 것을 보고 더 멀리 가겠다는 의지가 발의 형태를 단단하게 만든다고 할 수도 있을 것 같고요. 시에 인용한 아감벤의 문장처럼 이렇게 '물질이 형태를 결정하는' 자연으로서의 인간과 인간의 시간을 생생하게 느끼고 바라본 경험을 통해 이 시를 쓰게 되지 않았나 싶어요.

그리고 물질로서의 시간, 사람들이 각자 지나온 시간의 부피에 따라 다르게 시간을 감각하고 응시하는 것을 생각했을 때 떠오른 장면은 아주 큰 꽃나무 앞에 서 있는 친구들과 아이를 포함한 우리의 모습이었어요. 서로 다른 투명도를 지닌 시선으로 나무를 바라보는 우리가 있고, 나무는 시간을 겹겹이 두른 묵직하고 거대한 물질로 있고, 떨어지는 꽃잎은 그것이 닿는 장소에 따라 다른 크기와 강도를 가진 것처럼 보이고. 언젠가부터 친구와 걷다가 크고 작은 꽃나무 앞에 한참을 멈춰 서서 열심히 사진을 찍고, 내 핸드폰에는 개 사진

과 꽃 사진밖에 없어, 우리도 다 늙었나 봐, 이런 농담
을 하며 웃는 장면이 한창 꽃 피는 계절을 상징하는 이
미지가 되었어요. 이런 순간이 참 좋고 소중하기도 하
고요. 그래서 이 장면에서 시작하고 싶었어요.

노태훈　이 시는 웹진에 실려 있어 독자분들도 아주 쉽게 접하
실 수 있을 것 같은데요. 이 시 앞에 「작고 긴 정면」이
라는 또 한 편의 시가 실려 있죠. 그 시에서 지금 말씀
하신 그 친구의 딸이 자라나는 모습 같은 것들이 묘사
되고 있기도 한데요. 그 시도 그렇고 「영원에서 나가
기」도 그렇고 일종의 자매애, 여성이 딸을 낳아서 기르
고, 그 딸이 또 딸을 낳아서 기르는 어떤 종류의 연대,
이어짐이랄까요? 그런 것에 대해서 관심을 두고 계신
것 같아요. 함께 실려 있는 시인의 말도 그렇고요.

김리윤　맞아요. 사실 가까운 여성들, 친구들에 대한 애정과 관
심이나 여자들의 삶이 서로 연결되어 있다는 감각은
자연스럽게 가질 수밖에 없는 것이 아닌가 싶어요. 몸
의 일부처럼요. 여성으로 살아가는 삶 자체가 이 연결
의 감각과 맞닿은 채로 진행된다고 할 수도 있을 것 같
고요. 그런 면에서 조금 전에 말씀드렸던 것처럼 친구
들의 딸이 태어나고, 자라는 모습을 목격하게 되는 건

225

이 연결감이 새롭게 갱신되는 경험이기도 했어요. 놀라운 속도로 자라는, 「작고 긴 정면」에서 인용했던 표현을 빌려 오자면 '미래가 적혀 있는' 얼굴을 보고 있노라면 두려워질 정도로 생생하게 우리의 삶이 연결되어 있다는 것이 느껴졌어요. 예전과는 조금 다른 종류의 책임감 같은 것도 생겼고요. 제가 양육자가 아니기 때문에 어느 정도 거리를 두고 바라봐서 더 그랬을지도 모르겠어요. 이틀, 사흘, 일주일과 같은 간격을 두고 성장을 목격하게 되고, 그것을 골똘히 관찰하거나 반추할 겨를도 없이 매분 매초 무언가를 해줘야 하는 상황은 아니기 때문이에요. 어제의, 몇 시간 전의 경험을 토대로 매 순간 바로 다음 순간의 자기를 만들어나가는 아이의 모습을 보면서 저 역시 매 순간 다가올 시간의 우리를, 저와 제 친구들과 여자아이들의 삶을 생각하게 되었던 것 같아요.

노태훈 금방금방 달라지잖아요, 그 친구들이. 진짜 신기하다, 이렇게 자라는구나, 하게 되죠.

김리윤 맞아요. 며칠만 못 봐도 너무 달라져 있어서 정말 신기해요.

노태훈 이전에 발표한 다른 시들을 보면 애견인이실 가능성
이 높겠다, 생각도 했었어요. 시로 미루어 짐작건대 이
름은 왠지 '깜지'가 아닐까 했고요. (웃음)

김리윤 '연두'라는 강아지랑 같이 살고 있어요. (웃음)

노태훈 애견인으로서 반려동물을 바라볼 때, 그리고 인간의
아이가 자라나는 모습을 지켜볼 때, 비슷하면서도 다
른 여러 느낌을 받으면서 한 개체가 자라난다는 것에
대한 관심이 조금 커지신 게 아닌가 싶기도 해요. 「영
원에서 나가기」에 "나는 발이 없는 것만이 계속 자란
다는 사실을 떠올린다"라는 구절이 있는데요. 굉장히
인상적이었어요. 생각해보면 사실 발 있는 동물들은
어느 순간 물리적 성장을 멈추고 늙어가게 되는데요.
발이 없는 식물들을 떠올리면 계속 자라는구나, 깨닫
게 되더라고요. 특히 우리도 '다 늙었다'라고 얘기한다
든지, '다 자랐다'라는 말 속에 '다'라는 부사가 활용되
는데, 그 감각이 무척 좋았어요. 또 하나, 시에서 자라
남의 관점으로 강조되는 것이 바로 속도의 문제인 것
같아요. 자란다는 건 크기가 변한다는 감각과 가까울
텐데, 그게 너무 빠르고 크게 변하는 것이 인간이 만들
어낸 것들이기도 하고요.

김리윤 　말씀해주신 것처럼 우선 자란다는 것과 늙어간다는 것이 어떻게 달리 쓰이는지를 생각했어요. 특정 대상, 예를 들어 나무에게는 '늙어간다'라는 표현을 쓰지 않잖아요. '오래된' 나무라고 하지 '늙은' 나무라고 하지는 않으니까요. 반면 사람이나 개 같은 동물에게는 '다 자란' 상태, 일종의 '일단 완료된 형태'로 규정되는 것이 존재하고 여기서부터 일어나는 변화들은 늙어감, 노화로 규정되지요. 발 없는 나무는 완료된 형태로 규정되는 것을 갖고 있지 않고, 시간을 몸에 두르며 계속 자라는 것처럼 느껴졌어요. 때문에 시간의 물질성을 '보여주는' 생명체라고 생각하기도 했고요. 이렇게 계속 자라는 존재와 형태가 완료된 시점에서 늙어가기 시작하고, 한정된 시간을 살아낸 다음 세상에서 사라지는 존재 모두에게 도시라는 것이 어떻게 보일지 자주 생각하고 상상했어요. 도시의 풍경을 이루는 것들에게는 명확하게 '완료된 형태'가 되는 순간이 존재하지만, 이것을 완료로 규정하기엔 계속 수정되고 확장될 가능성, 새로운 것이 추가되며 변형될 가능성이 늘 존재하잖아요. 변하는 속도 역시 무척 빠르고, 낮아지거나 축소되기보다는 대체로 높이, 크게 자라며 변하는 풍경이고요. 도시의 풍경이 자라는 속도나 방식은 자연에게는 물론이고, 이 형태를 만든 인간에게조차 당혹스러운 것이라고 생각했어요.

노태훈 어떻게 보면 인간도 키가 더 이상 커지지 않을 뿐이지 죽을 때까지 자란다는 생각도 드네요. 그럼에도 우리는 어느 순간 다 자랐다고, 그 이후로는 늙어간다고 여기는 것 같아요. 말씀하신 것처럼 식물의 생장과 대비하면 생각해볼 지점들이 있는 것 같습니다.

김리윤 말씀하신 이야기를 듣고 보니 드는 생각이, 제가 입양했을 때 연두는 두 살이었어요. 정확한 나이는 알 수 없고, 추정되는 나이였죠. 개 나이로는 완전히 성견인 셈인데, 제가 보기에는 자꾸 자라는 것 같았어요. 그래서 병원에 갔을 때 연두가 좀 큰 것 같다, 더 자란 것 같다고 말씀드렸더니 이미 성장이 끝난 상태고, 그냥 살이 쪘을 뿐이라고 하시더라고요. 하지만 최근에 다시 처음 데려왔을 무렵의 사진을 봐도 제 눈에는 역시 자란 것 같아요. 나이 추정이 잘못되었을 수도 있지 않을까, 실은 더 어렸던 게 아닐까 하는 생각도 들고. 그런데 보호자의 시선으로는 아무래도 개가 계속 아기처럼 보이기도 하잖아요. 그래서 이 친구 역시 사람처럼 나이를 먹으면서 얼굴과 체형이 변해가는 것인데 제가 자란다고 느끼는 건가, 싶기도 해요.

229

노태훈　형태와 물질의 관계도 이 시에서 중요하게 언급되고 있더라고요. 특히 '유리'라는 물질에 주목하시는 것 같아요. 이전에 「글라스 하우스」라는 시에서도 그렇고, 유리로 된 집이라든가, 유리를 통해서 세상을 바라본다는 것, 투명한 경계에 대한 나름의 인식, 감각 같은 것들이 있으신 것으로 생각됩니다. 이 시에서도 유리벽, 유리문, 강화 유리 이런 소재들이 등장하고요. 이 시만 놓고 보자면 아무래도 새들이 유리벽에 부딪혀 무수히 죽임을 당한다는 것이 모티프가 되었을 거라는 생각이 들긴 하는데요. 특별히 유리라는 물질, 형태에 주목하시는 이유가 있을지 질문을 드려보고 싶습니다.

김리윤　말씀대로 그동안 시에서 유리라는 물성을 많이 다뤄왔는데, 시마다 조금씩 주목한 특성이나 쓰인 맥락이 다르기도 해서 이 시에서의 유리에 집중해서 말씀드려볼게요. 모두 한 번쯤은 실내로 들어온 새가 나갈 길을 찾아 이리저리 헤매고, 유리를 향해 날아가다 부딪히기도 하는 모습을 목격한 경험이 있으리라 생각해요. 어린 시절 주택에 살 때, 집 안에 들어온 새가 거실 창문에 계속 부딪히며 실내를 맴도는 것을 목격한 장면이 저에게도 강렬한 기억으로 남아 있어요. 저기는 허공이 아니라 유리로 된 투명한 벽이라는 것을 새에게 알려주고 싶지만 어떻게 해야 할지 알 수 없고, 그 순간 유리라는 물질이 굉장히 낯선 것으로 느껴졌던 기억이에요. 생각해보면 유리라는 사물의 가장 큰 특징은 투명성이라고 할 수 있겠지만, 사람에게는 그것이 유리라는 물성이 가진 이미지로 작용하기 때문에 완벽하게 투명한 것이나 무의 상태로 인지되지는 않잖아요. 아무리 잘 닦인 유리컵이라 해도 우리가 그것을 눈앞에 두고도 잡을 위치를 찾지 못하거나, 컵 바깥에 물을 따르게 되지는 않으니까요. 이런 식으로 인간에게만 작동하는 어떤 기호, 인간이 학습한 것에 의해서만 사물로 인지되는 것으로서의 유리를 시에서 보여주고 싶었어요.

또 유리라는 물질은 '형태가 물성을 결정하는' 특성을 드러내기에도 적절하다고 생각했어요. 특히 강화 유리는 높은 강도뿐만 아니라 깨지는 원인이나 방식 역시 비강화 유리와 구분되는 특징을 갖고 있고요. 강화 유리는 표면에 균일하게 압축 능력을 지님으로써 강도를 유지하기 때문에, 이 힘의 균형이 깨지면 부서진다고 해요. 작고 날카로운 흠집이 생기면 유리 전체가 깨지기 때문에 한번 유리를 뽑아낸 다음에는 잘라서 가공하는 것이 불가능해서 처음부터 정해진 형태로

인터뷰 _ 김리윤 × 노태훈

만들 수밖에 없고요. 이렇게 작은 금이 형태 전체를 깨뜨리는 것, 물질을 담고 있던 형태를 순식간에 잃어버리게 되는 특성을 가진 사물을 보여주고 싶었어요. 그리고 강화 유리가 깨질 때의 모서리가 날카롭지 않은, 설탕 결정처럼 작은 조각들이 우수수 쏟아져 내리는 이미지와 죽어가는 새의 대비를 상상하기도 했어요. 생명체의 경우 내부에 손상을 입더라도 육체가, 형태가 허물어지는 속도는 이렇게 순식간에 본래의 형태를 완전히 잃는 사물과는 완전히 다르잖아요. 유리창에 부딪혀 생긴 뇌진탕 때문에 죽음에 이르는 새나 우리가 경험하는 질병처럼요.

노태훈 "강화 유리는 안전하게 깨지는 유리"이기도 하다는 구절도 인상적이었어요. 새가 유리벽에 부딪혀서 죽어갈 때의 장면을 떠올려보면 인간이 만들어낸 인공적인 물질들은 부서지거나 깨지는 순간, 어떤 형태가 와해되는 종류의 것들이 많은 반면, 자연의 생명체들은 상해를 입는다고 하더라도 대체로 형태는 보존하면서 죽음에 이르는 것 같아요. 예를 들어 인간의 경우에도, 아무리 끔찍한 사고를 당해서 형체를 알아볼 수 없을 정도로 몸이 훼손되었다고 하더라도 결국 그 시신을 수습하고, 인간의 형체를 보존하려고 하잖아요. 그

런 걸 보면 자연스러운 죽음이랄까요. 생명을 다한 순
간에 있어서 인공적인 것들과 자연적인 것들의 차이
가 극명하게 나뉘는 것이 아닌가 하는 생각도 드는데
요. 역시나 죽음에 관해서도 질문을 드려봐야 될 것 같
아요. 시의 마지막 부분에 창문 안쪽에서 바깥의 나무
를 바라보며 잼을 만드는 장면이 묘사되는데요. 열매
를 가장 오래 보존하기 위한 방법은 형체를 망가뜨리
고 설탕을 섞어서 보관하는 것인데 바깥을 바라보면
그 나무는 열매가 썩는 동안 또 꽃을 피우는 일종의 아
이러니가 있는 것 같아요. 인간은 또 그 꽃을 보면서
'생명'에 감탄하니까요. 그렇게 생각하면 죽음과 생명
이라는 게 아주 반대되는 개념인 것 같지만 동시에 공
존한다는 느낌도 들고요.

김리윤   죽음이 무엇이라고 말하는 건 너무 어려운 일인 것 같
아요.

노태훈   네, 그렇죠.

김리윤   저는 일단 아직 안 죽은 것 같아요! 라는 이야기 외에
는 할 수 있는 말이 없다는 느낌이 들 정도로요. (웃음)
말씀하신 것처럼 죽음이라는 것이 존재가 사라진다는

것을 의미하기도 하지만, 형태를 상실하는 순간과 죽음의 순간이 일치하지는 않고요. 한편으로는 한 번 존재했던 것, 있었던 것이 형태가 소멸된다고 해서 정말 없었던 것처럼 사라지는 것은 불가능에 가깝지 않나 싶기도 해요. 죽음에 대해 생각하면, 죽음으로 인해 갑자기 어떤 존재가 세상에서 사라진다는 것이 정말 막연하고 이상하게 느껴지기도 하고요. 너무나 경계가 명확한 동시에 너무나 순간적으로 발생하는 일이기도 하잖아요.

시의 마지막 장면에 대해 이야기해보자면, 사람들은 보통 과일이 너무 많아서 처치 곤란일 때 잼을 만드는 것 같아요. 보존을 위해 택하는 방법으로, 조금 더 영원에 가까운 시간을 획득하기 위해서요. 많은 양의 설탕을 더하고, 오래오래 끓여 잼을 만드는 과정에서 과일은 원래 형태를 완전히 잃어버리게 되지요. 이것이 어떻게 보면 형태를 상실하는 것을 사물 자체의 상실로 바라보는 일의 대척점에 있는 이미지라고 생각했어요. 완성된 잼은 과일의 원형을 찾아볼 수 없는 걸쭉한 상태의 액체일 뿐이니 누군가는 딸기도 딸기고, 딸기잼도 딸기라고 할 수는 없다고 말할 수도 있겠지만요. 이렇게 잼을 만들고, 창밖의 나무에 남은 열매가 썩어가는 것을 바라보는 장면에서 어떤 의지가 느껴지기를 바랐어요. 나무가 있고, 나무에 매달린 채로 썩어가는 열매가 있고, 거기서 기어이 꽃을 보는 그 시선에서요. 형태를 조금씩 잃어가더라도 계속해서 다음이 오고, 도착하는 시간은 믿음 같은 것과는 관계없이 그냥 있고. 이런 시선이 가능하다면 지나간 시간을 부수거나 버리지 않고도 미래를 생각할 수 있지 않을까 싶었어요.

노태훈　지난 계절에 한연희 시인이 쓴 「딸기해방전선」(『창작과비평』 2021년 봄호)이라는 시에 대해 얘기한 적이 있었는데요. 거기서도 딸기잼을 만드는 행위와 딸기라는 형체가 짓물러지는 것을 '딸기해방전선'이라는 독특한 감각으로 표현했는데 공교롭게도 공유하는 부분이 있다는 생각도 드네요. 조금 말씀을 해주신 듯하지만 이제 제목의 의미에 대해 이야기를 나눠보면 좋을 것 같아요. 잼을 만드는 행위와 시간의 영원성을 획득하려는 행위가 이어진다는 측면에서 제목을 생각하신 것 같은데요. 저는 이 시에서 "화면 바깥을 잊지 않기 위해 노력해야 했다"라는 구절에 주목하게 되었어요. 영화관의 스크린이라든지, 프레임을 바라보는 인간의 시선 등을 언급하는 부분 뒤에 나오는 구절인데요. 우리는 영원히 살 것처럼 살아가잖아요. 어차피 죽는

　　　　　　　　　　인터뷰 _ 김리윤 × 노태훈

다, 언제가 될지 모르지만 무조건 죽는다는 걸 알면 굳이 이렇게 아등바등해야 하나 생각하지만, 그걸 다 잊어버린 채로 당연히 내일이 있고, 1년 뒤가 있고, 10년 뒤가 있다는 걸 전제하고 살아가는데요. 그건 곧 어떤 프레임이나 스크린 속 세계처럼 영원할 것 같다는 착각에 빠져 있는 것과도 통하는 것 같아요. 그 바깥의 현실, 엄연한 개체로서의 죽음을 잊지 말아야 한다, 스크린 속의 세계는 영원한 것처럼 보이지만 거기에서 나아가서 이 세계를 바라봐야 한다는 의미의 제목이 아닐까 추측했습니다.

김리윤   '영원'이라는 관념은 어떻게, 어떤 관점으로 바라보느냐에 따라 매우 다른 것이 되기도 하는 것 같아요. 나이를 먹어간다는 것은 어쩌면 점점 더 많은 이미지를 쌓아간다는 것, 경험해온 것들이 일종의 기호로, 이미지로 작동하고, 이렇게 포개진 레이어 너머로 세계를 보는 반투명한 시야를 갖게 되는 것이 아닐까 생각했어요. 무수히 교차하는 프레임 속에서, 프레임 바깥을 잊지 않기 위해 노력하면서요. '영원'이라는 것 역시 이렇게 이미지로 가득 찬 세계에서는 형태의 보존을 약속하는 것처럼 느껴지기도 해요. 한편 영원을 무한의 의미로 본다면, 유한한 시간과 소멸할 예정인 몸에 간힌 우리가 약속하는 영원이란 것은 영원한 이미지를 약속하는 것이 아닐까 싶기도 하고요. 이렇게 생각하면 영원이라는 말에 간힌 것 같은, 짓눌리는 듯한 기분이 들어요. 영원한 형태를 약속하는 일은 어쩐지 무섭게 느껴지고요. 사실 처음에는 시의 제목이 '영원에서 벗어나기'였는데, 무언가 아쉬운 느낌이 들어 고민했어요. '벗어난다'고 하면 무언가에 붙들려 있고, 계속 발버둥 치는 느낌이잖아요. '나가기'라고 수정했을 때, 시뮬레이션 게임 속의 영원히 고여 있는 시간에서 로그아웃하는 플레이어 같은, 의지를 갖고 가볍게 나와버리는 것 같은 감각이 좋았어요.

노태훈 말씀하신 대로 '벗어나기'보다는 '나가기' 쪽이 훨씬 더 많은 것들을 생각하게 하는 단어라는 생각이 듭니다. 그동안 써온 시들을 쭉 따라 읽어보면 기본적으로 인간적인 것, 공간으로 보자면 도시인데요. 그것과 비인간, 자연이라고 막연하게 말하기 어려운 그 인간이 아닌 것들과의 대비가 여러 시에서 등장하는 것 같아요. 동시에 살아 있는 것들, 막 태어나고 자라는 것들에 대한 애정도 느껴지고요. 그래서인지 미래에 대해 고민하는 시도 많은 것 같고요. 지금 제일 관심을 갖고 계신 주제, 또 생각하시는 작업의 방향도 여쭤보고 싶어요.

인터뷰 _ 김리윤 × 노태훈

김리윤 아무래도 어떤 시기마다, 시마다 조금씩 달라지기도 하는지라 딱 뭐라고 말씀드리기는 어렵지만 이야기해 주신 것들 모두 제가 꾸준히 관심을 두었던 주제예요. 저는 제 내면에서 시를 출발시키는 것보다 제가 바라보는 세계, 외부와 반응하는 것으로부터 출발해 시를 쓰는 것이 재밌어요. 그래서 아무래도 제가 속한 세계인 도시나 도시에서 살아가는 나와 타자, 매일 겪는 풍경들을 다루게 되는 것 같고요. 근래에는 말씀하신 것처럼 막 태어나고 자라는 존재들, 그리고 '미래'라는 시간에 대해 많이 생각하게 되었고 이것이 시에도 반영될 수밖에 없었어요. 함께 유년을 보낸 친구들에게 생긴 아이가 자라는 시기를 통과하다 보니 정말로 다가오는 시간은 내 것이 아니라는 것을 몸소 느끼기도 했고요. 이렇게 말하면 너무 다 늙어버린 것처럼 말하는 것 같기도 하지만요. (웃음) 특히 지난 2년은 누구나 그렇듯 저 역시 어느 때보다 미래를 믿기 어려운, 바로 앞의 시간도 끝없이 흩어지고 부서지는 시기를 살아온 것 같아요. 그래서 더욱 미래라는 것을 곱씹으며, 혀 밑에 숨겨둔 사탕이 아직 녹지 않았음을 확인하듯이 미래에 관해 쓸 수밖에 없었고요. 다 망했고, 이미 모든 것이 늦어버렸다는 절망 속에 갇히는 것은 아무것도 하지 않겠다는 변명이 되어줄 수도 있으니까요.

가을

앞으로 바뀔 수도 있겠지만 지금 저의 작업 방향이라면 무언가를 말하기보다 보여주고 싶다는 동기에서 출발하는 것, 보이는 것을 만드는 재료로 언어를 다루는 것이라고 할 수 있을 것 같아요. 물리적인 형태가 없기에 고정되지 않은 이미지, 매우 선명한데도 불구하고 만화경처럼 작동하는, 살짝 흔들거나 들여다보는 사람이 움직였을 때 흩어지며 완전히 다른 형태를 이루기도 하는 이미지를 만들고 싶다는 마음이 있어요.

노태훈   2019년에 데뷔하셨으니 작품 활동을 시작하신 지도 2년 정도 되었잖아요. 또 마침 그 2년이라는 시간이 굉장히 여러 가지를 고민하게 만드는 시국이었기 때문에 고민도 깊어지셨을 것 같은데요. 앞으로의 일정도 여쭤보고 싶어요. 아마 첫 시집 발간 계획이 있으시겠죠?

김리윤   네, 우선 말씀하신 첫 시집을 내년에는 낼 수 있도록 올해 안에 원고 정리를 마무리하는 것이 목표예요. 시를 쓰는 사람으로서 활동을 시작한 다음부터는 직업인으로서의 나와 생활하는 나, 읽고 쓰는 나 사이에서 적당한 균형을 찾는 것이 항상 어려운 숙제처럼 느껴지는데요. 물론 모두 별개의 일이 아니고, 구분이 모호하기도 하지만요. 아무쪼록 좀 더 좋은 균형을 찾아

인터뷰 _ 김리윤 × 노태훈

서 원고 정리를 잘 마무리할 수 있으면 좋겠습니다. 그리고 작업을 모두 아카이빙할 수 있는 웹사이트를 만들겠다는 목표를 몇 년째 연례행사처럼 세우고 있는데, 올해는 정말 지켜지는 목표가 되었으면 해요. 이렇게 얘기해두면 실행에 옮기는 데 도움이 되지 않을까…… 하는 바람을 담아 말씀드려봅니다.

노태훈   발표하시는 작품들도 그렇고 다양한 외부 활동까지 포함해서 한번 정리하시겠다는 거네요. 그런 공간을 마련하는 작가분들이 꽤 계신 것 같아요. 예전에는 외국 아티스트들이 주로 일종의 CV 사이트를 구축하고 있었는데 지금은 국내 작가분들도 많이 활용하시는 것 같고요.

김리윤   네. 실은 제가 그래픽디자이너로 계속 일하고 있기도 해서, 포트폴리오 웹사이트를 만드는 것이 오랜 숙원 사업이었어요. 원래는 디자인 일과 관련된 작업만 정리할 계획이었는데, 최근에는 글도 웹을 통해 쭉 아카이빙하고 싶다고 생각하고 있고요. 웹이라는 플랫폼의 특성과 텍스트의 관계를 이용해 재밌게 할 수 있는 뭔가가 있었으면 좋겠다는 생각도 들어요. 아직 무엇이 될지 알 수 없는 막연한 단계지만요.

노태훈 그리고 보면 회화를 전공하기도 하셨고 또 지금 그래 픽디자이너 일을 하고 계시다고 하니, 궁금증이 생기는 것이 시 작업과 이미지 작업을 연결시켜서 하는 분들도 있으시잖아요. 시인님께서는 어떻게 보면 적임자이신데 (웃음) 복합적인 형태의 작업물도 구상하고 계신 게 있을까요? 지금까지는 특별히 이미지를 활용하는 작업물은 보지 못한 것 같아요.

김리윤 처음 시를 쓰기 시작했을 때, 아주 다른 일을 하게 되었다는 느낌은 아니었어요. 저희 학교는 세부적으로 전공이 나뉘어 있지 않아 회화과 내에서 사진, 영상, 판화, 설치 등 다양한 매체와 재료를 다뤘는데 시를 쓸 때의 기분 역시 언어라는 재료를 다뤄본다는 감각에 가까웠고요. 아직은 이 재료만이 가진 특성에 조금 더 집중하고 싶은 시기인 것 같아요. 시의 이미지는 시각에 의존하는 이미지가 아니라 상상력에 의존하는 이미지이기 때문에 계속 미끄러지고 달아날 수 있다는 점이 자유롭고 재밌어요. 이런 언어의 특성을 조금 더 잘 사용하고 싶고, 더 멀리 가보고 싶습니다. 물론 말씀하신 것처럼 복합적인 형태의 작업을 해보고 싶다는 생각 역시 있지만 아직은 자신이 없다고 해야 할까, 막연한 상태예요. 시각 이미지와 언어 이미지가 함께

241

있을 때 오히려 상상력을 제한하게 되는 상황을 경계하고 싶고, 서로를 부연하기보다 밀어내는 관계로 작동하는 작업을 하고 싶어요. 말하고 보니 더욱 막연하게 느껴지네요. (웃음)

노태훈 네, 알겠습니다. 오늘은 「영원에서 나가기」라는 시를 중심으로 김리윤 시인님과 이야기를 나눠봤습니다. 이제 마무리를 하면 될 것 같아요. '시소' 프로젝트에 참여하게 된 소감을 간단하게 말씀해주시면 좋겠습니다.

김리윤 아직 시집이 엮이지 않은 상태이다 보니 발표한 시들이 아무도 없는 숲에 숨겨두고 온 보물찾기 쪽지처럼 느껴지곤 해요. 집에 돌아와 방 안에서 누가 그걸 찾아가기는 했나, 찾아갔다면 어떻게 쓰고 있을까 궁금해하는 것 같은 기분인데요. 쪽지를 찾아주시고, 이렇게 불러주셔서 고맙습니다. (웃음) 『자음과모음』의 '시소'는 갓 발표된 시와 소설 한편 한편을 깊이 다뤄주는 흔치 않은 기획이라 재밌게 보았는데요. 저 역시 이렇게 참여해 시 한 편에 집중하며 이런저런 이야기를 나눌 수 있어 즐겁고 좋았습니다.

노태훈 저희가 기획했던 나름의 의도가 잘 전달된 것 같고 또 긍정적으로 봐주셔서 저희야말로 감사하다는 생각을 하게 되는 것 같습니다. 이것으로 '가을의 시소' 김리윤 시인과의 인터뷰를 마치겠습니다. 감사합니다.

김리윤 감사합니다.

노태훈
문학평론가

인터뷰 _ 김리윤 × 노태훈

가을

소설

최은영
2013년 『작가세계』를 통해 소설을 발표하기 시작했다. 소설집 『쇼코의 미소』『내게
무해한 사람』, 장편소설 『밝은 밤』 등을 냈다.

답신

오랜만에 펜을 들어 너에게 편지를 써.

막상 글을 쓰려고 보니 무슨 이야기를 먼저 해야 할지 모르겠다.

네 나이 때는 하루에 한 쪽이나 두 쪽의 일기를 꼭 써야 잠들 수 있었어. 그러다 나이가 들면서 일기의 길이는 점점 줄어들었고 요즘에는 그날 어떤 음식을 먹었는지, 어떤 손님을 만났는지 같은 내용을 짧게 메모하는 수준이야. 오늘이 어제와 달랐고 또 내일과도 다를 거라는 근거를 적어두는 거지. 기록하지 않으면 하루하루가 같은 날이 되어, 하나의 덩어리가 되어 한꺼번에 삭제될 것 같은 두려움이 있거든. 아마 수감 생활을 하면서부터 그런 마음이 들었던 것 같아. 나는 그때 그 어느 때보다도 많은 글을 썼다.

넌 지금 어디에서 어떻게 살아가고 있을까. 가끔은 너에 대한 미련이 생기다가도 네가 나를 완전히 잊어버릴 수 있는 나이에 나와 헤어져서 다행이라는 생각이 들어. 상처가 나도 금방 회복

최은영. 답신

할 수 있는, 살아온 모든 시간을 망각 속에 던져버릴 수 있는 나이에 너는 나를 떠나보냈지.

나도 네 살 무렵에 헤어진 엄마에 대한 기억이 전혀 없어. 언니의 말을 통해 엄마가 어떤 사람이었는지, 우리가 엄마와 어떤 시간을 보냈는지 추측할 뿐이었지. 내가 기억하는 어린 언니는 엄마와 다시 만날 날을 희망하고 있었어. 시간이 지나 그 기대가 꺾이고 꺾여 더는 꺾일 것이 남아 있지 않았을 때부터 언니는 엄마가 애초에 존재하지 않았던 사람이라는 듯이 말하곤 했어. 엄마에 대해서라면 아무것도 기억나지 않는다면서. 그건 내가 처음으로 알아차린 다른 사람의 거짓말이었지. 언니의 그런 거짓말을 들을 때면 마음이 아팠지만 한편으로는 엄마에 대한 기억이 남아 있는 언니가, 나보다 3년을 더 엄마와 보낸 언니가 부럽기도 했던 게 솔직한 마음이었던 것 같아.

아주 오랜 시간 나는 우리를 두고 떠난 엄마를 미워했어. 파렴치에 뻔뻔하고 양심도 없는 사악한 인간이라며 저주했던 시간도 있었지. 그때는 엄마에게 모든 문제의 원인을 돌리는 것이 내 인생을 가장 합리적으로 설명하는 방법이었던 것 같아. 내게 벌어진 많은 일들, 나의 선택들, 내가 감당해야 했던 순간들을 나는 모두 그 이유로 쉽게 설명할 수 있었어.

수감 생활을 하면서 나는 많은 것들을 떠나보내야 했어. 나에게는 전부와 다름없었던 언니와의 관계, 평범한 이십대 초반의 인생, 어려서부터 꿈꿨던 미래…… 하지만 엄마에 대한 증오는 쉽게 보낼 수가 없었지. 그 마음 때문에 오래 힘들었던 것 같다. 그렇게 시간이 지나고 엄마가 우리를 떠났던 나이보다 더 나이가 들어서야 나는 엄마를 엄마가 아닌 어떤 한 사람으로 바라볼 수 있었던 것 같아. 우리를 떠났을 때 엄마는 고작 스물일곱이었어. 그리고 다른 삶을 원했지. 안전해지기를 원했고.

나는 이제 나보다 한참 어린 여자애를 바라보듯이 내 마음속 엄마를 바라봐. 어리고, 슬프고, 고립되고, 실제로 힘이 되어줄 사람 하나 없는, 자기편 하나 없는 어린 사람을 봐.

엄마와 아빠가 헤어지고 우리는 고모할머니의 손에서 자랐어. 아빠는 여기저기로 일을 하러 다녔고 짧게는 며칠, 길게는 1년 집을 비웠지. 언니와 나는 아빠를 좋아했어. 다가가서 직접적으로 애정 표현을 하지는 못했지만 아빠의 지척에서 같이 놀이를 하고 농담 따먹기를 하면서 아빠가 우리의 이야기를 듣는지, 우리를 보고 있는지 살폈지. 아빠가 우리를 재미있는 아이들, 귀여운 아이들로 봐주기를 바랐던 것 같아. 작은 관심이라도 보여주면 기쁠 것 같다는 기대가 있었어. 과장되게 웃기도 하고 재미있게 노는 척을 하면서 곁눈으로는 아빠가 어떤 반응을 보이는지 살폈지. 아빠가 가끔 피식 웃어주기라도 하면 마음이 둥글게 부풀어 오르는 것 같았어.

고모할머니 말에 따르면 언니는 아빠를 닮고 나는 엄마를 닮았대. 언니는 정말 한눈에 봐도 아빠의 딸이었지. 이목구비의 일

247   최은영. 답신

부가 닮은 정도가 아니라 그냥 아빠의 얼굴을 한 작은 여자아이처럼 보였으니까. 언니와 내가 아빠를 의식하지 않는 척하면서 놀 때 나는 언니가 아빠에게 어떤 모습으로 보이고 싶어 하는지 느낄 수 있었어. 언니로서 동생과 잘 놀아주고, 명랑하고, 웃음이 많은 아이로 보이고 싶어 한다고, 아빠가 자신을 좋아해주기를 바란다고.

아빠는 언니와 나에게 공평하게 무심했지. 우리에게 별다른 애정이 없었으니까. 그런데도 언니는 아빠가 나를 편애했다고 말하곤 했어. 언니가 왜 그런 생각을 하는지 나도 이해하지 못하는 건 아니야. 아빠는 언니만을 지목해서 수치심을 줬으니까.

어느 날인가 언니가 가수 흉내를 내면서 노래를 불렀어. 아빠의 관심을 끌어보겠다고 그런다는 걸 나는 알았지. 가만히 언니의 노래를 듣고 있는데 아빠가 언니를 보면서 그러는 거야. 천박하다고, 어디서 그렇게 천박하게 노래를 부르냐고. 언니는 그때 고작 열 살이었어. 나는 천박하다는 말의 뜻을 몰랐고, 언니도 그 말의 뜻을 정확히 알지는 못했을 거야. 하지만 아빠의 목소리를 들으면서 우리는 그 말이 무엇인지 가슴으로 이해했어.

미스코리아 대회 놀이를 했던 날도 떠올라. 우리는 발뒤꿈치를 들고 허리에 두 손을 얹고서 종이로 만든 왕관을 서로에게 씌워줬어. 그때 아빠가 언니의 이름을 불렀어. 화가 난 말투. 아빠가 언니를 손가락으로 가리키면서 말했지.

"네가 지금 무슨 짓을 하는지 알고 있냐? 부끄럽지도 않아? 그런 고급 창녀가 되고 싶은 거냐?"

그 말을 들은 언니의 얼굴이 붉어지던 모습을 기억해. 언니는 창녀라는 말을 알았을까. 그 말의 사전적인 의미를 몰랐더라도 언니는 마음으로 그 말의 의미를 알았으리라고 생각해.

그때 나는 여덟 살 아이였지만 창녀라는 말을 들어본 적이 있었어. 언젠가 고모할머니와 목욕탕을 다녀오다가 골목에서 담배를 피우는 젊은 여자들을 본 적이 있었거든. 젊은 여자가 담배 피우는 건 처음 봐서 멀뚱히 바라보고 있으니까 고모할머니가 나보고 고개를 돌리라고 하더니 담배는 창녀들이나 피우는 거라고 말했어.

나는 모르는 단어를 물어보는 걸 즐겼지만 어쩐지 그 단어를 물어서는 안 된다는 생각이 들더라. 할머니가 그 말을 할 때 내게 밀려오던 낯설고 두려운 느낌의 정체를 알고 싶지 않아서였어. 창녀라는 말이 내게서 아주 멀리 있으면서도 사실은 나와 관련된 말이라는 생각이 뇌리에서 사라지지 않았거든. 그러다 아빠가 언니에게 고급 창녀가 되고 싶냐는 말을 했을 때 나는 그 단어가 내게 한 발짝 더 다가오는 걸 느꼈고 그 말과 연결된 나의 존재가 불편하고 불쾌하게 느껴졌어. 시간이 지나서 그런 감정을 수치심이라고 부른다는 걸 알게 됐지.

맞아. 아빠는 그런 식으로 언니만을 지명하여 상처를 줬어. 하지만 나도 상처받지 않았던 건 아니야. 나는 내 존재를 언니와 떨어뜨려서 생각해본 적이 없었으니까. 나는 아빠가 언니를 그런

최은영. 답신

식으로 벌줄 때 나 또한 벌주는 거라고 생각했어. 언니는 언니 자신이 아니라 우리의 대표자였으니까.

아빠가 언니를 바라보던 눈빛이 기억나. 못마땅한 표정. 가끔은 묘하게 웃기도 했는데 그런 얼굴을 볼 때면 얇은 칼로 마음의 껍질이 벗겨지는 기분이 들었어. 말 그대로 아팠어. 그런데도 우리가 달라지면 아빠의 태도 또한 달라질 거라고 언니도 나도 꽤 오래 믿었던 것 같아. 그래서 아빠의 눈치를 살피며 호감을 얻으려고 노력했었어.

고모할머니는 아빠 같은 사람이 없다고 했어. 우리를 위해서 전국을 돌아다니며 돈을 버는 데다 우리가 유난스럽게 굴어도 절대 손찌검하지 않는다는 말이었지. 우리는 맞는 게 당연한 건데도 맞지 않으니 그것으로 감사하게 생각해야 한다는 거였어. 어린 시절에는 정말 그렇게 생각했던 것 같아. 아빠 또한 자신이 우리에게 최대치의 자애를 베풀었다고 생각했을 거야.

어느 순간부터 우리는 더 이상 아빠의 관심을 받으려고 노골적으로 노력하지 않았어. 그래봤자 소용없고 상처만 받을 뿐이라는 걸 알아버렸으니까. 우리는 떠들다가도 아빠가 집에 들어오면 입을 닫았어. 살얼음판 위를 걷듯이 조심해서 행동했지.

아빠에게 우리가 원하지 않았던 짐이었다는 걸 이제는 잘 알아. 그 사실을 인정하지 못했을 때는, 심지어 인정하고 난 이후에도 나는 내가 무엇을 원하는지보다는 다른 사람들이 내게서 무엇

가을

을 원할지 집중했던 것 같다. 내가 뭘 좋아하는지도 잘 알지 못하면서 다른 사람들이 좋아할 사람이 되기 위해서 애썼어. 어린 시절에 나에 대한 부정적인 반응을 오래 받아들여서인지 나는 내가 결코 타인에게 호감을 살 수 없는 사람, 멸시받을 만한 사람이라는 이상한 믿음이 있었거든. 그럴수록 남들에게 더 맞춰주고 남들이 나를 더 좋아하게 하려면 어떻게 해야 할지 매번 고민했지. 그렇게 내가 뭘 좋아하는지, 뭘 싫어하는지도 모르는 채로 남들이 하자는 대로 끌려다니고 남들의 욕구를 충족시키느라 나의 욕구를 무시했던 것 같아. 그때 내가 느꼈던 가장 큰 두려움은 다른 사람들이 내게 실망하는 거였어. 나는 절대로, 절대로, 누군가의 짐이 되고 싶지 않았어.

언니는 고등학교에 들어가서부터 방과 후에 피자집 아르바이트를 시작했어. 피자집은 언니의 학교에서 버스를 타고 20분 거리에 있는 번화가에 있었지. 나는 흰 블라우스에 검은 치마 유니폼을 입고서 일하는 언니의 모습을 피자집 통유리창을 통해 멀리서 가끔 훔쳐봤어. 그곳에는 어른처럼 보이는 다른 여자 아르바이트생 두 명이 더 있었고 부엌에서 일하거나 배달을 하는 남자 아르바이트생들도 종종 보였어. 그 사람들과 언니는 밝게 웃으면서 이야기를 했어. 손님들에게 메뉴판을 전해주고 주문을 받는 모습도 환해 보였지. 그때 내 눈에 언니는 이미 어른이었어.

일을 마친 언니가 피자를 가져와서 고모할머니와 언니와 내가 나누어 먹던 밤들이 기억나. 언니는 그렇게 돈을 벌어다가 내게 버스 회수권을 사주고 매점에서 빵 사 먹으라고 용돈을 줬다. 아침에 일찍 일어나서 나와 자신의 도시락을 싸기도 했지.

중학교 2학년 겨울에 언니가 내게 오리털 파카를 사주고 나서야 나는 내가 추위를 심하게 타는 편이 아니라 단지 그전에 충분히 따뜻한 옷을 입지 못했을 뿐이라는 걸 알았어.

언니는 언제부터 그를 만났을까. 그는 늘 우리 집 골목 앞 큰길에서 언니를 내려줬어. 검은색 세단이었지. 평범한 세단이었지만 번호판이 내가 태어난 연도여서 알아보는 것이 어렵지 않았어. 어느 날 인도로 걸어가는데 언니가 차에서 내린 거야. 언니가 조수석 문을 열고 나오는 순간 언니를 올려다보는 남자의 얼굴이 보였어. 내가 그를 처음 본 순간이었지.

나와 마주친 언니는 안절부절못했지. 내가 묻지도 않았는데 학교에 갔다가 우연히 만난 교련 선생님이 차에 태워줬다고 말하더라. 나는 대답 없이 땅만 보면서 집으로 걸어갔어.

"너 왜 그래?"

"아니야."

나는 조용히 대답하고 화장실로 들어가서 한참 동안 시간을 보냈어. 머리가 뜨거워지고 입이 말라서 찬물로 세수를 하고 손바닥에 물을 받아서 몇 번이나 마셨어. 그런데도 열기가 식지 않더라.

가을

언니는 투명한 사람이었어. 뭐든 잘 숨기지를 못했지. 거짓말에 서툴렀어. 언니가 내게 거짓말을 하는 걸 나는 늘 빤히 알아볼 수 있었어. 나는 언니보다 세 살 어렸지만 언니보다 약고 눈치가 빨랐거든. 나는 아무리 적게 잡아도 삼십대로 보이던 남자의 얼굴을 떠올렸어. 그 이후로도 나는 여러 번 그 차가 큰길에 서고 언니가 그곳에서 내리는 모습을 봤다.

어른이 된 지금, 길을 걷다 교복을 입고 지나가는 여자아이들을 보면 놀라운 마음이 들어. 어떻게 저렇게 어린 아이들을 이용할 수 있지? 그저 지켜줘야 할 아이들일 뿐이잖아. 하지만 어렸을 때의 나는 그렇게 생각하지 않았어. 대체 얼마나 까졌으면 자기 교사랑 놀아? 미쳤어? 더러워. 난 그게 다 여자애들의 잘못이라고 생각했지. 얼빠지고 정신이 나가고 멍청해서 그런 짓을 하고 다닌다고 믿었어. 나의 언니는 그런 사람이 되어서는 안 됐어. 아닐 거야. 언니는 그런 사람이 아닐 거야. 나 자신을 열심히 설득하려 했지만 언니는 자신을 숨기는 일에 서툴렀고 나는 그런 언니에게 분노를 느꼈어. 이럴 거면 제대로 숨기기라도 해. 마음속으로 소리쳤지.

언니는 고등학교에 들어갈 때만 해도 장학생으로 대학에 가서 은행원이 될 거라는 말을 했었어. 언니는 수학을 잘했고 꼼꼼했으니까 나도 언니가 언젠가는 은행원이 되리라는 확신이 있었지. 언니가 고3에 올라가던 겨울이었어. 내가 언니에게 언니도 내년에는 대학생이 되겠다고 말했더니 언니가 고개를 젓더라.

"시간 낭비야."

언니가 답했지.

"언니는 대학에 가서 은행원이 될 거야."

내가 두려움을 누르면서 그렇게 말하니 언니가 답했어.

"은행원은 아무나 되는 줄 알아? 난 그만큼 똑똑하지 않아."

"아니야, 언니는 똑똑해."

나는 내 가슴이 뜨겁게 녹아내리는 걸 느끼면서 말했어.

고등학교를 졸업한 언니는 백화점 의류 매장에 취직했고 나는 고등학생이 되었지. 고등학교 1학년으로 넘어가는 겨울에 키가 많이 자랐어. 언니도 키가 컸지만 그즈음에는 고등학생인 내가 언니보다 더 커졌던 것 같아. 나도 언니처럼 아르바이트를 하고 싶었는데 언니가 나를 말렸어. 돈이야 나중에 벌면 되니까 학생으로 학생 시절을 보내기를 바란다면서. 나는 언니가 주는 돈으로 고등학교 생활을 했고 항상 언니에게 빚진 마음으로 지냈지. 언니가 여전히 그 교련 선생이라는 사람을 만난다는 걸 나는 알고 있었어. 언니의 졸업 이후 그는 다른 학교로 전근 갔지만 그의 정보를 알아내는 건 어렵지 않았거든. 그는 언니보다 열다섯 살이 더 많았어. 학생들에게 잘하고 평판이 좋은 교사라고 하더라. 조금 혼란스러웠지만 그에 관한 소문은 늘 그랬어. 나쁜 말이 없었지.

언니는 스물하나가 되던 해에 임신했어. 언니가 임신했다는 소식을 알렸을 때 아빠의 얼굴에 떠오르던 표정이 기억나. 내가 너 그럴 줄 알았다, 라는 희미한 미소. 차라리 화를 냈다면 나았을까. 언니는 우리 가족에게 아기 아빠가 되는 사람이 고등학교 교사고 그와 결혼할 거라고 말했어. 고모할머니는 언니의 등을 손바닥으로 내리치면서 부끄러움도 모르는 여자애라고, 동네 사람 창피해서 못 살겠다고 말하다가 정말로 그 남자가 책임을 지는 것이 사실이냐고 물었지. 그렇다고, 그 사람과 결혼할 거라고 확신을 담아 말하는 언니의 얼굴을 보고서야 고모할머니는 마음을 놓은 것 같았어.

얼마 뒤에 집으로 인사 온 그를 만났어. 거실 형광등 불빛 아래에서 본 그의 모습이 아직도 기억나. 목이 늘어난 회색 니트에 베이지색 면바지 차림이었는데 허벅지가 가늘어서 바지통이 남아돌더라. 학교를 다녀와서 신발을 벗고 거실에 들어섰을 때, 내가 그에게 인사를 하기도 전에 그가 나에게 말했어.

"치마를 줄인 건가?"

그게 그가 내게 처음 건넨 말이었지.

"키가 자꾸 자라서 그래요."

언니가 그의 말에 답했지. 치마는 무릎길이였고 언니가 새로 사준 지 얼마 되지 않았던 거였어. 그는 내 치마에 시선을 고정했다. 내가 그에게 인사를 하고 옷을 갈아입겠다고 방으로 들어갈 때까지 그의 시선은 나에게서 떠나지 않았어.

그는 우리 집을 구석구석 관찰했어. 가구나 벽지, 바닥, 창틀을

최은영. 답신

둘러보는 것에 그치지 않고 고모할머니와 나를 뜯어봤어. 그는 아빠와 고모할머니 앞에서 거리낄 것 없다는 듯이 천연덕스럽게 농담을 하고 웃었지. 자꾸 말을 돌리는 것 같았어. 그런 그를 보고 고모할머니는 식에 앞서 혼인신고부터 먼저 하는 것이 좋을 것 같다고 그를 설득했어.

알겠다고, 그는 어쩔 수 없다는 식으로 답했어. 그는 아무것도 가진 것 없는 언니가 자기에게 몸만 오는 거라고 우리 가족 앞에서 반복해서 말했지. 대학 졸업장도 없고 모아놓은 돈도 없는 언니를 책임지는 게 보통 일은 아니라고 강조했어. 아빠와 고모할머니는 별말 없이 그의 말을 듣고 있더라. 그 모습을 지켜보는 내 마음이 어땠을 것 같아? 나는 내 분노를 감추는 연기를 하느라 겨우 숨만 쉬며 그 자리에 앉아 있었지. 내가 왜 그토록 화가 나는지 이해하지도 못한 채.

그가 돌아간 후 언니는 우리의 방에 들어와서 내 기분을 살폈어.

"괜찮아?"

언니는 내 눈치를 보며 말했지.

"뭐가?"

나는 미소 지으며 언니에게 되물었어. 언니는 분주하게 방 청소를 하는 나를 보며 변명하듯 말했어.

"선생님이 나한테 잘해줘."

그 말을 하는 언니의 얼굴을 보고 싶지 않아서 나는 서랍 정리하는 척을 했다.

가을

"나한테 이렇게 잘해준 사람은 없었어."

언니는 그렇게 말하고 방을 나갔어. 나는 언니의 목소리를 들으며 그 말에 조금의 거짓도 없다는 걸 이해했어. 나는 언니에게 그렇게 기대고 그렇게 의지했으면서도 정작 언니에게 전혀 힘이 되어주지 못했구나, 언니의 허기진 마음을 조금도 채워주지 못했구나. 그런 생각을 했지만 고작 열여덟 살 아이였던 내가 뭘 할 수 있었겠니. 나는 내가 언니에게 어떤 도움을 줄 수 있는지 알지 못했어. 언니의 상처를 피부로 느끼면서도. 그건 너무 무력한 기분이었다.

상견례 자리에서 그의 어머니는 자기 아들이 발목을 잡힌 것 같다면서 언니가 임신해서 어쩔 수는 없지만 정말 난감하다고 하더라. 그의 어머니가 너무도 노골적으로 언니를 못마땅해하는 동안 그는 자기 어머니 옆에서 고개를 끄덕이며 동의하고 있었어.

참는 건 내 생존 방식이었고 나는 웬만한 일에는 감정을 완벽하게 숨길 수 있을 정도로 잘 참고 견디며 살아왔었어. 맞서 싸웠다가 일을 키웠을 때 결국 곤란해지는 건 내가 될 거라는 걸 알아서였기도 했고 나를 어떻게 건드리든 반응하지 않고 마치 그런 일이 없었다는 듯이 무시해서 자존심을 지키고 싶기도 했던 것 같아. 그건 내가 언니를 보고 배운 처세이기도 했어. 그저 참는 것.

그런 나였는데도 언니가 그런 말들을 듣는 모습을 보는 건 참기가 힘들었다. 더 솔직히 말하자면 그런 상황에 자기 자신을 몰아넣은 언니의 어리석음에 화가 났지. 그래, 언니를 비난할 수 없다고 애써 생각하면서도 내 마음은 그런 순간순간마다 언니를 원망했어.

언니는 결혼식 전에 내게 목돈을 건넸어. 그 돈이 내 대학 입학금과 첫 학기 등록금, 그리고 고3 1년 동안 쓸 수 있는 용돈을 합한 금액이라고 했어. 아마 언니가 모은 돈의 전부였겠지. 그 돈을 얼마나 힘들게 모았는지 알기에 선뜻 받을 수 없었지만 그 돈 없이 내 미래를 해결할 수 있으리라는 믿음이 없는 것도 사실이었어. 고등학교를 졸업하자마자 일을 해서 언니의 돈을 갚겠다는 내게 언니는 그러지 않아도 된다고, 정 갚고 싶다면 대학을 졸업하고 갚으라고 했지.

언니는 결혼하고 우리 집 근처, 그가 원래 살던 집으로 이사를 갔어. 작은 방 하나, 큰 방 하나에 거실 하나가 있는 작은 아파트였지. 기억이 시작될 때부터 언니와 같은 요에서 잠들었었는데, 한쪽이 비어 있는 요를 한 손으로 쓸어보면서 나는 언니의 부재를 조금씩 받아들였던 것 같아. 나는 어쩌다 한 번씩 언니를 만났어. 언니의 집이 가까이에 있어서 마음만 먹으면 갈 수 있었지만 그가 있는 동안에는 가고 싶지 않아서였어.

언니의 거실에는 작은 소파가 있었는데 소파 다리가 길어서 소파 아래로 남는 공간이 있었어. 그가 고개를 숙여 그 공간을 보고서 다른 바닥처럼 광이 나지 않으니 다시 닦으라고 말하던 게 기억나. 임신해서 무거운 몸으로 대걸레를 들고 가는 언니를 막고서 내가 걸레질을 했지. 그날 이후로 나는 언니의 집에 가면 늘 언니가 하기 힘든 청소를 했어.

언니의 집은 늘 추웠어. 한겨울이었는데도 그가 난방비를 아끼겠다고 보일러를 꺼놓게 해서 언니는 집에서도 파카를 입고 털모자를 쓰고 양말을 두 개 겹쳐 신어야 했어. 그가 퇴근하면 그제야 보일러를 켤 수 있다더라. 처음 그 말을 들은 내 기분이 어땠을 것 같니. 그와 마주치기 싫었지만, 말도 섞고 싶지 않았지만 나는 어느 날 퇴근한 그를 보고 임신한 사람이 사는 집에서 난방을 틀지 못하게 하는 건 잔인한 일이라고 말했어. 그는 어깨를 한번 으쓱하더니 내가 안 보이는 사람인 것처럼 나를 지나쳐 걸어가서 텔레비전을 켰어. 그러더니 나를 보고 말하더라.

"처제, 치마 줄였어?"

나는 그의 말에 홀린 듯이 내 치마를 내려다봤어. 그사이 키가 또 자라서 교복 치마가 무릎선 위로 조금 올라가 있더라. 그는 아무 일도 없었다는 듯이 텔레비전에 시선을 고정했어. 나는 분노와 추위에 떨면서 다시 말했어. 낮에 보일러를 틀지 못하게 하는 건 잘못이라고, 언니는 임신 중이라고. 그는 어떤 미동도 없이 텔레비전을 보고 있었지.

"형부, 제 말 안 들려요?"

그에게 다가가는 나를 언니가 말렸어.

"그만하고 집으로 가."

언니는 눈빛으로 애원하고 있었어. 언니는 두려워하고 있었어.

최은영. 답신

언니의 눈을 보면서 언니를 도우려는 나의 노력이 오히려 언니에게 부담을 주는 행동이라는 걸 알았지. 나는 언니의 말대로 그 자리에서 물러났다.

며칠 후에 언니가 나를 불러서 우동을 사줬어. 나는 그날의 일에 대해서는 아무것도 말하지 않았고 언니도 그랬지. 우리는 그 이야기와 연관된 그 어떤 주제도 건드리지 않은 채로 조심스럽게 대화를 이어갔어. 우동을 다 먹고 물로 입가심을 하는데 언니가 갑자기 이런 말을 하는 거야.

"너희 형부는 착한 사람이야."

나는 언니와 눈을 마주치지 않으려고 노력하면서 이만 일어나자고 했지.

"교사 월급이 많은 것도 아니고, 나도 능력이 없으니까 돈을 아끼려고 그러는 거지 형부 자체는 착한 사람이야."

언니는 내가 그 사실을 믿어주는 것이 아주 중요한 일이라는 말투로 그렇게 말했어.

"언니가 그렇게 생각하면 그런 거겠지."

나는 빈정대며 답했어.

"너가 형부에게 너무 딱딱하게 대한다는 생각은 안 해봤어?"

"언니, 그 사람은……"

"어른보고 그 사람이라니."

나는 하고 싶은 말을 삼키고 또 삼켰어. 아무리 언니에게 내가 그에 대해 생각하고 느끼는 바를 말한다고 하더라도 언니는 듣지 않을 게 뻔했으니까. 그저 우리의 사이만 껄끄럽게 할 뿐이라는 걸 알았으니까.

"아니야, 언니. 피곤하다. 이제 집에 갈게. 언니도 가."

나는 주머니에서 핫팩 두 개를 꺼내서 언니에게 건넸어. 책가방을 메고 언니를 등진 채로 집으로 뛰어갔지. 조금이라도 언니와 함께 더 있다가는 결국 언니에게 상처주게 될지도 모른다는 생각 때문이었어. 그 이후에도 언니는 내게 그 말을 자주 했어. 너희 형부는 좋은 사람이야, 본성은 착한 사람이야, 나에게 잘해 줘. 그럴 때면 폭발할 것 같은 마음을 억누른 채로 나는 고개를 끄덕였지만 차마 언니의 얼굴을 똑바로 바라볼 수는 없었어.

2

너는 5월의 따뜻하고 맑았던 날 태어났어. 머리숱이 풍성해서 신생아실의 아이들 속에서 너를 찾아보는 건 어려운 일이 아니었지. 너는 눈을 감고 내리 잠만 잤어. 너는 무슨 꿈을 꿀까. 나는 신생아실 앞 유리창에 붙어 서서 생각했지. 특별한 감동 같은 건 없었어. 그런데도 한참을 그렇게 서서 너를 보는데 발길을 돌리고 싶지 않더라.

얼마 지나지 않아 너는 언니와 함께 집으로 왔고 쉴 새 없이 울

어땠어. 어떻게 그렇게 작은 몸에서 그렇게 큰 소리가 나올 수 있을까. 널 보면 많은 것들이 궁금해졌어.

네가 자면서 배냇짓을 할 때 나는 네 안에서 분주히 세워지고 있을 네 안의 세상이 궁금했고 그곳이 어떤 세상이든 소중하게 지켜져야 한다고 생각했어. 너는 무슨 힘으로 매일매일 자라나는 걸까. 어떻게 그 작은 네가 목을 가누고 몸을 뒤집을까. 어째서 너의 잇몸에 작고 반투명한 유치가 돋아나는 걸까. 네가 너의 그 부드러운 손으로 내 손가락을 꼭 붙잡았을 때 나는 내가 너와 사랑에 빠졌다는 걸 알았지.

나에게도 자식이 있었다면 어땠을까 종종 생각하곤 해. 분명 너를 향한 마음과는 전혀 다른 종류의 감정이었겠지. 어쩌면 쉽게 짜증을 내고 까다로운 엄마가 되었을지도 모르겠어. 다른 사람의 삶을 오랜 시간, 어쩌면 죽을 때까지 책임져야 하는 일, 내가 좋아할 수 없는 내 모습을 자식에게서 문득문득 발견해야 하는 일을 내가 잘 해낼 수 있었을지 자신할 수 없어. 내가 내 아이를 얼마나 사랑하는지와 무관하게도 무겁고 복잡한 관계가 될 수밖에 없었을 거야.

나는 너를 책임질 필요도 없었고, 두 시간에 한 번씩 일어나서 너에게 젖병을 물리고 우는 너를 달래고 기저귀를 갈아줄 의무도, 열이 나는 너를 업고 병원에 갈 의무도 없었지. 그냥 가끔 언니네에 가서 언니에게 밥상을 차려주고 밀린 집안일을 돕고 너를 바라보기만 하면 됐어. 우리의 관계는 그래서 아주 단순했다. 나는 너를 좋아했고 너도 나를 좋아했지. 가끔 보면 너무 반갑고 헤어질 때는 아쉬운 사이였어.

　나는 집에서 지하철로 통학할 수 있는 대학의 호텔조리학과에 입학했어. 어릴 때부터 부엌에서 살림을 해봐서 칼을 쓰는 게 익숙하다고 생각했는데 학교에 가서 칼을 쥐는 법부터 새로 배워야 했지. 나는 수업을 잘 따라갔다. 학교에서 배운 요리를 집에서 연습해 고모할머니와 같이 먹고 언니에게 가져가기도 했지. 월요일부터 목요일까지만 수업을 잡고 나머지 날에 몰아서 아르바이트를 했어. 출장 뷔페 전문점에서 채소를 다듬고 청소하는 일이었는데 같이 일하는 사람들이 모두 인정할 정도로 일을 잘했어.
　언니와 다르게 나는 체격도 좋고 체력도 좋은 편이야. 성인이 되어 본격적으로 돈을 버는 일을 하는 데 나의 타고난 조건이 큰 도움이 됐지. 나는 힘이 필요한 부분에서도 밀리지 않았고, 섬세한 작업이나 정리 정돈 같은 것도 흠잡을 데 없이 하는 편이었어.
　그러다 5월이 되어 너의 첫 번째 생일이 왔어. 너의 돌잔치는 그의 고향 Y군에서 열렸지. 너희 가족은 먼저 언니의 시가에 가서 며칠을 보냈고 고모할머니와 나는 시외버스를 네 시간 타고 돌잔치 당일에 Y군에 도착했어. 우리는 커다란 뷔페식당의 룸으로 들어갔어. 둥그런 테이블이 여러 개였는데 그의 일가친척이 그 많은 자리를 다 채웠더라. 우리는 언니와 그, 그의 어머니에게 인사를 했어. 다들 어느 정도의 예의를 갖춰 인사를 해줘서 이상

263

한 감동을 받았던 기억이 나. 형식적으로 와줘서 고맙다, 반갑다, 같은 말을 했을 뿐인데도 그랬어.

언니는 크림색 모직 원피스를 입고 짙은 화장을 했는데 전보다 말라 보였어. 5월이어서 아직 에어컨을 틀 때가 아니었는데 언니의 모직 원피스는 두꺼웠고 언니는 계속 땀을 흘리고 있었지. 하얀 드레스를 입고 하얀 타이즈를 신은 네가 그런 언니의 품에 매달려서 울고 있었어. 구석에 있는 테이블에 앉아 그런 너를 바라보면서 나는 그 어느 때보다도 너와 언니가 멀게 느껴졌다.

돌잔치가 시작됐고 너는 겨우 울음을 그쳤지만 언니는 밝은 표정을 유지하는 데 실패했어. 나와 같은 테이블에 앉은 그의 먼 친척들이 그런 언니의 표정을 보고 아기 엄마가 표정이 왜 저러냐, 여자는 수더분한 게 제일이다, 삐쩍 말라서 복이 없어 보인다, 다리가 굽었다…… 그런 말을 아무렇지 않게 하더라.

그래. 그때도 나는 참을 수밖에 없었어. 돌잡이에서 너는 명주실 꾸러미를 잡았지. 그제야 언니의 얼굴에도 자연스러운 미소가 퍼졌어. 너는 건강히 오래 살 거야. 나는 생각했어. 그것만큼 중요한 게 뭐가 있겠어.

잔치가 끝나고 나는 자기 시어머니와 함께 이야기하는 언니에게 다가갔어. 오늘 고생 많으셨다고 언니의 시어머니에게도 공손하게 인사를 드렸지. 그리고 뒤돌아서 한 발자국이나 걸었을까. 나 들으라는 듯한 큰 목소리가 들렸어.

"니 동생 왜 저렇게 살쪘는데?"

나는 그 목소리를 못 들은 척 걸어서 룸을 빠져나왔지. 스무 살의 나는 사람들의 본격적인 악의에 대해서 잘 몰랐어. 언니의 시어머니라는 사람은 계속해서 말을 하는 것 같았는데 나는 빠르게 걸어 나와서 다행히도 그 뒤의 문장들은 듣지 못했지. 그러면서도 언니가 나를 따라오지 않을까 기대했던 것 같아. 마음 상한 건 아닌지 걱정된다, 그런 말 정도는 해줄 수 있지 않을까 하고. 하지만 홀을 나가서 뒤돌아봤을 때 언니는 아무 일도 없었다는 듯이 본인의 시어머니와 이야기하고 있더라. 내가 보이지 않는 사람이라는 듯이.

첫 번째 학기에서 나는 좋은 성적을 받았고 반액 장학금을 받을 수 있었어. 반액 장학금을 받았다고 언니에게 말하니 언니가 그러는 거야. 그러면 혹시 그 돈만큼을 미리 갚아줄 수 있겠느냐고. 나는 학자금 대출을 받아서 내가 모은 돈을 합쳐 언니에게 건넸어. 돈 걱정 하지 말고 취직하면 갚으라는 언니의 말은 진심이었지. 그런 언니가 내 눈치를 보며 돈을 갚으라고 하는 모습을 보면서 나는 언니에게 금전적인 어려움이 있다는 걸 느꼈고 마음이 무거워졌어.

얼마 지나지 않아서 언니의 집에 갔는데 분명 낚시를 간다고 했던 그가 거실에 앉아 있는 거야. 텔레비전을 켜지도 않은 채로 브라운관을 응시하면서 소파에 앉아 있더라. 내가 인사를 해도 그는 내 쪽을 보지 않았어. 안방 문을 열었는데 그곳에 있어야 할

265

언니와 네가 없었지. 그가 어정쩡하게 서 있는 나를 불렀어. 그의
앞으로 가자 그가 주머니에서 뭔가를 꺼내서 자기 손바닥에 올리
고 나를 봤어. 첫눈에는 그게 뭔지 모르겠더라. 자세히 보니 고무
줄로 돌돌 말아 묶은 만 원짜리 묶음이었어. 나는 이게 무슨 의미
냐는 듯이 그를 바라봤지.

"처제, 이 돈이 뭐지?"

나는 고개를 저었다. 그가 뭘 물어보는 건지 이해조차 할 수가
없었어.

"이게 너네 언니 서랍에서 나왔는데……"

그 말을 하면서 그는 나를 보고 미소 지었어. 입으로만 짓는 미
소. 그제야 나는 그가 나를 심문하고 있다는 걸 깨달았어. 그게 내
가 언니에게 갚은 돈의 일부라는 생각이 들었지. 그가 어디까지
알고 있는지, 언니가 이 상황을 알고 있는 건지, 알고 있다면 그
돈의 출처에 대해서 어떻게 말했을지 내가 알 수 있는 건 아무것
도 없었어. 나는 그래서 모른다고, 나는 모르는 돈이라고 말했다.

"그래? 너네 언니 말은 다르던데."

그는 미소를 거두고 나를 바라봤지.

"언니가 뭐라고 했는데요?"

내가 그 말을 끝내기도 전에 그는 돈뭉치를 집어 던졌어. 돈뭉
치가 내 얼굴을 겨우 빗겨서 지나갔지. 그 순간 나도 모르게 실소
가 나오더라.

나는 그에게 조금 더 가까이 다가가서 그의 얼굴을 빤히 내려

가을

다봤어. 두피에 딱 붙은 가느다란 머리카락이며 푹 꺼진 이마, 툭튀어나온 눈썹 뼈 위에 듬성듬성 난 눈썹, 피로해 보이는 눈과 뾰족한 코, 연회색의 입술과 작은 턱을 봤지. 나는 그가 처음 우리 집에 인사 와서 나와 고모할머니를 뜯어보던 그 눈빛으로 그를 바라봤어. 희미한 미소를 지으면서.

"용건 있으면 알아먹게끔 똑바로 말하세요."

나는 다른 사람의 목소리를 듣듯이 낮고 갈라지는 내 목소리를 들었어. 그는 어이없다는 듯이 소리 내어 웃고 있었지만 분명히 당황한 것처럼 보였어. 그가 싫어서 최대한 그를 만나지 않으려고 애썼고, 그와 함께 있는 자리에서 그가 신경을 긁더라도 참고 피했었지. 그도 언니가 나의 약점이라는 걸 알았고. 하지만 그런 그가 몰랐던 게 있었지. 그건 내가 그를 단 한 번도 두려워한 적이 없다는 사실이었다.

그는 자리에서 일어나 자기가 집어 던진 돈뭉치를 집더니 할 말 끝났으니 집에서 나가라고 했어.

그 이후로 한동안 언니에게 연락이 오지 않았어. 언니의 핸드폰으로 전화하니 없는 번호라는 안내가 나오더라. 걱정이 돼서 언니 집 전화로 전화를 했어. 언니는 가정주부인 자신에게 핸드폰이 딱히 필요 없는 물건이라는 생각이 들어서 핸드폰을 없앴다고 했지. 고정비로 빠지는 돈을 그렇게라도 줄일 필요가 있다고 하면서. 우리는 아무 일도 없는 것처럼 일상 이야기를 했어. 그가 나를 심문하고 날 겨냥하듯 돈뭉치를 집어 던졌고, 나도 그에게

최은영. 답신

처음으로 대항했다는 말 같은 건 하지 않았지. 언니의 남편이라는 사람이 나를 그렇게 대했다고 말해서 언니를 걱정시키고 싶지 않았으니까. 언니도 자기 상황을 솔직히 이야기했다가 내가 걱정할까 봐 그런 이야기를 하지 않는 것 같았어. 하지만 그게 그때 우리가 솔직하지 않았던 이유의 전부는 아니었던 것 같아.

있는 일을 없는 일로 두는 것. 모른 척하는 것.

그게 우리의 힘으로 감당하기 어려워 보이는 상황을 대하는 우리의 오래된 습관이었던 거야. 그건 서로가 서로에게 결정적으로 힘이 되어줄 수 없다는 걸 인정하는 방식이기도 했지. 그렇게 자기 자신을 속이는 거야. 다 괜찮다고, 별일 아니라고, 들쑤셔서 더 큰 문제 일으키고 싶지 않다고.

우리가 그렇게 서로에게 많은 것들을 감추느라고 노력했던 그 시기에도 너는 하루가 다르게 자라고 있었지. 두 돌이 되자 어른들이 하는 말을 따라 하고 문장으로 네 생각을 표현하기도 했어. 내가 너희 집에 가면 너는 두 팔을 위로 쭉 펴고서 달려와 내 다리에 매달렸어. 흥분해서 소리를 지르면서. 내가 바닥에 앉아 팔을 벌리면 너는 내 품으로 쏙 들어와서 나를 안아줬어. 내 무릎에 앉아서 나를 올려다보며 작은 손으로 내 얼굴을 만지던 너의 표정이 생각나. 기운이 얼마나 좋은지 몸을 가만히 두지 못하고 여기저기로 다니면서 소리를 질렀지. 장난감들을 가지고 놀면서도 자꾸 뒤를 돌아서 내가 널 보고 있는지 확인했어. 내가 금방 사라질 것처럼, 내가 너를 금방이라도 잊을까 봐 염려하는 것처럼.

너에게 사랑한다는 말을 몇 번이나 했을까. 내가 네 이름을 부르고 사랑한다고 말하면, 아직 말을 시작하지 못했던 때에도 너는 그 말을 다 알아듣고 웃음으로 답해줬었지. 사랑해, 내가 네게 말하면 너도 사랑한다고 내게 말하는 거야. 우리는 작은 공을 주고받듯이 사랑한다는 말을 주고받았어.

"사랑해?"

"그럼, 사랑하지."

"언제까지?"

네가 궁금하다는 표정을 지으며 그렇게 물었어. 그런 너를 보며 나는 너의 세상에 어제와 오늘과 내일의 구분이 생겼다는 걸, 사람의 감정이 변할 수 있다는 사실이 자리 잡았다는 걸 알았어. 뭐든 변하고 사라질 수 있고, 떠나갈 수 있다는 걸 세 살도 되지 않은 네가 자연스레 알고 있다는 걸.

"영원히 사랑하지."

"영원히?"

"응, 영원히. 이모가 할머니가 되고 왕할머니가 되어서도 널 사랑할 거야."

영원하다는 말을 설명할 수 없어서 나는 그렇게 말했어. 너는 아직 죽음을 몰랐지. 그래서 영원하다는 건 죽음과 무관할 거라는 걸, 시간의 한계를 넘어선 거라는 걸 설명할 수 없었어. 그런데도 너는 내 눈을 똑바로 바라보면서 그 말을 이해한다는 듯한

최은영. 답신

표정을 지었어. 그 이후로 그건 우리 둘이 만날 때마다 주고받는 또 다른 인사가 됐다.

사랑해.

언제까지?

영원히, 영원히.

너는 작은 사탕을 입 안에서 이리저리 굴리며 녹여 먹듯이 사랑이라는 말을, 영원이라는 말을 반복해서 말하기를 좋아했어. 너는 그 말이 무엇을 의미하는지 정확히 알고 있었고 나도 네가 그 말을 완전히 이해한다는 걸 알았지. 그리고 내가 너에게 영원히 사랑한다고 말했을 때, 나도 내가 무슨 말을 하는지 알았던 것 같아. 네가 어떤 사람으로 자라든지, 앞으로 나를 어떻게 대하든지, 네가 어떤 선택을 하든지 나는 너를 사랑하리라고 느꼈던 거야.

그즈음에도 언니는 늘 나에게 그가 좋은 사람이라는 걸 증명하려고 노력했어. 내가 별다른 반응을 보이지 않으면 그렇게 말했지.

너희 형부, 그래도 애한테는 잘해. 좋은 아빠야.

내가 그 말에 동의할 때까지 언니는 그가 너에게 어떤 행동과 말을 했는지 하나하나 이야기했어. 그래, 언니. 내가 그렇게 답할 때까지 언니는 지치지 않고 그가 얼마나 좋은 아빠인지 설득하려 했지. 나도 그런 언니의 말에 설득당하고 싶었어. 그가 언니에게 좋은 사람이고, 언니의 삶이 내가 분명히 느끼는 것처럼 그렇게 힘든 것만은 아니라고 생각하고 싶어서 그랬던 것 같아. 그편이

가을

쉬우니까.

그래, 언니.

나는 그렇게 대답하면서 언니의 말에 동의한다는 표정을 지었어.

3

마지막 학기에 나는 호텔 식당으로 실습을 다녔어. 호텔로 가기 위해서는 버스를 갈아타야 했지. 그날은 저녁 일이 있어서 버스정류장에서 버스를 기다리고 있었어. 동네의 작은 도로였지. 맞은편에 마른 여자아이가 교복을 입고 서 있었어. 모습만 봐서는 중학생으로 보였는데 고등학교 교복을 입고 있더라. 그가 일하는 학교 교복이어서 한눈에 알아볼 수 있었어. 작은 아이들은 앞으로 더 클 거니까 교복을 크게 맞춰 입잖아. 커 보이는 교복을 입고 커다란 배낭을 메고서 아이는 찻길에 눈길을 주고 있었어. 단발머리에 골격이 가늘었지.

그때 검은색 세단 하나가 그 애 앞에 섰고 그 애는 좌우를 돌아보더니 조수석에 탔어. 내가 아는 번호판을 달고 있는 차였지. 차창 안으로는 그의 얼굴이 보였어. 순간이었지만 그가 아이의 얼굴에 자기 얼굴을 가져가는 모습을 나는 멍하니 바라봤어. 나는 그대로 버스를 타고 호텔에 일을 나갔어. 내가 헛것을 봤는지도

271

모른다고 생각하면서. 언니는 그가 최근 야간 자율학습 감독을 한다고 했었어. 뭔가 다른 일이 있겠지. 그렇게 내 마음을 무시하며 일에 집중하려고 노력했어.

평일 오후 5시, 버스정류장, 작고 마른 아이, 그의 검은색 세단. 그 모습을 내가 몇 번이나 목격했을까. 그렇게 몇 주 지나고 나는 그 여자애 쪽 도로의 버스정류장에 앉아서 그를 기다렸어. 멀리서 검은색 세단이 왔고 여자애가 그쪽으로 손짓을 할 때 나는 여자애 쪽으로 천천히 걸어갔지. 차가 멈추고 여자애가 조수석 문을 열자, 나는 그 애가 차에 못 타게 막고 한 손으로는 그 애의 팔을, 한 손으로는 차 문을 잡고서 그의 얼굴을 봤어. 그는 놀란 표정으로 나를 보면서 아무 말도 하지 못했어.

"형부 지금 뭐 하는 거예요?"

그렇게 말하고 나는 고개를 돌려 여자애를 봤지. 목까지 얼룩덜룩하게 붉어진 얼굴이 너무 아이 같아서 순간적으로 충격을 받았던 것 같아. 그 애는 나에게 팔을 잡히고서도 저항하지 않았지. 나는 그를 다시 바라봤어. 그는 여전히 놀란 얼굴로, 하지만 곧 태연한 표정을 연기하면서 입을 열었어.

"우리 반 애랑 상담할 게 있어서 그래."

그가 말을 끝내기도 전에 뒤에서 마을버스가 클랙슨을 울려댔어. 무슨 생각이었는지 나는 차 문을 닫았고 그는 내가 문을 닫자마자 자리를 떴어. 거리에는 나와, 내가 팔을 잡은 여자애만 남아 있었지. 차가 시야에서 사라지고 정신이 들자 내가 그 애의 팔을 너무 세게 잡고 있다는 생각이 들더라. 그 애가 입술을 깨물고 있는 게 신체적인 아픔 때문이라는 생각이 들어서 손에 힘을 풀고 그 애를 봤어. 키가 150은 되는지, 작은 아이가 커다란 교복 재킷을 꼭 옷걸이처럼 걸치고 있는 것 같았지.

"팔 아팠지."

내 말에 그 애는 고개를 끄덕였어. 10월 말이었는데 다리를 보니 스타킹도 신지 않은 맨다리였어. 우리는 한동안 별말 없이 서로 마주 서 있었어. 군청색 교복 재킷에 그 애의 이름이 노란색 자수로 박혀 있더라. 처음에는 당혹으로 가득하던 얼굴이 곧 체념으로, 두려움으로 굳는 모습을 나는 지켜봤어. 그 애는 어깨를 앞으로 말고서 떨고 있었어.

그 애에게 따뜻한 국물을 먹으러 가자고 했어. 나란히 한참을 걸어서 콩나물국밥집에 갔다. 국밥 두 그릇에 감자전도 시키고 따뜻한 바닥에 앉아서 한기가 물러가기를 기다렸어.

"언니……"

그 애가 나를 조심스럽게 불렀어.

"학교에 신고하실 거죠."

그 애는 둘러대거나 거짓말하지 않았지. 그래봤자 소용없다는 걸 아는 것처럼 보였어. 내가 아무 대답도 하지 않고 있자 그 애가 다시 말하는 거야.

"엄마 아빠가 알면 안 돼요."

그 애의 눈시울이 붉어졌어.

　　　　　　　　　　　　최은영. 답신

"그 사람, 다시는 학교 밖에서 만나지 마. 그 꼴 또 보이면 신고할 수밖에 없겠지."

그 애는 한동안 침묵하다 입을 열었어.

"선생님이 걱정돼서 그래요. 선생님은 약한 사람인데 힘든 일이 많아요. 혼자서는 버티기가 힘들고……"

그 애는 거기까지 말하더니 입을 다물고 물병을 가만히 바라봤어.

"선생님처럼 저에게 잘해준 사람은 없었어요."

밥이 목으로 넘어가지 않아서 숟가락으로 국물만 떠서 입에 넣었는데 아무 맛도 느껴지지 않았어. 검은색 세단에서 내리던 언니의 모습을 바라보던 중학생인 내가 느꼈던 벽을 다시 마주한 기분이었지.

"그 사람이 너한테 잘해주는데 왜 내가 학교에 알릴까 봐 겁이 나니."

"다른 사람들은 이해하지 못하니까요."

"뭘 이해하지 못한다는 거야?"

그 애는 물을 마시고 나를 가만히 바라봤어.

"저는 어린애가 아니에요."

그렇게 말하는 얼굴을 보니 초등학생이라고 해도 믿을 수 있을 정도로 어려 보였어. 그 순간 머리에 열이 오르고 누가 벽돌로 머리를 내리치는 것처럼 심한 두통이 시작됐지. 식은땀이 났어.

"넌 어린애야. 그 사람은 나쁜 어른이고. 내 나이만 돼도 알 거야. 아니, 넌 지금도 알아."

그 애는 자기의 두 손바닥을 들여다보고 있었어. 가끔씩 눈을 깜빡이면서.

"너에겐 아무 잘못이 없어. 하지만 이런 식으로 너 자신을 계속 대하는 건 너에게 못 할 짓이야. 너도 알잖아."

내가 말을 끝내기도 전에 그 애는 두 손바닥을 얼굴로 가져가서 한참을 그렇게 있었어.

"선생님은요. 그럼 선생님은 어떡해요."

나는 들고 다니는 작은 앨범을 꺼내서 그 애에게 너의 사진을 보여줬어. 네가 보고 싶을 때마다 펼쳐 보는 포켓 앨범이었지. 열장 정도 되는 사진 중에는 그가 너를 안고 있는 돌잔치 사진도 있었어. 그 애는 그 사진을 물끄러미 바라봤어.

"이 사람은 약하지 않아. 나이도 많고, 직업도 있고, 집도 있고, 가족도 있어. 걱정할 것 하나 없어. 너에게 뭐라고 거짓말했는지는 몰라도. 이 사람, 너보다 적어도 백배, 천배는 더 힘이 있는 사람이야. 착각하지 마. 네가 끝내지 않으면 나는 신고할 수밖에 없어."

"신고는 안 돼요."

"너랑 그 사람을 같이 찍은 사진도 있어. 나한테 말해. 그만하겠다고."

그 애는 한동안 가만히 있다가 곧 고개를 끄덕였어. 그만하겠다고, 이제 더는 그를 학교 밖에서 보지 않을 거라고. 우리는 시킨 음식을 반도 먹지 못하고 밖으로 나왔어.

최은영. 답신

밥집에서 그 애의 아파트 단지까지 데려다주면서 나는 그 애에게 내가 살아왔던 시간을 솔직하게 이야기했어. 솔직한 감정을 전하면 뭔가가 통하지 않을까 내심 기대했던 것 같아. 내가 그 애보다 잘났거나 현명해서 그 애의 삶에 충고하는 게 아니라는 걸, 누군가의 작은 호의나 관심에도 마음이 활짝 열릴 정도로 정이 고프고 외로운 마음이 무엇인지 안다고 했지. 그런 이야기를 누군가에게 터놓은 건 처음이었어. 언니에게도 그런 이야기는 해본 적이 없었으니까. 어쩌면 나는 언니에게 하고 싶던 말을 그애에게 했는지도 몰라.

"언제든 연락해."

나는 연락처를 알려주고 아파트 건물 뒤로 사라지는 그 애의 모습을 우두커니 서서 바라봤어. 그리고 집에 와서 그날 먹은 것을 다 토했다.

그래, 나는 그의 학교에 그 일을 신고하지 않았어. 내가 학교에 신고한다고 해도 그는 처벌받지 않을 거고, 그 애만 타격받으리라고 확신했으니까. 내가 학교나 교육청에 신고한다고 하더라도 달라질 게 아무것도 없다고 생각했지. 사람들이 조사한답시고 그 애에게 피해 사실을 입증하라고 상처줬을 거고, 그런 나이 많은 남자가 어린 여자애 하나를 미친년으로 만드는 건 일도 아니었을 테니까. 차가운 벽에 코를 가까이 대고 옆으로 누워서 눈을 뜨고 매일 생각했어. 난 어디까지 참을 수 있는 걸까.

그 이후로 한동안 언니네 집에 가지 않았어. 그를 더는 보고 싶지도 않았고 언니를 볼 자신도 없어서 그랬어. 가끔 언니가 전화를 하면 아무렇지 않게 받았지만 내가 먼저 연락하지는 않았어. 언니도 내가 달라졌다는 걸 모를 수는 없었을 거야. 너도 나와 언니 사이의 분위기가 달라졌다는 걸 알았지. 어느 날은 나에게 왜 너희 집에 오지 않느냐고 물었어. 내가 사느라 바빠서 그렇다고 답하니까 네가 나를 물끄러미 바라보더라. 꼭 오래 살아본 사람의 얼굴로 너는 내 얼굴을 들여다봤어. 나는 그 순간 네가 나를 바라보던 그 얼굴을 오래도록 떠올렸어.

너는 한참을 그러고 있다가 다시 내 무릎 위로 올라와서 책을 읽어달라고 했지. 자기가 무슨 일로 나를 한참 바라봤는지 까먹었다는 듯이 깔깔대며 웃고 나와 놀았어. 너는 커서 어떤 사람이 될까. 그렇게 생각하면서 어른이 된 너와 친구처럼 대화를 나누는 나를 상상해보기도 했어.

나는 어른이 된 너를 몰라. 너도 나를 모르지. 영화관에 가서 표를 살 때나, 편의점에서 물건을 살 때, 카페에 가서 음료를 주문할 때, 계산대 반대편에 서 있는 네 또래 아르바이트생을 보면 그들이 너일지도 모른다는 생각이 들곤 해. 우리는 아무것도 모르고서 카드 결제하실 건가요, 네, 카드는 이쪽에 꽂아주세요, 네, 봉투가 필요하신가요, 아니요, 영수증 필요하신가요, 아니요, 주차 등록해드릴까요, 아니요, 안녕히 가세요, 안녕히 계세요, 서로의 눈도 마주치지 않고 인사를 하지. 만약 내 눈앞의 사람이 너라는 걸 내가 안다면, 네가 나를 몰라본다고 해도 좋다고, 그런 식

277

으로라도 이야기 나누고 싶다고 생각했어.

너는 지금 어디에 있을까. 어떤 모습으로, 무슨 일을 하며 살아갈까.

대학을 졸업하고 나는 서울의 한 대형 호텔 조리실에 취직했어. 해산물 파트에서 일을 했지. 하루에 열 시간씩 꼬박 서서 온갖 종류의 해산물들을 다듬었어. 그래도 배운 시간에 비해서는 손이 빠른 편이기는 했는데 더 잘하고 싶은 욕심에 속도를 내다가 칼에 손이 베이기도 했어. 힘든 일이어서 여자애들은 오래 못 버틴다는 말을 들을 때마다 오기가 생겼거든. 퇴근 후에는 집 근처 초등학교 운동장에서 다섯 바퀴씩 뛰었어. 가슴이 답답한 날에는 열 바퀴도 뛰었지.

그때의 나는 술도 마시지 않았고 사람들과 어울려서 시간을 보내지도 않았어. 일하고 운동하고 집에서 쉬는 게 전부였어. 선배들은 그런 나를 보고 곰이라고 했어. 묵묵히 일만 하고 꾀를 부리지 않고 온순하다는 뜻으로 그렇게 부른다는 걸 나는 알았어. 너는 곰이 어떤 동물인지 알아? 언젠가 곰이 나오는 다큐멘터리를 보고 나는 알았어. 곰은 사람을 무서워하는 동물이야. 서로 장난을 치고 느긋하게 시간을 보내다가도 사람의 그림자라도 보이면 두려워서 피해 다니는 동물이야.

내가 일하던 레스토랑은 호텔 맨 꼭대기 층에 있었어. 일을 마치고 복도로 나와서 서울의 야경을 멍하니 바라보던 일이 떠올

라. 그럴 때면 내가 아직 스물두 해밖에 살지 않았다는 것이 믿기지 않았어. 벌써 백 살은 살아버린 것 같은데, 이미 너무 오래 산 것처럼 지쳐버렸는데 아직도 스물둘이래. 밤하늘 아래의 불빛들이 반짝이면서 너는 앞으로도 살아야 해, 살아가야 해, 하고 낮게 합창하는 것 같았어. 더 알고 싶은 것도, 더 해보고 싶은 것도 별로 없는데, 아무것도 이제 궁금하지 않은데 그런데도 살아야 한다고 자꾸만 누가 내 등을 떠미는 것 같은 거야.

그러던 어느 날 퇴근을 하고 집으로 가는데 전화가 왔어. 발신번호 표시 서비스를 해놓지 않아서 누가 전화했는지 모르고 받았지.

"언니, 왜 그랬어요? 신고 안 한다고 했잖아요."

그 애였어. 그 애는 잠긴 목소리로, 분명한 분노를 담아서 내게 항의했어.

"엄마 아빠까지 학교에 불려 갔어요. 이제 난 학교를 다닐 수도 없어. 조사 들어갔는데 선생님은 또 어떻게 해요. 가만두기로 했잖아요."

나는 신고한 적이 없다고 했지만 그 애는 믿지 않았어. 그 애는 무엇보다도 그의 처지를 걱정했지. 그 목소리를 들으며 나는 그 애가 그와의 관계를 끊어내지 못했다는 걸 알았다. 사실은 이미 짐작하고 있던 일이기도 했지. 없는 일 취급했을 뿐이었어. 나는 그 애에게 반복해서 말했어. 나는 신고하지 않았고, 네가 그 사람과 관계를 끊겠다고 했던 약속을 믿고 있었다고. 그 애는 거짓말하지 말라고 소리 지르기 시작했지. 나는 핸드폰을 꺼버렸어.

버스에서 내려서 집으로 가는데 골목 입구에 그가 서 있었어. 나는 그의 얼굴을 빤히 보고 앞으로 걸어갔지. 어두운 골목에서 나는 앞으로 쓰러졌어. 그가 뒤에서 내 머리를 내리쳤다는 걸 이해하는 데는 시간이 조금 걸렸지. 일어나서 보니 그가 팔짱을 끼고서 나를 바라보고 있었어.

"너 꼴통이야?"

그가 물었지. 우두커니 서 있는데 눈에 눈물이 고였어. 그에게 맞았기 때문이 아니었어. 그런 건 일도 아니었으니까.

"언니도 이렇게 때렸니."

나는 나에게 묻는 것처럼 중얼거리며 말했어.

"신고한다고 해서 달라지는 게 있을 줄 알아? 나한테 불이익 생기면 그게 다 너네 언니한테 가는 거야. 오냐오냐 해줬더니 네가 뭐라도 되는 줄 알지?"

그는 숨을 헐떡이며 말했어.

"언니도 때렸니……"

그는 대답하지 않고 자리를 떠났어. 나는 이미 어른이었고 더는 보호자가 필요한 나이가 아니었지만 그렇다고 해서 나 자신을 보호할 수 있는 상태도 아니었어. 내 편이 되어줄 사람도 없었지. 그도 그 사실을 알고 내게 손을 댄 거겠지. 아빠에게 이 일을 말한다고 해도 아빠는 나보고 참으라고 할 게 분명했어. 언니에게 말한다면 그가 나를 때린 이유를 물을 테고, 결국은 그가 나를 때

가을

릴 수밖에 없었다는 걸 정당화하리라는 것도 알았지. 그렇게 생각하면서 나는 더 이상 언니를 믿지 않는 나를 발견했어.

조사는 학교 내부에서만 이루어졌고 그는 어떤 처벌도 받지 않았다. 선생님을 쫓아다니는 철없는 어린아이의 집착이었다고 결론이 났다고 해. 그 일로 그 애는 학교를 관뒀고 가끔 나를 원망하는 문자를 보냈어. 나는 답하지 않았지. 그 애는 아마 나를 오래 미워했을 거야. 그게 끔찍한 사실을 못 본 척하면서 자기를 속이는 가장 편하고 유용한 방법이었을 테니까.

얼마 후에 언니가 우리 집에 왔어. 식탁 조명 아래에 비친 언니의 얼굴을 보는데 언니가 그 상황을 불편해한다는 게 느껴지더라. 낮이었는데도 밖에 비가 내려서 사위가 어두웠어. 가느다란 비가 소리 없이 내리고 있었지. 열린 창으로 서늘한 바람이 불어오고 있었어.

"선풍기 좀 꺼줄래?"

언니가 팔짱을 끼고 몸을 웅크렸지. 나는 선풍기를 끄고 방에 가서 카디건을 하나 가져다가 언니의 어깨에 걸쳐줬어. 언니가 좋아하는 커피믹스를 뜨거운 물에 타서 건넸지. 언니는 머그컵에 두 손을 대고 가만히 컵을 바라보고 있었어. 내게 할 말이 있는데 어떻게 말해야 할지 알 수 없어서 고민하는 것 같았어.

"왜 그랬어?"

언니는 컵에 시선을 고정하고 작은 목소리로 물었어.

최은영. 답신

"뭐가?"

나는 싱크대에 몸을 뒤로 기대고 서서 언니를 바라봤지.

"네가 너희 형부를 어떻게 생각하는지는 알고 있지만…… 그래도 사람을 그렇게까지 모함할 필요는 없잖아."

"그게 무슨 말인데?"

대수롭지 않게 대답하려고 했지만 목소리가 떨렸어. 그가 언니에게 학교에서 조사받은 사실을 말할 줄은, 학교에 신고한 사람이 나라고 말했을 줄은 몰랐으니까.

"네가 크게 오해하고 있는 것 같다더라. 너희 형부가 그 일로 힘들어해. 결국 아니라는 게 밝혀지긴 했지만 그런 일로 소문에 오르내렸으니…… 교사 사회 좁아. 평판이라는 게 있어."

언니는 컵을 내려다보며 말하고 있었어.

"언니가 무슨 말 하는지 모르겠다. 오해는 형부가 하고 있는 것 같은데."

나는 건조대에서 그릇을 꺼내서 수납장에 넣기 시작했어.

"네가 왜 우리를 괴롭히는지 모르겠어."

나는 그릇을 정리하다 말고 뒤돌아서 언니를 바라봤지.

"언니는 나를 더는 믿지 않네."

언니는 그런 나를 빤히 바라보다가 시선을 돌렸지. 그래, 나는 너를 믿지 않아. 언니는 온몸으로 그렇게 말하고 있었어. 내 안에서는 그런 언니에게 상처를 주고 싶어서 어쩔 줄 모르는 나와 언니를 잃을까 봐 두려워하는 또 다른 내가 싸우고 있었지.

"문제 있는 애였대. 형부는 잘 달래려고 했었고. 작년에 둘이 같이 있는 걸 네가 봤다며. 오해하고 신고한 거라며."

"형부가 자기 학교 학생이랑 학교 밖에서 있는 걸 본 적은 있지만 신고하지 않았어."

거기까지만 말했다면 어땠을까. 하지만 나는 참지 못하고 이어서 말했지.

"문제 있는 애 아니었어. 그냥 평범한 애였어."

"아니래. 이상한 애고 학교도 관뒀다고 하던데. 형부도 오래 시달렸나 봐."

나는 다시 그릇을 정리하는 척하다가 입을 열었어.

"그래, 언니, 그렇게 생각하자."

"그게 무슨 말이야. 그렇게 생각하자니."

"나는 언니가 왜 여기 와서 이 일과 아무 관계도 없는 나를 설득하려고 노력하는 건지 모르겠어. 그렇게 생각하면 그렇게 생각하고 끝나면 되는 거잖아. 언니 마음 불편한 거, 나한테 와서 풀려고 생각하지 마. 나한테 그런 의무 없어."

"너랑 관련이 있으니까 하는 말이잖아. 네가 오해하고 신고……"

"그만해. 그런 적 없다고."

나는 언니를 식탁에 두고서 한때는 우리의 방이었던 내 방에 들어가 문을 닫았어. 우리는 잘 싸우는 편이 아니었어. 싸움이 생길 것 같으면 둘 중 하나가 자리를 피했지. 그게 우리의 방식이었어. 나는 내 방 창가에 서서 내리는 비를 바라봤다. 자세히 봐야 빗줄기가 보이는 비였어.

"긴말 안 할게. 너희 형부, 네가 사과하기를 바라서. 잘못했다는 한마디만 하면 돼. 주말에 우리 집으로 와."

나는 뒤돌아 언니를 바라봤어. 온몸에 전기가 흐르는 것 같았지.

"나 신고 안 했어. 신고한다고 해서 달라지는 것도 없는데 내가 왜 신고를 해."

"달라지는 게 없다는 게 무슨 말이야."

"언니."

나는 언니를 부르고 한참 언니의 얼굴을 바라보다 말을 이었어.

"언니도 그랬잖아."

언니는 두 눈을 천천히 깜빡이다가 책상 의자에 앉아서 고개를 숙이고 깍지 낀 손을 바라봤어. 언니의 귀와 얼굴, 목이 울긋불긋해진 모습을 나는 가만히 지켜봤어. 언니가 느낄 수치심을 어림하면서 나는 뒤틀린 만족감을 느꼈다. 나는 언니의 무너진 마음 위에 올라서서 입을 열었어.

"언니 잘못이라는 말이 아니야. 형부가 언니 인생을 망친 거지. 근데 내가 왜 사과를 해."

내 말을 들은 언니는 고개를 들어 나를 낯선 사람을 바라보듯이 바라봤어. 자기 앞에 있는 사람이 나인 줄 알고 있었는데 알고 보니 처음 보는 사람이라는 걸 깨닫게 된 사람처럼 보였지.

언니는 입고 있던 카디건을 벗고 가방을 챙겨 집을 떠났어. 나는

가을

언니를 따라가지 않고 그대로 창가에 서서 오래 비를 바라봤다.

언니는 아주 어린 나이부터 내게 어른처럼 보이고 싶어 했지. 어리고 약한 나를 보호하는 역할을 자처했어. 그건 높은 수준의 책임감이기도 했지만 자신이 강하고 독립적인 사람이라는 걸 확인하는 방법이기도 했을 거야. 그게 언니 자신이 믿는 언니의 모습이었고 언니를 언니로 살아가게 하는 힘이었을 거야.

하지만 나는 그날 언니의 믿음을 완전히 부정했지. 언니의 삶을 다른 사람에 의해서 이미 망가진 대상으로 취급했어. 내가 언니보다 나은 사람이라고 굳게 믿고 언니를 가르치려 했어. 언니의 삶이 망했다고 판결했어.

그것이 나를 어린 시절부터 돌봐준 언니에게 내가 한 보답이었다.

4

그 일이 있고 우리는 한동안 연락하지 않았어. 그러다 한 달쯤 지났을 때 언니에게 전화가 왔어. 아무 일도 없었다는 듯이, 일이 없으면 자기 집으로 오라더라. 네가 나를 많이 보고 싶어 한다면서, 그는 낚시를 갔다고 했어. 언니가 먼저 연락을 췄을 때 마음이 놓이더라. 언니가 좋아하는 꽈리고추볶음과 가지나물무침을 만들어서 언니의 집으로 갔지.

언니의 집에 너는 없었고 대신 그가 식탁 의자에 앉아 있었어. 나를 보더니 자기 쪽으로 오라고 손짓했지. 그는 나를 위아래로 훑어봤어. 골목에서 맞은 날 이후로 처음 보는 그의 얼굴이었지. 언니는 그의 옆에 가서 앉더니 나더러 맞은편에 앉으라고 했어. 그래서 나는 그렇게 했다. 그의 앞에 만 원짜리 돈다발과 가계부처럼 보이는 노트가 펼쳐져 있었어.

"너네 언니가 너한테 얼마를 줬다고?"

그가 내게 물었어. 나는 언니의 얼굴을 봤지. 이미 모든 게 밝혀졌으니까 그냥 말하라는 표정이었어. 나는 언니가 내게 빌려준 돈의 총액을 말했어. 그 돈을 다 갚았다는 말도 덧붙였지.

"너랑 네 언니는 비밀이 많아. 그렇지?"

그렇게 말하고 그는 검지로 언니의 머리를 약하게 밀었어. 언니는 차마 나를 보지 못하고 식탁을 내려다보고 있었지.

"모은 돈 하나 없다고 둘이서 나를 속였다 이거지."

그가 다시 검지로 언니의 머리를 밀었어. 이번에는 언니가 기우뚱 옆으로 밀려날 정도였지. 너무 순식간의 일이었고 실감이 나지 않아서 한동안 바라만 보고 있었어. 내가 아무런 반응을 하지 않자 그가 이번에는 손으로 언니의 머리를 쳤다. 언니가 바닥에 쓰러지는 것까지 봤던 기억은 나.

한순간 앞이 보이지 않았어. 정신을 차려보니 내가 그의 뒤에 가서 한쪽 팔로 그의 목을 조르고 한쪽 손으로 그의 손목을 뒤로 꺾고 있었어. 아픈지 소리를 지르더라. 그 소리를 들으니 그가 정

가을

신 나갈 때까지 더 아프게 하고 싶다는 생각이 들었어. 손에 힘을 줘서 손목을 더 꺾었지. 발버둥 치는 힘이 꽤 셌어. 나보다 키가 작고 덩치도 훨씬 작아서 힘으로는 밀리지 않으리라고 생각했었는데 막상 제압하려니 힘이 들었다. 하지만 아무리 그래도 그는 내 상대가 되지 않았어. 죽어, 죽어, 죽어버려, 죽어. 순수한 분노가 내 성대와 입을 통과해서 내 몸 밖으로 나오는 것 같았어.

언니는 나를 그에게서 떼어내려고 내 허리를 두 팔로 감아 안았어. 제발 그만하라고, 자기를 생각해서라도 그만 멈추라고 말하는 목소리를 들으면서도 멈출 수가 없었어. 그때의 나는 내가 아니라 그를 물리적으로 파괴하고 싶다는 허기 그 자체였으니까. 그의 고통과 아픔을 갈망하는 욕구 그 자체였으니까. 내 안에 그런 마음이 있다는 걸, 그런 마음을 실행으로 옮길 수 있는 절실함이 있다는 걸 나는 그때야 알았던 것 같아. 그의 뼈를 부러뜨리고 신경 조직을 찢어 정신을 잃을 정도로 아프게 하고 싶은 순수한 욕망이 나에게 있었던 거야.

그는 나에게 빌기 시작했어. 처제, 내가 잘못했어. 처제, 살려줘, 너무 아파. 얼마나 그러고 있었는지 모르겠어. 그 정도면 됐다는 생각이 들어서 나는 그를 풀어줬다. 그러자 그가 자리에서 일어나 냉장고 앞에 서 있는 언니에게 갔지. 그는 다치지 않은 손으로 언니의 머리를 때렸어.

그 순간이 내 눈에는 아주 느린 장면으로 보였어. 아파서 비틀거리고 움직임도 둔한 그의 손을 피하는 건 어려운 일이 아니었

287

을 거야. 게다가 내가 있는 자리였잖아. 그런데도 언니는 체념한 듯이 냉장고 앞에서 피하지 않고 가만히 서 있었어. 그가 언니를 때렸다는 사실보다도 그 일을 그저 치르고 넘어가야 한다고 생각하는 듯한 언니의 몸짓에 나는 더 큰 충격을 받았던 것 같아.

그는 언니를 때리고는 의기양양한 모습으로 나를 바라봤어. 그런 구도에서 나는 영원히 그를 이길 수 없으리라는 걸 보여주는 것 같았지.

"이제 속이 시원해? 이런 모습 보니까 좋아?"

언니가 내게 조용히 말했어. 내가 그를 자극해서 언니를 때리게 했다는 듯이.

"네가 지금 무슨 짓을 했는지 알아? 형부한테 사과해."

"보고 배운 게 없어서 그렇지."

그가 그렇게 말하며 다시 언니에게 손을 들었어. 짧은 시간이었지만 언니는 내게 가만히 있으라는 눈빛을 보냈지.

너라면 어땠을 것 같아. 네가 나였다면 그 순간 어떻게 했을 것 같니. 그 순간의 선택이 어떤 결과를 낳게 될지는 그때의 내게는 중요한 일이 아니었어. 이 모든 것을 알고도 시간을 되돌려 그때로 돌아간다면 나는 그때와 같은 행동을 했을 거야.

나는 구치소에 수감된 후 재판을 받았다. 검사는 그의 부상 정도가 심했고 쌍방이 아닌 일방적인, 잔혹한 수준의 폭행이었다는 사실에 주목했어. 나의 변호인은 나의 모든 혐의를 인정하면서도

가을

그가 내가 보는 앞에서 언니를 폭행했다는 점을 고려해야 한다고 주장했지.

언니와는 법원에서 다시 만났어. 짧은 단발머리에 화장기 없는 얼굴로 증인석에 앉은 언니는 내게 눈길을 주지 않더라. 판사의 심문이 시작되었고 언니는 판사를 바라보며 답변했어.

제 남편은 그런 사람이 아닙니다.

아니요, 그날 남편은 저를 때리지 않았습니다.

네, 단 한 번도 그런 적 없었습니다.

남편은 성실하고 다정한 가장입니다.

동생에게는 증오가…… 제 남편에 대한 이유 모를 증오가 있었습니다.

제가 결혼한 후 혼자 남겨졌다는 생각에 분개했습니다.

제가 어떻게 할 수 없을 정도로 폭력적인 성향이 있었습니다.

나는 더는 언니를 바라볼 수 없었어. 알았어, 언니. 그래, 언니 말대로 해. 나는 체념했다.

"그날 피해자가 증인을 폭행하지 않았다는 말이 사실인가요."

판사의 질문에 내 곁에 앉은 변호인이 난감한 표정을 지었어.

"네. 제가 거짓말을 했습니다. 형부는…… 언니를 때리지 않았어요."

나는 조용히 대답했어. 그 자리에 앉아서 언니가 거짓말을 하고 있다고 주장하고 싶지 않았으니까.

나는 초범이었지만 죄질이 나쁘고 피해자의 부상 정도가 심하다는 판단에 따라 실형을 선고받았다. 나의 변호인은 재판이 끝나고 내게 왜 법정에서 거짓말을 했느냐고 물었어. 변호인은 그가 언니를 때렸다는 나의 증언을 판결이 끝난 후에도 믿고 있었지. 그녀는 여자 죄수들이 사실이 아닌 불리한 증언을 부정하지 않고 자포자기하듯 받아들이는 경우가 많이 있다면서 나도 그런 경우인 것 같다고 했어. 그러면서 이게 마지막이라고, 이런 식으로 자기 자신을 벌주려는 짓은 더는 하지 말라고 했지. 나한테 미안한 줄 알고 살라고 했어. 나는 판결이 끝난 재판장에서 그 말을 하며 눈물을 흘리던, 아마도 나의 엄마 또래였을 변호인의 얼굴을 잊지 못해.

교도소에서는 시간이 날 때마다 노트를 펴고 그날 있었던 일과 그때그때 일어나는 내 생각과 감정을 적었다. 내 글은 그때부터 남겨두는 글과 찢어 버리는 글로 나뉘었어. 도무지 견딜 수 없을 때, 내가 나를 수습할 수 없을 때 나는 내 마음을 그대로 노트 위에 적어 옮긴 후에 꼼꼼히 읽고 바로 찢어서 없애버렸어. 글은 글일 뿐이잖아. 직접 얼굴에 대고 하는 말도 아니잖아. 예전의 나는 그렇게 생각했었지. 하지만 어떤 글을 남기기로 선택하는 것은 결국 그 마음을 전달하고 싶은 바람을 담고 있다고 생각해. 그리고 그 마음은 실제로 전해지지. 상대가 그 글을 읽든, 읽지 않든 말이야.

내가 교도소에서 쓴 자주색 커버의 유선 노트는 그래서 군데

군데 찢겨 있어. 나는 찢긴 페이지의 흔적을 보면서 그때 내가 어떤 마음이었을지를 어림해봐. 그때의 내 마음은 찢긴 자국으로 그곳에 기록되어 있어.

그렇다고 해서 노트에 남은 글이 내 마음을 속이거나 정직하지 않은 글이라는 건 아니야. 정제해서 쓴 글도 충분히 정직하고 오히려 더 깊을 수 있으니까. 나는 너에게 편지를 쓰듯 노트에 내 이야기를 채워 넣었지. 스물둘의 내가 기억하는 너의 모든 것을 적어 내려가기도 했어.

나는 법정에서 변호인이 나에게 했던 말을 오래 기억했어. 이런 식으로 나를 벌주려는 짓은 이제 그만하라는 말을. 그 말을 들었을 때는 그 말이 무슨 뜻인지 알 수 없었지. 나는 그저 법정에서 언니와 싸우고 싶지 않았고, 언니의 거짓 증언이 옳다고 인정하는 방식으로 그 상황을 피하고 싶었던 것뿐이었다고 생각했으니까. 하지만 변호인의 그 말은 잊을 만하면 떠올라서 나를 흔들었어. 정말 그것뿐이었어?

작은 감방의 불편한 잠자리에 오히려 마음이 더 편해지고 배급받은 형편없는 음식을 먹으면서 오히려 만족스럽고 나를 거칠게 대하는 감방 동료의 태도를 그저 그대로 받아들이는 마음 상태를 나는 가만히 들여다봤지. 세상 사람들이 손가락질하는 범죄자가 되어 감옥에서 있는 시간이 차라리 홀가분했던 거야. 그게 내가 치러야 할 대가라고 생각했을까. 변호인의 말이 맞았어. 나는 내가 저지른 짓보다 더 큰 벌을 원했지.

최은영. 답신

감옥에서 지내는 동안 어쩌면 언니가 면회를 올지도 모른다는 희망을 품었던 것 같아. 출소하는 날까지도, 어쩌면 언니가 나를 찾으러 올지도 모른다고 기대했지. 하지만 그렇게 되지 않았고 그 이후로 오랫동안 나는 언니에게 분노했어.

하지만 한 해 한 해가 갈수록 그때 느꼈던 생생한 분노는 차츰 옅어지더라. 그제야 나는 내가 언니에게 버림받았다는 기분을 느끼고 싶지 않아서 그토록 언니를 미워했다는 걸 알게 됐어. 그래, 언니는 나를 철저히 버렸지. 그 사실을 인정하기가 어려웠던 거야. 나는 여전히 얼마간 언니가 밉고 우리가 헤어졌다는 사실에 마음이 아팠지만, 이제 그런 마음이 언니에 대한 마음의 아주 작은 일부일 뿐이라고 느껴.

스물둘, 스물셋, 스물넷, 감옥에서, 출소하고 사회에 나와서 나는 많이 울면서 생각했어. 나는 제대로 사랑받아본 적이 없다고. 그때의 나는 사랑이라는 것이 완벽하고 흠 없는 것이라 여겼던 것 같아. 그런 의미에서 나는 제대로 된 사랑을 받아본 적이 없었지. 하지만 정말 그랬을까.

언니가 선물해준 오리털 파카를 정리하면서 나는 내가 춥지 않기를 바라던, 3천 원도 되지 않는 시급을 받아 모아 최대한 따뜻한 옷을 고르려고 했던 언니의 마음이 사라지지 않고 내 안에 남아 있다는 걸 발견했어. 불편한 구두를 신고 종일 서서 일한 언니가 내 대학 등록금을 모으던 마음을 어림했어. 그게 사랑이 아니었다고, 내가 살며 제대로 된 사랑 한 번 받지 못했다고 생각할

가을

자격이 내겐 없더라. 그런 나는 언니에게 어떤 사랑을 줬나. 나는 내게 물었지.

사람의 생각은 말을 하지 않아도 전해진다고 생각해. 나는 언니를 보잘것없는 사람이라고 여겼어. 멍청해서 이용당한다고 생각했고 쓰레기 같은 남자에게 휘둘리는 겁쟁이라고 생각했어. 자기 불행에 주저앉아 탈출할 생각도 없을 정도로 수동적인, 그래서 나를 부끄럽게 하는 인간이라고만 판단했어. 그런 식으로 살아서 나에게 굴욕감을 준다고 믿었어. 언니가 과연 내 마음을 몰랐을까. 그때의 나는 내가 꽤나 영리하고 내 마음을 잘 숨긴다고 생각했었던 것 같아. 마음의 밑바닥까지 훤히 보이는 언니와는 다르다고 자부했지. 하지만 실상은 그 반대였는지도 몰라.

내 마음 안에서 나는 판관이었으니까, 그게 내 직업이었으니까 나는 언니를 내 마음의 피고석에 그리도 자주 앉게 했어. 언니를 내려다보며 언니의 죄를 물어 언니를 내 마음에서 버리고자 했지. 그게 내가 나를 버리는 일이라는 걸 모르는 채로.

그때 내 마음에서 나는 옳고 언니는 그르고, 나는 맞고 언니는 틀리고, 나는 알고 언니는 모르고, 나는 할 수 있고 언니는 할 수 없고, 나는 용감하고 언니는 비겁하고, 나는 독립적이고 언니는 의존적이고, 나는 떳떳하고 언니는 그렇지 못하고, 나는 배려하고 언니는 이기적이고, 나는 언니를 지켰고 언니는 나를 버렸지. 모든 것이 분명해서 더 생각할 필요도 없다고 믿었어. 하지만 긴 시간이 지난 지금, 나는 그 명제 중 어느 하나도 진실에 가깝다고

293

생각하지 않아.

너에게 너희 엄마는 어떤 사람일까 궁금해질 때가 있어. 내가 네가 모르는 언니의 모습을 알고 있듯이 너는 내가 모르는 언니의 모습을 알고 있겠지. 그리고 우리 둘 다 아는 언니의 모습도 있을 거야. 이를테면 수학 문제 풀이 과정을 이해하기 쉽게 설명하는 모습, 무엇에든 집중할 때면 미간을 찌푸리는 표정, 낮은 웃음소리, 빠른 발걸음, 잠들기 전에 하는 큰 기지개, 모로 누워 조용하게 누워 자는 얼굴, 중요한 말을 하기 전에 음…… 하고 한 박자 뜸을 들이는 버릇, 신 음식을 먹을 때 찡그리는 표정, 할 말이 있는데 하지 않을 때 속으로 삼키는 얼굴, 뒷짐을 지는 버릇……

언니는 지금 어떤 마음으로 살고 있을까. 나는 그 답을 알지 못해.

5

출소하고 8년 후에야 언니를 만날 수 있었어. 고모할머니의 장례식장에서였지. 언니는 단정한 검은색 바지 정장을 입고서 향을 피우고 고모할머니의 사진 앞에서 절을 했어. 상주 자리에 앉은 나와도 인사를 했고.

조문만 하고 자리를 떠날 줄 알았던 언니가 식당에 가서 자리를 잡더라. 나는 멀리서 그 모습을 보다 언니와 눈이 마주쳤어. 우리는 한동안 그렇게 서로를 바라보고 있었어. 나는 천천히 언니 쪽으로 걸어가서 언니 맞은편에 앉았어. 나는 언니가 육개장에 밥을 말아 먹는 모습을, 중간중간 물을 마시는 모습을 멍하니 바라봤어. 우리는 아무 말도 하지 않았고, 언니가 자리를 정리할 때쯤에야 나는 언니를 불렀어. 언니는 무슨 말을 하려고 하다가 말을 삼키고 그 자리를 떠났지. 나는 빠르게 걸어가는 언니의 뒤를 쫓아갔어.

"언니."

장례식장 출구에 다다른 언니가 뒤돌아서 나를 봤지. 예전에는 언니의 마음을 그토록 쉽게 알아차릴 수 있었는데, 손등으로 얼굴에 흘러내리는 눈물을 닦는 언니의 모습을 보면서 나는 그 마음을 조금도 읽을 수 없었어.

언니는 그 자리에 서서 나를 보며 고개를 저었지. 내가 언니 쪽으로 다가오는 것을 원하지 않는다는 걸 나는 몸으로 알 수 있었어. 나는 더는 언니를 쫓아갈 수 없었다. 봄빛이 쏟아지는 주차장으로 걸어 나가는 언니의 뒷모습. 그게 내가 본 언니의 마지막 모습이었어.

말이 부쩍 늘고 나서부터 너는 모든 걸 질문했지. 마치 물질을 원자 수준으로까지 쪼개어 내려가는 과학자처럼 묻고 또 물었어. 밥 먹어야지, 하면 왜 밥 먹어야 돼? 묻고, 밥을 먹어야 키가 크고 어른이 되지, 하면 왜? 라고 다시 물었어.

　너에게 당연한 건 없었지. 하늘에서 비가 내리는 것도, 더운 날 땀이 나는 것도, 길고양이들이 사람이 무서워 자동차 밑으로 피하는 것도 너에게는 당연한 일이 아니었어. 왜? 너는 묻고 또 물었지. 최선을 다해 대답하려고 했지만 결국 마지막에 가서는 할 말이 없어졌어. 그럴 때면 이모도 그 이유를 알고 싶네, 라고 대답했지. 그 대답은 언제나 너를 싱긋이 웃게 했어.

　나는 내 마음속에서 너와 그런 식으로 대화하곤 했어. 내가 우리는 다시 만날 수 없다고 말하면 너는 왜냐고 물어. 그럼 나는 내가 너희 아빠에게 심한 폭력을 저질러서 너희 가족에게 절연당했다고 답하지. 왜? 다시 묻는 너에게 나는 답해. 너희 아빠가 내 언니를 괴롭히는 걸 보고만 있을 수가 없었다고, 그에게 경고하고도 싶었다고. 너는 내게 다시 왜냐고 물어. 나는 답하지. 사랑하는 언니를 보호하고 싶어서, 언니가 그렇게 함부로 다루어져서는 안 되는 소중한 사람이라는 걸 그렇게라도 보여주고 싶어서였다고. 너는 왜냐고 물어. 때때로 사랑은 사람을 견디지 못하게 하니까. 사랑하는 사람의 고통을 외면할 수 없게 하니까. 나는 대답해. 왜? 너는 말간 얼굴로 내게 다시 묻지. 그럼 나는 답해.

　나도 그 이유를 알고 싶어.

　이모는 그러니까 알 수 없는 이유로 나를 만날 수 없게 된 거네. 네가 고개를 끄덕이며 말하지. 그래, 맞아. 네 말이 맞아. 어느덧 나와 너는 얼굴을 마주 보고서 웃고 있어.

너에게는 내가 아닌 나를 보여주고 싶었지. 마음 넓은 나, 재미 있는 나, 짜증 한 번 내지 않는 나, 용기 있는 나…… 그런 나로 가장하면서 어쩌면 그런 나도 내 모습의 일부가 아닐까 희망을 품었어.

　내가 지내던 감방 창으로는 운동장이 보였어. 정해진 시간이 되면 수감자들이 시계 방향으로 천천히 걷는 곳이었지. 나는 쇠창살이 붙은 창가에 서서 그 운동장을 오래 바라보곤 했다. 아주 가끔 교도관 몇이 오갈 뿐인, 높은 콘크리트 벽으로 둘러싸인 아무도 없는 운동장에 햇빛이 내리고 구름의 그림자가 지고 비가 내리는 모습을 말이야.
　스물세 살 생일이었어. 그날은 기상 시간보다 한참 일찍 눈이 떠졌지. 눈을 뜨니 창문으로 눈이 내리는 모습이 보였어. 나는 자리에서 일어나 창가 앞에 서서 운동장에 내리는 눈을 봤어. 아직 어두운 하늘에서 떨어진 가느다란 눈발이 흰 조명등 빛을 받아서 반짝이며 땅으로 내려오는 거야. 조명등 빛이 닿은 눈발이 내 눈에는 꼭 하늘로 이어진 길처럼 보였고, 어쩐지 그 빛나는 눈이 내리는 그곳에 내가 영원히 가 닿을 수 없다는 생각이 들었어.
　내가 너를 더는 만날 수 없다는 사실을 받아들인 건 그 순간이었어. 내가 영원히 너에게 다다를 수 없는 타인이 되었다는 사실을. 나는 소리를 내지 않으려고 애쓰며 울었지. 그 순간에도 너의 세계에서 나는 빠른 속도로 지워지고 있다는 걸 알아서. 그래도,

297   최은영. 답신

그래도……

　나는 영원히 널 사랑할 거야. 네가 나를 기억하지 못한다고 해도.

　결국 찢어버릴 편지를 써야 하는 마음이라는 것도 세상에 존재하는구나. 마지막 문장을 쓰고 나는 이 편지를 없애려 해.

　나는 너를 보며 나를, 언니를 바라봤었지. 그리고 사랑했어. 네가 내 언니의 자식이었기 때문에, 내가 마음껏 좋아할 수 없었지만 마음 깊은 곳에서는 그토록 사랑했던 언니의 아이였기 때문에. 나는 네가 항상 안전하기를, 너에게 맞는 행복을 누리기를 바랐어. 비록 우리가 서로의 얼굴조차 알아보지 못한 채로 스쳐 지나갈 수밖에 없는 사람들이라고 하더라도. 나는 너와 내가 함께했던 시간을, 그리고 함께할 수 없었던 시간조차도 마음 아프지만 고마워할 수 있었어.

　오늘은 5월의 맑은 날, 너의 생일이야. 너의 스물세 번째 생일을 축하해.

　너의 이모가.

가을

실패와 계속,
사랑하는 너에게

최은영 × 김나영

김나영   안녕하세요. '2021년 가을의 시소'에 선정된 「답신」의
최은영 작가님을 모셨습니다. 반갑습니다.

최은영   반갑습니다.

김나영   『자음과모음』에서 '시소'라는 코너를 만들고 벌써 세
번째 맞는 계절인데요. 혹시 '시소'를 보신 적이 있으신
가요?

최은영 네, 봤습니다.

김나영 이 코너를 만들면서 의도한 건 무엇보다도 '한국문학
독자들과 좋은 작품을 함께 읽자'라는 거였어요. 독자
분들이 그 계절에 발표된 모든 시와 단편을 읽을 수 없
으니 저희가 최대한 부지런히 읽고 좋다고 여겨지는
건 왜 좋은지, 어째서 좋은지를 소개해드리고 싶었어
요. 이번 '가을의 시소'에는 「답신」이 선정되었습니다.
축하드립니다.

최은영 감사합니다.

김나영 다양한 이야기를 오래 나누고 싶은 마음인데요. 이 자
리에서는 주로 「답신」을 중심에 놓고 대화를 진행해
야 할 것 같아요. 그 전에 가볍게 근황 토크를 해볼까
합니다. 우리가 조금 전까지 마스크를 착용하고 대화
를 했는데요. 코로나 시대가 예상보다 길어지고 있고
앞으로도 어떻게 될지 짐작도 못 하는 상황입니다. 이
렇게 어려운 시기에 어떻게 지내시는지 궁금해요.

최은영 저는 얼마 전에 책이 나와서 계속 인터뷰도 하고 이렇
게 사람들도 만나고 하면서 세상으로 나와서 지내고

있어요, 되게 오랜만에. 계속 혼자 있었거든요. 코로나 때문에 어딜 잘 가지도 않고 좀 소심하게 있다가, 그래도 이제 책이 나왔고 또 사람들도 만날 때가 되었다는 생각이 들어서 요즘에는 밖으로 다니고 있습니다.

김나영   책 출간하기 전까지는 거의 두문불출, 작품만 쓰셨군요. (웃음)

최은영   네, 동네에 있었어요. (웃음)

김나영   누구에게든 먼저 만나자고 하기도 어려운 시기니까요. 모든 작가분들이 그렇지는 않겠지만 보통 글 쓰는 작업은 혼자 하는 경우가 많은데요. 그런 이유로 글은 다른 직업에 비해서 코로나의 영향이 적지 않을까? 하는 이야기를 주변에서 많이 들었습니다. 글 쓰는 건 원래 혼자 하는 거 아니야? 하는 말들을 듣고 새삼 쓰는 직업에 대한 편견을 실감했어요. 쓰려면 카페도 가야 하고 수다도 떨어야 하잖아요. 그게 안 되니까 여러모로 갑갑했을 것 같아요.

최은영   맞아요. 저한테는 너무 직접적인 영향을 주더라고요, 글이 잘 안 써졌고. 전 좀 돌아다녀야지 마음이 환기도 되고 뭐가 들어오기도 하는데 그게 안 되니까 완전히 막히더라고요. 그래서 좀 힘들었어요.

김나영 맞아요. 쓰는 데엔 환기가 너무 필요하죠. 최근에 첫 장편소설 『밝은 밤』(문학동네, 2021)을 출간하셨어요. 축하드립니다. 최근작이라 아직 읽지 못한 분들도 계실 테니 어떤 이야기라고 구체적으로 소개하긴 그렇고, 정말 이 대화를 보시는 분들 모두 이번 장편은 꼭 읽어보셨으면 좋겠어요. (웃음) 장편을 처음 쓰셨는데, 경험하신 바에 의하면 단편과 장편은 어떻게 다른 글쓰기인가요?

최은영 완전히 다른 글쓰기다, 장르가 바뀐다, 라는 생각이 들었어요. 단거리선수한테 장거리 뛰라고 하는 것과 똑같다고 생각했어요. 조금 어려웠어요. 많은 선배 작가분들이 대부분 단편이랑 장편을 다 쓰시잖아요. 존경심이 생겼다고 해야 할까요. 어떻게 이걸 다 쓰지? 하고 놀랐고, 많이 다른 글쓰기라고 생각했어요. 그래서 이번에 쓰면서, 배우면서 학생의 마음으로 장편소설을 썼습니다.

김나영 저처럼 '쓰기'에 대해 잘 모르는 입장에서는 단편 여러

편을 이으면 장편이 되나, 아니면 단편 하나에 뼈와 살을 덧붙이면 장편이 되나 하고 상상해보게 되는데요. (웃음) 그런데 그런 글쓰기의 기술을 떠나서 장편은 거기에 투자해야 하는 시간과 에너지가 엄청날 것 같다는 생각이 들어요.

최은영　가장 큰 차이는 아무래도 끝나기까지의 시간인 것 같아요. (웃음) 단편은 오래 작업해도 두 달이면 끝나는데, 장편은 이야기가 끝나지 않아서 계속 잡고 사계절을 얘랑 같이 있는 게 굉장히 특별한 경험이었어요. 안 끝나요.

김나영　그동안 계속 같이 사는 거네요. 그러면 출간하고 나서도 바로 잊히지가 않겠어요, 그 안의 인물들이랑 배경이.

최은영　그 말씀이 정말 맞아요. 저는 한 단편이 끝나면 다른 작품 쓰면서 그 전의 인물들을 많이 생각하지 않게 되는 것 같아요. 그런데 장편에서는 애들이랑 시간을 오래 보내니까 계속 생각이 나요. 그래서 신기했어요.

김나영　독자 입장에서도 단편과 장편 읽기는 다른 경험인데요. 장편은 더 오래 여운이 남는 것 같아요. 소설에서

303　　　　　　　　　　　　　　　　인터뷰 _ 최은영 × 김나영

직접 묘사하지 않았지만 마치 내가 본 듯한 인물들의
표정 같은 것도 생각나고요. 작가님 입장에선 그런 게
더하겠지요. 어찌 보면 그 인물들과 한꺼번에 이별을
한 거니까요.

최은영 네, 맞습니다. (웃음)

김나영 의도치 않게 『밝은 밤』 이야기를 자꾸 하게 되네요. 하
나만 더 할게요. 『밝은 밤』을 모녀 서사라고 압축해서
말할 수는 없지만, 여기서 엄마와 딸의 이야기가 중요
하게 작용해요. 최근 한국소설의 특징 중 하나로 모녀
서사의 빈도가 높아지고 있다는 점을 꼽을 수 있을 것
같아요. 작가님은 이번 장편을 쓰면서 모녀 관계에 대
해 어떻게 생각하셨을지 궁금했어요.

최은영 저는 어릴 때 엄마라는 존재에 대한 이상향이 있었던
것 같아요. 온 사회가 다 그런 이상향을 가지고 있잖아
요. 엄마는 항상 자기 자식을 위해서 인생을 희생하고,
다른 사람들의 편의를 위해서 자신의 모든 것을 다 갈
아서 해준다고. 어렸을 때는 저희 엄마가 제가 생각하
는 그런 기준과 맞지 않는다고 생각했어요. 그래서 좀
속상하기도 했는데 그러다가 대학교에 가서 여성주의

를 공부하면서 내가 폭력적인 사고방식을 가지고 있었다는 걸 그때 배워서 알게 됐어요. 세상에는 고정된 엄마의 모습도 없고 또 엄마와 자식 간의 관계도 고정된 건 전혀 없다고 생각해요. n개의 모녀 관계가 있으면 저마다 다 다른 관계 맺음의 방식이 있다고 생각하고요. 그런 말들 있잖아요. 엄마는 딸을 위해서 모든 걸 다 해주고 딸의 편에 서준다는 식으로요. 그런데 그런 생각이 그렇지 않은 관계 안에 있는 사람들을 소외시킨다고 생각해요. 그래도 친정엄마밖에 없지, 이런 말들. 세상에는 그것에 해당하지 않는 사람들이 너무 많이 살고 있고, 그래서 엄마와 딸자식 간의 관계는 이런 것이에요, 라고 정리를 절대 내릴 수가 없다고 생각하고 있어요. 모든 관계가 다 다르니까요.

김나영 이야기를 나누며 드는 생각이, 제가 '가을의 시소' 선정 과정에서도 한 말이긴 한데요, 최은영 작가의 소설을 한마디로 정리하면 '그때는 알았는데 지금은 모른다'가 아닐까 싶어요. 최은영 소설의 인물들은 자주 회상하고 회고하는데 대부분 이전에는 확신을 갖고 했던 말과 행동을 이후에 후회하고 반성하잖아요. 이제 와서 다시 생각해보니, 혹은 쓰다 보니 '내가 잘 몰랐구나' 하고 귀결시킬 수 있는 이야기가 많은 것 같아요.

인터뷰 _ 최은영 × 김나영

독자로서 저도 그런 태도에 공감해요. 좀 전에 대학에서 여성주의를 공부하면서 새롭게 제대로 알게 된 것들이 있었다고 하셨는데, 저는 출산과 육아로 그런 경험을 하게 된 것 같아요. 전에 없던 새로운 세계를 마주치곤 내가 정말 몰랐구나, 모르면서 안다고 말했었구나, 싶었거든요. 최은영의 소설들은 바로 그런 경험을 너무나 잘 보여주는 이야기들인 것 같고 그 때문에 연령이나 성별에 관계없이 많은 독자의 호응을 받는 게 아닌가 싶어요.

이제 '가을의 시소' 선정작인 「답신」으로 넘어가보겠습니다. 토론에서 「답신」을 읽고 울었다는 이야기를 여러 분들이 하셨어요. 이 소설에 울음 버튼이 있다면 무엇이라 생각하세요? (웃음)

최은영 이 소설은 자꾸 잘해보려고 하는데 안 되는 사람 이야기라고 저는 생각했어요. 정말 최선을 다해서 할 수 있는 한도 안에서 최선을 다하고 최선의 사랑을 함에도 불구하고 그게 계속 안 되는. 그런데 살면서 누구나 그런 경험을 하기 때문에 그런 경험을 하신 분들이라면 공감되지 않았을까, 하는 생각이 드네요.

김나영 맞아요. 따지고 보면 잘못한 게 없는 것 같은 인물이 너무 큰 벌을 받고 있는 것 같다는 생각에 마음이 아팠어요. 제목에서도 짐작할 수 있지만 「답신」은 편지글의 형식으로 쓰여요. 이모인 '나'가 조카인 '너'에게 보내는 편지. '나'는 '너'의 엄마, 즉 '나'의 언니에게 '너'의 아빠, 즉 '나'의 형부가 휘두르는 정신적이고 물리적인 폭력을 참다못해서 폭력을 휘두르고 감옥에 다녀오는데요. 그런 '나'의 입장을 수십 년간 만나지 못한 조카인 '너'에게 고백하는 방식으로 쓰인 단편입니다. 특별히 이런 형식으로 쓰게 된 이유가 있나요?

최은영 저는 이런 질문을 많이 받았어요. 왜 3인칭으로 썼고, 초점화자를 왜 이 사람을 썼는지 같은 질문요. 솔직히 말하자면 이유는 없고 그냥 이렇게 써야 할 것 같아서 선택하게 된 것 같아요. 머리로 사고해서 이렇게 하는 게 효과적이지 않을까, 하는 생각보다는 그냥 그 톤이 들어오는 것 같아요. 그것이 이번에는 누군가한테 말하는 방식이었어요. 조곤조곤 말하는 방식이 맞을 것 같다는 생각이 들었고 그런 느낌이 들었어요.

김나영 개인적으로 최은영 작가의 소설 대부분이 친한 친구나 가족에게 받은 편지를 읽는 느낌으로, 뭐라고 말해야 할까요. 그냥 술술 읽혀요. 문장들을 작가가 고르고

인터뷰 _ 최은영 × 김나영

다듬었다는 느낌이 크게 들지 않고 편하게 읽히는데
요. 그래서 편지 형식을 띠지 않는 글들도 마치 인물이
나에게 말하는 방식으로 쓰인 것 같다는 생각이 들었
어요. 그래서 「답신」은 그런 기존의 문체가 좀 더 강조
된 소설이 아닐까 했어요.

또 「답신」의 사건도 중요하게 봤는데요, 우리 사회가
해결하지 못하는 가정 내에서의 폭력을 다루잖아요. 물
리적인 폭력도 있지만 지속적인 정신적 폭력이요. 곁에
서 지켜주지 못하는 여성들의 삶을 생각하게 하는 이
야기인 것 같아요. 그런 맥락에서 저는 이 소설이 어떤
사랑의 방식에 대해 말하는 이야기가 아닐까 싶었어
요. 사랑의 형상을 그려 보여주기보다 독자에게 사랑
이 뭔지 생각해보라고 독려하는 소설이랄까요. 이모가
조카에게 사랑을 느끼고 비로소 사랑을 알게 되었다고
말하잖아요. 조건 없는 사랑, 그러니까 네가 무엇을 하
든 어떤 모습이든 너를 사랑할 거라는 확신을 갖게 되
는 것. 어쩌면 조카에 대한 이모의 사랑을 표현한 거라
고 단편적으로 볼 수도 있지만, 사랑을 매개로 가족이
라는 관계를 다시 보게 하는 것 같아요. 엄마는 어린아
이들을 두고 떠나고 아빠는 딸들을 충분히 이해하고
보듬지 않는 관계에서 겪은 개인의 결핍감을 역으로
표현한 게 '너'에 대한 무조건적인, 영원한 사랑이 아닐

까 싶었어요. 이모인 '나'는 어떤 마음이었을까요.

최은영   이모가 계속 그런 상상을 하잖아요. 물건을 계산할 때 거기서 일하는 알바생이 혹시 조카가 아닐까, 얼굴조차 모르는, 애기 때 봤으니까 얼굴을 알 수가 없는데도 그렇고, 얘랑 있던 시간이 이 사람 인생에서 너무 소중한 부분이었기 때문에 그걸 계속 들여다보는 상태라고 해야 할까요. 그게 계속 자기 안에 빛나고 있어서 그렇게 그걸 계속 볼 수밖에 없는 사람이라고 생각했어요. 그러면서도 다가갈 수가 없고, 그런 안타까운 마음이 가장 크지 않았을까. 그리고 기본적으로 많이 보고 싶을 것 같아요. 그냥 멀리서라도, 만나지 않는다고 하더라도 아, 쟤가 걔야, 라고 누가 알려줘서 그냥 보기만 해도 좀 충족될 수 있을 것 같다는 생각. 그만큼 걔를 사랑하고 있고, 그 사랑이 사라지지 않을 거라는 걸 아는 사람이라고 생각했어요.

김나영   '나'가 언니한테 쓸 수도 있고, 다른 사람한테 이야기할 수도 있을 텐데 왜 조카를 선택했을까 궁금했어요. 말씀하셨듯이 정말 소중하고 좋은 시절을 함께한, 순수한 사랑을 깨우쳐준 존재이긴 하지만 '나'의 인생 전체를 봤을 때 짧은 순간을 함께한 사이잖아요. '나'의

인터뷰 _ 최은영 × 김나영

짧지 않은 인생이 무색하게 그 짧은 만남이 가장 빛나고 소중하기 때문이었을까요. 그러고 보면 사랑이라는 게 사실 그런 것 같아요. 차곡차곡 쌓여 만들어지는 게 아니라 「답신」에서 보여주듯이 어느 한순간, 짧은 시기에 경험하게 되는 감정이고 그게 이후의 나를 계속 그 속에서 살게 하는 것일 수도요. 어째 제가 준비한 질문이 다 사랑 이야기네요. 사랑에 대해서 이제 결론을 내려야 할 것 같은데요. (웃음) 예전에는 사랑에 대해서 누구에게나 적용할 수 있는 보편적인 정의가 가능하고 그런 게 있다고 믿었던 때가 있었는데요. 사랑은 그런 게 아니고, 그런 마음을 경험하게 하는 상대에 따라서 정말 수많은 정의를 거느리는 것이라는 걸 살면서 자연스레 배우게 되는 것 같아요. 그게 인생인 것 같고요. 작가님이 보시기에 「답신」은 어떤 사랑에 대한 이야기인가요?

최은영 저는 이 사랑이 실패하는 사랑, 하지만 계속되는 사랑이라고 생각했어요. 실패하지만 계속되는 사랑, 이 두 가지가 같이 있다고 생각했어요.

김나영 지금 만나지 못하고 연결되어 있지 못한다는 의미에서 실패일까요?

최은영 조카에게나 언니에게나 이 화자가 계속 잘하고 싶어해요. 이 사람들한테 더 좋은 걸 주고 싶고, 더 편안하게 이 사람들이 살기를 바라고 희망하고, 그런 마음을 가지고 있음에도 불구하고 계속해서 그 자신의 희망이 이루어지지 못하고 심지어 더 악화되는 상황을 겪게 되잖아요. 그래서 결과적으로 자기는 언니를 위해서 어떤 행동을 하는데, 사랑에 의해서 그런 행동을 하게 되는데 그것이 결국 언니를 앞으로 볼 수 없게 만들어버리는 거죠. 그런 일을 좋은 의도로 했음에도 불구하고 계속해서 원하는 결과를 얻지 못한다는 점에서 실패하는 사랑이라고 말을 한 건데요. 하지만 작은따옴표 안에 들어가는 말 같아요. '실패하는 사랑.'

김나영 언니 생각을 하지 않을 수가 없잖아요. 자매가 고모할머니 장례식장에서 잠깐 마주쳤다가 그냥 헤어지는데요. 독자 입장에서 여러 가지 상상을 해볼 수 있을 것 같아요. 왜 연락을 적극적으로 하지 않을까? 다시 예전처럼 지낼 수는 없겠지만, 서로 용서를 구하고 가끔 얼굴은 보고 지낼 수 있지 않을까? 그럼 이토록 그리워하는 조카를 다시 만날 수 있지 않을까? 그렇지만 이렇게 된 이유에 대해서 납득이 안 되는 것도 아니거든요. 그래서 왜 언니와 나를 완전히 헤어지게 했을까,

이것이 최선이었을까 궁금했어요.

최은영 저는 언니가 마지막 순간에 자기 동생을 버리는 행동
을 한다고 생각했어요. 그래서 이 소설 안에 있는 사건
이 어쩌면 세상 사람들이 말하는, 여성의 적은 여성이
다, 여자는 결국 남자를 선택한다, 같은 것일 수도 있
죠. 겉으로 보여지는 사건 자체는 그럴 수 있다고 생각
해요. 제가 작가가 되고 나서 인터뷰할 때 그런 이야기
를 했어요. 나는 그런 말을 너무 많이 들으면서 자랐
다, 여자들은 관계 맺을 줄 모르고 서로 싸우기나 하고
결국 남자를 좋아하고 이런 이야기가 너무 듣기가 싫
었다, 그건 사실이 아니다, 이런 얘기를 많이 했거든요.
그런데 그것도 사실이긴 한데 현실에서 많은 여성이
싸울 수밖에 없고 적이 될 수밖에 없는 상황들이 실제
로 존재한다고 한편으로는 생각해요. 예를 들어서 겉
으로 봤을 때, 시어머니랑 며느리의 갈등, 이런 말 있잖
아요. 그걸 마치 여성들이 나약해서, 멍청해서 관계 맺
을지 몰라서 그렇게 싸운다는 식으로 개인의 문제로
바꿔버리잖아요. 그런데 그 안을 제대로 들여다보면
그 갈등이 일어나게 만든 원인은 뭘까 생각했을 때 거
긴 항상 뭔가가 있단 말이에요. 사람들은 그 원인에 대
해 얘기하지 않고, 사회에서 여성들이 부딪혔을 때 왜

부딪히게 되었을까에 대한 질문은 하지 않는다고 생각해요. 단지 여성들이 멍청하니까, 열등하니까 이런 식으로 관점을 계속 바꿔서 진실을 보려고 하지 않는데요. 그런 것들에 대해서도 얘기해봐야 되지 않을까, 라는 생각이 항상 있었어요. 이 언니가 자기 동생을 버렸어요. 그랬을 때, 이 여자 봐봐, 되게 못된 여자네, 어떻게 자기 남편 편을 들 수가 있어, 라고 얘기할 수 있지만 이 소설을 가만히 들여다보면 왜 그런 선택을 할 수밖에 없었는지 충분히 납득할 수 있다고 생각하고요. 비난받아야 할 대상이 여자들인가 질문했을 때, 그렇지 않다는 답을 내릴 수 있었고 그런 의미에서 언니의 선택에 대해서 계속 생각하는 글쓰기였어요.

김나영 어떻게 보면 언니의 매몰찬 태도를 통해 이 소설이 가장 현실적인 질문을 던지는 게 아닌가 싶어요. 그럴 수밖에 없는 언니들의 삶에 대해서. 말씀하신 대로 언니가 놓인 여러 조건을 생각해보게 하면서 결코 단순하지 않은 질문을 남기는 이야기가 되는 것 같아요.
답신이라는 게 대답하는 글이잖아요. 먼저 받은 게 있어야 보내게 되는 건데, 이 소설은 묻지 않은 질문에 대해 답을 하는 방식으로 쓰여요. 그래서 제목에 대해 더 오래 생각하게 되는 것 같아요. 누구에게 어떤 말을 들었기에 '나'는 이런 이야기를 하고 있는 것인가. 저는 개인적으로 이 답신이 언니가 중심에 놓여 있는 '나'의 세계, 방금 얘기하신 여성들의 세계일 수도 있을 것이고요, 여기에 보내는 안부라는 생각을 해봤어요. 어떤 의도로 '답신'이라는 제목을 붙이셨나요?

최은영 청자가 조카이긴 한데 사실, 결국은 자기 자신한테 하는 말이라고 생각했어요. 자기 인생에 대한 답, 지금 현재 자리에서, 지금 이 시간, 내가 살았던 그 시간에 대한 자신의 이해라고 생각했던 것 같아요. '나'의 삶이 나한테 많이 줬던 그런 질문들, 그리고 '나'의 삶이 나한테 전달했던 많은 메시지들, 이런 것들에 대해서 내가 지금 이 나이가 되어서 다시 답을 한다는 의미로요. 조카가 이모인 화자가 힘든 일을 겪었던 나이에 도달하잖아요, 지금 이 순간. 그래서 내가 그 나이였을 때 나에게 쓰는 편지이기도 하고요. 조카에게 보낸 편지이기도 하지만 그 나이였을 때, 그래, 너는 이런 아이였었고, 이런 생각을 했었지, 알겠어, 사실 너는 그런 어쩔 수 없는 선택들도 했고, 하지만 나는 너를 이해해, 이런 식으로 그 당시의 자신에게 답을 한 것 같기도 하고요. 그래서 제목을 '답신'이라고 지었습니다.

김나영 결국에는 방금 말씀하신 대로 '나' 자신에 대한, 내가 했던 행동들, 그때의 나에게 되돌려주는 이야기, 이런 의미에서 이 소설의 전체적인 주제와 너무 잘 맞는 제목인 것 같아요.

지금까지 「답신」에 대해 이야기를 나눠봤는데요, 작가님의 다른 이야기도 벌써 궁금해집니다. 앞으로 내가 소설가로서 꼭 쓰고 싶은 이야기가 혹시 있다면 얘기해주실 수 있을까요?

최은영 저는 좀 솔직한 글을 쓰고 싶다고 항상 말을 해왔어요. 그러면서도 결코 완전히 솔직한 글은 잘 못 썼던 것 같아요. 그래서 저를 돌아봤을 때, 왜 나는 그렇게 내가 원하는 만큼 솔직하게 쓸 수가 없을까, 하고 생각했을 때, 제 마음속에 너무나 많은 콤플렉스와 수치심이 있는 것 같아요. 그래서 내가 이런 걸 쓰면 사람들이 날 어떻게 생각할까, 내가 이런 얘기를 쓰면 사람들이 나를 버리지 않을까, 하는 두려움이 컸던 것 같고 아직도 그런 생각이 많이 있어요. 하지만 내가 가진 두려움이나 수치심 같은 것들을 언어로 쓰고, 풀어내고, 또 그런 마음들을 양지로 보내서 해결하는 작업이 나에게 필요하지 않을까? 그런 작업을 하지 않으면 내가 나한테 떳떳해지지 못할 것 같은 기분이 들기도 하고요. 그

인터뷰 _ 최은영 × 김나영

래서 소재나 이런 것에 대해서는 생각이 없지만 앞으로 글을 쓸 때 나 자신을, 나의 사회적인 자아를 내려놓고 조금 더 솔직하게 글을 쓰자, 라고 마음의 결심을 계속 하고 있어요. 제가 겁이 엄청 많기 때문에 그런 결심을 했고요. 앞으로 제가 사십대가 될 텐데 그때는 조금 더 정직하게 글 쓰자, 라고 생각하고 있습니다.

김나영 저는 그동안 작가님의 소설을 읽으며 항상 어떤 진솔함과 따뜻한 고백의 느낌을 받았는데, 더 들려주실 솔직한 이야기가 남았다는 게 기대가 됩니다. 그리고 소설을 쓸 때도 그런 생각을 하신다는 게, 물론 짐작하지 못한 부분은 아니지만 다시 한번 짚어보게 되는 지점인 것 같아요. 산문 같은 건 자신을 진솔하게 드러내야 한다는 생각으로 쓸 수 있지만 소설은 일차적으로 작가 자신의 이야기가 아닐 수도 있는 거잖아요. 만들어낸 세계인데 그 속에서도 내면의 솔직한 이야기를 하고 싶다는 그 마음이 지금까지 많은 독자가 공감하고 좋아하는 소설을 쓸 수 있게 한 동력이 아니었을까 싶어요. 지금껏 그렇게 못 썼다고 하셨지만 이미 작가님의 소설 속에 항상 그런 에너지가 들어 있지 않았을까 하는 생각을 해보게 됩니다.

마지막으로 이 대화를 보시는 독자분들께 한마디 해주

가을

세요. 이 어려운 시기를 잘 보낼 수 있는 방법에 대한 아이디어도 좋고, 그저 안부 인사여도 좋을 것 같아요.

최은영 안녕하세요. (웃음) 저도 이 코로나 시국을 지나면서 너무 진이 빠지고 기운이 없는 거예요. 그래서 와, 진짜 이렇게 힘들구나, 고립이라는 것이, 연결되지 못한다는 것이 사람한테 되게 자연스럽지 않은 일이구나, 라는 걸 느꼈어요. 제가 혼자서 잘 노는 타입임에도 불구하고요. 정말 코로나로 인해서 많은 어려움을 겪고 있는 분들이 있는 것으로 알고 있고, 제 주변에도 원래 가지고 있는 어려움이 더 커지거나 더 힘들어지는 친구들도 많이 있어요. 그래서 제가 어떤 말을 할 수 있을까, 생각해보면 저한테도 하는 말이긴 한데요. 너무 조바심을 갖지 않았으면 좋겠고, 자기한테 조금 다정했으면 좋겠다, 너무 자기를 몰아세우지 않았으면 좋겠다, 그 생각을 가장 많이 하는 것 같아요. 그리고 자기를 몰아세우는 말들 있잖아요. 특히 이런 시기엔 당연하게 할 수밖에 없는데, 그냥 머리로라도 그게 마음으로 와닿지는 않더라도 괜찮아, 괜찮아, 이야기해주면 좋지 않을까 생각해요. 야, 괜찮아, 하는 그런 사람이 계속 내 옆에 있는 것처럼 내가 약간 느리고 멍청한 짓을 하고 쓰레기 같은 하루를 보내더라도 괜찮아, 괜

317

찮아, 그냥 무조건적으로 괜찮아, 하고 얘기를 해주면 어떨까 해요. 그게 저한테 쓰고 있는 방법이기도 해서 말씀을 드려보았습니다.

김나영 이 시기에 저희가 꼭 만나고 싶은 작가님과 작품을 만난 것 같아요. 귀한 시간 내어 뜻깊은 이야기 들려주셔서 감사합니다. 앞으로도 작가님의 삶과 글쓰기를 기대하고 응원하겠습니다. 건강 잘 챙기시길 바라요. 감사합니다.

최은영 감사합니다.

김나영
문학평론가

가을

겨울

겨울

시

조혜은
2008년 『현대시』를 통해 시를 발표하기 시작했다. 시집 『구두코』 『신부 수첩』 등을 냈다.

모래놀이

누구도 나를 구할 수 없었으므로
누구도 도울 수 없었다

누구도 끝까지 자신을 구할 수 없었으므로
누구의 도움도 구할 수 없었다
모두 다 털어 내도

수북이 쌓였다

연민은 동쪽에서 뜨고 서쪽으로 진다고
나무는 한 발짝도 움직이지 않았다는데
진심이라는데

그늘은 점점 우리를 뒤덮었다
다만 알고 있었다

조혜은. 모래놀이

저렇게 얇은 팔로도 안을 수 있고
무언가를 들 수 있다니

기분이 안 좋아
얇은 팔에 진심을 가득 담아 아이가 말했다

내가 미끄럼틀 타려고 모래를 다 치웠는데 오빠가 또 미끄럼
틀에 몰래 올렸어

초록으로 물든 공원 앞을 지날 때
당신과 나 사이를 가로막고 있던 횡단보도로 내리던
여린 모래처럼, 몰래

이뤄질 수 없는 사람을 꿈꿨다

배우고 배우면
어울리지 않는 옷에 나를 끼워 맞춰 보는 일처럼
쥐어짠 것처럼

뒤틀린 몸으로도
사랑은 아름다운 걸까

겨울

슬픔이 들었다 놓은 것처럼 깨어져 있었고

진심으로와
사랑하다 사이의 간격이 너무나 멀었다

조혜은. 모래놀이

실패하는 말과
진심의 사랑

조혜은 ✕ 안서현

안서현　시와 소설을 같이 이야기하며 읽는 '시소 프로젝트'.
이번 겨울의 시로 선정된 「모래놀이」를 쓰신 조혜은
시인님을 모셨습니다.

조혜은　안녕하세요.

안서현　특히 이번 '겨울의 시소'에는 제가 추천한 「모래놀이」
가 선정되어 너무너무 기쁩니다. 조혜은 시인님, 이렇게
와주셔서 감사해요. 먼저 인사 한마디 부탁드릴게요.

조혜은   안녕하세요. 저는 시 쓰는 조혜은이라고 합니다. 독자
분들하고 만날 기회가 많이 없었는데, '시소 프로젝트'
로 만나게 되어 너무 좋습니다. 감사합니다.

안서현   네,「모래놀이」라는 시에 대해서 이렇게 직접 이야기를
들을 수 있어서 저희도 기쁩니다. 저는 「모래놀이」를
읽고 모래가 마음 같다고 생각했어요. 수북이 쌓여 있
는 모래는 미련 같기도 하고, 흘러내리는 모래는 뭔가
를 간절히 바라는 마음 같기도 하고, 잘게 부서져 있는
모래는 마치 슬픔으로 부서져 있는 마음 같기도 하고
요. 이 모래와 마음이라는 유비(類比)가 마음에 정말 많
이 와닿았던 것 같아요. 시인님에게 「모래놀이」는 어
떤 작품인가요?

조혜은   제가 처음 시를 쓰기 시작했을 때는 집중해서 시를 쓸
수 있는 시간이 많았어요. 하지만 지금은 대부분의 시
간을 돌봄 노동에 종사하고 있기 때문에 상황이 전과
는 많이 달라졌어요. 그래서 아이들과 있는 시간에 주
변 풍경을 바라보면서 감정을 투영해 시를 쓰는 경우
가 많아요. 집중력 있게 하나의 시를 쭉 끌어낸다기보
다는 감정을 이어서 엮어서 썼어요. 그 시 한 편을 붙잡
고 있지는 않지만 어떤 시는 1년이 더 걸리기도 하는

                                      인터뷰 _ 조혜은 × 안서현

것 같아요. 어떻게 보면 제 삶이랑 비슷하게 너덜너덜한 걸 이어 붙인다는 생각을 많이 했어요. 「모래놀이」는 그런 상황에서 꿋꿋하게 써 내려간 시였어요.

처음에는 절망하는 사람의 이야기였어요. 누구도 도울 수 없기 때문에 나 역시 누군가의 도움을 받을 수 없는, 굉장한 절망에 떨어진 사람에 대한 이야기요. 그 느낌이 안서현 선생님이 말씀하신 것처럼 모래라는 물질과 아주 비슷하게 여겨졌어요. 바닷가나 모래놀이터에서 행복한 시간을 보내고 집으로 돌아오면 아이의 몸에서 떨어진 모래를 치우는 일들은 엄마인 저의 몫이에요. 그런데 털어도 털어도 사라지지 않고 며칠이 지나도 집 안에서 모래가 계속 발견될 때가 있어요. 그런 것들을 보면서 절망이 쌓여서 내게서 떨어져나가는 방식이 모래라는 물질과 많이 닮았다는 생각을 했어요.

다른 한편으로는 진심에 대해 말하는 시이기도 해요. 어떻게 보면 상투적인 말일 수도 있는데, 진심이라는 말을 정말 진심을 다해서 내뱉으면 굉장히 무거운 이야기가 되잖아요. 사랑하는 사람한테 너는 진심으로 나를 사랑한 적 있니? 이런 말을 들은 적이 있는데 그 말이 되게 낯설고 이상하게 들렸어요. 사랑하는 것도 어렵고 진심인 것도 어렵잖아요. 그럼 너는 나를 진심

겨울

으로 사랑한 적이 있는가, 그런 생각이 들어서 이 진심이라는 것에 대해 계속 고민하고 있었는데요. 아이들이 저한테 쓰는 말들을 가만히 들여다보면 고백을 많이 해요. 어른들과 다르게 사랑한다는 말도 아주 쉽게 하고, 나는 진심이야, 이런 말들도 자주 하고요. 그래서 시에 쓴 것처럼 연약한 팔로도 이렇게 무거운 것들을 이야기할 수 있구나, 가볍게 툭 내뱉은 아이의 말도 진심일 수 있겠구나, 이렇게 진심의 다양한 무게를 체감해본 것 같아요.

"뒤틀린 몸으로도/사랑은 아름다운 걸까"라고 시에 쓰기도 했는데요. 사실 우리 주변에 사랑이라고 말할 수 있는 많은 것들이 있잖아요. 그것이 내가 사랑하는 일일 수도 있고, 어떤 대상일 수도 있고, 이 세계일 수도 있는데, 그런 것들을 어떤 방식으로 사랑해야 진심일 수 있을까. 저에게는 이 시가, 절망 속에서 사랑의 진심을 묻는 시인 것 같아요.

안서현 그렇군요. 오랜 시간 쓰신 시였네요. 그리고 마지막 연에 "진심으로와/사랑하다 사이의 간격이 너무나 멀었다"라는 구절이 있는데요, 그 간격을 줄곧 생각하며 쓰신, 진심에 관한 시였군요.

저는 이 시를 읽으면서 어른들에게도 모래놀이가 필

요하다고 생각했거든요. 마음과 모래가 닮았다는 것을 발견하고 나니, 마치 내 마음을 다루는 연습을 하듯이 모래를 가지고 한번 놀아보고 싶더라고요.

말씀하신 것처럼, 이 시에는 귀여운 아이들의 모습이 포착되어 있어요. 아이들이 바닷가에서 커다란 양동이에 모래를 가득 담아서 끌고 다니잖아요. 어떻게 저렇게 무거운 것을 들고 다니나 싶을 정도로요. 그런 장면들이 떠오르더라고요. 아이들이 진심을 전하는 말을 쉽게 하는 데서 이 시의 착상을 하셨다고 하니까 그런 이미지도 더 새록새록해지네요.

이 시에 이런 구절도 있잖아요. "내가 미끄럼틀 타려고 모래를 다 치웠는데 오빠가 또 미끄럼틀에 몰래 올렸어" 이게 한 연인데요. 이 구절에서도 독자들은 아이들의 노는 모습이 떠올라 미소 짓게 돼요. 저도 '이모 미소'를 지으면서 읽었거든요. 아이들이 하는 말을 유심히 들으면서 이 시를 쓰게 되었다고 말씀하셨는데요, 아이들이 놀이터에서 노는 모습을 보면서 이미지가 구체화되기도 했겠지요?

조혜은   저의 일상이 아이들로 꾸려진 경우가 많아서, 장난감 놀이라든지 모래놀이라든지 어떤 놀이를 관찰하면서 쓴 시가 많아졌어요. 제가 첫 번째 시집부터 천착했던 것이 관계에 대한 문제였는데, 아이들이 놀고 부모들이 그걸 통제하고 이런 것들을 보면서 또 다른 관계를 경험하게 된 것 같아요.

돌봄이라는 사회적 문제도 있긴 하지만 그런 것들과 함께 과연 가까운 관계 사이에서 놀이라는 건 뭘까? 안서현 선생님도 어른들에게도 놀이가 필요하다, 위로가 필요하다고 말씀하셨는데요. 그렇게 확장시켜서 생각할 수도 있을 것 같아요. 아이들의 세계를 바라보면서 어른들의 세계도 바라볼 수 있게 되고, 그래서 관계에 대해서 좀 더 넓게 생각할 수도 있는 놀이 세계의 진심이랄까요. 특별히 아이들에 관해서 뭘 써야겠다, 한 건 아니었지만 그런 생각도 했어요. 내가 정말 단순하게 아이들을 관찰하면서 이 아이들만 가지고 이야기를 끌어내는 건 아닐까, 반성도 많이 했고요. 그래도 어쩔 수 없이 내가 존재하는 공간이 여기이고, 그 속에서 쓸 수밖에 없다면 이야기를 좀 더 파내어 깊이 있게 써보자. 처음에는 거리를 두고 아이들의 이야기를 쓰는 것을 피했다면, 이제는 그냥 돌봄의 관계와 늘 마주하는 놀이의 세계에 대해 대놓고 이야기를 해요. 이 시 역시 모래놀이터에서 여러 해 동안 아이들과 함께하며, 끝까지 털어내지지 않고 남아 있는 기억과 감정에 기대어 쓴 시입니다.

인터뷰 _ 조혜은 × 안서현

안서현 저는 그런 시가 참 좋더라고요. '봄의 시'로 안미옥 시인의 「사운드북」이라는 시가 선정됐었어요. 아이들을 위한 사운드북을 보고 쓰인 시였는데요, 이런 '놀이의 세계'에서의 발견이 담긴 시가 여러 겹의 시간과 여러 층의 경험을 떠올리게 하더라고요. 그리고 돌봄에 관한 이야기를 더 많이 하고, 돌봄에서 오는 감정들을 더 나누었으면 좋겠다고 생각하거든요. 그래서 이런 시들을 더 즐겁게 읽는 것 같습니다.

「모래놀이」는 『현대시』 9월호에 발표하셨잖아요. 9월이면 두 달 전이라 얼마 되지는 않았지만, 혹시 이 시에 공감하는 독자들의 이야기가 들려오신 적도 있는지요. 이 시는 많은 사람이 공감하며 읽을 수 있는 시거든요. 모래놀이는 누구나 해본 것이고, 어렸을 때 놀이터에서 놀다가 어느새 어둑어둑해지는 경험도 누구나 있을 것이고요. 그리고 마음이라는 것도 또 진심이라는 것도 누구나 가진 것이고, 또 누구나 그것에 대해 생각할 테고요. "이뤄질 수 없는 사람을 꿈꿨다"라는 구절이 있는데, 누구나 그런 마음도 한 번쯤 가져본 적이 있겠고요. 지금 짝사랑하고 있는 독자, 아니면 육아하고 있는 독자에게 이런저런 감상평을 받지 않았을까, 하는 생각이 들었어요.

조혜은 제가 지금 생각을 해봤는데, 없더라고요. (웃음)

안서현 아, 그럼 저희의 격한 공감을 말씀드려야겠네요. 저희 선정위원 중에는 육아하는 분들이 계셔서, '놀이터 부모'로서의 공감을 나누면서 이 시를 읽었거든요. 특히 요즘 코로나19로 돌봄의 어려움이 더 크잖아요. 그런 중에 이 시를 읽으니, 시 속에서 자신들의 모습을 보게 되었다는 반응이었어요. 유튜브 영상으로라도 선정위원들이 나눈 이야기를 꼭 들려드리고 싶네요.

조혜은 조금 부연하자면, 제가 결혼하고 출산과 육아를 하기 전에는 글을 쓰고 같이 공부하는 친구들과 주로 시간을 보냈다면, 지금은 육아하는 엄마들과 교류할 때가 많아요. 지역사회의 분위기가 친밀한 편이라 서로 잘 알아요. 둘째 아이는 병설유치원을 다니는데 아파트 한 라인에 같은 반에 다니는 아이가 네 집이나 살 정도로 서로 가깝고 놀이터에 나가면 항상 그 아이들이 나와 있어요. 그 아이들 엄마가 있으면 저는 그 아이들 엄마와 이야기할 때가 많고, 제가 잠시 자리를 비워야 하거나 그 아이들 엄마가 일이 있을 때는 모든 엄마가 마찬가지겠지만 간식도 나눠 주고 놀다가 다치지 않을까 지켜봐주고 그렇게 서로 챙겨주는 분위기가 너무 좋은데요. 하지만 그 아이들의 엄마에게 제가 아이들에 대해서는 진심을 다 담아서 이야기하지만 시에 대한 진심을 이야기하지는 않으니까요. 겉으로 보기에는 연대가 단단한 것 같은 관계도 그 이면을 들여다보면 금방이라도 부서질 것 같은 위태로움들이 있잖아요. 그 관계가 아이로 인해 생성된 것이라면 더 그렇죠. 그 위태로운 감정 위에서 진심이라고 얘기하면서 서로 조심하는 그 모습들을 보는 것, 그런 경계를 들여다보는 것에 대한 이야기들은 정말 진심으로 나눌 수는 없을 것 같아요. 가깝게 지내는 아이 친구 엄마들 가운데 간혹 제가 시를 쓰는 걸 아는 엄마도 있고 응원해주는 엄마도 있지만 발표한 시를 이야기하는 건 망설여져요. 시인으로서의 자아는 아이의 엄마로서 제가 가지는 온건한 자아에서 상당 부분 비껴나 있다고 생각하거든요. 아이의 엄마라면 마땅히 행복을 느껴야 할 상황에서, 시는 가장 불편한 이야기를 끌어내고 싶어 하니까요. 아이들의 엄마로 다른 아이들의 엄마와 관계하며, 그게 비록 완벽하진 않더라도 진심으로 나의 삶을 충만하게 한다고 느껴요. 하지만 시를 쓸 때는 균열을 벌리는 일에 집중하게 되니까요. 그리고 제가 원래 독자분들과 많이 소통하지 못해서 시에 대한 감상을 잘 듣지 못한 것 같아요. 저한테 가장 친근한

겨울

독자라면 저와 함께 살고 있는 분인데, 그분이 가끔 검색해서 누가 이런 글을 남겨주었더라, 전해주기는 해요. 그런데 제 시가 많이 읽히는 시는 아니라서, 그분이 매의 눈으로 찾아서 알려주면 내 시를 읽어주는 사람이 있구나, 하고 위안을 받아요.

안서현 독자들이 영상에 댓글도 많이 남겨주시면 좋겠네요. 말씀을 듣다 보니까 시가 들려주는 이야기가 더 잘 이해되는 것 같아요. 아이들은 작은 말에도 진심을 한껏 담아서 표현하는데, 아이를 매개로 만나게 된 어른들끼리 주고받는 말은 꼭 그렇지 않을 수도 있고, 그런 대비 속에서 이 시가 나왔을 것 같다는 생각도 해보게 되고요.

저는 그런 생각도 들었어요. 놀이터에서 아이들이 놀 때, 같이 나온 분들은 옆에서 담소를 나누잖아요. 그때 '놀이터 공동체'에서 이 시를 같이 읽을 수 있지 않을까 상상해보게 돼요. (웃음) 꼭 이 시를 쓴 시인이라고 밝히지 않으시더라도요. 전국 곳곳의 놀이터에서 많은 분들이 자기 마음을 느껴보는 시간이 되지 않을까, 그런 실없는 상상도 해보게 되는 것 같아요.

이런 질문도 드려보고 싶어요. 저희 선정위원 중에는 이 시를 읽고 서사적인 상상력을 발휘한 분도 있었어

인터뷰 _ 조혜은 × 안서현

요. 시인님께 실례가 되지 않았으면 하는데요, 이 시 안에서 한 편의 드라마가 발견되기도 했어요. 아이를 데리고 놀이터에 나와서 저녁까지 같이 있으면서, 마음 한편에서는 문득문득 이뤄질 수 없었던 사람을 생각하는, 그런 화자의 이야기가 아닐까 하고요⋯⋯. 아, 여기까지만 해야 할 것 같아요. (웃음) 물론 시니까 여러 독법이 있겠지만, 시인님께서는 이런 해석에 대해 어떻게 말씀해주실지 궁금하네요.

조혜은 제 시가 어떻게 보면 재미없고 건조한데, 거기서 이렇게 낭만적인 이야기를 끌어내주셔서 감사한 마음이에요. 누군가는 그럴 수도 있을 것 같아요. 어떻게 보면 사랑시로 읽을 수도 있고, 짝사랑하는 시로 읽을 수도 있는 감정인데요. 사실 제가 생각하는 화자는 너무나 외롭기 때문에 그 세계에 있는 모든 사람과 하는 사랑이 이루어질 수 없는 사랑이고, 그 어떤 사람과도 이루어질 수 없는 관계 속에 있는 사람이에요. 그 구절이 상투적이고 흔한 것이어서 굉장히 망설였어요. 그런데도 그런 말을 꼭 해보고 싶어서, 다른 구절들이 있으니 그렇게까지 상투적이지 않을 수 있겠다, 해서 던져넣은 거였어요.
    깊은 외로움의 말이었어요. 모든 관계에서 실패한 사

람의 말, 그리고 그럼에도 불구하고 그 관계를 잡아야 하는 그런 사람의 말. 굳이 육아에 대입하자면 타인은 물론 자기 자신에게조차 이해받을 수 없는 사람이고요. 안서현 선생님이 말씀하신 것처럼 아이들은 모래놀이터에서 놀고 자기만의 연대를 가지지만 어떻게 보면 육아하는 사람은 해가 쨍쨍할 때부터 날이 어두워질 때까지 아이가 노는 모습을 지켜보면서 자신의 삶을 모래처럼 흘려버리는 사람 같다는 생각이 들었어요. 제 이야기를 빗대서 말하자면 저도 육아하면서 굉장히 저를 많이 잃어버렸다는 생각을 했거든요. 내가 예전에 알던 사람이 내가 아니고, 그런데 과연 내가 예전에 알던 사람은 정말 내가 맞았는지 그런 생각이 들 만큼이요. 나는 분명히 똑같은 나인데, 많이 달라진 것 같은 느낌이 들었어요. 누구한테도 나를 이해받을 수 없다는 생각이 들었고, 아이를 사랑하는 마음조차 의심해야 하는 상황에서 과연 그러면 이루어질 수 있는 사랑이라는 건 있고, 이루어질 수 있는 관계란 존재하는 걸까, 그런 물음에 계속 머물게 만드는 구절이었던 것 같아요.

안서현 저도 선정위원들에게 이 시를 추천하면서, 사랑시로도 읽힐 수 있지만 더 보편적인 감정을 담은 시라고 말

인터뷰 _ 조혜은 × 안서현

쏟드렸어요. 마치 "어울리지 않는 옷에 나를 끼워 맞춰 보는 일"이라는 시구절처럼, 우리는 나에게 맞지 않지만 내게 주어진 것과 내가 진심으로 원하는 것 사이의 거리를 느끼면서 살아갈 수밖에 없죠. 심지어는 내 마음과 마음 사이에도, 그리고 "진심으로와/사랑하다 사이의 간격이 너무나 멀었다"는 구절처럼 내 말과 말 사이에도 이런 거리가 있거든요. 이 거리를 느낄 때 우리의 마음을 표현한 시라고 생각했거든요. 모래놀이는 어쩌면 그런 낙차 사이를 흘러내리는 모래를 보면서, 한곳에 모아두고 싶은데 어느샌가 누가 옮겨놓은 모래를 치우면서 그 거리를 더 느끼는 놀이, 그 거리를 견디는 것을 연습하는 놀이고요. 사랑시로 읽는 독자도 꽤 있을 것 같아요. 내가 말하는 사랑과 나의 실제 사랑과 나의 마음속 사랑이 다를 수도 있고요. 그래서 "뒤틀린 몸으로도/사랑은 아름다운 걸까"를 자꾸만 묻게 되는 것이겠죠. 여러 가지로 읽어볼 수 있는 시인 것 같습니다.

다음 질문으로 이어가볼게요. 시인님께서는 그동안 관계에 대한 시를 많이 써오셨잖아요. 이전 시에서는 정형화된 관계나 틀에 박힌 관계에 대한 고민도 읽을 수 있었던 것 같아요. 그래서 관계나 사랑에 대한 생각을 더 들어보고 싶습니다.

조혜은 항상 관계에 대한 시를 많이 썼고, 관계에 대한 이야기를 많이 했는데 아직도 그 옆에도 다가가지 못한 것 같은 느낌을 받아요. 시간이 지나면 지날수록 관계의 어긋남을 굉장히 많이 경험했던 것 같아요. 이번 시집 원고를 정리하면서도 관계의 어긋남에 대해서 많이 이야기했어요.

아직도 어긋남에 대해서 계속 이야기하는 이유가 이 시에서 말한 것처럼 누군가와 정말 진심으로 관계를 맺고 싶은 마음 때문인 것 같은데, 그것에 대한 이야기를 아직 잘 마무리하지 못했기 때문에 이번 시집 이후에도 또 이야기해나가지 않을까 싶고요. 사랑에 대한 이야기는 제가 모든 부분에 있어서, 사랑에 대한 경험이 많이 없는 사람 같다는 생각을 했어요. 그래서 내가 사랑을 이야기해도 되나, 뭔가 이런 것들을 화두로 던져도 되나, 스스로에게 묻기도 했고, 독자분들이 이걸 사랑으로 읽어주실 때 죄책감도 느꼈어요. 두 번째 시집 때문인 것 같아요.

첫 번째 시집은 거의 관계나 소외의 문제로 많이 읽어주셨는데, 두 번째 시집에서는 내밀한 이야기들이 들어가면서 독자분들이 사랑과 그 폭력성에 대한 이야기를 많이 해주셨어요. 의외의 반응이었어요. 물론 감사하기도 했지만요. 저는 친밀한 관계가 어떻게 폭력적으로 결론이 날 수 있나, 그런 위태로운 관계에 대해서 이야기했던 건데, 독자분들은 그 폭력으로 마무리된 관계에서도 어떻게든 사랑의 씨앗을 찾아내시더라고요. (웃음) 어쨌든 건조한 제 시 속에서도 뭔가를 찾아내주시고요. 그리고 인상 깊었던 구절을 말씀해주실 때 정말 사랑에 대해서 짧게 짧게 이야기하는 구절을 불러주시더라고요. 그래서 저 스스로는 생각을 많이 하게 되는 부분이었어요. 저는 사랑에 대해 이야기할 수 있는 재료가 많이 없지만 어떻게 보면 독자분들이 그 속에서 풍부하게 읽어내주시는 것 같아서 감사했어요.

안서현 그래도 진심은 진심을 발견한다, 이렇게 결론을 내려도 될까요? (웃음)

조혜은 상투적인 결론에 다다랐네요. (웃음)

안서현 그럼 오늘 인터뷰를 마무리할 수 있는 마지막 한마디 부탁드려도 될까요? 인사도 좋고, 이번 시집에 대한 이야기도 좋을 것 같아요.

조혜은 세 번째 시집이 올해나 늦어도 내년쯤에는 나올 것 같은데, 제 시집을 기다려주는 독자분들이 계셔서 너무 감사드리고요. 오늘 제 시에 대해서 이야기하는 자리에 불러주셨는데, 대개 시를 쓰고 나서 잊는 경우가 많아서 도대체 무슨 이야기를 할 수 있을까 고민이 많았는데, 안서현 선생님께서 잘 정리해주셔서 감사했어요. 혼자였으면 많이 횡설수설했을 텐데, 그래도 하고 싶었던 이야기를 할 수 있었고, 다음 시집에 대한 이야기도 많이 포함되어 있었던 것 같아요. 감사합니다.

안서현 저도 다음 시집을 기다리고 있겠습니다. 오늘 시소 인터뷰는 이것으로 마치겠습니다.

안서현
문학평론가

겨울

소설

염승숙
2005년『현대문학』을 통해 소설을, 2017년 경향신문 신춘문예를 통해 평론을 발표하기
시작했다. 소설집『채플린, 채플린』『노웨어맨』『그리고 남겨진 것들』『세계는 읽을 수
없이 아름다워』, 장편소설『어떤 나라는 너무 크다』『여기에 없도록 하자』등을 냈다.

프리 더 웨일

미래는 보이지 않는다.

누구에게도.

그래도, 무정해지고 싶지 않아.

우상우는 어깨를 옴츠리며 말했다. 창밖으로 시야가 흐리도록 폭설이 내렸다. 낮부터 소주를 홀짝이다가 자정을 넘겨서까지 뒷골목의 작은 술집으로 찾아들었던 겨울밤. 그는 등받이 없는 플라스틱 의자에서 몸통을 끄덕거리다가 뒤로 넘어갔다. 스물일곱이었고, 이제 소설 같은 건 그만두고 취직하겠다, 선언하듯 이야기했던 날이었다. 졸업 이후에도 아르바이트를 하며 소설을 써서 투고해왔지만 어디에도 희망은 없다는 걸 어렴풋이 알아가던, 분노를 넘어 우울에 이르던 시기였다.

내 처지에 누굴 만날 때가 아닌 거 같아.

나는 술잔을 가득 채워 그에게 건넸고, 우상우는 문득 서글픈 눈빛으로 바라보더니 냉큼 입에 털어 넣고는 고꾸라져버렸던 것

341

염승숙, 프리 더 웨일

이다. 크게 나동그라졌는데도, 입고 있던 오리털 점퍼 때문에 그는 검은 이불을 둘둘 말아 덮은 모양새로 평온히 잠들어버렸다. 넘어지고도 넘어진 줄 모르고 곯아떨어진 모양이 우스웠지만 정작 웃음은 나오지 않았다. 어린애처럼 숨을 고르는 그의 곁에서 나는 무엇을 생각했나.

무정해지고 싶지 않다니.

그를 사랑했는지도 모를 일이다.

그래서 도망쳤는지도 모를 일이다.

미래는 보이지 않으니까. 누구에게도.

그게 맞다고 생각했는데, 다음 날 나는 고개를 숙인 채 울면서 오후를 지나갔다.

일방적으로 이별을 통보한 지 반년 만에 다시 그의 앞에 섰을 때 나는 아무렇지 않게 굴려고 애썼다. 우리 사이에 비어 있던 시간은 조금도 없었다는 것처럼. 그는 우리가 자주 가던 단골 카페에서 나오다가 머쓱하게 서 있던 나를 발견하고 눈 맞췄다. 나 왔어, 하고 말했는데 한참을 대꾸 없이 그대로 서 있었던가.

왔네.

그의 대답은 그게 다였다. 그저 빙그레 미소 지었을 뿐 비난이나 책망도 없이 나를 받아주던 그의 얼굴과 그런 말들을 나눌 때 조용히 우리 곁을 스쳐 가던 바람과 잠시 후 놀랐지 싶게 목덜미에 후드득 떨어져버리고 말던 빗방울까지 생생하다. 검은 구름

한 점 없이 쏟아지던 의문의 소낙비 사이로 그와 손을 잡고 뜨거운 아스팔트 위를 뛰었던 여름이.

갈 데가 있어.

우상우는 오늘이 마지막 날이라며 전시회에 가자고 나를 이끌었다. 두근거림이 멈추지 않던 이유가, 상업 공간을 잠시 빌린 특별 전시장이 후미진 골목에 위치해 있어서 오래 헤맸던 탓인지도 모르겠다.

다 찾게 돼 있어.

길을 잃고도 오히려 여유롭던 그의 말 한마디에 그래도 나는 조금 안심했었다. 전시는 현대 유명 작가들의 작품을 배경 삼아 신인 작가들이 오마주한 작업을 배치하는 형태로, 관객 참여를 유도하는 퍼포먼스였다. 입장과 동시에 키를 재고 그 숫자 옆에 이름과 방문 시간을 적었는데 우상우가 까치발을 들어서 웃고 말았던 걸, 기억한다.

그날 나는 '바스 얀 아더르'의 대형 사진 앞에 놓인 테이블에서 눈을 떼지 못했다. 그녀가 자신의 우는 얼굴을 직접 찍어 친구들에게 보냈다는 사진엔, "너무 슬퍼서 아무 말도 할 수 없어(I'm too sad to tell you)"라는 한마디가 쓰여 있었다. 울고 있는 작가 앞에는 또 다른 작가가 테이블에 턱을 괴고 앉았는데 맞은편 자리에 의자 하나가 더 놓였다. 관객들은 빈자리에 차례로 1분가량 머물다 일어났다. 나는 어쩌면 영원히 울고 있는 바스 얀 아더르와 그 앞에서 눈물 흘리는 퍼포머를 번갈아 바라보며 이들은 어째서 슬픈

가…… 그리고 소설을 쓰고 있고 또 계속 쓰고 싶어 하는 나는 또 어째서 이토록 슬프기만 한가 생각했다.

소설을 쓸 때면 슬픔이 잊히는 것 같던 때가 있었는데, 현실이지만 현실 아닌 세계에서 마음껏 공상하고 활개 치는 내 모습이 마음에 들어 조금 살 만하게 느껴지던 때가. 그것 빼고는 살면서 딱히 좋은 날, 좋은 기분이었던 적은 없었다. 진실로 그랬다. 그러나 쓰면 쓸수록, 소설은 그 자체로 도달해야 할 미래의 지점처럼 여겨졌다. 나는 천재도 부자도 아니잖아! 술만 마시면 고함을 쳤고, 조바심에 자주 일그러지곤 했다.

쓰는 게 맞느냐고 내가 묻고, 우상우가 그렇다고 답하던 그런 대화. 그랬던 말들. 정작 국문과는 나고, 우상우는 한 살 많은 공대생이었는데도 자기 확신과 열정의 강도는 비교가 안 됐다. 비전공자를 위한 소설 창작 수업에서 만나게 된 건 순전히 내가 인기 많은 전공 강좌의 수강 신청에 실패했기 때문이었다.

왜 자꾸 쓰고 싶을까?

이상한 아름다움이지.

보답받지 못하는데도?

그런 마음 때문에 인간은 쓸쓸해지는 거고.

우상우는 뭐든 다 안다는 듯 굴었다. '그런 것은 그런 것이 아니야'라든가, '의미 없음의 의미를 발견해내는 의미에 대하여' 같은 우스운 말을 잘도 내뱉었다. 그러면서도 쉽게 회의하거나 조소하지 않는 태도로, 문학을 향한 맹목적인 호의나 세계를 향한 비겁한 갈망 따위도 없이, 묵묵히 썼다. 끝도 없는 아르바이트로 생활비를 벌고, 소설 쓰기에 매달리고, 참고 기다리면 뭔가 기약할 수 있으리라고 믿으면서. 인내란 그런 것이라고.

그로부터 10년.
미래는 이미 와 있고 그는 없다.
나는 한 아이의 엄마가 되었고, 직장에 다닌다.
더는, 소설을 쓰지 않는다.

2

어느 날부터인지는 모르겠다.
창문이 닫혔네.
뻐근한 뒷목을 주무르는데 무심히 눈에 들어왔다. 닫혀 있는 창문이. 그저 그렇게 생각하고 노트북 화면으로 시선을 옮겼다. 다음 호 교재 해설을 마무리 지어야 해서 입이 마르는 지경이었다. 어머니, 우리 아이를 위해 이것만은 꼭 알려주세요. 나는 빠른 속도로 자판을 두드렸다. '논리적인 사고와 풍요로운 이해의 길라잡이'에 대한 단락을 정신없이 쓰다가 불쑥 생각했다.
왜 닫혀 있지?
나는 멍하니 닫힌 창문을 바라봤다. 최근 들어 생각이 자꾸만 조각난다고 해야 하나. 그 잘린 단면들을 그러모을 때면 여지없이 허둥대곤 했다. 창문이 닫혀 있다, 왜 닫혔나에 이르기까지 이리도 삐거덕거릴 일인가?

이달의 책과 새달의 책으로 이어지는 '생각의 미로'까지 정리하고 스크롤을 올려서 해설의 구절들을 점검하다가, 새삼스레 귀를 기울였다. 키보드 타자음, 프린터 출력과 복사기 작동, 전화벨과 구둣발 소리에 더해 끊임없이 들려오는 갖가지 지시와 전달 사항들…… 마스크를 쓴 탓에 동료들은 피시 메신저에 더 집중했지만 어떤 이들은 간헐적으로 목소리를 더 높이기도 했다. 산더미 같은 교재나 복사용지를 안고 가다 주르르 흘리는 소리도 빈번하게 들려왔다.

딱히 잊지 않으려고 하는 건 아닌데, 잊히지 않는 장면 속에 '전'의 목소리가 있다. 입사 초기에 만난 선임. 파티션 너머로 들려오는 동영상 소리 때문에 집중이 흐트러지고, 또 며칠씩 계속되기에 고심 끝에 그에게 말을 건넸었다. 이어폰 빌려드릴까요, 하고. 선배니까 최대한 예의 있고 담백하게 말하려고 출근길에도 몇 번이고 혼자 연습해서 입을 뗀 거였다.

주제넘게 굴지 마요.

네?

아줌마는 이래서 안 된다니까.

그게……

제가 성이 전씨여도 겸손하질 못해서요.

전은 창백한 얼굴로 이기죽거렸다.

주제넘지 말라고, 수경 씨, 제발 주제넘게 굴지 말라고…… 그
때 나는 그런 말을, 두 손에 다 쥘 수 없는 크기의 공처럼 어, 어,
어, 소릴 내며 받아 안고는 어쩔 줄 몰랐다. 나쁜 뜻은 없었다고
말할 새도 없이 그는 일해요, 하더니 밖으로 나갔다. 한참 만에
자리로 돌아왔을 땐 온몸에서 담배 냄새가 짙게 풍겼다.

그래, 그러고 보니 그때도, 나는 또 모르는 척 아무 일도 없었
다는 듯 굴었다. 공은 이미 저리로 굴려버렸다는 듯이. 그게 무슨
말이냐고 왜 따져 묻지 않았을까. 화내지 않더라도 불쾌한 감정
을 숨기지는 않아도 됐을 텐데. 아니. 당연히. 나는…… 무서웠던
것 같다.

바른 출판, 바른 교육이라고 쓰인 모니터 배경 화면에서 헤엄치듯
마우스를 움직이다 보면 곧 나갈 사람이니까 조금만 참으라던 전
의 표정과 목소리가 부지불식간에 떠올랐다 사라진다. 그와는 전
혀 닮지 않고 상관도 없는 이가 옆자리에 잠깐만 앉아 있어도 모
르는 새 휘청거리기도 한다. 뺨이라도 갈기려고 누군가 달려드
는 기세를 반사적으로 느낄 때처럼. 다른 파티션 너머의 동료들
은 힐끔거리기만 하고 아무도 제대로 고개를 들어 바라봐주지 않
았었다. 다들 주제넘지 않으려 했던 거겠지. 잠깐 위축되었을 뿐
이니 소심해지지 말자고, 나는 이따금 생각 자체를 치워버리려고
노력했다.

누군가 필요에 의해 창문을 닫아놓았나? 시간을 두고 기다렸

염승숙. 프리 더 웨일

지만 딱히 그런 것 같진 않았다. 에어컨을 켰더라도 창문은 열어 놔야지. 방역 지침이기도 하니까. 거리두기는 완화되지 않고, 감염에 대한 불안과 우려도 사그라지지 않고 있었다. 계속 신경을 쓸 바에야 여는 게 좋겠다 싶어서 나는 마스크를 매만진 뒤 의자에서 몸을 일으켰다. 귀에 끼고 있던 이어폰을 빼려다가 줄이 꼬이는 바람에 책상 아래로 볼펜과 메모지들이 굴러떨어지려는 걸 가까스로 잡고, 닫힌 창문 가까이 다가갔다.

창문은 밖으로 여닫는 형태였다. 매끈한 은색 경첩을 손으로 잡고 힘주어 꺾은 뒤 밀어냈다. 둔탁한 소음을 내며 틈이 벌어지자 약간의 빛이 새어 들었다. 그 빛을 파고들어 부유하는 먼지도 함께. 사무실은 북동향이라 해가 잘 들지 않았다.

누구도 나의 행동에 관심 두지 않는 걸 나도 안다. 그런 시기였고, 당연한 때였다. 자리로 돌아와 다시 업무에 몰두했다.

그러나 뻐근한 허리를 매만지며 다시 고개를 들었을 때 창문은 다시 닫혀 있었다.

왜…… 닫혀 있지?

사무실 누구도 움직이지 않은 듯한데. 아무도 닫은 것 같지 않은데. 분명히 닫힌 채였다. 나는 의아해져서 두리번거렸다. 시곗바늘은 분명히 이동했다. 좀 전과 다르지 않은 자세의 동료들. 피로하고 번잡한 소리들. 한데 뒤섞이고 헝클어졌다가 못내 풀어지고 마는 불쾌함들.

—국어과 주간 회의, Studio B, 3시.

겨울

그 사이 메신저 알림이 떠서 조급하게 다시 키보드에 손가락을 올렸다. 초등과정 필수 도서 리스트를 어디에 두었더라, 형광펜은…… 이리저리 책상 위를 휘젓다가 서랍장을 열었을 때 나는 보게 되었다.

Free the whale!

노란 포스트잇에 선명하게 새겨진 파란색의 문장. 나도 모르게 신중히 몸이 기울어지고 말았다.

3

아이와 함께 토론해보세요, ①, 까지 쓰다가도, 이런 책들도 먼저 살펴봐주세요, 아이에게 내용을 미리 들려주셔도 좋아요, 까지 쓰던 중에도 나는 의자를 뒤로 밀고 일어났다.

환기가 필요해.

종종걸음으로 걸어가서 열었다. 손잡이를 잡아 밖으로 밀고 또 밀어냈다. 그럴 때마다 창문은, 어쩔 수 없다는 듯 투박한 몸짓으로 열렸다.

창문이 있고, 있는데 닫혔으며 항상 닫힌 창문 앞에 서 있었다. 누군가는―분명 누군가는 있을 테니까―창문을 닫고 나는 열고. 그러다 보면 두통이 왔다.

창문을 열고 자리로 돌아오면 교재 사이에, 펜 무더기 아래 또

염승숙. 프리 더 웨일

포스트잇 한 장이 끼어 있었다. 주위를 둘러봐도 누가 놓고 간 것인지, 누가 나에게 말 거는 것인지 알 수 없었다. 애잔한 마음이 들기도, 짜증이 치밀기도 했으나 어느 때는 그저 혼란스럽다고 느꼈다.

Free the whale!

얼마 전부터 사내 게시판에 익명으로 짧은 글이 올라온다고 술렁이는 이야기를 언뜻 들었다. 게시되고 얼마 지나지 않아 관리자에 의해 삭제되는 것 같다고. 나는 사내에서 누구와도 말을 잘 섞지 못했는데 그래선지 한편으론 누구나 다 내 앞에선 말을 조심하지 않았다. 이런 따돌림이 지겨우면서도 무력함을 느꼈다.

딱 한 번이지만 나도 본 적이 있다. 끝내지 못한 업무가 있어서 한밤중에 그룹웨어에 접속하려다가 보게 됐는데, 프리 더 웨일이라는 제목 아래 본문에 단 한 줄만이 쓰여 있었다.

모든 차별을 멈춰라.

고래는 회사 엠블럼이었다. 대왕고래, 북극고래, 참고래, 혹등고래, 밍크고래…… 노래를 한다고 알려진 여러 종의 고래들 중에서도 '바다의 마에스트로'라고 불리는 혹등고래가 회사 교재 상단에 찍힌 상징적인 문양이었다. "혹등고래는 어린 시절부터 사회적 학습의 형태로 노래를 부르지요. 다른 혹등고래들의 노래를 들으면서 자신만의 노래를 시작합니다. 노래는 조금씩 바뀌지만 언제나 반복된답니다. 우리 친구들도 자신만의 노래를, 즐겁게 부르세요!" 교재의 첫 장을 넘기면 바다의 수면 위로 도약하는 혹등고래의 사진과 함께, 이런 설명이 덧붙여 있다. 미국 하와이주에서 녹음된, 8분 2초간 지속되었다는 혹등고래의 노래를 적은 악보도 함께.

가장 단순하게 노래 부르는 고래는 참고래, 가장 복잡한 선율과 구성으로 노래 부르는 고래는 혹등고래…… 이런 문장들에 가끔은 눈길을 두기도 했었다. 단순하면 안 되나. 단순하기가 제일 어려운데. 복잡한 건 무조건 좋은가. 이리저리 입맛을 다시기도 하면서. 대왕고래는 수십 년간 변함없는 노래만을 부른다니, 놀라워하기도 하면서.

Free the whale!

아이가 잠든 자정 너머의 고요와 적막 속에서 그것을 오래 응시했다. '뒤로 가기'를 눌러 다시 목록으로 돌아왔을 때 글은 그사이 삭제된 듯, 보이지 않았다. 이후로도 지속적으로 글이 올라왔고, 그러다 보름쯤 후엔 점검을 이유로 게시판 사용이 아예 중단되었다고 알고 있다. 열흘, 아니 일주일? 정확하지는 않다.

휴지통에 버리기도 애매한 그 포스트잇을 발견하면 주머니에 재빨리 넣어버렸다. 아무도 나를 바라보지 않는데도 주시받는 기분으로 그것을 챙겼다. 좁은 공간에서 서로를 비껴가듯 뭔가 간신히. 남들에겐 성실해 보일지 몰라도 대체로 나는 그런 태도로 일하는 사람이었다. 회사 업무도, 육아도, 내게 '간신히'가 아닌 적은 없었다. 모든 걸 혼자서, 겨우, 가까스로 해내는 중이었다.

등단 이력이 더해져 어쩌면 손쉽게 자리를 얻었는지도 모른다. 아이를 낳은 뒤로는 쓰고 있지 않으니까 소설가라고 할 수도 없는데, 그저 동료들과 같은 업무를 초조히 할당받고 있을 뿐인데 그들은 마치 물 흐리는 한 마리의 이종(異種)을 바라보듯 나를 본다. 오로지 즐거워서, 즐겁기 때문에 노래를 부르는 건 아닐 것이다. 혹등고래가 노래를 부르는 건 그러니까 '나도 이 무리에 속해 있어'라고 말하는 방법. 어울림의 방식.

어느덧 근속 3년 차. 우상우 없이 아이는 어린이집에, 우상우 없이 나는 직장에. 여기가 나의 밥줄이고 동아줄이란 생각으로 버틴다. 내년이면 마흔이고, 연말엔 인사이동을 앞두고 최종 고과가 남아 있다. *Free the whale!* 은밀하게 요구해오는 동조에 응할 기운이 내겐 없다. 내부의 무리에 섞여들 수 있다고 믿지 않은 지 오래되었다. 바꿀 수 있다고 믿지 않으니까. 바뀐다고 생각하지 않으니까.

이따금 머릿속이 헝클어질 때면 목 뒤편이 찌르르 울렸다.

마음을 완전히 닫고 살지는 마.

귓가에 맴도는 익숙한 목소리.

적당히 거리를 두면 돼.

누구에게?

누구에게나.

무엇에?

무엇에라도. 가까워지기도 하고, 멀어지기도 하고.

그게 의미가 있어?

의미가 있지. 다 이유가 있고, 또 다 즐거울 수 있지.

우상우는 늘 그런 식이었다. 나는 그 말을 믿지 않았다. 어쩌면 마음 깊이 격렬히 반대했는지도. 그러나 달리 말하면, 믿고 싶었는지도 몰랐다. 그의 대책 없는 낙관을. 무방비한 희망을. 그건 내가 갖지 못한 세포 같은 거였다. 그와 함께해서 그것을 가질 수 있다면, 대신할 수 있다면 좋겠다고 나는 생각했던 걸까?

눈시울이 뜨거워져서 관자놀이를 꾹꾹 누른다.

알고 있다. 나는 아주 느린 사람. 시간 가는 것에 느리고 감정이 내 속으로 드나드는, 들고 나는 지점을 곧장 알아차리기가 어렵다. 즉각적인 것들은 종종 나를 상처 입혔으니까. 뒤늦은 후회와 자책으로 몰살당하는 기분에 휩싸이게 했으니까. 나는 점차로 무감해지는 것을 택하여 왔는지도 모른다. 무엇이든 바짝 외면하며 살아왔는지도.

그가 나의 애틋한 구원과도 같은 사람이었다는 걸 인정한 지는 오래다. 원망스럽지 않다고 할 수 없지만 원망할 새도, 그립지 않다고도 말할 수 없지만 그리워할 새조차 없어서 쓴웃음이 난다.

그가 떠난 지도 4년, 아이의 나이도 어느덧 네 살. 그는 영원히 나이 먹지 않고 서른여섯에 머물겠지만 아이는 매 순간 시간을 잡아먹으며 자라났다. 나는 생살을 뜯기는 기분으로 살아왔다.

아무것도 가진 것 없이 시작해서 둘이 아등바등 모은 돈으로 마련한 전셋집. 방 두 개에 부엌과 화장실, 손바닥만 한 마당이 딸린 서울 외곽의 단층짜리 주택에서 홀로 아이를 키우게 될 줄은 몰랐다. 우상우를 사고로 잃고 돌멩이 파편처럼 남겨질 미래를 전혀 예상도, 감각도 못 했다. 아이가 들어섰으니 비좁긴 해도 터가 좋다고, 매매는 아니지만 저축을 좀 더 늘려보자고 그가 기뻐하며 맥주 캔을 따던 얼굴이 선한데, 그럴 때면 꼭 상복 입은 등짝에 매달린 채로 침 흘리며 고개를 가누지 못하던 아이의 모습까지 끌어올려진다.

서른이 되기 직전에, 마지막이라고 생각하고 투고한 작품으로 나는 데뷔했다. 그러나 막상 당선 전화를 받고 나니 허탈해졌다. 결국 내가 소설 쓰기를 놓지 않은 건 되도 않는 반쪽짜리 인정 욕망 때문이었나, 깨닫게 된 탓이었다. 나는 내가 단지 시절을 통과하는 유일한 방법으로, 소극적인 도피의 방식으로 소설을 써왔다는 걸 알았다. 목표 지점을 잃고 일주일이 넘도록 고열에 시달렸다. 붉은 포진이 뒤덮여 얼룩덜룩한 얼굴로 신춘문예 시상식을 마치자마자 우상우는 전기설비 기사로 취직했다고 말해왔다.

너는 써. 나도 쓸 거야.

당연한 수순이라는 듯 그가 너무 재빨라서 나는 어리둥절했다.

이불을 뒤집어쓰고 맥없이 그를 기다리는 날들이 이어졌다.

일 마치고 돌아와서도 힘든 내색 하나 없이 많이 썼어? 저녁 뭐 먹을까, 하며 그가 자연스레 냉장고 문을 열면, 미친 듯이 화가 솟구쳤다.

안 써! 그만둘 거야, 자신 없다고!

나는 감정을 제어하지 못하고 소리 지르고, 그는 또 예의 그 어리둥절한 얼굴로 가만 서 있다가 씩 웃었다.

길이란 찾게 마련이야, 좀 더 들여다봐.

노래하듯 답했던 우상우는 그러나 전봇대에서 떨어져 죽었다. 인간의 허망한 끝이, 그의 가난한 죽음이 가여워서 나는 그 사실을 부정하기도 전에 혼절했었다.

정전 신고를 받고 달려간 그가 마지막까지 들여다보았던 건 제비 집이라고 했다. 다섯 시간의 사투 끝에 제비 새끼들이 입 벌려대는 나뭇가지 둥지를 사다리차에 고이 옮겨두고, 이제 내려갑니다, 무전과 동시에 추락했다고. 보고서를 감식하듯 다 전해 들은 이야기다. 그는 전봇대 꼭대기에 전선으로 뒤엉킨 집을 지어놓은 제비 집을 떼어내려 힘쓰면서, 그리고 결국 둥지 안의 제비 새끼들을 들여다보면서 무슨 생각을 했을까. 어쩌면 나도, 나의 아이도, 우상우를 향해 입 벌리는 제비 새끼가 되었을지도 모르지. 그런 생각을 할 때면 맹렬히, 아찔해진다.

삶이 녹록지 않다고 생각할 틈도 여력도 없었다. 나는 아이를 씻기고 먹이고 재우며 시간을 보냈다. 장례 마지막 날, 전혀 왕래도 없던 사이에 시부모라며 찾아와 우상우 지분의 전세금을 빼간다는 걸 사람이 염치를 알라고 고성이 오가면서, 외사촌들이 한데 뒤엉켜 온몸으로 막아줬던 일만 빼면 그럭저럭 고요한 날들이었다. 다행히 아이는 백일이 지나자마자 통잠을 잤다. 잠든 아이 곁에서 숨죽여 울곤 했다. 베개로 귀를 막아도 전신주에서 떨어지는 우상우의 비명이 들리는 듯했다.

나는 최대한 살림의 규모와 씀씀이를 줄였다. 외출하지 않고 아이만 돌보는데도 만만치 않은 비용이 들었으니까. 농사짓는 외가 식구들이 쌀과 잡곡, 온갖 구황작물들을 보내왔지만 다른 필요한 물건들도 너무나 많았다.

기관에 맡길 수 있다면 언제든 일을 시작해야겠다는 생각만을 하면서 수시로 중고 물품 거래 사이트를 들락거렸다. 얼마 남지 않은 분유와 기저귀, 멸균우유의 양을 헤아리고, 이유식 재료와 만드는 방법을 찾고, 외투와 내복, 양말과 신발, 때로는 아기자기한 머리핀과 방울들도 들여다보면서…… 아이에 관해 살 수 있는 거의 모든 것들을 '키워드 알림 설정' 해놓고 나는 그것들을 구매했다기보다는 '구했다'. '오염, 스크래치 없어요. 새것 같은 컨디션입니다'와 같은 문구를 유심히 읽고 중고여도 도무지 엄두가 나지 않는 가격의 상품들을 구경하듯 지나쳤다. '무료 나눔'과 '최저가'를 찾아 스크롤을 내리고 또 내리다 보면 어딘가로 한없이 추락하는 나른한 기분마저 들었다. 모든 걸 되돌릴 수는 없을까.

끝나지 않는다. 이 슬픔이 좀처럼.

다시 소설을 쓰겠다는 마음은 버렸다. 우상우가 추락해버린 순간에 이 세계를 향한 호감이나 바람은 갖지 않겠다고 나는 생각했으니까.

다만 아이를 잘 길러내야 한다는 책임만이 잔열처럼 내게 남았다.

일상이 달라진 건 지난해부터. 날씨와 미세먼지에 더해 전날의 바이러스 확진자 수를 경계하듯 노려보게 되었다.

하루는 늘 엇비슷하게 흘러간다. 아침에 눈을 뜨면 서둘러 씻고 나와 머리를 말린다. 빠르게 옷을 입고 화장을 한 뒤 주방에서 아이와 간단히 먹을 걸 준비하고, 식탁에 앉아서 휴대전화를 집어 든다. 어린이집 알림장에 올라오는 공지 사항을 훑는다. 맞벌이 가정의 아이인 경우, 부득이한 상황에 한해서만 '긴급 보육'이 제공됩니다. '가정에서 원으로' 탭을 누르고 '긴급 보육 신청합니다. 선생님께 감사드립니다'라고 적는다.

사는 게 언제는 부득이하고 긴급하지 않았던 적 있었나.

멍해지다가 감사합니다, 감사드립니다, 사이에서 매번 서늘한 심정이 되어 머뭇거린다. 지나치게 저자세인가 싶다가도 '합니다'를 지우고 보다 공손한 뉘앙스로 고쳐 쓴다. 감사드립니다. 감사를 드립니다.

곤히 자는 아이를 깨우고, 세수를 시키고, 아이가 아침을 먹는 동안에 어린이집 가방을 챙긴다. 전날 씻어놓은 식판과 수저와 물병을 넣고, 고리가 달린 수건도 잊지 않는다. 냉장고에 자석으

염승숙. 프리 더 웨일

로 붙여놓은 수도, 전기, 가스 요금과 관리비 내역서, 보육비 고지서를 바라보면서 각각의 납부 기일을 유념하고, 그러다 화들짝 놀라 식탁 위에 놓인 시계를 본다. 아이의 체온을 재고 마스크를 씌운다. 혹시 분실되거나 뒤바뀔까 봐 마스크 앞면에 펜으로 이름을 쓰고, 운동화 끈 재질의 마스크 줄도 매단다. 그것이 현관문을 나서기 전 매일의 일과이자 노동.

집에서 가까운 어린이집에 아이를 보내기 위해 나는 오래 대기하고, 대기하는 기간 내내 이삼일에 한 번꼴로 전화를 했었다. 아직 자리가 나지 않았나요. 네, 알지만 혹시 갑자기 비는 자리가 나진 않았나 하고요. 출산율이 낮다는데 아이 하나 맡길 보육시설을 찾기가 힘들었다. 아이사랑 홈페이지에서 수십 군데도 넘는 어린이집을 검색하고 대기자 수를 확인했던 무수한 밤들을 간간이 돌아본다. 두 자리 혹은 세 자리의 대기 번호가 아리송할 지경이었다. 그러니 아이를 보내시겠냐는 원장의 전화를 받았을 땐 감격스러웠을 정도였다고 해야 하나. 아이가 두 돌이 막 지났을 무렵이었다.

지금은 그렇지 않다고 들었다. 저희를 믿고 아이를 보내주세요. 폐원을 막기 위해 원장이 학부모들에게 직접 전화를 걸어 방역과 개별 소독 절차를 설명하기도 한다고. 자리가 없어 오래 기다리던 때와는 확연히 달라졌다. 바이러스 감염이 무서워서. 아이를 집 밖으로 내보내지 않는 것만이 최선이라고 믿으니까. 그러나 아이를 밖으로 내보내야만 최선인 상황에선…… 나는 죄의식에 사로잡힌다. 자주. 어쩌면 매 순간.

어린이집 앞에서 나는 아이의 작고 보들보들한 손을 놓치듯 떼어놓는다. 마스크를 잘 매만져준 뒤 안으로 들여보낼 때는 마음이 애틋하게 아려온다. 보육교사의, 웃고 있지만 분명히 우려 섞인 시선을 받으며 나는 찡그리듯 웃는다. 감사드립니다. 잘 부탁드립니다. 고개와 허리를 수그리고 돌아선다.

엄마는 신이 아니다. 완전하지 않다. 잔말 말고 맡기자.

지난날에 나는 맘카페에서 보았던 구호와도 같은 문장들을 중 얼거리며 어린이집에 보낼 준비물들을 빠짐없이 챙겼었다. 아이 는 의외로 울지 않고 보육교사의 손을 잡았었다. 정말 대견하죠? 하고 말하는 '담임샘' 앞에서 나는 비로소 안심했던가. 그리고 이력서를 썼다. 서너 군데 면접을 보고 나서 같이 일해보시죠, 소리를 들었다. 운이 좋았다.

대기업이라고는 할 수 없지만 업계에선 그래도 규모가 제법 큰 학습지 회사였다. 빠지는 과목 없이 초중고 교과목의 거의 모든 학습지를 발행하고, 대형 학원으로의 교재 납품 비율도 높아서 해마다 실적이 좋았다. 서른일곱 나이에 그나마 경력직으로 입사할 수 있었던 배경도 회사가 인력난에 시달렸기 때문이었다. 신춘문예 소설 당선이면 문장을 잘 쓰시겠네요. 책도 많이 읽으셨을 테고. 같이 잘해보죠. 면접 담당자는 호쾌하게 말했었다.

그즈음 대대적으로 기혼 여성들을 채용한 회사의 방침을 불만

스러워하는 직원이 많았다는 건 나도 잘 안다. 모를 수가 없었다. 기껏 들어왔는데 물이 흐려졌다느니, 더러워서 나간다느니 꽁초를 짓이기듯 수군대는 소리가 여기저기서 들려왔으니까. 등단이 무슨 프리패스야? 소리는 분명 나를 향한 것이었다. 그래도 귀를 닫고 다녔다.

아이를 기르기 위해서는 자리를 지켜야 한다고 생각했다.

그러나 이곳엔 너무 많은 'h'와 '손'들이 있었다.

나는 h도 손도 아니었다.

5

사무실에 들어서면 언제나 두 가지 감정이 동시에 든다. 지각하지 않았다는 안도감. 또, 라는 낭패감. 내 자리에 h가 앉아 있을 때 그랬다. 저기요. 내가 낮은 한숨을 내쉬며 말 걸면, h는 일어난다. 보고 있던 노트북이나 교재 같은 걸 챙기고 기계적으로 몸을 일으킨다.

하루에도 몇 번씩 h에게 자리를 뺏기게 되는 날도 있다. 커피 한잔 마시고 오거나 복사를 해 오거나 잠시 잠깐 바람 쐬고 돌아오는 시간에도 어김없이 책상과 의자를 차지한다. 비켜달라고 말하면, h는 머리를 숙이고 무엇엔가 골몰해 있다가도 멈칫하며 자리에서 일어난다. 그리고 나와 눈을 맞추고는 진중한 걸음으로 멀어져간다.

h를 처음 본 건 입사 첫날이었다. 지부장님, 새로 왔습니다. 인사과 직원의 안내에 h는 빙긋 웃었다. 그러고는 환영합니다, 하며 보고 있던 잡지를 챙겨 호방하게 뒤돌았다.

신경 쓰지 마세요.

지침은 그것이었다.

그러나 h는 날마다 시선을 끌었다. 자율 복장인 회사 지침에도 불구하고 언제나 흰 와이셔츠와 양복바지와 반질거리는 검은 구두 차림. 누구에게나 반말하면서도 그게 무례하다고 전혀 생각하지 않는 듯했고, 아무도 호응하지 않는 박수를 쳤고, 오십대 초반의 나이로 짐작되는 옛날식 개그를 즐겼다. 처음엔 지서장 출신인가 했지만 아니었다. h가 회사에서 가장 오래 근속한 사원이라는 것과, 퇴직 권고를 받아들이지 않고 벌써 2년째 '버티기' 중이라 호칭만 '부장님'으로, 자리도 없이 출퇴근만 반복하고 있다는 사실을 나는 눈치껏 알게 되었다.

절대 해고하지 않아.

책상과 의자를 빼버리지.

웅성거리는 말들을 통해서였다.

h는 예상을 비껴난다. 휴게실에만 머물거나 자신감 없이 웅크려 숨지 않는다. 소심하게 사람들 눈을 피하지 않는다. 사무실 내에 빈자리가 생기면 어디서든 나타나 자리를 차지한다. 볼펜을 돌리며 집중하고 무람없이 책자를 넘긴다. 다른 이에게 걸려 온

전화를 제 방식대로 받거나 메모를 끼적이며 떠든다. 월말이면 회의실을 점령하듯 붙어 앉아서 내내 일만 하는 손들에게 허리에 손을 얹고 잡무를 지시한다.

저게 다 쓸데없는 돈 낭비지, 쇼라고!

큰 소리로 중얼거리며 무안을 준다.

직원들 대부분은 h와 말을 섞으려 들지 않는다. 자신의 자리로 돌아와 h가 앉아 있는 걸 보면 한숨을 쉬고 부장님, 하며 책상을 두드릴 뿐.

Seat stealer.

h는 그렇게 불렸다.

허허실실 웃던 h는 그러나 1년이 더 지나서 비교도 되지 않게 바짝 마른 얼굴로 회사에서 사라졌다. 부당 해고로 인한 소송을 진행했지만 회사는 도리어 분기별 고과 점수를 내세워 근무 태만으로 인한 피해를 주장했고, h는 패소했다. h가 전혀 의식하지 못했던 일거수일투족이 객관적인 지표로 제시되어 그를 스스로 회사 밖으로 걸어 나가게 만들었다. 사표는 빠르게 수리되었다고 들었다. h는 한 명이었다. 그 하나뿐이었다.

지금은 아니다.

나는 누군가의 자리가 환부처럼 도려내지는 걸 본다. 인사 적체 해소와 성과에 따른 직무 조정. 사내 직원 전용 게시판에 올라오는 공지 사항은 언제나 그것이었다. 가끔은 마스크를 쓰고 파티션 뒤에 가려진 동료들을 의식한다. 정체된 공기 속에 제각각 머물러 있는 그들을. 나는 서글퍼지려다가도 머리를 흔든다. 쉽게 감상에 젖는 태도를 조심하자, 가진 것도 없이 자신을 동정하고 세계를 비관하는 것도 교만이다, 생각해버린다.

　가끔은 고개를 수그리고 정신없이 펜을 움직여대는 손들을 바라본다. 이번 달에도 바른 출판, 바른 교육과 함께 해주시는 부모님 감사합니다. 이달의 교재는 특히나, 아이와 눈 맞추며 이야기 나누기에 참 좋으실 거예요…… 그들은 유아초등부 단기 아르바이트. 과목별 교재 발송 전에 차출되어 온종일 손 글씨만 쓴다. 손 글씨를 쓴 듯 종이에 인쇄하는 게 아니라 정말 일일이 쓰고 또 쓰는 약칭, 손. 라인이 인쇄된, A5 용지 크기의 포스트잇을 주로 사용한다. 회사는 손 글씨로 전하는 그런 '진정성'이 교재 구독자들의 마음을 잡을 수 있다고 여겼다. 너무 순진한 발상이 아닌가 생각될 정도로 정작 글씨를 쓰는 손들의 표정에선 아무것도 읽어낼 수 없었고, 그럴 때면 내가 손을 바라보듯 누군가도 나를 바라보는 걸 느꼈지만. 둘러봐도, 눈을 마주칠 만한 상대는 보이지 않았지만.

　집단 감염이 길어지면서 온라인 교육이 추세로 접어들자 회사는 더 호황을 맞았다. 주가가 오른다, 오르기 전에 교육 관련주 좀 사둘걸, 탄식하는 목소리들도 간간이 들려왔다. 교재 가입자가 상상 이상으로 늘어나면서 직원들에겐 더 많은 개별 업무들이 주어졌다. 바이러스 확산 초기에 고객센터 부서에서 감염자가 나와

　　　　　　　　　　　　　　　염승숙. 프리 더 웨일

건물 전체가 폐쇄되었던 며칠을 제외하면, 지속적인 출근이었다. 각 과목별 교재의 즉각적인 수정과 배포가 이루어져야 하고, 동영상 강의 녹화 진행도 병행되어야 해서 재택근무는 불가능했다.

나는 남은 일거리를 챙겨 눈치 보며 퇴근했다. 확산세가 강할수록 버스와 지하철을 갈아타는 게 두려우면서도 인사 고과에 불리하게 작용할까 봐 아무런 말도 하지 않았다.

누구와도 잡담하지 않고 눈길 주지 않고 나태하지 않는 것. 늘 그것을 염두에 둔다. 사내 인트라넷에 접속해 사원 번호를 입력하고 조회 버튼을 누를 때의 긴장감을 잊지 않으려고 한다. 직무 수행 능력과 잠재 능력은 '중간', 능률 평가 항목에서는 '최하'였던 지난 분기 '근무평정' 내용을 곱씹는다. 세부 항목 중 '팀워크에 기여했는가'에서 이례적으로 쓰여 있던 서술형 평가를 의식하고 있다. '전혀 기여되지 않음.' 나는 그 문장을 곱씹고 되뇐다. '기여되지 않음'이라니. '기여하지 못함'도 아니고. 잘못된 문장만큼이나 마음이 복잡하게 얼크러진다. 전혀? 전혀 도움이 못 된다면 여기서 더, 뭘, 어떻게 해야 하지?

허공을 걷는 느낌이 드는 날이면 나는 오래된 습관처럼, 우상우의 손을 잡고 따라갔던 지하의 전시장을 떠올린다. 입장하면서 키를 재고 이름과 방문 시간을 적고 나니까 발급되던 티켓 한 장. 어떤 형태의 전시든 한 번씩 참여할 수 있는, 말하자면 방문객이 그 자체로 전시의 한 형태가 되는 체험이었다. 울고 있는 '바스 얀 아더르'의 사진 앞에서 눈물 흘리는 퍼포머, 그 테이블에 앉을 수도 있었지만 그보다 마음이 이끌렸던 건 '로만 온닥'의 전시를 오마주한 〈좋은 시대의 좋은 감정(good feelings in good times)〉이었다.

　사람들은 저마다 티켓을 손에 쥐고 전시장 맨 안쪽의 VIP실 앞에 긴 줄을 선다. 나도 줄의 맨 끝에 가서 거리를 두고 선다. 대열에 줄지어 섰던 1분간, 나는 희고 매끈한 벽에 빔으로 쏘여지던 로만 온닥의 전시 영상을 바라본다. 흑백필름에 담긴, 런던 프리즈 아트페어의 VIP실 앞에 줄 서고 있는 퍼포머들. 일상이라는 듯 아무런 특이 행동도 없이 그들은 그저 줄만 서고 있다. 결코 줄어들지 않는 줄을. 열리지 않는 문 앞에서. 따분한 얼굴로. 도무지 아무 일도 일어나지 않는 일을 그들은 하고 있다. 로만 온닥, 사회 불평등과 관료주의에 초점을 맞춘 그의 작품들은 동유럽 공산주의의 시대상을 반영한다…… 기계적으로 자막을 읽어나가던 그때 그 시간. 결코 좋은 시대도 좋은 감정도 아닌 줄 서기의 감각. 원제인 'good feelings in good times'를 나는 내 식대로 바꿔서 부른다. 좋은 날, 좋은 기분.

　이제는 안다. 티켓은 아무런 효용도 없다. 줄을 서도 변하는 건 없다.

　문은 열리지 않는다. VIP실에 들어가지 못한다.

　퍼포먼스가 아니다.

　그것이 현실.

　현실엔 기분의 좋고 나쁨 따위는 없는 것이다.

　전혀, 기여되지, 않음. 그렇다면 이 평가의 의미를 나는 곱씹을 필요도 없어진다.

그렇게 크는 거라곤 하지만 아이는 툭하면 열이 났다. 인후염, 편도선염, 비염, 축농증, 중이염, 결막염, 다래끼…… 하다못해 모기에만 물려도 피부가 퉁퉁 붓고 고름까지 차는 아이를 업고 야간진료 소아과를 찾아 헤맨다. 누구보다 가장 일찍 연차를 소진한다. 네 시간짜리 '반차'를 두 시간 단위로 쪼개어 쓰느라 허덕인다. 어쩔 수 없지만 그 어쩔 수 없음으로 인해 팀워크를 방해한다. 어쩌려고 이러나. 그러니 혼잣말이 늘어난다.

아이의 손을 잡고 집에 돌아올 때마다 현관문의 잠금장치를 수차례 잠그고 또 잠그면서도, 초소형 사이즈의 마스크를 찾느라 새벽까지 휴대전화를 손에서 놓지 못하면서도, 마스크와 마스크 줄 사이의 오만 가지 잡념에 시달리면서도, 온라인 교육의 강세에 맞춰 더 많은 콘텐츠를 마련해야 하는 회사의 특성상 좀 더 집요하게 매달리면 또 다른 기회를 잡을 수 있다는 걸 알면서도, 언제 어느 때 어린이집 담임쌤에게 전화가 올지 모른다는 불안감에 시달리면서도, 그리고 여전히 비어 있는 모든 자리를 탐하는 h들을 보면서도 중얼거린다. 어쩌려고. 어쩌려고 이러나.

그들은 짧게는 반년 대체로는 1년 이상을 버티면서 고용불안정에 항의하거나 임금피크제를 건의하는 등 회사와 협상하려 들었다. 나도 저들과 같아질 수 있다. h가 된다면, 남을 것인가 떠날 것인가. 고민해야 할 것이다. 결정해야 할 것이다. 모욕은 이미 알고 있지 않았냐는 듯 도리어 의외라는 표정으로 찾아올 테고.

'전혀 기여되지 않음.'

나는 이미 통보를 받은 게 아닌지?

h들에게 수시로 내 자리를 잃고, 또한 그들이 자리로 찾아와 서명에 동의해줄 것을 요구할 때마다 머리가 아파온다. 하물며 *Free the whale!* 쪽지까지. 어쩐지 부당한 마음이 들고, 이쯤 되면 회사가 무언가 시험하고 있는 건 아닐까 의심스러워지고 만다. 아이를 남겨두고 나 또한 추락해버릴까 봐, 남겨질 아이가 가여 워서, 나는 화장실 빈칸에 들어가 몰래 운다.

6

아이도 '탐하는' 존재라는 걸 엄마가 되기 전엔 알지 못했다. 아이는 엄마가 손에 쥔 무엇이든 제가 가져야 했고, 손에 쥐고 있 지 않은 것도 모조리 빼앗고 싶어 했다. 더, 더 쥐, 더 많이 쥐…… 아이는 온몸으로 울부짖으며 제 무게를 실어 품에 안겨왔다. 어 쩌면 임신 사실을 확인한 이후부터 막연히 그것을 예감했는지도 모른다. 출산 직전까지도 절절히 체감했다고 해야 할까. 아이는 자궁에 들어앉아 모든 걸 빨아들였으니까. 더 나갈 데가 없을 때 까지 다리를 뻗었으니까. 아이가 쭉 내민 발이 부풀어 오른 뱃가 죽의 맨살에 도장처럼 찍히는 찰나에 나는 고통과 기쁨을 동시에 느꼈다. 이 아이가 세상 밖으로 나와 더 강하게 날릴 펀치의 두려

염승숙. 프리 더 웨일

움은 애써 외면하면서.

저 어제 방 뺐어요. 축하해주세요.

지금 방 빼러 가요. 좀 무서운데 잘할 수 있겠죠?

맘카페에서 그런 글들을 자주 보곤 했다. 아이가 들어 있는 방. 내 아이가 곧 울며 빠져나오게 될 방. 엄마가 아이에게 내주어야 할 방은 자궁으로 끝나지 않을 거였다. 그것을 각오해야 했다.

이 아이가 나를 묻거나 태울 것이다.

아이를 낳은 즉시로 그런 생각을 했던 것 같다. 엄마가 되자마자 어머니를 땅에 묻었던 날이 떠오른 건 아이러니하지만 사실이었다. 생명을 품에 안은 존귀함이나 숭고함과 같은 무게로, 여름날 땡볕에 산등성을 오르던 때의 꽃가마에 눕힌 어미의 중량이 감각되었다. 바람 한 점 불지 않았던 그때, 나 역시 다만 아이에 불과했던 그날, 어른들이 관을 내리기 위해 미리 파놓은 땅의 깊이가 다만 아찔하게 느껴지던 광경과 던져라, 하는 외삼촌의 축축한 한마디, 손아귀 안에 쥐어지던 흙 한 줌의 뜨거움까지. 어린 나는 흙더미 위로 종이 한 장을 같이 던졌다. 서툰 솜씨로 그린 엄마, 알록달록한 색연필로 서툴게 칠한 엄마의 얼굴 위로 검붉은 흙이 덮였다. 미안해, 아가야. 가슴 위에 놓인 새빨간 아이가 잠깐 울음을 터뜨리고 평온해지는 찰나에 나는 목이 메어 말했다. 그건 미처 예측도 짐작도 하지 못한 감정이었다.

예정일이 가까워오면서 인터넷 포털 사이트를 돌아다니며 출산 당일, 분만 후기 등을 끊임없이 검색했다. 준비물을 점검하거나 경험해보지 못한 상황에 대비하고자 했지만 무엇보다 두려웠기 때문이라는 걸 이제는 안다. 얼마나 많은 여자들이 이 시간을 감내했을까 문득 숙연해진다. *고통스럽지만 분명히 기쁘다.* 대체로 그런 '소감'들을 탐하며 읽었다. 얼마나 작고 예쁠까에 대한 기대로 무사히 낳을 수 있을까 싶은 공포를 극복하려고 했다. 그러나 마침내 피를 흘리며 아이를 받아 안았을 때 처음으로 마주한 감정이 슬픔이라니. 고통스러우며 분명히 슬프다. 기회가 주어졌다면 그런 출산 후기를 남겼을지도. *미안하고 슬펐어요. 온 힘 다해 키워낼 거지만, 사랑으로 돌볼 테지만, 이 작은 아기에게 먼 훗날 나를 묻거나 태워달라고 할 생각을 하면……*

이 슬픔이 끝나지 않으리라고 생각하면서도 나는 깜짝 놀랐다. 내가 많이 슬펐구나. 괜찮으냐고 누가 물어 오면, 사는 게 바쁘고 정신없어서 슬플 새도 주지 않는다고 웃어버렸는데 그간에 나는 많이 슬펐던 거구나. 나의 엄마도 오래 슬펐겠구나. 그런 생각을 했다. 엄마가 되어 엄마가 걸어온 삶을 다시 살고, 아이를 남겨둔 채 깊고 어두운 땅 아래로 홀로 묻혔다. 죽어서도 무서웠을 것이다. 아이를 기르는 동안에는 이 슬픔이 끝끝내 지속되는 거구나. 나는 깨달았고 이후로도 그건 여진처럼 남았다. 엄마를 땅에 묻었던 순간에 느꼈던 비통함과 가슴 위에 놓인 아이의 심장박동이 잇따라 일어나는 작은 지진처럼 일상의 곳곳에서 불시에 내 무릎을 꺾어놓았다.

소설만 그런 건 아니었다. 육아에도 이상한 아름다움이 있었

염승숙. 프리 더 웨일

다. 어찌해도 온전히 회복되지 않는 몸 상태와 좀처럼 울음이 그치지 않던 아이 때문에 신생아 시절이 괴로웠지만 만인의 증언대로 아이는 너무나 예뻤으니까. 예쁘고 소중해 애지중지 키웠다. 아이를 '더' 애지중지하기 위해서는 더더욱 많은 게 필요하다는 걸 절감해가며 아이의 성장 앞에서 마음이 거듭 미끄러졌다. 뉴스만 보면 이 세계는 너무나 위협적이고 위험천만한 곳. 어린이집 학대와 방임은 물론이고 아이의 존재 자체를 둘러싼, 믿기 힘든 사건 사고가 즐비했다. 미세먼지와 황사와 그에 더해 이제는 바이러스 감염까지…… 얼마나 더 오래 아이에게 마스크를 씌워야 할지 암담해졌다. 그리고 불쑥불쑥 그 마스크 줄에 관한 생각을 멈추지 못했다.

나는 줄곧 아무 내색 하지 않았었다.

등원 때마다 담임샘은 친절하게 맞아주었지만 근심 어린 표정으로 어제 오늘 확진자가 또 늘었어요, 와 같은 말을 인사치레로 한다. 아이가 많이 느려요, 말도 느리고 행동도요. 집에서도 비슷하죠? 안 운다고 좋은 건 아니거든요…… 어느 날엔 그런 말도 아무렇지 않게 흘린다. 요즘엔 똑똑한 엄마들이 많아요. 알아서 척척 지도하시더라고요. 가정 보육을 권하는 담임샘의 그 무심함으로 엄마의 마음이 종일 닳고 닳을 걸 상관하지 않는다는 듯 웃으며. 아이의 등허리나 팔다리에 멍이 들고 상처가 나 있어서 연락해도 담임샘은 말한다. 놀다 보면 흔히 그럴 수 있어요. 나는 언제나 대답을 머뭇거리고 만다. 알지만…… 그래도 잘 살펴주세

겨울

요. 그런 말, 부탁에 가까운 말도 유난스러워 보일까 봐 참는다.

아침에 머리카락을 모아 찔러준 머리핀이 오후엔 고무줄로 교체되고, 집에 와 꺼낸 식판 안에 수저가 들어 있지 않을 때, 아이가 두고 온 애착인형을 찾으러 다시 어린이집으로 갔을 때 네 건네가 잘 챙겨야지, 선생님이 어떻게 다 챙겨주니? 하고 허리에 손을 얹고 아이를 향해 제법 근엄한 표정을 지어 보이는 담임샘 앞에서도 짐짓 고개를 튼다. 타 과목 부서와 연계 회의가 잡혀서 퇴근이 늦어질 때 전화 한 통으로 아이의 안전과 안위를 부탁할 수 있는 유일한 곳이니까.

하원은 4시 반부터. 그것이 애초에 불가능하니 나는 늘 감사하다고만 한다. 담임이 뭐라고 해도 네, 감사합니다…… 감사드립니다…… 아이를 잘 보살펴주어 감사한 마음에서 혹시나 아이에게 해가 될까 저어하는 마음까지 혼재된 가슴을 부여잡노라면 언제나 출근길에 속이 울렁거린다. 다른 아이들이 모두 하원하고 혼자 우두커니 장난감 앞에 앉아 있을 아이를 생각하며 군중 속을, 승강장을, 환승 통로를, 개찰구를, 에스컬레이터를 토할 것처럼 달리는 퇴근길에도 마찬가지. 끝 모르게 밀려드는 고단함과 서러움과 그 모든 걸 뛰어넘는 중량의 미안함을…… 어떻게 해야 할지 막막해진다.

그러나 마스크는, 마스크는 다르지 않나?

다른 아이의 이름이 버젓이 적힌 마스크를 아이가 쓰고 있는 걸 보았을 때, 곱게 빗겨주었다고만 생각한 아이의 머리카락이

염승숙. 프리 더 웨일

마스크 줄과 뒤엉켜 고무줄로 매듭지어진 걸 발견했을 때, 나는 화를 삭이기 위해 노력해야 했다. 좀처럼 제어되지 않는 이 분노가 무엇에서 비롯되는 건지 고민하면서. 무언가 잘못되었다고 느끼지만 이 잘못을 바로잡을 수 있는 가장 '단정한' 방법이 없을까 못내 신중해지면서. 아이의 머리와 마스크 줄을 같이 묶어 보낸 건 담임이 아니라 나였던 건 아닌가, 나 자신을 책망하면서.

이 모든 것의 답은 '아니다'였던 게 아닌지. 예민하게 굴 일이 아니다, 화를 낼 일이 아니다, 항의할 일이 아니다…… 최면이나 암시를 걸 듯 마음을 고쳐먹고 나는 또 침묵했다. 아이가, 아이 또한, 아이 역시, 자신의 자리를 잃지 않아야 하기에.

7

고개를 들어 사무실을 둘러본다. 교재를 잔뜩 품에 안은 누군가 자리에서 일어나고, 저 멀리 탕비실에서 또 누군가 문을 열고 나오는 모습도 시야에 잡힌다. 누군가가 h인지 아닌지 구분할 수 없고, h와 손과 나도 구분할 길 없이 어지럽다.

언제나 그렇듯 창문이 닫혀 있다. 나는 내가 열고자 하는 것이 창문인지 무엇인지 이제는 알 수 없다는 생각만을 하고 있다. 우상우가 떠난 빈집에 들어와 포대기에 싼 아이를 보행기에 내려놓고 내가 제일 먼저 한 일은, 사람을 불러서 집 안 곳곳의 창문을 막아버린 거였다. 단층 주택의 낭만은 버려두고 창살을 두르고 걸쇠를 걸었다. '방범'이라는 이름으로 꼼꼼히. 걸음마를 시작한 아이가 닫힌 창문 앞에 서 있는 걸 보면서, 뛰어다니고 굴러다니며 쓱쓱 그려놓은 그림들을 창문에 붙이는 걸 보면서도, 나는 그것을 열지 못했다.

겉으로는 기혼 여성 고용에 빈정 상해 그만둔다는 듯 굴었지만 중등 역사 교과를 담당했던 전은, 누구보다 늦게까지 남아 야근하는 타입이었다.

워라밸은 무슨, 요즘엔 워라블! 워크 앤 라이프 블렌딩, 몰라요? 잘 섞어야죠, 섞어야 잘살죠!

변죽 좋게 굴던, 사근사근한 성격이었다. 그는 결국 h가 되지 않으려고, h로 남지 않기 위해 먼저 자리를 박차고 일어났을 뿐이었다.

다만 그는 자기 자리를 잃는 순간의 분노를 회사가 아닌 동료에게 레드카드처럼 꺼내 들었다.

내 모든 화의 근원은 너라는 듯이. 모두 너희들 때문이라는 듯이. 집에서 빤빤히 먹고 놀다가, 제 배로 낳은 애 하나도 키우기 싫어서 남의 손에 맡기고 놀러 나오지 않느냐고, 돈 번다고 집안일 반반 운운하며 유세 부리지 말라고, 이 나라의 남자들이 얼마나 개고생하는지 아느냐고, 이게 다 역차별이라고, 그러니 주제 넘게 굴지 말라고. 모욕을 줘도 침묵했던 날을 나는 잊지 않았지만 대응도 하지 않았다. h가 지부장 한 명이 아니었듯이 전도 하

염승숙. 프리 더 웨일

나가 아니었다. 여럿이었고, 집단이었다. '더러워서' 떠난 전도 많지만, '더럽다'면서도 떠나지 않은 전도 많았다.

지난 분기 교과목 통합 회의 시간에, 역사과와 다른 의견을 낸 나에게 전은 조소를 감추지 않았었다.

수경 씨 참 재밌는 사람이야. 근데 그거 알아요? 혹등고래 암컷이 새끼를 데리고 있으면 수컷들이 곁에서 헤엄치며 지켜주는 거. 젠틀해 보이죠? 이유는 따로 있어요. 다음번 짝짓기 상대가 되기를 기대하는 거예요. 이게 더 재밌지 않아요, 수경 씨?

몇몇이 동시에 낄낄거렸다. 전과 닮은 그들. 다르지 않은 그들.

다 자란 수컷들이 낮고 쉰 소리로 '우우' 소리 내며 노래하고 나는, 나는, 저 멀리서 내 새끼가 '삑삑' 하고 입 벌리는 가냘픈 목소리를 듣는다. 나는 그들에게서 이제껏 입 다무는 법을 배워왔는지도 모를 일이다.

그날 내게 가한 수치와 모욕을 누군가 녹음해 제출했고, 그래서 전이 호출된 거라고 들었다. 징계나 해고가 아니라 퇴사 '권고'를 받았다고. 전은 정말로, 더러워서 떠나버린 것이다.

진입할 수 없는 고래의 무리가 있다.

따라 부를 수 없는 노래의 선율이 공중에 돈다.

모두가 안다.

무리에서 빠져나와 완전히 다른 노래를 부르려는 고래들도 있다.

나도 안다.

어느 날 출근길에 나는 회사 건물에 매달린 낯선 어떤 것을 놀란 채로 응시한다. 10층 건물 높이의 외벽에 수직으로 거대한 막이 드리워져 있다. 포스트잇 한 장을 그대로 확대한 듯 노란 바탕에 휘갈겨진 새파란 글씨.

Free the whale!
모든 차별을 멈춰라.

출입증을 찍고 열 체크를 하고 손에 소독제를 바른 뒤 로비로 들어간다. 엘리베이터에 오르고, 사무실로 들어선다. 각각의 자리를 빼곡히 채운 이들의 등과 정수리. 오늘따라 조금의 소음도 없고, 창문은 여전히 닫혀 있다. 아무도 관심 두지 않는다. 에어컨의 찬 바람으로 마스크 속에 송골송골 맺혔던 땀이 빠르게 식는다. 망설이다가 조심스레 걸어간다. 팔을 뻗는다.

열지 마요.

손잡이를 잡고 밖으로 젖히는데 목소리가 들려오고, 누군가 싶어 돌아보려는 사이 창문 밖에 걸린 대형 현수막이 펄럭인다. 곧, 거대한 포스트잇 한 장이 찢겨져 나부끼다가 낙하한다. 아래로, 아래로. 괴성을 지르며 떨어져 내리는 걸 본다.

그때 내 안의 무엇이 건드려졌다고 나는 느끼고, 내가 그걸 아주 오래 들여다볼 것을 알지만 여전히 나는 옴짝달싹도 못 하고 서 있다. 무서워서. 무서워서 벌벌 떤다.

미래는 보이지 않지만 무정해지고 싶지 않다던 우상우는 학부 시절, 소설 창작 수업 시간에 이런 습작을 써 왔다. 오래도록 내 마음에 고요히 파동을 남기던 그 소설 속에서 엄마는 작디작은 아이를 품에 꼭 껴안고 속삭인다. 아이의 이름이 어째서 '연이틀' 인가에 대해 들려준다. 자장가를 부르듯. 아이를 호위하는 노래 와도 같이.

　―이틀. 너를 낳을지 말지 고민한 건 겨우 이틀이야. 내 인생에 서 가장 긴 이틀이었지.

　―사흘을 고민했으면요?

　―네 이름은 사흘이 됐겠지.

　―천만다행이네요.

　―아무렴.

　―사흘, 나흘, 닷새, 엿새……

손가락으로 셈하던 아이에게 엄마는 빙긋이 웃고는 말한다.

　―걱정 마라, 그렇게까지 길지는 않았으니까.

다시 소설을 쓰고 싶지는 않다.

대책 없는 낙관과 무방비한 희망이었대도, 그 비루한 다정함 이 내 것이었으면 하고 바랐었다.

좋은 날, 좋은 기분.

그것을 알지 못한다.

나는, 소설을 쓸 수 없을 것 같다.

염승숙. 프리 더 웨일

실존의 '자리'

염승숙 × 조대한

조대한　'겨울의 시소' 인터뷰 시작해보겠습니다. 이번 계절에
　　　　도 어김없이 계간 『자음과모음』의 편집위원 네 분과
　　　　외부 선정위원 두 분을 모시고, 지난 계절에 발표된 시
　　　　와 소설에 대해 즐겁게 이야기를 나눠보았어요. 여러
　　　　작품들 중 저희가 이번 겨울의 소설로 추천한 작품은
　　　　염승숙 작가님의 「프리 더 웨일」이었습니다. 작가님을
　　　　모셨습니다. 반갑습니다.

염승숙　네, 반갑습니다.

조대한 시소 독자분들께 인사 부탁드립니다.

염승숙 시와 소설을 함께 읽는. (웃음) 시소라는 이름 너무 귀여워요. 그리고 이 계절의 소설이라는 이름으로 저를 불러주셔서 영광입니다. 감사합니다.

조대한 처음 전화드렸을 때 조금 당황하신 것 같더라고요.

염승숙 아…… 그때 제가 지하철 경의선을 타고 있었어요. 사람이 많고 차체가 너무 흔들려서 정신이 없을 때 전화를 받았는데 이 목소리 좋은 분은 누구지? 라는 생각에 멍하니 듣고 있었어요. (웃음) 그러다가 당황해서, 네? 뭐라고 하셨죠? 그랬던 것 같아요.

조대한 기쁘게 전화를 받아주셔서 너무 감사했습니다. 차차 말씀드리겠지만, 이번 겨울의 시소에서 유독 소설 부문의 경쟁이 굉장히 치열했어요. 논의 끝에 투표를 했는데도 동점이 나오는 그런 박빙의 경쟁이었답니다. 작가님의 소설을 지지하고 열정적인 애호와 감동을 표현해주신 분들의 차분한 설득에 저를 포함한 다른 분들의 마음이 최종적으로 움직였던 것 같아요. 자세한 경위는 유튜브 영상을 참조해주세요. (웃음)

염승숙 제가 운이 좋았네요. (웃음)

조대한 운이라니요, 그 무슨 겸손의 말씀을. 전적으로 작품의 힘이었던 듯싶습니다. 본격적인 인터뷰에 앞서 제가 사전에 작가님께 살짝 들은 이야기가 있는데요. 「프리 더 웨일」을 쓰시는 시간이 굉장히 고되셨다는 말씀을 해주셨어요. 괜찮으시다면 이 작품을 쓰실 때 어떤 시간들을 보내셨는지 조심스레 여쭤보고 싶어요.

염승숙 사실 저는 단편소설을 쓸 때 자꾸만 분량이 길어진다는 부담감을 늘 갖고 있어요. 완성해놓고도 꼭 뭔가 부족한 듯해서 구상 단계로 다시 돌아간다든가, 에피소드를 더 넣는다든가 이야기의 빈 곳을 계속 채우느라 분량만 길어지는 것 같아서 안타까운데, 그래서 항상 단편을 쓰기 전에 매번 결심합니다. 딱 80매만 쓴다. 여기서 꼭 자른다 하고요. (웃음)

조대한 이번 소설은 어떻게 읽어봐도 80매가 한참 넘는데요? (웃음) 고료가 대개 매절 계약으로 어느 정도의 상한선이 정해져 있으니까 청탁을 드린 입장에서는 오히려 더 좋을 수도 있는데, 창작하시는 입장에서는 어찌 보면 손해 아닌가요?

염승숙 그런가요. 예전에 어떤 잡지에서는 160매는 너무 한 것 아닙니까, 라며 농담 섞인 항의를 받기도 했어요. (웃음) 항상 담백하게 쓰고 싶은데 그게 잘 안 되네요. 이번 소설도 요것과 요것만 쓰겠어, 라고 굉장히 다짐을 많이 했는데 아무리 봐도 부족한 느낌이 드는 거예요. 퇴고 과정에서 이 부분을 더 넣고, 저 부분을 더 넣고. 요리 못하는 사람이 소금과 간장만 더 넣는, 그런 심정이 되어서 자꾸 더 쓰느라 마감에도 너무 늦고, 그래서 어렵게 썼다는 말이 나오기도 한 것 같습니다. 기다려주신 편집자님과 부장님께 죄송할 따름입니다.

조대한 작가님과 편집자님 입장에선 추가 노동의 고된 업무이실 수도 있겠지만, 읽는 이의 입장에서는 소설의 분량이 예상보다 길어지면 뜻밖의 보너스처럼 느껴지기도 해요. 단편소설이 지니고 있는 불가피한 형식의 제약 때문에 서사의 호흡이 긴 소설은 때로 이야기를 하다 만 느낌이 들 때도 있거든요. 여백으로 남을 이야기까지도 풍부하게 채워진 것 같아서 저는 무척 즐겁고 좋았습니다.

염승숙 너그러우시네요. (웃음)

조대한 아이고, 아닙니다. 작가님께서는 그렇게 힘든 시간을 계속 늘려오셨던 거군요.

염승숙 맞아요. 단편의 미학적 완성도, 라는 게 있다면 원고지 100매 이상은 좀 곤란하지 않을까, 싶은데 그게 잘 안 되는 것 같아요, 항상.

조대한 심플한 노동의 관점에서 보면 80매 계약에는 딱 80매 만큼의 노동력으로 응대하는 것이 제일 좋을 텐데요. (웃음) 본문에 들어가기에 앞서 제목 이야기를 먼저 해 보고 싶어요. 제목이 '프리 더 웨일'인데, 이 작품에서 모든 차별을 멈추라는 구호 아래 직장 내 강압과 부조리에 항의하는 시위 문구로서 등장하거든요. 하지만 인사 고과를 앞두고 있는 주인공 '수경'은 적극적인 항의의 목소리에 선뜻 동참하지 못합니다. 그렇다고 수경이 직장 공동체 안에 무탈히 동화되어 있느냐고 하면 또 그렇지도 않아요. 집단의 안과 밖 어디에도 온전히 놓여 있지 못한 수경에게 이 문구는 여러 함의로 다가오는 듯싶은데요. 어떻게 구상하시게 된 제목인가요?

염승숙 처음에는 코로나 시국이 너무 길어지다 보니까 자연스럽게 이 유독한 시대에서 육아에 시달리는 여성 캐

릭터를 떠올렸었어요. 저부터도 어린아이를 데리고
집 안에만 갇혀서 오도 가도 못 하는 시기를 겪었었고,
또 마찬가지로 어린이집에 긴급 보육으로 아이를 보
내고 일해야 했던 고단함을 많이 느꼈었는데요. 소설
에서는 보다 더한 조건을 내건 거죠. 싱글맘이라는, 오
롯이 혼자서 양육과 생계를 책임져야 하는 여성을 내
세웠는데, 아무래도 그 여성에 제 감정이 투영되지 않
을 수가 없었던 것 같아요. 아이를 기르며 소설을 쓰고
있는 제 상황과 처지도요. 주인공인 '수경'은 등단 이
력을 가진 소설가이지만 데뷔 이후로는 작품 발표를
하지 못하고 있어요. 계속해서 소설을 써야 한다는 생
각보다도 이 시대에서 무엇을 낙관하고 긍정할 수 있
기에 소설이라는 걸 써야 하나, 그런 회의감에 사로잡
혀 있고요. 안팎으로 곤란한 상황에 처한 인물을 그려
보고 싶었는데, 그러다 보니까 가정과 직장 내에서의
공간에서 그 어려움을 동시적으로 진행시켜보려고 했
던 것 같아요.

조대한   긴급 보육 제도는 실제로 육아를 경험해보지 못한 분
들은 잘 알지 못하는 디테일한 용어이기도 하고, 말씀
해주신 것처럼 등단 이후 소설가로서 맞이하게 된 막
막함이나 직장과 가정 사이에서 흔들리는 한 여성의

불안한 마음이 구체적으로 형상화되어 있어서 읽는 이의 마음을 더욱 크게 울렸던 것 같아요. 언급해주셨던 항목들 중에서는 우선 직장 이야기부터 꺼내보면 좋을 듯싶어요. 수경이 다니는 직장에서 '프리 더 웨일'이라는 구호가 나왔던 이유가 그 회사의 상징이 고래였기 때문이었지요?

염승숙 네, 혹등고래.

조대한 회사에서 만드는 교재 서두에 그런 문구가 나오죠. 무리의 노래를 듣고 배워 자신만의 노래를 시작하는 혹등고래처럼 여러분들도 자신만의 노래를 부르세요, 라는 식의. 그 교육적인 문구를 보며 수경은 모든 혹등고래들이 정말로 즐거워서 노래를 부르는 것일까, 어쩌면 그중 누군가는 무리에서 쫓겨나가기 싫어서 억지로 노래를 따라 하는 것이 아닐까, 이런 말들을 해요. 허밍하듯 겨우 입을 뻐끔거리는 어떤 혹등고래의 이미지와 수경의 외로운 마음이 겹쳐져서 깊은 여운을 남기는 대목이었어요.

염승숙 혹등고래가 바다의 마에스트로라는 별명이 있더라고요. 타이를 메고 오케스트라 전체를 지휘하는 인상이 떠오르기도 하는데, 그들이 그렇게 무리를 지어 노래를 부른대요. 그런데 저는 그런 생각을 많이 했던 것 같아요. 다른 노래를 부르고 싶어 하는 고래는 없을까, 또 같은 노래를 부른다고 해서 모두에게 좋을까, 무리를 이탈하지 않기 위한 방식으로 모두로부터 배제당하고 배격당하지 않기 위한 수단으로 같은 노래를 반복해서 부르고 있는 건 아닐까, 이런 문제의식에서 착안했던 것 같아요.

그래서 주인공 수경이 회사에서 엠블럼을 계속 보잖아요. 여러분도 여러분만의 노래를 부르세요, 라는 식의 캐치프레이즈를 계속해서 제공하는데, 어쩐지 회의감을 갖는 인물인 거죠. 주인공도 이 집단에 속해 있지만, 너무 이질적인 존재로 마치 물을 흐리는 한 마리의 이종처럼 직장 내에서 존재하고 있으니까요. 알게 모르게 받고 있는 차별과 배제, 그리고 직장 내에 '전'과 같은 인물들이 보여주는 여성혐오에 관한 이야기를 하려다 보니까 해방까지는 아니더라도, 보다 자유로워지고 싶은 소망에서 '프리 더 웨일'이라는 구호까지 상상해보게 된 것 같아요.

조대한 말씀을 들으니 여러 상징적인 의미들까지 가지런히 잘 직조되어 있는 제목이라는 생각이 듭니다. 기왕 집

인터뷰 _ 염승숙 × 조대한

단의 차별과 배제를 언급해주셨으니 수경이 만난 'ḥ'라는 인물에 대해 이야기를 꺼내보고 싶어요. 굉장히 인상적인 캐릭터였는데요. 회사에서 그를 쫓아내기 위해 택한 방식은 자리를 없애버리는 것이었지요. 퇴사를 원하지 않는 이를 강제로 해고시키려면 사측도 감수해야 하는 불이익이 있으니까요. 그러니 'ḥ'는 출근하면 앉을 자리가 없습니다. 주변 사람들이 잠시 탕비실에 가거나 화장실에 갈 때 그 빈자리에 잠깐씩 경유하듯 앉아 있는 시간들을 이어서 일과 시간을 보내는 수밖에 없어요. 공동체에 소속될 자리를 내어주지 않는다는 것은 참으로 잔인하고 슬픈 방식이잖아요. 한데 직장 동료들은 도리어 그에게 자리를 빼앗는다며 'Seat stealer'라는 별칭을 붙이죠. 이 문제적인 인물을 통해 여러 이야기를 해볼 수 있을 것 같아요.

염승숙   저는 이 소설을 쓰고 나서야 그동안 제가 써왔던 소설들의 공통점을 발견했던 것 같아요. 「프리 더 웨일」을 쓰고 나서도 내가 이 소설을 통해서 뭘 말하려고 했지, 라는 반성의 시간을 가졌었는데요. 채찍질하는 의미로. (웃음) 지금까지 저는 계속해서 '자리'에 대해서 이야기하고 있구나, 이런 자각을 저 스스로 하게 됐어요. 존재의 의미, 노동의 책무 등, 뭔가 꾸준히 말해왔다고 믿었던 '실존'이라는 게 결국은 이 세계와 사회에서 차지해야(만) 하는 '자리'에 관한 문제였구나 하는 생각. 이번 소설에서는 소문자 'h'라는 이니셜을 활용했는데 보기에 꼭 의자처럼 생겼잖아요.

조대한 아, 그 생각은 전혀 못했어요. 그런 의미가 있었군요.

염승숙 네. 그래서 'h'라는 이름을 붙여봤어요. 자신의 의자와 책상을 빼앗긴 인물들이 아이러니하게도 'h'로 불리는 상황. 무리에서 이탈하지 않으려면 자리를 찾아서 계속 멈춰 있어야 하는데, '여기서' 견뎌야 하는 각각의 이유가 있을 거란 말이죠. 기본적으로는 생계유지의 문제. 이직조차 쉽지 않다면 당장 해결해야 하는 생활비와 아이들 교육비까지. 이 수치와 모멸을 감내해야 하는 저마다의 '사정'들이요. 그런데 누군가 'h'로 호명되는 순간에 나도 'h'가 될 수 있다는 위기감이 모두에게 다가오지 않을까요. 같은 공간 안에서는 필연적으로 분열될 수밖에 없고, 심정적으로도 한계에 몰릴 수밖에 없는데요. 처음에 'h'는 한 명이었으나 점점 증식하잖아요. 그리고 그 증식되는 과정 속에서 수경은 계속 인사 고과에서 "전혀 기여되지 않음"이라는 평가를 받고 있으니까 여기서 어떻게 더 해야 하지, 라는 압박

인터뷰 _ 염승숙 × 조대한

감을 느끼죠. 내가 'h'가 되면 어떡하나, 내가 이 자리를 잃으면 아이는 어떻게 기르고, 나는 또 어떻게 살아가야 하는가, 라는 불안과 공포감 그 자체가 'h'로 형상화되었던 것 같아요.

지금 수경은 'h'가 아니지만 조만간 저들과 같아질 수 있다는 위기의식을 느끼고 있고, 그래서 훨씬 더 일상이 절박해져버리는 그런 순간에 와 있어요. h는 사내에서 'Seat stealer'라고 불리는데, 이건 그냥 '신스틸러'를 직관적으로 변용해본 거였어요.

조대한 그런 탄생의 기원을 가지고 있었군요. 여러모로 흥미로운 인물과 주변 설정인 것 같아요. 실제로 'h'의 자리를 빼앗은 주체는 회사 내지는 사측의 고용주일 텐데, 그의 직장 동료들은 자신들의 의자 또한 빼앗길지도 모른다는 공포감을 'h'에게 손쉽게 전가시키고 있다는 생각도 들고요.

'자리'라는 테마가 작가님의 소설 세계에서 중요한 주제라는 말씀을 해주셨지요. 처음 읽을 때도 느꼈던 것이지만 말씀을 듣고 보니 주인공 수경이 전전긍긍하며 불안함을 느꼈던 이유 역시 자리의 불안 때문이었다는 생각도 들어요. 객관적인 위치만 놓고 보면 어쨌든 수경은 등단의 관문을 통과한 소설가잖아요. 전세지만 집도 있고, 직장도 있고, 아이가 다닐 어린이집도 기다림 끝에 자리를 구했고요. 하지만 그 자리들의 기반이 너무나도 얇고 불안하다는 것이 문제인 듯싶어요. 잠시나마 들어선 그 자리에서 쫓겨나지 않기 위해 고투를 벌이고, 무리의 동료들이 부르는 돌림노래를 억지로 흥얼거리는 듯한 수경의 모습에서 어찌할 수 없이 애달픈 마음이 드는 것 같습니다.

염승숙 맞아요. 아이 또한 아이의 자리를 잃지 말아야 한다는 생각을 수경이 계속 하고 있잖아요. 그래서 어린이집 보육시설에 아이를 맡기고 출퇴근을 하면서도 보육교사가 보이는 허술한 부분들, 아이의 머리끈을 마스크 줄과 같이 결부해서 묶어준다든가 하는, 그런 점마저도 그저 눈 가린 듯 지나가야 하고요.

조대한 이번 대담에서 다들 기함을 토한 장면이었어요. 어쩌다 그리 되었을까, 아무리 생각을 해도 도무지 그 장면은 슬픔과 분노를 참을 수가 없었어요.

염승숙 사실 그건 (웃음) 제가 소설 속에 부려놓은, 몇 안 되는 경험담 중 하나예요. 저는 제 경험을 잘 쓰지 않고 상상에 많이 의존해서 소설을 쓰는 편인데 이번에는 아무래도 주인공이 싱글맘이다 보니까, 제가 실제로 아이를 낳고 길러본 육아의 경험이 조금 들어갔어요. 어느 날 오후에 아이를 어린이집에서 데려왔는데, 아이의 머리카락이 마스크 줄과 함께 묶여 있는 걸 집에 와서야 발견했던 적이 있어요. 이게 어떻게 가능할까 싶어서 그날 저녁에 계속해서 고민했어요. 아무리 정신없고 바빴다고 해도 선생님이 어떻게 이렇게 부주의하셨는지 당황했었어요. 문의해볼까, 아니면 가만히 있을까. 이건 정말 부모로서의 노파심이지만 굳이 연락했다가 아이가 미움이라도 받지 않을까 싶어서. 이 모든 번잡한 마음들이 자꾸만 뒤엉켰고, 아닌가, 애초에 내가 이렇게 묶어서 보냈나, 하는 자기 의심까지 들었어요. 외부에서 보면 저는 출퇴근을 하는 직장인은 아니잖아요. 고작해야 시간강사이고, 집에서 혼자 글 쓰는 사람인데 그럼에도 학교 강의와 마감에 맞추지 못한 원고들 때문에 긴급 보육을 써서 아이를 어린이집에 보내던 때였거든요. 선생님들은 당연히 제게 출퇴근 안 하시잖아요, 집에서 봐주실 순 없나요, 라고 말씀하시는 상황에서 내가 아이 머리카락이 마스크 줄에 묶여 있습니다, 라는 항의를 해야 할까, 고민하다가 끝내 아무 말 못 했던 경험이 들어가 있습니다.

조대한 그 이야기가 경험에서 파생된 것이었다니, 너무나도 마음이 아프네요. 작품을 읽으며 제가 더욱 슬펐던 부분은 마스크와 고무줄과 아이의 머리카락을 매듭지어 놓은 모습을 보고 수경이 그 분노와 절망의 감정을 어찌해야 할지 고민하는 장면이었던 것 같아요. 말씀해주셨던 것처럼 내 아이가 잠시나마 차지한 그 일부분의 자리마저도 빼앗길까 봐 수경은 마음껏 화도 내지 못하고, 항의 문자조차 담당 선생님의 마음이 상하지 않을 단정한 언어를 고르고 또 고르잖아요. 그 장면이 강렬하게 울분을 내뿜는 모습보다 더욱 아프게 다가왔습니다.

염승숙 네…… 제가 그 당시에 그런 마음이었던 것 같습니다.

조대한 이 주제는 나중에 꺼내려고 했는데, 기왕 아이 이야기가 나온 김에 자연스레 이어가도 좋을 듯합니다. 저 같은 경우에는 직접 육아를 경험해보지 못했음에도 홀로 아이를 키우는 수경의 모습에서 크게 마음이 동요되었는데, 실제로 시소 대담과 작품 선정 과정에 함께해주신 분들 중에는 비슷한 나이대의 아이를 키우고 계신 분들이 여럿 있었거든요. 육아에 관한 디테일과 아이를 바라보는 주인공의 서술들을 보며 정말로 마

인터뷰 _ 염승숙 × 조대한

음이 미어진다는 이야기들을 해주셨어요. 소설에 등
장하는 육아에 대해서 조금 더 이야기를 나눠볼까요.

염승숙 소설 속에 나오는 수경은 아이가 너무 어릴 때 남편을
잃었잖아요. 육아 과정이라는 것이 어째서 그 고충이
큰가, 라는 것에 대해서 저도 경험을 해보고 생각해보
니까 일단 육체적인 피로가 너무나도 크게 동반되는
일이고 또 내가 움직이지 않으면 하나의 생명체를 보
듬어줄 수 없다는 막중한 책임감이 있거든요. 그래서
이 아이의 삶을 위해 내가 조금 더 애를 써야 할 것 같
은 그런 마음가짐이 드는데, 그럼에도 아이의 기질이
나 특성이 제각각 다르기 때문에 서로 느끼는 육아의
고충들이 제각각 다른 것 같아요.
특히 수경은 싱글맘으로 아이를 기르다 보니까 생계
유지의 고단함과 함께 혼자 아이를 기르면서 어디서
도 도움받을 수 없는 힘겨움이 있었잖아요. 그래서 수
경은 전남편이 남겨놓은 유산이나 다름없는 집에서
아이를 기르는데 그 과정에서 아이를 맡길 수만 있다
면 나가서 일을 하겠다고 생각하거든요. 정부기관의
도움을 좀 받고 싶었던 건데 어린이집 입소 과정에서
대기가 길어지고, 또 아이를 기르면 기를수록 임신 과
정이나 출산할 때의 심정들이 계속해서 복기가 되는

거죠. 자신의 유년기에 엄마를 땅에 묻었던 경험까지 소환되면서 오만가지 감정이 교차하는 상태가 됐던 것 같아요. 실제로 육아의 과정이라는 게 아이의 성장을 지켜보면서 나의 성장을 다시금 반추하고 소환해보기도 하는 과정이더라고요. 자신의 유년기와 자신의 지금 행동들, 그리고 아이를 위해 해줄 수 있는 돈으로 환산되는 물질의 영역까지도 계속해서 곱씹어 생각해볼 수밖에 없는, 수경도 그런 난감한 처지에 내몰리게 되고요. 그러다 보니까 수경이 보육시설에 아이의 자리를 마련해주고, 자신의 자리를 마련했을 때 그 충족감도 쉽지 않았을 듯하고요. 이 자리를 지켜내야 한다는 압박감과 또 잃지 않고 나아가야겠다는 의지도 있었겠지만 갈수록 녹록지 않았겠죠.

조대한   말씀을 들으니 처음 이 소설을 읽으며 느꼈던 아득함이랄지, 수경의 문장에서 느껴졌던 막막한 감정들이 다시금 떠오르는 것 같아요. 저는 언급해주신 내용 중에서 특히나 아이를 보며 유년의 어머니와 나를 나란히 맞닿아놓은 지점이 참으로 인상적이었어요. 아이를 낳자마자 어머니를 땅에 묻었던 기억을 떠올리며 수경은 이런 각오를 남기잖아요. "이 아이가 나를 묻거나 태울 것이다." 저뿐만 아니라 이 작품을 읽으신 많은 분들의 마음에 오래도록 남은 문장이 아니었을까 싶어요. 저는 따로 메모까지도 해놓은 문장이기도 합니다. 내 아이가 탄생한 순간 소중한 존재를 맞이했다는 기쁨은 당연한 것이지만 동시에 어찌할 수 없는 슬픔 역시 나를 찾아오는 듯해요. 어머니를 땅에 묻으며 느꼈던 까닭 모를 감정들을 이 아이도 나를 태우거나 묻으며 느껴야 하기 때문이지요. 그 대물림되는 운명, 아이라는 존재에 걸려 있는 삶의 하중들이 이 한 문장을 통해 바짝 피부로 다가왔어요.

염승숙 부모가 되면서 느끼는 충일한 기쁨과 별개로 사실은 그것이 내 자녀 내 자식에게 부과하는 과중한 책무가 아닐까 생각했어요. 내가 이 아이로 하여금 나를 묻거나 태워달라고 할 수밖에 없는 그 필연적인 숙명. 원래는 지금 말씀해주신 문장이 「프리 더 웨일」소설의 첫 문장이었는데, 발견해주시니 괜히 뭉클한 마음이 드네요.

조대한 아, 정말로요? 처음 읽자마자 눈에 들어오는 문장이었던 것 같아요.

염승숙 이 문장에서 출발했죠.

조대한　이것만으로 소설을 끝내야지, 구상하셨을 때 이 문장
이 맨 처음에 놓여 있었던 거군요.

염승숙　네, 맞아요. 처음에는 싱글맘인 주인공이 아이를 낳고
기르는 지난한 과정에 집중해보고 싶었어요. 그래서
이 소설의 첫 문장으로 시작이 됐는데, 수경이 취업하
고, 혹등고래를 엠블럼으로 하는 직장 내에서 '프리 더
웨일'도 보게 되고, 이런저런 설정들이 점점 추가된 거
죠. (웃음)

조대한　그렇게 뼈와 살이 붙어 80매를 훌쩍 넘기셨던 것이군
요. (웃음) 말씀하신 대로 수경이 홀로 아이를 키우면
서 느끼는 마음과 감정의 등락이 세밀하게 그려진 작
품 같아요. 아이를 바라보며 경험하는 행복과 충만함
뿐만 아니라, 너무나도 아름답고 사랑스러운 그 존재
가 나의 모든 것을 빨아들이고 탐할 때 느껴지는 어찌
할 수 없는 두려움과 고통의 감정들까지도 다층적으
로 묘사되어 있어 여러모로 여운을 남기는 작품이 아
니었나, 하는 생각이 듭니다.

염승숙　아마 우리도 그랬겠죠. 나부터도 부모의 모든 것을 빨
아들이면서 성장했겠구나, 저는 소설을 쓰면서 새삼

스레 그런 생각을 많이 했습니다.

조대한 아이를 둘러싼 수경의 마음에 대해 이야기를 들려주셨는데, 저는 아까 'ㅏ' 외에 미처 다 언급하지 못한 수경 주변의 인물들에 관해서도 이야기를 나눠보고 싶어요. 수경의 직장 동료 중 '전'이라고 하는 인물이 있잖아요. 그에 대해서도 꼭 언급해보고 싶었어요. 그 사람은 수경이 사회에 발을 내딛었을 때 처음으로 맞이해야 했던 어떤 악의 또는 공포에 가까운 듯해요. 수경에게 까닭 모를 악담을 던지고, 그 이후 수경은 '전'과 비슷한 사람의 형체만 봐도 심장이 두근거리게 돼요. 아마도 '전'은 자리를 빼앗긴 'ㅏ'가 되지 않기 위해 그 두려움과 공포를 기혼 여성인 수경에게 폭력적인 방식으로 풀어내고 있는 듯 보여요.

관련지어서 인상적인 대목이 또 있었는데요. 동구권 예술가인 로만 온닥의 전시를 오마주한 〈좋은 시대의 좋은 감정〉이라는 작품의 묘사가 서술되는 장면이에요. 사람들이 저마다 길게 줄을 서 있지만 그들이 줄 서서 기다리는 문은 결국 열리지 않지요. 그 하염없는 기다림을 메타적으로 바라보는 우리들은 해당 전시가 공산주의 사회의 부당한 불평등과 부조리 같은 것을 풍자하고 있다는 사실을 알고 있지만, 당시 그 줄에 서 있던 사람들은 그걸 알 방법이 없어요. 기대했던 문 너머의 자기 몫을 차지하지도 못하고 제자리에서 내쫓길 위기에 처한 그 사람들은 자신들의 분노를 불합리한 사회 구조가 아닌, 내 자리를 빼앗고 있는 듯한 같은 줄의 사람들과 수평의 동료들에게 돌리게 된다는 거죠. '전' 또한 비슷한 방식으로 부당한 화풀이를 주인공에게 행하고 있는 것 같아요. 그렇다면 이 사람은 사회 구조의 피해자이기도 하겠지요. 하지만 동시에 옹호할 수 없는 비겁한 가해자이기도 한 셈입니다. 이런 부분이 무척 흥미로웠어요.

염승숙 음, 젠더 대결, 이런 걸 쓰려고 했던 건 아니지만, 한편으로 제가 늘 안타깝게 여기는 상황을 장면화해보려고 한 것 같아요. '전'과 같은 부류의 사람들은 어쩌면 가장 손쉬운 방식으로 이 시스템의 부조리와 불합리함을 즉각적인 분노로 전가하고 있다고 생각해요. 수경은 자신이 선임으로서 일을 가르쳐주고 더 보듬어줬어야 하는 신입사원이었을 뿐인데도, 아이를 기르는 기혼 여성으로 자신의 자리를 위협하는 부당한 대상으로만 여겼잖아요. 그래서 수경은 타깃이 되었고, 무엇보다 '전'은 하나가 아니었잖아요. 'ㅇ'가 하나가 아니듯이 '전'도 하나가 아니었고, '전'과 '전'을 둘러싼

'전'과 비슷한 부류들이 계속해서 수경을 비난하거나 조소하고, 회의 시간에도 무시와 희롱을 반복한단 말이죠.

그럼에도 불구하고 '전'이 반복하는, '더러워서 나간다'라는 말. 그게 상대에게는 얼마나 물리적인 폭력 이상의 가해인지 전과 같은 부류는 분명히 알고 있어요. 수경을 비롯한 여성 사원들에게 그게 얼마나 큰 심정적인 위협이 되는지 알고 하는 거라서 저는 무척 비겁하다고 생각해요. 사실 이런 식의, 비겁한 인물들이 우리 주변에 흔해요. 여자는 이래서 안 되고 저래서 안 된다, 거봐라 내가 안 된다지 않았느냐고 큰소리치는 맨스플레인이나 가스라이팅 식의 무논리가 난무하죠. 그러니 여자들은 자꾸만 열리지 않는 문 앞에 서 있는 기분이 들고요. 그런 이야기도 좀 하고 싶었던 것 같아요, 소설 안에서.

조대한　말씀해주셨듯 내가 언제든지 자리를 빼앗길 수도 있는 익명의 'ḥ'가 될 수도 있지만, 동시에 주변의 사람들에게 비겁한 가해를 쏟아내는 '전' 중에 하나가 될 수도 있다는 사실이 굉장히 무섭고 섬뜩했던 것 같아요. '전'이든 'ḥ'이든 '프리 더 웨일'의 포스트잇을 남긴 사람이든 그들은 결코 한 명이 아니잖아요.

염승숙 말씀 듣다 보니까 소설 내용이 너무 무겁다는 생각이 드네요. (웃음)

조대한 결코 마냥 즐겁게 읽을 수 없는 소설이기는 하지요. (웃음) 홀로 아이를 키우고 직장에서 갖은 핍박에 시달리는 와중에도 소설을 쓰기 위한 고민을 놓지 않는 한 여성의 분투에 자연스레 응원의 마음이 생겨나다가도, 그렇게 애쓰며 살아가더라도 그녀의 미래가 그다지 나아지지 않을 것 같다는 암담한 예감에 다시금 가슴이 미어지는 작품이니까요. 하지만 그런 눅진하고도 둔중한 절망감이 또 이 작품을 추천하게 된 이유 중 하나가 아니었나 싶기도 합니다.
이야기할 거리들은 무척 많은데 물리적인 시간에는 한계가 있다 보니 중요한 거점들과 수경 주변의 주요 인물들만 짚어가고 있는데요. 그럼에도 언급하지 않을 수 없는 인물이 바로 우상우가 아닐까 싶습니다.

염승숙 그러게요. 제가 우상우를 깜빡하고 있었군요.

조대한 우상우를 떠올리면 마음이 또 아파요. 아마도 그를 바라보는 수경의 슬픔에 일정 부분 마음이 동화되어 그런 것이기도 하겠지요. 소설 속에서 우상우는 대책 없

인터뷰 _ 염승숙 × 조대한

는 낙관과 희망을 지닌 존재로, 그리고 수경의 글쓰기를 지지하는 든든한 우군으로 묘사가 돼요. 본인도 소설 쓰기를 계속해나가는 청년 예술가이기도 하고요. 하지만 그는 결국 '가난한 죽음'을 맞이하게 되지요. 이렇게 다정하고 아름다운 존재들은 왜 매번 현실에 패배해서 쓰러지게 되는 걸까, 이런 인물에게 슬픔과 애틋함을 느끼는 것은 어쩌면 실패하고 스러지는 사람들에게서 내가 묘한 연민의 아름다움을 느껴서는 아닐까, 나의 독법이 너무 낭만화된 것은 아닐까, 하는 질문들을 스스로에게 던지며 여러 가지 생각을 하게 만드는 인물이었어요. 어떻게 형상화하게 된 인물인가요?

염승숙   생각해보면 우상우도 초고 이후에 많이 추가된 인물이에요. 처음에는 수경과 연애 이후에 헤어지는 사람이었어요. 이별 이후에 수경이 임신 사실을 알았다, 이런 설정이었거든요. 그런데 쓰다 보니까 수경에게 조금 더 해주고 싶은 마음이 들었어요. 수경의 상황이 안타까우니까 결혼은 했던 걸로, 남편이 있었다고 해주자, (웃음) 이런 식으로 확장된 인물인데요. 이렇게 자꾸만 확장되는 감정의 이면에 뭐가 있을까 생각해보면, 일단 우상우가 길이란 다 찾게 마련이야, 조금 더 찾아봐, 이런 말들을 수경에게 해주는 사람이었잖아요. 수경은 근본적으로 불안이 크고, 자신이 도피적 태세로 소설 쓰기를 계속 이어왔다는 사실을 등단 이후에 깨닫게 되는 인물이라서 조금 더 자기 확신을 가졌던 우상우라는 사람이 굉장히 의지가 되지 않았을까 싶어요. 내가 갖지 못한 긍정과 낙관과 확신을 가지고 있는 사람. 살면서 그런 사람을 만나는 것은 쉽지 않다는 생각이 들어요. 저부터도 비교적 자기 확신을 갖는 걸 어려워하는 사람이고, 항상 갈등이나 위기 상황에 맞닥뜨릴 때마다 내가 뭘 잘못했나, 돌아보는 사람이어서 이렇게 대책 없는 확신, 무방비한 희망, 이런 것들에 조금은 기대보고 싶을 때가 있단 말이죠. (웃음) 제가 이전에 「추후의 세계」라는 단편에서 길이 없어, 길이, 하고 입버릇처럼 고심하는 인물을 만들었던 적이 있어요. '우중'이라고 이름부터도 빗속에 세워놓았던 캐릭터였어요. 그런데 한편으로는 그렇게 써버리고 나니까요, 길은 찾게 마련이야, 라고 말해주는 사람이 있었으면 했나 봐요. 그걸 우상우에게 투영했고요. 수경이 숨 돌리고 살 수 있게끔 조금 든든한 존재가 있으면 어떨까, 그리고 전시회에 데려가준 사람이기도 하고, 불안에 휩싸여서 이별을 고하고 6개월 만에 찾아갔는데도 왔니, 하는 사람, 그런 사람이 있다면 어떨

인터뷰 _ 염승숙 × 조대한

까 하는 생각으로 착안을 해봤는데요. 그랬던 우상우
가 불시에 사라져버렸을 때 수경의 삶은 얼마나 위태
롭고 암담한 것이 되는지 그런 서사를 부여해주고 싶
었던 것 같아요.

조대한   말씀대로 주인공이 숨 쉴 수 있고 기댈 수 있는 유일한
버팀목이었는데, 이후의 상실에서 오는 낙폭 때문에
오히려 수경의 처지가 더 절망적으로 느껴지기도 했
어요. 저도 문창과와 국문과를 연이어 거치다 보니 주
변에 글쓰기를 계속 해나가는 문우들도 많고, 요새는
이전과 분위기가 많이 달라졌지만 그럼에도 여전히
큰 벽으로 존재하는 등단의 문턱 앞에서 좌절하는 친
구들도 적지 않게 봐와서 상우와 수경의 고민에 좀 더
몰입이 되었고, 안타까움이 느껴졌던 것 같아요.

염승숙   우상우도 공대생이지만 소설을 쓰고 싶어 하는 사람
이었잖아요. 수경의 등단 이후에 바로 전기설비기사
로 취직해서 생계는 내가 책임질 테니까 넌 계속 글을
써라, 나도 쓸 거다, 이렇게 말해주는 사람. 정말 최고
인데, (웃음) 좋은 사람인데 제가 몹쓸 짓을 했네요.

조대한   그러게요, 최고인데. (웃음) 하지만 그런 인물이었던 만

큼 그의 죽음 이후 주인공이 책임지고 꾹꾹 눌러써야
할 삶의 무게가 더 늘어나게 되었던 것 같기도 해요.
저희 너무 힘든 얘기만 했나 봐요. 다소간 작품 바깥으
로 벗어나볼까요. 이 작품 이후에 혹 연관되는 소설이
라든지, 아니면 새로이 구상하고 있는 다른 소설이 있
으실까요?

염승숙　음, 일단 이 소설은 여름에 써서 가을에 발표된 것이고,
이번에 또 가을에 써서 겨울에 발표하는 소설이 있어
요. 「믿음의 도약」이라는 제목의 소설인데요, 그 소설
안에 '프리 더 웨일'의 문구가 슬쩍 들어가요. (웃음)

조대한　키르케고르가 떠오르는 멋진 제목이네요. 이번 겨울
에 발표되는 작품인가요?

염승숙　네, 코로나바이러스를 배경으로, 싱글맘이었던 '수경'
과는 또 다른 세계 속의 소소한 인물들을 발견하실 수
있을 것 같아요.

조대한　와, 「프리 더 웨일」의 세계관을 놓지 못하는 분들에게
는 기대가 되는 소식이네요. 이런 연작들을 묶어서 자
음과모음의 '트리플' 시리즈로 만들면 참 멋진 기획이

되지 않을까 싶습니다. (웃음)

저희가 소설 내용에 집중해서 대부분의 이야기를 끌고 왔지만, 그래도 어렵사리 모셨으니까 질문 한두 가지만 더 드려볼게요. 염승숙 작가님을 좋아하는 팬 중에는 이런 기회가 아니면 들어보지 못하는 이야기를 궁금해하시는 분들도 많을 것 같아요. 음, 소설 창작의 방식이랄지 독특한 루틴이 있으시다면 살짝 여쭤봐도 괜찮을까요?

염승숙 딱히 다른 작가들하고 뭐가 다를까, 라는 생각은 드는데요. (웃음)

조대한 주로 집에서 작업을 하시나요?

염승숙 네, 어린아이도 있고 하니까요. 예전부터도 항상 뭘 같이 해오는 스타일이었기 때문에…… 학부생 때는 끊임없는 아르바이트와 소설 쓰기를 병행했었고, 또 대학원에서 가서는 조대한 선생님도 잘 아시겠지만 조교와 아르바이트와 학업과 이런 걸 계속 병행했었어요. 그래서 대체로 뭔가 쓰는 시간과 장소를 안 가리게 되는 것 같아요. 그런 걸 가리기에는 스스로 너무 사치스럽게 느껴져서 (웃음) 시간과 장소에 구애받지 않고 마감이 있으면 어디서든 쪼그려 앉아서라도 쓰게 되는 것 같습니다. 잘 안 써져서 문제이지만요.

조대한   참작가시네요. (웃음) 별다른 작업 공간 없이 어떻게든 짬을 만들어 소설을 써오셨군요.

염승숙   보통 작가들마다 같을 수도 있고 다를 수도 있는데 저 같은 경우에는 구상을 오래하고, 쓸 때는 좀 집중해서 빨리 써버리는 편이에요. 노트 하나에 구상을 이렇게 저렇게 시도를 해보는데, 구상이 잘 안 되면 소설을 아예 시작도 못 하게 돼서…… 참 어렵습니다.

조대한   노트에 산발적으로 아이디어 메모나 스케치를 해놓으셨다가 구상이 끝나면 작품을 시작하시는군요.

염승숙   네. 아이디어 구상 이후에 그걸 장면화해봐요. 시점이나 화자를 다르게 해서. 1인칭으로도 써봤다가, 3인칭으로도 써봤다가. 너무 초보적인 건가요.(웃음)

조대한   그 무슨 말씀을요. 그렇게 오랜 시간을 누적시키는 덕분에 꾹꾹 눌러쓰신 밀도 높은 작품이 나왔던 거군요.

염승숙 그렇게 말씀해주시니 부끄럽고…… 일단 이야기를 전달하는 가장 적절한 방식이 없을까, 고민을 오래하는 것 같아요. 그래서 갈팡질팡도 많이 하고.

조대한 오히려 그런 시행착오를 겪고 계시다는 말씀들이 작가님을 흠모하거나, 작가님처럼 소설을 써보고 싶다고 생각하시는 분들에게 커다란 힘이 되지 않을까 싶습니다.
시간이 거의 다 됐습니다만 그래도 이렇게 끝내면 뭔가 아쉬울 것 같아서 작품 바깥의 질문을 하나 더 드려보고 싶어요. 요즘 소설과 별개로 취미랄지, 가장 시간을 쏟고 있는 다른 일이 있으실까요? 제가 너무 글쓰기와 육아 이야기만 여쭤봤던 것 같아서 죄송해요.

염승숙 너무 슬픈 질문인데요. 소설과 육아를 빼놓고 뭘 할 수 있는 여력이 안 돼가지고. 가사 활동? (웃음)

조대한 아이고, 제가 우둔한 질문을 드렸네요.

염승숙 세상 슬픈 질문이었습니다.

조대한 아까 말씀해주신 육아, 소설, 강의에 현재는 모든 시간

겨울

을 쓰고 계시는군요.

염승숙 학기 중에는 어쩔 수 없다는 생각이 들고, 지금으로선 강의가 끝나는 방학이 되면 긴 분량의 소설을 써야겠다는 생각을 하고 있어요.

조대한 그럼에도 방학이 되고 시간이 조금이라도 남으시면 무엇을 하고 싶으신지 여쭤보려 했는데, 소설을 써야겠다고 말씀하시네요. (웃음) 대단한 열정이세요.
음, 정말로 마무리해야 할 시간이 다가왔네요. 끝으로 오늘 함께해주신 간단한 소감과 함께 작품을 읽어주신 시소 독자분들께 마지막 인사 부탁드리겠습니다.

염승숙 가벼운 마음으로 왔는데, 막상 소설 이야기를 이렇게 깊이 있게 하게 되니까 당황스러우면서도 좋았습니다. 자세히 읽어주셔서 감사드려요. 사실 이번에 「프리 더 웨일」을 발표한 뒤에 이 작품을 읽고 SNS에 감상을 남겨준 분들이 계셨어요. 독자분들이 이렇게 문예지를 챙겨 읽어봐주시는구나, 감동했는데요. 즉각적인 반응을 해주시니까 감사한 마음이 들었고, 그랬던 와중에 이런 따뜻한 인터뷰도 하게 돼서 저로서는 너무 기뻤습니다.

인터뷰 _ 염승숙 × 조대한

조대한 함께해주셔서 저희가 감사할 따름입니다. 이번 인터
뷰를 통해 염승숙 작가님의 작품을 처음 접하신 분들
은 아마 다들 작가님의 새로운 팬이 되지 않았을까 지
레짐작해봅니다. 저 역시 그러한 한 명의 독자로서 앞
으로의 활동을 쭉 응원하고 있겠습니다.

조대한
문학평론가

겨울

수록 작품 발표 지면

안미옥, 「사운드북」, 『현대문학』 2021년 1월호
손보미, 「해변의 피크닉」, 『문학과사회』 2020년 겨울호
신이인, 「불시착」, 『릿터』 2021년 4/5월호
이서수, 「미조의 시대」, 『악스트』 2021년 3/4월호
김리윤, 「영원에서 나가기」, 『웹진 비유』 2021년 5월호
최은영, 「답신」, 『현대문학』 2021년 6월호
조혜은, 「모래놀이」, 『현대시』 2021년 9월호
염승숙, 「프리 더 웨일」, 『자음과모음』 2021년 가을호

시소 첫번째
2022 시소 선정 작품집

© 김리윤 손보미 신이인 안미옥 염승숙 이서수 조혜은 최은영, 2022

초판 1쇄 발행일 2022년 1월 10일
초판 2쇄 발행일 2022년 1월 13일

지은이   김리윤 손보미 신이인 안미옥 염승숙 이서수 조혜은 최은영
펴낸이   정은영
편집   김정은 정수향 정사라
마케팅   최금순 오세미 김하은
제작   홍동근

펴낸곳   (주)자음과모음
출판등록 2001년 11월 28일 제2001-000259호
주소   10881 경기도 파주시 회동길 325-20
전화   편집부 (02)324-2347 경영지원부 (02)325-6047
팩스   편집부 (02)324-2348 경영지원부 (02)2648-1311
이메일   munhak@jamobook.com

ISBN 978-89-544-4799-7 (03810)